FEDERICO INVERNI ist das Pseudonym eines italienischen Autors, »Das Opfer Null« ist sein erster Roman. Um sein Buch für sich selbst sprechen zu lassen, hat er sich entschieden, anonym zu bleiben.

Besuchen Sie uns auf
www.penguin-verlag.de und Facebook.

FEDERICO INVERNI

DAS OPFER NULL

THRILLER

Aus dem Italienischen
von Sigrun Zühlke

PENGUIN VERLAG

Die italienische Originalausgabe erschien 2016 unter dem Titel
»Il Prigioniero Della Notte« bei Corbaccio, Mailand.

FSC
www.fsc.org
MIX
Papier aus verantwortungsvollen Quellen
FSC® C014496

Verlagsgruppe Random House FSC® N001967

PENGUIN VERLAG

2. Auflage 2017

Umschlaggestaltung: Cornelia Niere
Covermotiv: Arcangel/Roberto Pastrovicchio
Redaktion: Brigitte Lindecke
Satz: Greiner & Reichel, Köln
Druck und Bindung: GGP Media GmbH, Pößneck
Printed in Germany
ISBN 978-3-328-10091-1
www.penguin-verlag.de

Dieses Buch ist auch als E-Book erhältlich.

Er war tot, aber das würde sich bald ändern.

Das war zumindest die Hoffnung. Meine Hoffnung, weil man, um zu hoffen, davon ausgehen muss, dass es eine Zukunft gibt, auf die eine oder andere Weise. Und in seinen Gedanken schien kein Platz für die Zukunft zu sein, schien es kein Morgen zu geben: Der zeitliche Horizont war für ihn so wenig greifbar wie Regen, den man zwischen den Fingern zerdrücken will.

Als die Tür sich öffnete, um ihn hindurchzulassen, schien mir durch den Türspalt ein Konzert aus Zischen, ein an- und abschwellendes Glockengeläut und metallisches Knirschen zu dringen. Ich schaute ihm zu, wie er die Schwelle überschritt, und beobachtete sein unbewegliches, gespenstisch bleiches Gesicht.

Dann schloss sich die Tür, und er war weg und ließ eine blinde Stille zurück, die von den hellgrünen Wänden des Krankenhauses widerhallte.

Jetzt konnte ich nur noch warten.

Als kleinen Scherz des Schicksals – auch wenn ich es mir zur Auflage gemacht habe, diesen Begriff niemals zu verwenden, nur um meinen Ängsten einen Namen zu geben – spürte ich plötzlich eine elektrische Entladung unter der Haut im Nacken.

Ich legte die Hand auf diese Stelle, unter dem Haaransatz, und strich mit den Fingerkuppen darüber. Und machte mir damit eine Geste zu eigen, die bis zu jenem Augenblick nicht meine gewesen war, sondern seine.

Er war wie tot, aber vielleicht würde sich das bald ändern.

FREITAG

1

Das Vibrieren des Handys rüttelte Lucas aus seiner Benommenheit.

Es war kurz vor sieben, Freitagabend, und er war vor etwas mehr als einer Stunde nach Hause gekommen, nach beinahe zwanzig Stunden Dienst, doch sein Verstand hatte das bereits alles vergessen. Die langwierige, zermürbende und kräftezehrende Vernehmung des Mannes, die endlosen Fragen nach den siebenunddreißig Jahren seiner Ehe, nach der Beziehung zu seiner Frau, die Tränen in seinen Augen, während er erklärte, dass er sich nicht damit abfinden, dass er nicht ohne sie leben könnte, dass er nicht wüsste, wo sie sich aufhielt und warum sie gegangen war. Die Intuition. Die Fahrt im Transporter, zusammen mit der Gerichtsmedizinerin, Sasha Grass. Das Auffinden der Leiche, das erloschene Gesicht der Frau, die hinter einer Backsteinmauer in dem kleinen Haus in den Bergen eingemauert war, das dem Schwiegervater des Ehemannes gehörte.

Lucas hatte die Gedanken daran beiseitegeschoben, so wie man einen Projektor am Ende einer Filmvorführung ausschaltet, und als er den Fuß in seine Wohnung gesetzt hatte, war ihm nur noch der etwas ranzige, durchdringende Geruch am Leib geblieben, wie ein Abflussgraben auf dem Land, und eine bleierne, körperliche Erschöpfung.

Die Wohnung war leer. Doch wie immer kam es ihm vor, als sei jemand da gewesen. Jemand, der nicht er war. Jemand, der seine Sachen angefasst, seine spärlichen materiellen Erinnerungsstücke berührt hatte. Doch er wusste, dass das nur ein Eindruck war, zumindest hatte er es gelernt.

Er hatte kurz an Kathryn gedacht.

Hastig und gedankenlos hatte er im Flur seine Kleider ausgezogen, sie auf dem Boden liegen gelassen und sich auf dem Bett ausgestreckt. Er wusste, dass er eine Notiz schreiben musste, und hatte es auch getan: Ein paar Wörter in schwarzer Schrift auf dem Notizblock, der stets griffbereit auf dem Nachttisch lag, auf dem er bereits das Telefon und die Armbanduhr abgelegt hatte.

Er wollte nur ein paar Minuten die Augen zumachen, nur kurz die müden Glieder entspannen. Er wusste, dass er noch duschen musste. Er wusste, dass er zu Abend essen musste. Er wusste, dass er noch etwas Sport machen musste – das in der Erinnerung abgespeicherte Programm sah für jenen Abend Dehn- und Bauchmuskelübungen vor –, bevor er schlafen ging. Er wusste, dass er die Tabletten nehmen musste, und er wusste, in welcher Reihenfolge und mit welchem Abstand voneinander. Er wusste, dass er schlafen musste. Er brauchte Kathryn nicht, um sich an all diese Dinge zu erinnern.

Deshalb wollte er sich einfach nur ein paar Minuten der Dunkelheit hinter seinen Augenlidern widmen.

Er hatte sie gesenkt.

Und, ohne es zu bemerken, hatte er sich verloren.

Lucas reagierte nicht auf das Handy, das auf seinem Nachttisch vibrierte.

Er war hochgeschreckt und hatte sich schweißgebadet im Bett aufgesetzt. Mit weit aufgerissenen Augen schaute er sich verwirrt um. Sein Blick fiel auf den Spiegel über der hellen Holzkommode. Im Spiegelbild sah er ein unbekanntes Gesicht mit eher regelmäßigen Zügen. Hohe Stirn, kurz geschorenes, grau meliertes Haar, das der Form des Schädels folgte, ausgeprägte Geheimratsecken. Der Bart war einen Tag alt, vielleicht zwei: Das konnte er nicht mehr nachvollziehen, weil er aufgehört hatte, auf Kleinigkeiten wie die Zeit zu achten, wie auch auf viele andere Belanglosigkeiten. Grüne Augen, dunkel, verlorener Blick.

Er war sicher, dass er sich nicht erkannte.

Das Handy vibrierte erneut, und Lucas' Blick suchte die Geräuschquelle. Auf dem Nachttisch lagen eine Uhr, ein Handy und ein aufgeschlagener Notizblock. Darauf stand etwas geschrieben. Er ging ein wenig näher heran, las, dann löste er den Blick, wiederholte die Worte im Stillen und las sie noch einmal.

Es verging eine Minute in vollkommener Reglosigkeit, in absoluter Stille.

Er ließ eine weitere Minute verstreichen.

Als das Handy wieder zu vibrieren begann, nahm er es in die Hand. Auf dem Display stand ein Name, und Lucas war es, als kannte er ihn, wenn auch nur flüchtig. Er drückte auf den Knopf und nahm den Anruf an.

»Lucas, warum bist du nicht drangegangen? Du hast doch wohl nicht geschlafen, oder?«, sagte die Stimme am anderen Ende, die erregt auf ihn einstürmte.

Lucas war alles andere als wach, aber er zwang sich, ein paar unverständliche Worte zu murmeln, die seinen Kollegen für den Augenblick zu beruhigen schienen.

Er versuchte, sich zu bewegen, vom Bett aufzustehen, aber er fühlte sich wie eine Fliege, die dem Geruch eines Fliegenfängers erlegen war. Die Stimme am Telefon zwang ihn, sich an die Realität zu klammern.

»Lucas! Meine Güte, nun sag schon was!«

»Ich ruf dich in fünf Minuten zurück«, murmelte Lucas und kam dem Protest seines Kollegen zuvor, indem er auflegte.

Er holte Luft.

Exakt fünf Minuten später nahm er das Handy, drückte eine Kurzwahltaste und setzte sich mit Martin in Verbindung, seinem Kollegen im Dezernat.

»Da bin ich«, sagte er.

»Ich brauche dich.«

»Schieß los.« Eine Redensart, die Lucas nur Martin gegenüber verwenden konnte.

»Du hast den Nagel auf den Kopf getroffen … Es hat eine Schießerei gegeben, vor, lass mich nachsehen … siebenundzwanzig Minuten. Ein Heckenschütze. Großkaliber.«

»Wo?«

Martin nannte ihm den Straßennamen und fuhr dann fort: »Die Augenzeugen stehen unter Schock, wir sind noch dabei, die Ereignisse zu rekonstruieren. Unterm Strich sieht die Lage folgendermaßen aus: Ein voll besetzter Omnibus stößt mit einem Geländewagen zusammen und bleibt mitten auf der Straße liegen. Dort wird er plötzlich unter Beschuss genommen. Einige Fahrgäste haben versucht zu fliehen, aber der Scheißkerl hat Warnschüsse abgegeben und sie wieder zurückgescheucht.«

»Opfer?«

»Ein paar mit Sicherheit, aber noch ist unklar, ob durch den Unfall oder die Schüsse. Jedenfalls ist die Situation hier … Lucas, das ist hier wie in Bagdad. Du musst sofort herkommen.«

»Bin schon unterwegs. Sprich weiter.« Das Handy zwischen Schulter und Ohr geklemmt, begann Lucas damit, die verstreuten Kleidungsstücke vom Boden aufzuklauben. Dann fiel ihm ein, dass er sich umziehen musste. Also nahm er ein frisches schwarzes Hemd aus einer Schublade und einen Anzug in derselben Farbe aus dem Schrank.

»Die Straße ist jetzt abgeriegelt, am Anfang und am Ende

stehen Polizeiposten. Wir haben den Block evakuieren lassen, soweit das möglich war. Die Rettungswagen sind bereits vor Ort, aber sie können momentan nicht viel ausrichten«, fuhr Martin fort.

»Warum?«

»Weil der Mistkerl weiterschießt. Als ein Sanitäter an den Bus ranwollte, um Erste Hilfe zu leisten, fiel sofort ein Schuss und ist direkt vor seinen Füßen in den Asphalt eingeschlagen. Ich war schon hier, Lucas, ich hab's mit eigenen Augen gesehen. Die Kugel hat ein richtiges Loch in den Boden gerissen, die Steine sind in alle Richtungen gespritzt. Der Sanitäter wurde an den Beinen verletzt, zum Glück nur leicht, er konnte sich bis hinter die Absperrung zurückschleppen. Jedenfalls kommt jetzt keiner an den Bus ran. Sobald jemand versucht, sich zu nähern, feuert der Kerl.«

»Warte mal kurz«, sagte Lucas. Er legte das Handy auf das Tischchen im Flur, schlüpfte eilig in Hose und Schuhe, dann nahm er das Gespräch wieder auf: »Gibt es Geiseln?«

»Nicht, dass wir wüssten. Aber möglich wäre es. Abgesehen davon ist jeder, der auf dieser Straße auch nur die kleinste Bewegung macht, de facto eine Geisel.« Martin holte tief Luft und atmete in einem lang gezogenen Seufzer aus, der den kleinen Lautsprecher an Lucas' Handy vibrieren ließ. »Du musst herkommen. Und zwar *jetzt.*«

Das letzte Wort ließ Lucas aufhorchen.

»Da ist noch was, was du mir nicht gesagt hast, Martin. Spuck's aus.«

Martin hielt kurz den Atem an, dann presste er, ohne noch einmal Luft zu holen, hervor: »Wir haben auch das Gebäude, von dem aus er schießt, durch die Hintertür evakuiert. Es ist uns gelungen, eine Telefonverbindung zu seiner Wohnung herzustellen, wir haben angerufen und ...«

»Und?« Lucas zog eine Schublade des Dielenschränkchens auf und nahm die Dienstmarke heraus. Wie immer lag auch das Pistolenhalfter darin, in dem seine Dienstwaffe steckte, eine Glock. Daneben lag die Munition. Er schob die Dienstmarke in die Innentasche seines Jacketts, ließ die Waffe jedoch liegen, wo sie war. Sollte sie ruhig weiter Staub ansetzen.

»Und?«, fragte er noch einmal, als er merkte, dass Martin seit Sekunden nichts gesagt hatte. Im Hintergrund waren das Heulen eines Martinshorns und die herausgebrüllten Befehle der Einsatzpolizisten zu hören. Vielleicht sogar das Flappen von Hubschrauberflügeln.

»Und der Mann hat geredet, Lucas. Er hat einen Namen genannt. *Deinen.* Dich will er hier haben, sonst schießt er weiter. Und er hat gesagt, dass es keine Warnschüsse mehr geben wird.«

2

Das Vibrieren des Handys rüttelte mich auf.

Ich saß allein im Auto und fuhr schon seit ein paar Stunden ziellos durch die Straßen von Havens Vorstädten.

Ich versuchte, an nichts zu denken. Ich versuchte, nicht an den Fall zu denken, der mich beschäftigte, doch die einzige Strategie, mit der ich mich ablenken konnte, bestand darin, über Stephen nachzudenken, und auch diese Gedanken waren unerträglich, nach allem, was er mir angetan hatte. Stephen McCoy war … ein Fehler gewesen, anders konnte ich es nicht beschreiben. An meiner linken Hand war noch der Verband, der mich daran erinnerte. Ein Journalist war wirklich der Letzte gewesen, mit dem ich eine Beziehung hatte anfangen wollen, und doch war es passiert. Und es hatte wesentlich länger funktioniert als erwartet, so lange, dass ich überraschenderweise schon gedacht hatte, es könnte halten.

Aber Stephen hatte mich verraten.

Nicht so, wie ein Mann eine Frau verrät, sondern so, wie eine Lüge in der Öffentlichkeit die intimste Wahrheit verrät. Ich hatte ihm vertraut, und ich hatte ihm ein Geheimnis zu viel anvertraut.

Meine Gedanken irrten durch ein Labyrinth aus lauter Sackgassen, und ich ließ sie ziellos wandern, genauso ziellos, wie ich mit dem Auto umherfuhr.

Ich griff in die Tasche meiner schwarzen Jacke und berührte mit den Fingerspitzen ein gefaltetes Stück Papier, dasselbe Stück Papier, das mich schon seit so vielen Tagen begleitete, dass ich sie nicht mehr zählen konnte.

Zumindest redete ich mir das ein, aber vermutlich war ich einfach nur noch erschöpft. In Wirklichkeit wusste ich natürlich ganz genau, wie viele Tage vergangen waren. Ich wusste es, weil Zeit für mich seit fast zwei Monaten eine vollkommen andere Bedeutung erlangt hatte. Einerseits floss sie so schnell dahin wie ein Fluss, der mich mitriss. Andererseits verging jeder Augenblick getrennt von dem vorangehenden und dem folgenden, als wäre alles in einzelne Fragmente zerbrochen.

Ich war müde. Nur noch zu kraftlosen Gedanken fähig.

Der scharfe Rand des gefalteten Papiers schnitt mir in den Finger, ich zuckte zurück und unterdrückte einen leisen Schmerzensschrei. Ich zwang mich, den Schrei zu ersticken, weil ich spürte, dass er mir sonst in der Lunge explodiert wäre.

Das Telefon vibrierte von Neuem.

Ich zog es aus der Tasche und umklammerte es so fest, dass ich das Gefühl in den Fingern verlor und die Knöchel weiß wurden. Ich sah auf das Display. Freitag, sieben Uhr abends. Eine Nachricht auf der Mailbox.

Ich drückte ein paar Tasten und hielt mir das Handy ans Ohr.

»Anna, ruf mich so schnell wie möglich zurück. Wir haben hier …«

Ich ließ sie nicht ausreden. Ich legte auf und warf das Telefon verärgert auf den Beifahrersitz.

Die Stimme gehörte Sasha, und ich brauchte mir nicht die gesamte Nachricht anzuhören, um zu wissen, was sie mir so Dringendes mitzuteilen hatte.

Doch dann durchzuckte mich ein Gedanke.

Irgendetwas war anders dieses Mal. Im Kopf überschlug ich rasch die Tage. Es war noch zu früh.

»Verdammt!«

Entnervt trat ich auf die Bremse und kam gerade noch vor einer roten Ampel zum Stehen, die ich erst in letzter Sekunde gesehen hatte. Hinter mir protestierte jemand mit lautstarkem Hupen, aber es drang nur wie ein fernes Echo durch meine Wut zu mir durch, wie ein Hintergrundgeräusch.

Für einen Augenblick sah ich mein Gesicht in der Windschutzscheibe gespiegelt, durch das Licht der Ampel in lebhaftes Rot getaucht.

Ich schlug mit der Hand aufs Lenkrad, einmal, zweimal, zehnmal, und achtete nicht auf den Schmerz in der verletzten Hand, im Gegenteil, ich begrüßte ihn sogar. Der Schrei, den ich eben noch hatte unterdrücken können, zerriss mir nun die Lungen und quälte meine Kehle, ließ mich atemlos zurück, den Kopf an die Lehne gestützt, die Augen aufgerissen und leer.

Das Hupkonzert schwoll zu einem ohrenbetäubenden Lärm an, doch mit der Wut, die mich durchtoste, konnte es nicht mithalten.

Ich musste mich beherrschen. Die Wut konnte ich jetzt nicht brauchen.

Meine Wut war ein Fluch, ein Fluch, der jederzeit unvermittelt über mich hereinbrechen konnte.

Während die Fahrer der Wagen hinter mir auf mich einpöbelten und Anstalten machten, auszuscheren und unter lautem Protest um mich herumzufahren, sprang die Ampel wieder auf Rot, wurde wieder grün und dann abermals rot, während ich reglos sitzen blieb, verloren in der Einsamkeit meines Atems.

Ohne hinzusehen, tastete ich nach dem Telefon und tippte auf die Rückruftaste.

Sasha meldete sich beim ersten Klingeln.

»Anna.«

»Sag mir, wo ich hinmuss. Ich komme sofort.«

3

Lucas fädelte sich ohne Blaulicht und Sirene in den Verkehr ein und schaffte es, sich durch die belebtesten Verkehrsknoten zu mogeln, indem er sich in die Lücken zwischen den anderen Fahrzeugen zwängte und Ampeln und Straßenschilder ignorierte, ohne den Fuß vom Gaspedal zu nehmen. Während der gesamten Fahrt hielt ihn Martins Stimme in seinem Ohrhörer weiter über die Lage auf dem Laufenden.

Soweit Martin und die anderen es den Zeugenaussagen entnehmen konnten, hatte alles gegen acht Uhr vierzig begonnen, als der Bus der Linie D77 an einer Haltestelle gehalten hatte.

Etwa ein Dutzend Leute waren ausgestiegen und ungefähr ebenso viele an Bord geblieben. Ein paar neue Fahrgäste waren zugestiegen. Wenige Sekunden später, als der Bus gerade wieder angefahren war, hatte es einen lauten Knall gegeben.

Der Busfahrer musste aus dem Augenwinkel gesehen haben, wie ein junger Mann um die dreißig, der als Letzter ausgestiegen war, blutüberströmt zu Boden ging. In Panik hatte er das Lenkrad herumgerissen und das Gaspedal durchgetreten, um vom Bordstein wegzukommen, und mit der Schnauze des Busses einen vorbeifahrenden Geländewagen gerammt.

Die bereits durch den Schuss aufgeschreckten Menschen auf der Straße waren nach dem krachenden Zusammenstoß schreiend in alle Richtungen davongelaufen.

»Und von da an ist alles immer nur noch schlimmer geworden«, hatte Martin seinen Bericht geschlossen.

Für einen Moment hatte sich eine unwirkliche Stille über die Straße gelegt, die gleich darauf von den Sirenen der Polizeiautos und kurze Zeit später von denen der Rettungswagen zerrissen worden war.

Ein Streifenwagen war herangerast und mit quietschenden Reifen zum Stehen gekommen, an Bord zwei Polizisten, einer davon Martin.

»Zwei unmittelbar nacheinander abgegebene Schüsse haben uns aufgehalten. Das erste Geschoss hat den Tank des Busses durchschlagen, das zweite hat ihn zum Explodieren gebracht. Das muss eine kleine Granate gewesen sein. Um ein Haar hätte es uns erwischt, Lucas.«

Durch die Explosion war der Bus auf die Seite geschleudert worden und hatte dabei den Geländewagen weggeschoben.

»Da waren Leute in dem Bus«, wiederholte Martin. »Ich hab sie wie in Zeitlupe gesehen, als der Bus umgekippt ist, und … mein Gott, du hättest hören sollen, wie sie geschrien haben.«

Ein dritter Schuss wenige Zentimeter vor dem Streifenwagen hatte Martin und seinen Kollegen gezwungen, den Rückwärtsgang einzulegen und auf die Kreuzung am Anfang der Straße zurückzufahren.

»Wir mussten sie dalassen, verstehst du? Du musst dich beeilen, Lucas. Wo bist du?«

Glücklicherweise wohnte Lucas nicht allzu weit von der Straße entfernt, in der das Inferno losgebrochen war.

Sieben Minuten später war er am Tatort.

Er parkte an der Straßensperre, stieg aus, und während er die Tür hinter sich zuwarf, zog er automatisch die Dienstmarke heraus, um sie dem Posten zu zeigen.

»Martin«, sagte er ins Handy, »ich bin da. An der Kreuzung am südlichen Ende. Wo bist du?«

»Ich seh dich. Bin gleich da.«

Das Gesicht seines Kollegen, das schon im Normalfall zu leichten Rötungen neigte, war feuerrot, und seine Haltung verriet Müdigkeit und Anspannung. Mit seiner großen und stattlichen Erscheinung wirkte er oft etwas unbeholfen, verstand es im Einsatz aber dennoch, sich geschickt und präzise zu bewegen. Jetzt jedoch klatschten seine Schritte schwer und hektisch auf den Boden. Er blieb vor Lucas stehen und musterte ihn einen Augenblick, als wollte er sichergehen, dass sein Kollege ganz bei sich war.

»Du musst Kontakt zu diesem Irren aufnehmen. Und zwar sofort«, sagte er zu ihm, dann ging er weiter, ohne ihm noch einmal ins Gesicht zu sehen: Seine Augen waren auf den Tatort gerichtet, etwa hundert Meter von der Polizeisperre entfernt. Immer wieder drangen gedämpfte Hilfeschreie durch die von Rauch und Nebel gesättigte Luft: Sie kamen aus dem Linienbus, der auf die Seite gekippt mitten auf der Fahrbahn lag, direkt neben dem Wrack eines schwarzen SUV.

»Wie heißt er?«, fragte Lucas.

»Die Nachbarn sagen, er wäre ein freundlicher Mann, allenfalls ein bisschen menschenscheu. Ungefähr fünfundfünfzig Jahre alt, lebt allein, ist erst vor Kurzem eingezogen …«

Lucas zwang sich, eine Hand auf die Schulter des Freundes zu legen, damit der sich zum ihm umdrehte, und sah ihm in die Augen.

»Später. Später die Einzelheiten. Jetzt den *Namen.*«

»Bundeigh. Theodore Bundeigh. Auf den Namen ist zumindest die Wohnung gemietet. Sagt dir das was?«

Lucas durchforstete ein paar Sekunden lang sein Gedächtnis auf der Suche nach einer Assoziation, einem Echo. Er fand nichts.

»Nein, ich erinnere mich an niemanden, der so heißt.«

»Er hat nach dir verlangt. Ich dachte, du würdest ihn kennen.«

»Es könnte ein falscher Name sein.«

»Es ist alles möglich«, schnaubte Martin, dann drehte er sich wieder zu der gut zweihundertfünfzig Meter langen Straße hinter ihnen um. Sie wirkte wie eine Welt für sich. Jenseits ihrer Grenzen, markiert durch die Polizeiautos, die Absperrbänder mit der »Zutritt verboten«-Aufschrift und die Panzersperren, die Spezialkräfte in ihren kugelsicheren Kevlarwesten und die Verkehrspolizisten, die den Verkehr umleiteten, rauschte und pulsierte die Stadt im selben Takt wie immer. Doch innerhalb dieser Grenzen, in diesem kurzen Straßenabschnitt mit Wohnhäusern, Geschäften und Tiefgaragen herrschte eine spürbare Anspannung, die von unsichtbarer Hand aufrechterhalten wurde.

Lucas folgte dem Blick seines Kollegen: Er musste sich die Szene einprägen, und zwar schnell.

»Von wo aus schießt er?«

»Siehst du das große Wohnhaus da rechts? Er befindet sich im fünften Stockwerk, wahrscheinlich liegt er auf einem der Balkone oder steht hinter einem der Fenster an der Ecke.«

»Und unsere Scharfschützen?«

»Er schießt auf alles, was sich bewegt, insofern ist es unmöglich, in die Gebäude zu gelangen, deren Eingänge zur Straße liegen. Wir haben ein Team aus vier Männern, die gerade versuchen, durch einen Hintereingang in das Haus gegenüber zu kommen, aber dazu werden sie Zeit brauchen und …«

»Und selbst wenn alles gut läuft, werden sie kein freies Schussfeld bekommen. Dieses Haus ist niedriger als das des Heckenschützen, es hat nur drei Geschosse. Was ist mit dem Hubschrauberteam?«

»Da oben«, sagte Martin und zeigte mit ausgestrecktem Arm auf einen dunklen Schatten, der sich vom beinahe schwarzen Himmel abhob. »Aber der Balkon ist tief und durch den Dachüberstand gedeckt, und wenn der Schütze sich wirklich darauf befindet, kann er sich jederzeit in die Wohnung zurückziehen und aus einem der Fenster weiterschießen.«

»Oder er steht sowieso schon an einem der Fenster, wie du sagtest.«

Martin nickte. »Wenn das so ist, dann hat er exzellente Arbeit geleistet. Er muss ein Loch in die Fensterscheibe geschnitten haben, in der Wohnung brennt kein Licht, es gibt keinerlei Spiegelungen.«

»Militärische Ausbildung.«

»Mit Sicherheit. Das erkennt man auch an der Art und Weise, wie er schießt.«

»Und wir wissen nicht, ob er eine Geisel hat …«

»Ganz genau. Folglich können wir nicht einfach auf Verdacht auf sämtliche Fenster schießen. Auch wenn ich das gern täte.«

Während sie redeten, hatte Martin sich eine Zigarette angezündet, aber er schien sie vergessen zu haben. Sie war von allein bis auf den Filter heruntergebrannt, sodass die Hitze jetzt offensichtlich seine Finger erreichte, denn er warf sie mit einer beinahe verärgerten Handbewegung auf den Boden und zerrieb den Stummel unter der Schuhsohle.

»Wo ist der Transporter?«, fragte Lucas.

Martin machte ihm ein Zeichen, ihm zu folgen.

Sie waren gerade wenige Schritte gegangen, als plötzlich die Druckwelle einer Explosion sie von hinten erfasste.

Lucas wurde durch die imposante Gestalt seines Kollegen geschützt, der die volle Wucht des heißen Luftschwalls abbekam. Als er sich umwandte, sah er am unteren Ende der Straße, eingehüllt in eine schwarze Wolke, dunkel und undurchdringlich, einen roten Fleck.

Während sie auf den Transporter zurannten, der hinter der Straßensperre an der Kreuzung stand, schnappte Lucas Gesprächsfetzen auf. Martin stand über einen Ohrhörer und ein am Kragen seiner Jacke angebrachtes Mikrofon mit dem Einsatzkommando in Verbindung.

Lucas hörte ihn ein »Gott sei Dank« murmeln.

Wenige Augenblicke später gefolgt von einem »Verdammte Scheiße.«

4

Die Sirenen waren bis hierher zu hören, untermalt vom leisen Flappen der Flügel eines Hubschraubers.

Ich suchte den Himmel in der Richtung ab, aus der das Heulen zu hören war, und dachte, dass in der Stadt etwas Schlimmes passiert sein musste. Aber ich hatte jetzt keine Zeit, mir darum Sorgen zu machen. Und es war nicht nur eine Frage der Zeit: In meinen Gedanken war nicht ausreichend Platz für etwas anderes.

»Sie wissen, was wir tun müssen«, sagte ich leise und versuchte, mehr Autorität in meine Stimme zu legen. Ich wusste, dass man mich im Allgemeinen für eine energische und selbstbewusste Frau hielt, ich wusste, dass nur das – und eine, wie mir die Berichte meiner Supervisoren mitteilten, überdurchschnittliche Begabung – mich in meiner Karriere so weit gebracht hatte. Und an diesen gottverlassenen Ort irgendwo in der Peripherie von Haven.

Der Mann neben mir antwortete nicht, jedenfalls nicht gleich. Während er weiter nach unten starrte, unfähig, den Blick von dem abzuwenden, was zu seinen Füßen lag, sah ich mich um.

Es ist seine Erste, dachte ich. *Das kann ich gut verstehen. Bei der Ersten ging es mir auch so.*

Ich verschränkte die Arme vor der Brust und ließ den Blick schweifen. Etwa sechshundert Meter entfernt glänzte das Blechdach einer riesigen Industriehalle im Mondlicht. Es hatte vor Kurzem geregnet, und die Tropfen, die noch an den Fenstern hingen, produzierten Reflexe, die das Gebäude mit einem seltsamen Zauber belegten und es aussehen ließen wie ein riesiges Hexenhaus. Die hereinbrechende Nacht mit ihrem Raunen und Flüstern verstärkte den Eindruck noch.

Ich schauderte, als ich die Feuchtigkeit vom Erdboden aufsteigen spürte, die sich wie Tentakel um meine Beine wand und mir den Rücken hoch bis hinauf zum Nacken kroch, bis zu dem Knoten, zu dem ich mein Haar bei der Arbeit immer zusammenfasste.

Ich drehte mich um und blickte zurück auf die Stadt, die sich in einem weiten Tal erstreckte, das im Westen von einer ähnlichen Hügelkette begrenzt wurde wie der, in der ich mich gerade befand. Im Osten verband sich die unendliche schwarze Weite des Ozeans mit der Nacht. Das Gewirr aus Häusern und Straßen sah aus, als hätte ein Flugzeug Schrott abgeworfen. Ich wusste noch nicht recht, ob ich diese Stadt liebte oder hasste oder ob sie mir einfach gleichgültig war wie eine Landschaft, die man jeden Morgen aus dem Fenster eines Zuges vorbeigleiten sieht.

Als Kind und auch noch als Heranwachsende hatte ich immer davon geträumt, einmal in einer Stadt zu leben und zu arbeiten, die so warm wäre wie ein Mutterleib. Einladend sollte sie sein und sich zu meinen Füßen öffnen wie eine aufgehende Blütenknospe.

Und für einen kurzen, für einen sehr kurzen Moment in meinem Leben war ich auch sicher gewesen, dass ich es schaffen konnte. Doch es war, als hätte ich auf einem zugefrorenen See ein Schloss errichten wollen: Eine einzige gleißende Stichflamme hatte genügt, um alles zum Einsturz zu bringen und in den eisigen Tiefen versinken zu lassen.

Diese Stadt, Haven, hatte alles getan, um mich zurückzuweisen, mit Brutalität manchmal, einmal sogar mit ungewöhnlicher Gewalt, und dann wieder mit einer Gleichgültigkeit, die ich, so bildete ich mir ein, erwiderte.

Und dennoch, trotz allem, was mir hier passiert war und was ich mich immer noch zu vergessen zwang, trotz des Geheimnisses, das mich gefangen hielt, war ich geblieben. Dickköpfig und voller Wut. Und vielleicht war es auch Haven gewesen, das mich zu dem gemacht hatte, was ich heute war.

»Mein Gott. Und das an meinem ersten Tag im Dienst«, murmelte der Mann neben mir. Er war auf ein Knie gegangen, und der Saum seines Regenmantels streifte über das noch nasse Gras.

»Captain … Sie wissen, was wir tun müssen«, wiederholte ich.

Der Mann sah hoch und löste die Augen endlich von dem Anblick zu seinen Füßen, der ihn in der vergangenen Viertelstunde völlig in den Bann geschlagen hatte.

»Es reicht, Wayne. Sie haben schon angefangen, damit zu nerven, bevor ich meinen Dienst überhaupt angetreten habe. Noch bevor überhaupt irgendjemand außer Zannier von meiner Ernennung wusste. Wenn ich bis jetzt noch nicht nachgegeben habe, dann doch aus dem einfachen Grund, weil ich Ihnen vertraue, oder? Das ist ein Vertrauensbeweis, verdammt noch mal. Das sollten Sie zu schätzen wissen, anstatt mir auf die Nerven zu gehen.«

»Ja sicher, aber ich bin …«, setzte ich an, doch er fiel mir ins Wort.

»Vielleicht ist es Ihnen nicht ganz klar, aber ich bin gerade erst angekommen, und ich kenne meine Leute überhaupt noch nicht. Von dem Mann, von dem Sie reden, ganz zu schweigen. Ich brauche Zeit, um die Lage einzuschätzen.«

»Zeit ist genau das, was wir nicht haben.«

Wir können es uns nicht leisten, kostbare Stunden mit deinen taktischen Spielchen zu verschwenden, bloß weil du dich einzig und allein für deine Karriere interessierst, dachte ich. Aber ich sprach es nicht aus.

Der Mann stand auf und trat vor mich. Er überragte mich um mindestens zwanzig Zentimeter, aber er war schlank wie ich, fast skelettartig mager. Das stahlgraue Haar warf feine Schatten auf sein verlebtes Gesicht, die Wangen waren eingefallen, und die Augen lagen unter der hervorspringenden Stirn tief in ihren Höhlen. Er war feingliedrig wie gewundener Eisendraht, und doch strahlten seine Bewegungen Energie und eine übersteigerte Selbstsicherheit aus, die mich von

Anfang an beeindruckt hatten. Gacey ließ seinen Blick an mir hochwandern, hielt, bei meinem Gesicht angekommen, inne und sah mir fest in die Augen. Offenbar versuchte er, darin die Wahrheit zu lesen, oder zumindest einen Hinweis darauf, welchen Weg er einschlagen sollte.

Seit fast drei Wochen beharrte ich darauf, herausgefunden zu haben, welches der rechte Weg war. Aber es war mir nicht gelungen, ihn davon zu überzeugen.

Ich hielt seinem Blick stand und beschränkte mich darauf zu sagen: »Sie wissen, wie viel Zeit bereits vergangen ist. Wir sind schon über den üblichen Zeitraum hinaus. Sie haben diesen Fall genauestens studiert. Sie wissen, was das bedeutet.«

Der Mann machte ein finsteres Gesicht und rieb sich das Kinn. Er kniff die Augen so stark zusammen, dass nur noch Stecknadelköpfe zu sehen waren. Dann atmete er langsam aus.

»In Ordnung, Wayne. In Ordnung, Herrgott noch mal. Sie bleiben hier und beaufsichtigen die Arbeiten. Ich fahre los und hole ihn, wo auch immer er steckt.«

»Ich glaube, ich weiß, wo er sich gerade aufhält, Sir«, sagte ich.

Ich drehte mich um und zeigte auf einen Punkt in der Ferne. Die Stadt, die Sirenen, der Lichtschein, der Hubschrauber. Das ferne Hallen einer Explosion.

5

Das Telefon klingelte viermal.

Fünfmal.

Sechsmal.

Erst beim siebten Mal nahm der Mann am anderen Ende den Anruf an. Lucas lauschte dem Schweigen, das folgte.

Er befand sich im Inneren eines gepanzerten, als Zivilfahrzeug getarnten Polizeitransporters mit abgedunkelten Scheiben, einem Satellitenempfänger auf dem Dach und jeder Menge ausgeklügelter Technik an Bord. Der große LCD-Monitor vor ihm war in vier Quadrate unterteilt, die Aufnahmen von Überwachungskameras in direkter Übertragung zeigten. Die beiden Quadrate auf der linken Seite boten einen Blick auf die Straße, jeweils von einem Ende her. In der Mitte eines jeden Quadrats befand sich der Linienbus, der auf der Seite lag wie ein gestrandeter Wal. Dünne, ölglänzende Rauchfahnen standen über dem Wrack, wie vom Himmel hängende Gedärme.

Der Ausschnitt in dem Feld oben rechts war fest eingestellt, unbeweglich: Die Kamera zoomte auf den Balkon des fünften Stockwerks des Gebäudes, von dem geschossen worden war. Es war eine der Positionen, wo man den Täter vermutete, die wahrscheinlichste, aber es war kein Gewehrlauf zu sehen, kein Lichtreflex verriet die Waffe, die mit so zerstörerischer Wirkung eingesetzt wurde.

Das vierte Quadrat unten rechts war schwarz. Lucas wusste sofort, wozu es diente: Sie wussten, was gleich geschehen würde, und irgendwo war mit Sicherheit bereits eine Mikrokamera installiert, die Bilder an das Aufnahmesystem des Transporters senden würde. Dieses dunkle Quadrat war wie ein elektronisches Auge, das noch geschlossen war, sich aber bald öffnen würde. Bereit für ihn.

Als Lucas in den Transporter gestiegen war, dicht gefolgt von Martin, hatte er einen Moment gebraucht, um die Situation richtig einzuschätzen. Eine dünne Leiste aus LED-Leuchten, die unter dem Dach befestigt war, erhellte das Innere des mit Überwachungs- und Abhörtechnik vollgestopften Transporters. Es roch künstlich, die Luft war gesättigt von dem Ozon, das die elektrischen Geräte abgaben. Vor einem Monitor saß ein Techniker, dessen Finger nur so über die Tastatur flogen. Auf seinem rasierten Schädel klemmte ein Kopfhörer mit Mikrofon, über sein Gesicht flackerte der Schein der verschiedenen Kontrolllämpchen, die ihn umgaben. Die Lautsprecher neben dem Hauptmonitor waren gerade stumm.

Noch ein weiterer Mann befand sich im Wageninneren. Eher durchschnittlich groß und mit durchschnittlicher Figur, trug er einen makellosen, aber unauffälligen beigen Anzug, ein weißes Hemd, eine bordeauxrote Krawatte und dazu einen besorgten Gesichtsausdruck, die Zähne hinter angespannten Lippen fest zusammengebissen. Wahrscheinlich war er der Verhandlungsführer. Und wahrscheinlich war er wütend, weil er mit Lucas' Ankunft auf einen Schlag vollkommen überflüssig geworden war.

Lucas stellte sich nicht vor, ebenso wenig wie der andere, der es offenbar vorzog, direkt zum Thema zu kommen.

»Wir haben vor etwa zwanzig Minuten Kontakt hergestellt. Ein Mann, klingt selbstsicher, scheint zu wissen, was er tut. Macht nicht viele Worte. Na ja, er hat auch so gut wie nichts gesagt. Eigentlich hat er nur einen Namen genannt …«

»Meinen, ich weiß«, unterbrach ihn Lucas. »Stellen Sie eine Verbindung her.«

»Hören Sie, ich weiß ja nicht, wie viel Erfahrung Sie mit solchen Verhandlungen haben, aber es ist ein Fehler, ihm sofort zu geben, was er will. Wir müssen uns Zeit lassen. Sie sollten mich erst noch einmal mit ihm reden lassen und …«

»Haben Sie die letzte Explosion gehört, oder waren sie zu sehr damit beschäftigt, sich selbst reden zu hören?«, fiel ihm Martin ins Wort. »Oder glauben Sie vielleicht, wir wären hier im scheiß Bagdad, wo so was an der Tagesordnung ist?«

»Ja, wir alle haben die Explosion gehört«, antwortete der Verhandlungsführer, ohne sich von Martins Angriffslust aus der Ruhe bringen zu lassen. Er nickte zum Monitor hinüber. »Und gesehen haben wir sie auch: Es gab einen Schuss, und dann ist das Auto, das vor dem Geschäft da geparkt hat, in die Luft gegangen.«

Martin starrte den Unterhändler weiter an, aber Lucas sah, wie sich seine Gesichtsmuskulatur nach und nach entspannte. Wahrscheinlich zählte sein Kollege gerade im Geist bis zehn.

»Es hat noch eine weitere, relativ kleine Explosion gegeben«, fuhr Martin schließlich in etwas versöhnlicherem Ton fort, »und ich hoffe nur, dass die Evakuierung bereits abgeschlossen war und sich niemand mehr in dem Geschäft aufgehalten hat, denn da war genug Sprengstoff, um jeden, der noch drin war, in einem Feuerball hochgehen zu lassen.« Er machte eine Pause und warf Lucas einen Blick zu. »Aber sie war auch … mit geradezu chirurgischer Präzision ausgeführt. Heftig, aber nicht heftig genug, um die Struktur des Gebäudes zu schädigen. Und, nur für den Fall, dass Sie es vergessen haben sollten, das ist das Gebäude, in das das Sondereinsatzkommando aktuell einzudringen versucht.«

»Taktisch perfekt«, murmelte Lucas.

Der Unterhändler sah ihn verwirrt an, und Martin fiel die Aufgabe zu, es ihm zu erklären.

»Unsere Leute sind in Sicherheit, dem Himmel sei Dank, ich habe die Bestätigung gerade über Funk bekommen. Aber sie sitzen fest, sie können nicht mal durch die Hintertür rein. Das ist es, was mein Kollege meint: Der Schütze hat einen taktisch perfekten Zug gemacht. Der Feuerball, der aus dem Auto kam, hat sich zur Rückseite des Geschäfts hin entladen, neben dem Hintereingang. Das war eine gerichtete Sprengung. Jetzt müssen unsere Leute erst das Feuer löschen, bevor sie versuchen können, Zugang zum Treppenhaus zu bekommen. Was bedeutet, dass wir ...«

»Wir verlieren kostbare Zeit«, führte Lucas den Satz eisig zu Ende. »Also rufen Sie ihn an.«

Der Unterhändler zögerte noch ein paar Sekunden, gab dann jedoch, bevor Martin noch einmal aus der Haut fuhr, dem Techniker widerstrebend ein Zeichen, der daraufhin Lucas Kopfhörer und Mikrofon aushändigte. Als er sah, dass Lucas bereit war, das Gespräch zu beginnen, drückte der Techniker auf einen Knopf. Lucas hörte ein kurzes Summen, dann begann das Telefon zu klingeln.

Er wartete. Es klingelte sechs, sieben Mal. Dann ein Klicken.

Und dann Schweigen.

Der Mann am anderen Ende war in der Leitung, aber Lucas hörte nur das rauschende Echo seines eigenen Atems.

Er ließ einige Augenblicke verstreichen, den Blick auf die Bildschirme gerichtet, ohne sie wirklich zu sehen, dann sagte er: »Sie wollten mich sprechen. Ich bin hier. Also?«

»Also, Lucas, müssen Sie jetzt tun, was ich Ihnen sage«, antwortete der andere.

Der Unterhändler hatte recht: Der Unbekannte hatte eine kontrollierte und sichere Stimme, die sich, durch die Lautsprecher übertragen, im ganzen Transporter ausbreitete. Mit verärgerten, hektischen Bewegungen gab der Unterhändler dem Techniker zu verstehen, dass er die Lautstärke herunterregeln sollte.

»Sie wollten mich sprechen. Ich bin hier. Also?«, wiederholte Lucas so monoton und emotionslos wie beim ersten Mal.

»Wie geht es Ihren Männern?«, wollte der andere wissen.

»Welchen Männern?«

»Denen mit den Präzisionsgewehren. Den handverlesenen Scharfschützen. Sie wissen genau, von wem ich rede.«

Lucas biss nicht an. Wieder ließ er ein paar Sekunden verstreichen, bevor er antwortete.

»Sie wollten mich sprechen. Das war es, was Sie verlangt haben. *Also?*«

Der Mann fuhr fort, als hätte Lucas gar nichts gesagt. »Ich hoffe, die Bombe hat niemanden verletzt. Jetzt müssen wir reden, Lucas, Sie und ich.«

Lucas entschied sich ein weiteres Mal für Schweigen.

Das Schweigen zog sich in die Länge. Der Unterhändler war kurz davor, etwas zu sagen, aber Lucas hob den Zeigefinger und erstickte seinen Impuls, ohne ihn auch nur anzusehen. Er ließ den Finger kurz in der Luft verharren wie ein Dirigent vor einem Orchester. Und nach einem weiteren Moment voller Hintergrundrauschen kehrte die Stimme zurück.

»Sie müssen raufkommen, Lucas. Die Treppe rauf. Zu mir. Und dann reden wir von Angesicht zu Angesicht.«

»Ich kenne Sie nicht.«

»Sie werden mich kennenlernen.«

Noch eine Pause. Wie zuvor zog Lucas es vor, sie nicht zu füllen.

»Kommen Sie allein. Sie haben zehn Minuten, Lucas.«

»Was wollen Sie von mir? Ich wiederhole, ich kenne Sie nicht.«

»Möglich. Aber ich kenne Sie.«

Klick.

6

Lucas ging in der Mitte der Straße auf das Wrack des Linienbusses zu. Über ihm drängte sich ein Stück Himmel zwischen die Gipfel der Häuser, die mit weit aufgerissenen, leeren Mündern zu beiden Seiten Spalier standen. Er zwang sich, gleichmäßig, aber zügig zu gehen, kämpfte gegen den Drang an zu rennen. Es war nicht die Angst, von einer Kugel getroffen zu werden – er wusste, dass Bundeigh ihn im Fadenkreuz hatte, aber er wollte ihn lebend. Er hatte gesagt, er kenne ihn, und Lucas war nicht vermummt, es bestand also kein Risiko, dass er ihn mit einem anderen Polizisten verwechseln würde. Und der Mann hatte einen Plan. Lucas blieb auch gar keine Zeit, über seine Lage nachzudenken. Er musste einfach nur noch diese paar Meter weitergehen und dabei so wenig bedrohlich wie möglich wirken. Das schrieb das Drehbuch vor.

Die Straße war verlassen. Lucas kam an der Leiche des Fahrgastes vorbei, der als Erster gewagt hatte auszusteigen: Bundeigh hatte ihn mitten in die Brust getroffen. Der Leichnam lag auf dem Rücken, durch den Aufprall des Großkalibergeschosses zwei Meter von der Haltestelle weggeschleudert. Lucas konnte ihn jetzt gut sehen: ein Mann um die dreißig in Jeans und Turnschuhen.

Er entschied sich, nichts anderes zu sehen, die Schreie und die Hilferufe zu ignorieren. Er entschied sich, nicht zu registrieren, mit welcher geradezu übernatürlichen Präzision sich die Schnauze des Busses genau im 45-Grad-Winkel in den schwarzen Geländewagen verkeilt hatte und dabei alles, was ihm auf seinem Weg in die Quere gekommen war, zerquetscht und die Frau hinter dem Lenkrad eingeklemmt hatte.

Jetzt lag der Bus der Linie D77 auf der Seite. Im hinteren Teil, wo der Tank explodiert war, waren keine Fenster mehr, aber von dort kamen die Schreie auch nicht. Die Fahrgäste, die an Bord geblieben waren, hatten sich im vorderen Busteil zusammengedrängt und bildeten ein dichtes Knäuel aus Körperteilen und Panik.

Lucas setzte weiter gleichmäßig einen Fuß vor den anderen.

Er wusste, dass ein falscher Schritt, eine falsch verstandene Bewegung schreckliche Folgen haben konnte. Nicht für ihn, sondern für diejenigen, die bis jetzt überlebt hatten.

Er richtete den Blick auf die Eingangstür des Gebäudes. Er war jetzt kurz davor.

Im Ohrhörer seines linken Ohrs herrschte Stille. Im Moment hatte ihm niemand etwas mitzuteilen. Die Mikrokamera, die der Techniker am Kragen seiner Windjacke befestigt hatte, übertrug alles auf das vierte Quadrat auf dem Bildschirm im Inneren des Transporters. Das elektronische Auge hatte sich geöffnet.

Lucas stellte sich die Szene vor, wie sie auf dem Monitor erscheinen musste. Im Zentrum der beiden linken Quadrate war er selbst zu sehen, von hinten und etwas kleiner in dem einen, von vorn und etwas größer im anderen. Kleine Flammen, Überreste des Feuers in dem Geschäft, erhellten ihn von der Seite. Die Straßenbeleuchtung spiegelte sich gelblich in den überall verstreut liegenden, verbogenen Teilen des explodierten Autos. Die Luft stand, nicht einmal eine leise Brise regte sich, die den Rauch hätte vertreiben können, der immer noch in dicken Schwaden in der Luft hing. Der Himmel war dunkelblau und hing wie ein Leichentuch über der Straße und ihren Gebäuden.

Das war der Moment, in dem der Unterhändler die ersten Worte ins Mikrofon sprach, wissend, dass Lucas sie in seinem Ohrhörer hören würde.

»Sie haben acht Minuten, von jetzt an.«

Lucas antwortete nicht.

Sein Weg hatte bis hierhin nur eineinhalb Minuten gedauert. Neunzig Sekunden, um vom einen Ende der Straße bis fast zu dem fünfstöckigen Gebäude zu gelangen, dem Bauch, in dem das Ungeheuer lauerte. Er brauchte den Countdown des Unterhändlers nicht, aber er machte sich auch nicht die Mühe, ihn daran zu hindern. Ein Winkel seines Gehirns war sowieso ständig damit beschäftigt, das Verstreichen der Zeit zu messen.

Und dennoch schien die Zeit stehen zu bleiben, als in seinem Gesichtsfeld, fokussiert, als blicke er durch ein Fernrohr, die Frau in dem Geländewagen erschien. Ihre Schmerzensschreie drangen in sein Gehör, das er vorher willentlich abzuschirmen versucht hatte, und ihr tränenüberströmtes Gesicht, die mit Glassplittern gespickten Wangen, die ausgestreckte Hand, die sich ihm um Hilfe flehend entgegenreckte, drängten sich in sein Bewusstsein.

Lucas zwang sich, den Blick von dem Mund der Frau, von den Lippen, die das Wort »Hilfe« formten, loszureißen. Jede noch so kleine Bewegung in ihre Richtung hätte Bundeigh dazu verleiten können zu schießen und all seine Bemühungen zunichtegemacht.

Er sah hoch und warf einen raschen Blick in das Geschäft: Wahrscheinlich hatte Martin recht, und es war zum Zeitpunkt der Explosion tatsächlich niemand mehr darin gewesen. Von dem Wrack des explodierten Autos stiegen ein paar letzte Rauchfahnen auf. Gut möglich, dass es dem Heckenschützen gehört hatte, der es hier strategisch günstig vor dem Eingang abgestellt hatte. Allerdings war nach der Brandbombe wahrscheinlich nicht mehr viel für die Spurensicherung übrig, um diese Vermutung zu bestätigen.

Er war jetzt bis auf wenige Meter an den Eingang des Wohnhauses herangekommen.

Er verlangsamte seinen Schritt und gestattete sich ein paar Sekunden, um sich umzuschauen. Auf dem Boden fand er, was er suchte – einen losen Stein –, und nahm ihn auf, um damit das Glas in der Eingangstür einzuschlagen. Wenn dieser Bundeigh darauf wartete, dass er klingelte und sich an der Sprechanlage meldete wie ein geladener Gast, hatte er sich geirrt.

Kommen Sie zu mir, und dann reden wir von Angesicht zu Angesicht.

»Ich bin an der Tür«, flüsterte er. Das unter dem Kragen seiner Windjacke versteckte Mikrofon würde die Worte ins Innere des Transporters übertragen.

»Sieben Minuten von jetzt an«, kam prompt die Antwort des Unterhändlers.

Der Hausflur war nur spärlich beleuchtet. Einige der Neonleuchten an der Decke waren kaputt, und die paar, die noch funktionierten, warfen nur vereinzelte, in unregelmäßigen Abständen verteilte Lichtkegel auf den Boden.

Der Mann, der am oberen Ende dieses Treppenhauses auf ihn wartete, war nicht nur geübt im Umgang mit Präzisionsgewehren, sondern hatte sich auch als Sprengstoffexperte erwiesen. Lucas war sicher, dass seine Vergangenheit bereits durchleuchtet wurde, und das mithilfe eines eindeutigen Schlüsselwortes: Militär. Doch auch seine Kollegen, die die Datenbanken durchsuchten, mussten damit rechnen, dass der Mann einen falschen Namen genannt hatte.

Sie werden mich kennenlernen.

Obwohl immer das Risiko bestand, in eine Sprengfalle zu geraten, ging Lucas davon aus, dass der Mann ihn lebend da oben haben wollte. Das Drehbuch war längst geschrieben, und Lucas musste sich bis zum Ende daran halten.

Ich kenne Sie.

Lucas setzte seinen Weg fort und bog nach rechts ab, in Richtung des Treppenhauses, das ihn bis nach oben führen würde. Hier war der Flur noch dunkler. Er streckte den Arm aus und tastete mit dem Zeigefinger: Die Lampe an der niedrigen Decke war zerbrochen, der Glühfaden tanzte lose in der Glaskugel.

Vor dem Aufzug blieb er stehen. Auf der Anzeigetafel über der Tür leuchtete rot die Ziffer 5.

»Lucas, warten Sie, er hat gesagt …« Die Stimme im Ohrhörer klang alarmiert. Der Unterhändler. Dank der Mikrokamera, die Lucas trug, sah er alles, was auch er sah.

»Ich weiß«, murmelte er. »Er hat gesagt: *›Sie müssen raufkommen, die Treppe rauf.‹* Ich nehme die Treppe.«

Kaum hatte er den Fuß auf die erste Stufe gesetzt, als er ein dumpfes Geräusch in seinem Rücken hörte.

Er fuhr herum und blickte in den Lauf einer Pistole.

7

»Eigentlich müsste *ich* mich jetzt vor einem Pistolenlauf wiederfinden«, sagte Martin. »Aber ich wette, du hast sie nicht mal heute dabei.«

Lucas beschränkte sich darauf, in das Gesicht seines Freundes zu starren.

»Wie bist du reingekommen?«, fragte er schließlich.

»Auch dieses Haus hat einen Hintereingang. Über den haben wir evakuiert.«

»Da hätte eine Überwachungskamera sein können. Oder noch eine Bombe.«

Martin hob die Arme und zuckte mit den Schultern.

»Keins von beidem.«

»Bundeigh hat ausdrücklich verlangt, dass ich allein komme«, versuchte Lucas zu protestieren.

»Du bist mein Partner. Ich lass dich nicht allein da reingehen.«

»Drei Minuten«, unterbrach sie die Stimme in ihren Ohrhörern.

»Ticktack, Lucas.« Auf Martins Gesicht breitete sich ein Lächeln aus. »Wollen wir hier stehen bleiben und weiter diskutieren, oder wollen wir hochgehen und dieses Stück Scheiße ausschalten?«

Lucas drehte sich um und wollte die Treppe hinaufsteigen, doch Martins Hand auf seiner Schulter hielt ihn zurück.

»Vielleicht wär's besser, den Kerl mit der Pistole vorgehen zu lassen und den Irren ohne Waffe dahinter, was meinst du?« Ohne Lucas Zeit zum Widerspruch zu lassen, überholte Martin ihn und nahm die Treppe in Angriff, schnell, aber vorsichtig, alle Sinne hellwach. Lucas blieb nichts anderes übrig, als ihm zu folgen. Wie aus dem Lehrbuch, mit Bewegungsabläufen, die er so oft geübt hatte, dass sie sich in das Gedächtnis seiner Muskulatur eingeschrieben zu haben schienen, bewegte sich Martin systematisch und zügig eine Treppe nach der anderen hinauf. Er hielt sich immer dicht an der Wand und den Blick zuerst auf den Boden gerichtet, um sicherzugehen, dass dort keine Sprengfalle oder Ähnliches lauerte, dann erst nach oben und schließlich zu den Seiten und nach vorn.

Lucas folgte ihm mit zwei Treppen Abstand. Er kannte den Rhythmus und die Rituale seines Partners in- und auswendig und deckte instinktiv eventuelle tote Winkel, die Martin vielleicht entgehen konnten.

Am zweiten Treppenaufgang war jeder Straßenlärm verschwunden, und sie umfing eine abgrundtiefe, höhlenartige

Stille. Nur das leise Tappen ihrer Schritte auf den Stufen und ihr Atem waren zu hören.

»Zwei Minuten.«

Als sie den Treppenabsatz des fünften Stocks erreichten, war es Lucas, der eine Hand auf die Schulter seines Kollegen legte.

Martin blieb stehen. Schweißperlen standen ihm auf der Stirn. Sein Gesicht war angespannt und wirkte besorgt, aber als Lucas den Blick auf die Hand senkte, die die Pistole hielt, sah er, das der Griff sicher und fest war.

»Er hat meinen Namen genannt. Er will nur mich. Du weißt, was das bedeutet.«

Martin machte Anstalten zu protestieren, aber ein Blick genügte ihm, um zu verstehen, dass sein Kollege sich entschieden hatte. Er kannte ihn gut genug, um zu wissen, dass er sich nicht umstimmen lassen würde.

»Dann nimm du die Pistole.«

Lucas ignorierte ihn.

Martin sah ihm ins Gesicht und verstand, dass Lucas sich nicht mal zu der Waffe überreden lassen würde. Mit einem Schnauben fegte er seine Hand von seiner Schulter und ging voran. »Eines Tages bringst du uns noch um«, sagte er, ohne sich umzudrehen.

Es war stockfinster auf dem Treppenabsatz. Das schwache Licht, das aus dem Erdgeschoss heraufdrang, ließ gerade einmal die Umrisse der Türen erahnen. Die, die sie suchten, befand sich auf der linken Seite.

Durch den schmalen Spalt unter der geschlossenen Tür war zu erkennen, dass drinnen Licht brannte.

Sowie Martin einen Fuß auf die Fußmatte setzte, war ein leises, trockenes Geräusch zu hören.

»Glasscherben. Er hat die Lampe zerschlagen«, murmelte Lucas.

»Ich gehe rein.«

»Nein.«

Lucas überholte ihn und stellte sich zwischen ihn und die Tür.

»Verdammt noch mal, Lucas!«

»Was geht da vor? Bitte berichten!«, drängte die Stimme im Ohrhörer.

Lucas achtete nicht darauf. »Rühr dich nicht vom Fleck. Ich geh rein.«

Martin musterte das Gesicht seines Kollegen. »Mein Gott. Bist du sicher?«

»Wir sind bei weniger als einer Minute. Ich …«

In diesem Augenblick traf sie ein greller Lichtstrahl, der neue Schatten auf ihre Gesichter warf. Er kam aus dem Inneren der Wohnung.

Lucas drehte sich um. Die Tür hatte sich einen Spalt geöffnet, dahinter bewegte sich etwas.

Langsam hob er die Hand und stieß mit einer konzentrierten Bewegung die Tür auf.

Dann ging er hinein.

8

Ein Stuhl und ein Gespenst. Das war es, was Lucas sah.

Der Stuhl sah aus wie ein ganz gewöhnlicher Holzstuhl mit vierkantigen, leicht geschwungenen Beinen.

Auf dem Stuhl saß das Gespenst und leuchtete ihm mit einer Taschenlampe in die Augen, sodass Lucas seine Gesichtszüge nicht erkennen konnte und vor allem nicht, was es in der anderen Hand hielt. Aber da war etwas.

»Tritt vor«, sagte eine Stimme, die ihm nicht bekannt vorkam. Bundeigh hatte behauptet, ihn zu kennen, aber selbst ohne die Verzerrung durch ein Telefon sagte ihm die Stimme nichts. Die ganze Zeit über, seit dem Telefonat, hatte ein Teil von Lucas' Gehirn fieberhaft gearbeitet, sein Gedächtnis nach einer Erinnerung durchforstet, die zu dieser Stimme passte. Vergeblich. Dieser Mann, der da etwa vier Meter von ihm entfernt auf dem Stuhl saß, war ihm vollkommen unbekannt.

Allerdings musste er sich eingestehen, dass sein Gedächtnis ihn nicht zum ersten Mal trog. Seine Erinnerungen, oder zumindest die, die er zu haben glaubte, überlagerten sich häufig und verschwammen miteinander, sodass es ihm oft vorkam, als gehörten sie jemand anderem.

Vielleicht kannte dieser Mann ihn tatsächlich, und sein Geist konnte die Verknüpfung einfach nicht mehr herstellen. Wenn er wenigstens sein Gesicht hätte sehen können …

»Da bin ich. Was wollen Sie von mir?«, fragte er und machte einen zögernden Schritt nach vorn. Er zwang sich, die Dunkelheit abzusuchen, um zu sehen, ob sie allein waren, ob es Geiseln gab, aber er konnte nichts erkennen.

»Wir sehen nichts, Lucas«, sagte die Stimme im Ohrhörer. »Wir brauchen einen anderen Blickwinkel.«

Lucas versuchte, sich behutsam ein wenig zur Seite zu verlagern, aber der Strahl der Taschenlampe folgte ihm und blendete ihn ebenso wie die Mikrokamera, die alles direkt in den Transporter übertrug.

»Wir hatten eine Abmachung, Lucas«, sagte das Gespenst.

»Eine Abmachung. Ja. Ich habe mich daran gehalten. *Also?*«

Der Mann richtete die Taschenlampe erst auf seine Brust, dann auf seinen Hals, und dabei schwenkte er den Lichtkegel.

Lucas verstand, löste Mikrokamera und Mikrofon langsam und sorgfältig von seiner Kleidung und warf sie dem Mann vor die Füße. Nur der Ohrhörer blieb: Jetzt konnte er nur

Die Übelkeit überkam ihn jetzt in Wellen. Sein ganzer Körper fühlte sich an wie betäubt, und jede seiner Bewegungen schien verlangsamt, als wäre die Luft mit einem Mal dicker geworden.

Aber er musste sich bewegen. Handeln. *Reagieren.*

Er musste Martins Pistole nehmen, die noch von der Hand des Kollegen umklammert wurde.

Das Gespenst sagte etwas, aber Lucas hatte Schwierigkeiten, die Worte voneinander zu unterscheiden. Es war, als stürmten Hunderte von Stimmen gleichzeitig auf ihn ein und verwirrten ihn.

Dann begriff er: der Ohrhörer. Er hatte noch den Ohrhörer. Und darin brüllte jemand, immer wieder, wie von Sinnen, und erzeugte ein metallisches Kreischen, das die Worte unverständlich machte.

Doch es war nicht die Stimme von vorhin. Diese Stimme hier schien weit entfernt zu sein, zwar gab es Übereinstimmungen, aber es handelte sich ganz sicher nicht um die Stimme des Unterhändlers, sondern von jemand anderem, den er nicht wiedererkennen konnte.

Das Gespenst streckte eine Hand nach seinem Kopf aus, zog ihm den Ohrhörer ab, warf ihn auf den Boden und zerrieb auch ihn unter der verstärkten Sohle seines Stiefels. Die Stimmen verstummten, es blieb nur noch die von Dröhnen und Brummen und Knistern erfüllte Stille.

Da sprach das Gespenst erneut.

»Wir hatten eine Abmachung, Lucas. Es tut mir leid. Es tut mir wirklich leid, glauben Sie mir das.«

Der Mann war jetzt über ihm. Er rammte Lucas mit aller Kraft den Ellbogen in die Nieren, versetzte ihm dann einen Schlag in den Nacken, der ihn für einen Augenblick lähmte, und am Ende verpasste er ihm einen Hieb aufs Schlüssel-

bein, der exakt den Nerv traf. Sein rechter Arm wurde sofort taub.

Lucas schrie auf. Und war dankbar für den stechenden Schmerz, weil er ihm half, wieder zur Besinnung zu kommen. Die Umgebung hörte auf zu schwanken und sich zu drehen wie ein verrückt gewordenes Jahrmarktkarussell.

Er versuchte, sich wegzurollen, hin zu Martin und der Waffe, aber sein Körper reagierte nicht, seine Muskeln gehorchten ihm nicht.

Der Mann kam ihm zuvor. Er schleuderte sein Gewehr weg, das ein paar Meter weiter krachend auf den Boden fiel, dann trat er zu Martin, beugte sich herunter und öffnete gewaltsam seine Hand, die immer noch die Pistole umklammerte.

Lucas war, als sähe er ein Lächeln über das Gesicht des Mannes huschen, ein Lächeln voller Trauer oder Verzweiflung. Vielleicht auch Resignation.

Dann wandte der Mann sich ihm zu, ging in die Knie und setzte sich rittlings auf seinen Brustkorb. Er legte ihm die Pistole in die gefühllose Hand und schloss einen Finger nach dem anderen um den Knauf, presste den rechten Finger an den Abzug. Dann legte er seine Hand auf Lucas' Hand und zwang ihn, den Arm zu heben.

Für einen Augenblick sah Lucas das Ende kommen.

Eines Tages wirst du uns noch umbringen.

Martin hatte recht. Er hatte sie umgebracht, alle beide.

Lucas schloss die Augen und wurde von einer Welle der Erleichterung durchflutet, die ihn beinahe den Schmerz vergessen ließ.

Beinahe unbewusst fing er an, die Sekunden zu zählen.

Eins, zwei …

Der Schuss fiel bei drei.

10

Der Geruch der Nacht war wie ein Gift. Er erfüllte nach und nach die Nase, die Kehle, die Lungenflügel wie ein tödliches Miasma. Der Geruch der Nacht war der meiner tröstlichsten Erinnerungen.

Die Nacht roch nach Flucht, und nichts hätte ich in jenem Moment lieber getan, als die Flucht zu ergreifen. Mich in meinem Büro zu verkriechen, mich an die Heizung geschmiegt aufzuwärmen, mich vom Brummen des Computers beruhigen zu lassen, von der milden Wärme einer Tasse heißen Kaffees, dem Duft meiner Blumen, mich von der leisen Musik aus dem Radio einhüllen zu lassen. Und wie gerne hätte ich mich in Stephens Umarmung geflüchtet. Beinahe unbewusst betastete ich mit den Fingern der rechten Hand den Verband an der linken.

»Anna, wir sind fertig.«

Die Stimme von Sasha Grass, der Rechtsmedizinerin, rüttelte mich auf. Ich atmete einmal tief durch, bevor ich ihr antwortete, und sog noch mehr Gift ein.

»Ergebnisse?«

»Nichts Neues. Tut mir leid. Aber wir konnten auch nicht viel machen, wie du weißt …«

Sasha sah mich mit einer Mischung aus Bedauern und Verärgerung an. Obwohl zwischen uns eine bis zu einem gewissen Grad greifbare Rivalität herrschte, die vielleicht der Tatsache geschuldet war, dass wir beide als Frauen in einem beinahe exklusiv männlichen Umfeld arbeiteten, hatten Sasha und ich immer gut zusammenarbeiten können. Professionalität war uns beiden überaus wichtig, war Ehrensache. Oder wahrscheinlich eher der Rettungsanker, an den wir uns klammerten, um uns über Wasser zu halten, zu überleben.

Bis zu diesem Fall.

Dieser Fall mit seinen langen Überstunden hatte uns alle bis auf die Knochen aufgerieben und in kürzester Zeit unser Vertrauen in die eigenen beruflichen Fähigkeiten erschüttert. Er hatte uns jede Hoffnung geraubt, bis Wut und Ohnmacht die Oberhand gewannen und jeden wachen Augenblick beherrschten.

Aber während ich mir das in gewissem Sinne zumuten konnte, wusste ich, dass der Preis, der von Sasha gefordert wurde, exorbitant war. Wie bei allen, die Familie hatten, führten die Arbeitszeiten und die Anspannung, der wir ausgesetzt waren, auch bei ihr zu einem zermürbenden Gefühlsentzug.

Erst vor wenigen Monaten, bevor der Albtraum begonnen hatte, hatte Sasha mich für einen Nachmittag und zum Abendessen zu sich eingeladen. Sie hatte das getan, um unsere Beziehung zu festigen. »Weibliche Solidarität, davon kann man nie genug haben«, hatte sie gesagt, um dann hinzuzufügen: »Wir werden unter Frauen sein, nur ich und meine Töchter werden da sein.«

Als ich klingelte, hatte mir eine der Töchter aufgemacht: Das Erste, was ich von Emily sah, waren ihre feuerroten Locken, genau wie die ihrer Mutter, und erst, als ich den Blick senkte, bemerkte ich das unsichere Lächeln, das unter dem rebellischen Schopf hervorlugte.

»Hallo, bist du die Tante, die noch kommen wollte?«

»Hallo, du bist bestimmt Emily, oder? Ich bin Anna, und ich …«

»Bist du die Tante, wegen der Mama immer arbeiten muss?«, hatte das Mädchen mit dem ganzen Scharfsinn ihrer sechs Jahre hinzugesetzt, bevor ich den Satz zu Ende sprechen konnte.

Die Unordnung, die jeden Winkel des Hauses erfüllte und sogar im ungepflegten, mit Spielsachen übersäten Garten herrschte, hatte mich verwirrt. Aber nicht unangenehm. Sie hatte eher eine gewisse Sehnsucht in mir geweckt.

»Mein Mann ist bei der Arbeit«, hatte Sasha gesagt, als sie mich in Empfang nahm, und kurz den Blick gesenkt.

Auch wenn ich nicht Profilerin gewesen wäre, darauf gedrillt, jede Nuance im Verhalten oder den Gesten von Menschen wahrzunehmen, hätte ich sofort gemerkt, dass die Dinge nicht zum Besten standen. Aber ich war nicht beruflich hier, ich war hier nicht bei der Arbeit, und auch wenn ich aus purer Trägheit meinen Gedanken erlaubt hätte, so zu arbeiten, hätte mir ein Blick auf Sasha genügt, um mich daran zu erinnern, dass jetzt nicht der rechte Augenblick dafür war.

Sie war so anders als der Mensch, den ich sonst im Büro und im Leichenschauhaus zu Gesicht bekam, und anfangs schrieb ich diesen Eindruck der Tatsache zu, dass ich sie bisher noch nie in etwas anderem gesehen hatte als in Bluse und der formellen Bürokleidung, die sie bei der Arbeit trug. Jetzt trug sie offene Sandalen an den Füßen, helle Jeans, die an den Knien vom Tragen und nicht aus irgendeiner Modelaune heraus etwas zerschlissen waren, dazu einen schlichten weißen Pulli. Doch es war nicht nur ihre Kleidung: In ihren Augen strahlte ein ganz ungewohntes Licht. Es hatte mich nicht viel Mühe gekostet, um den Grund dafür zu finden: Jedes Mal, wenn sie eine ihrer Töchter anblickte, hellte sich ihr Gesicht auf, strahlte sie eine Ganzheit aus, um die ich sie nur beneiden konnte.

Es war ein sonnendurchfluteter Nachmittag gewesen, an einem Spätsommertag. Die Luft hatte nach Harz und Gegrilltem und nach der Sonnencreme geduftet, mit der Sasha Emily und die kleine Julia, mit ihren gerade mal drei Jahren, reichlich eingecremt und dabei die Gelegenheit genutzt hatte, um sie gründlich durchzukitzeln. Das Lachen des Mädchens war offen, laut und ansteckend gewesen. Emily hatte mich ausgefragt, um herauszufinden, warum ihre Mutter mehr Zeit mit mir verbrachte als mit ihnen. In ihren Fragen lag keinerlei Argwohn, sie waren eher schmeichelnd. Als wollte sie mich durchschauen und dann erobern, und mir wurde klar, dass sie mich nicht von ihrer Mutter fernhalten wollte, sondern ganz im Gegenteil: Sie dachte, wenn sie erreichen könnte, dass ich mehr Zeit mit ihnen verbrachte, ihre Mutter es ebenfalls tun würde.

Ich hatte mir ein eiskaltes Bier gegönnt und im Liegestuhl im Garten gelegen. Ich hatte mir erlaubt, über dieses und jenes zu plaudern, die Arbeit außen vor zu lassen, auch wenn es mir nicht gelungen war, allzu viel über mich selbst zu sagen. Ich hatte mir den Gedanken gestattet, dass wir echte Freundinnen werden könnten.

Ich hatte mir einen unbeschwerten Tag gegönnt.

Und dann hatte kurz darauf, fast wie eine Strafe, der Albtraum begonnen.

Ich musterte Sasha. Ihre zerzausten roten Haare, jetzt, nachdem sie die Schutzhaube abgenommen hatte. Die Fältchen um die Mundwinkel, die deutlicher als sonst hervortraten. Die Ringe unter den Augen, exakt wie bei mir.

»Ich weiß, dass ihr nicht mehr machen konntet«, sagte ich. »Und es tut mir leid, dass ihr später noch mal wiederkommen müsst, um es abzuschließen.«

»Noch mehr Überstunden … Ich weiß schon gar nicht mehr, wie meine Kinder riechen oder mein Haus … Ich kenne nur noch den Geruch der Nacht … und des Todes.«

Sasha schälte sich aus dem Schutzanzug, zog die Überzieher von den Schuhen und legte alles in den Transporter. Schon bald würde sie dieses Ritual des Ankleidens in umgekehrter Reihenfolge wiederholen müssen, aber ich kannte sie und wusste, dass sie es nicht allzu lange in dieser sterilen und anonymen Kleidung aushielt.

Wir standen hundert Meter vom Tatort entfernt, aber das reichte nicht, um wirklichen Abstand dazu empfinden zu können. Wenn Sasha und ich uns ins Gesicht sehen konnten, dann lag das nur an dem Schein der vier starken Halogenleuchten, die kreuzweise um den Fundort aufgestellt worden waren.

Nicht einmal Dunkelheit war uns vergönnt.

»Glaubst du wirklich, er kann uns helfen?«, fragte Sasha, an den Transporter der Spurensicherung gelehnt. Obwohl sie die Leiterin der Abteilung für Rechtsmedizin war, bestand sie darauf, ihn selbst zu fahren, wann immer sie Gelegenheit dazu bekam. Sie zündete sich eine Zigarette an und schob sich eine Locke aus dem Gesicht.

Ich dachte ein paar Sekunden über ihre Frage nach. »Das kann ich nur hoffen, mir bleibt nichts anderes übrig.«

»Na, dann hoffe ich nur, er kommt bald. Schauderhaft, dieser gottverlassene Ort hier.«

Ich sagte es ihr nicht, aber auch mich fröstelte es, jedenfalls seit einigen Minuten, und nicht wegen der Kälte oder der Feuchtigkeit. Stattdessen bat ich sie um eine Zigarette. Ich rauchte selten und meist nur in ihrer Gesellschaft.

Nach dem ersten Zug nahm ich meinen Mut zusammen und stellte ihr die Frage, die mich am meisten beunruhigte.

»Habt ihr alles so gelassen, wie es war?«

Sasha sah mich leicht verärgert an, als hätte ich ihre professionellen Fähigkeiten und die ihres Teams in Zweifel gezogen.

»Natürlich, wie du angeordnet hattest. Warum …«

Dann verstand sie.

»Die Blume. Du meinst wegen der Blume, stimmt's?«

»Ja. Die Tulpenblüte.«

»Wir mussten das überprüfen, Anna. Und ja, sie ist da. Aber wir haben sie nicht angerührt, noch nicht. Wir haben sie gelassen, wo sie war.«

Ich seufzte. Normalerweise mochte ich Blumen. Im Büro hatte ich immer eine Vase mit Azaleen und eine mit Orchideen, und ich tat alles, was in meiner Macht stand, damit sie möglichst lange hielten. Sie sollten so lange wie möglich überleben.

Doch Tulpen konnte ich nicht mehr ertragen. Die Hügel um uns herum waren voll davon: schier endlose Felder aus fleischigem Rot, die sich wie Lavaströme zwischen den Tannen und Pappeln hindurchwanden. Die enorme Verbreitung dieser Blume hier in unserer Gegend hatte die Ermittlungen erschwert: Es war unmöglich, den Ursprung einer bestimmten Blüte zurückzuverfolgen, wenn jedes Jahr Milliarden von Blumen blühten. Wir wussten nur, dass die, mit denen wir uns beschäftigen mussten, eine Besonderheit gemeinsam hatten: Sie wurden eingefroren, bevor sie auf diese makabre, rituelle Art und Weise eingesetzt wurden.

»Rufen wir die Männer zurück, ich schicke sie zum Essen«, sagte Sasha.

»Aber lass sie nicht zu weit weg.«

»Keine Sorge.« Sie musterte mich, als würde sie mich zum ersten Mal sehen. Ich wusste, dass ich nicht besonders gut aussah. »Anna, wann hast du zum letzten Mal gegessen? Oder geschlafen? Du kannst nicht ewig so weitermachen, weißt du.«

Ich wusste es.

Aber ich wusste auch, dass ich keine Antwort hatte, also schwieg ich.

»Na los, komm mit. Ich lad dich ein.«

Einen Augenblick lang war ich versucht, die Einladung anzunehmen.

Doch im selben Augenblick erreichte mich ein Anruf von Captain Gacey.

Ich hörte ihm zu, ohne ein Wort zu sagen, dann steckte ich das Handy wieder in die Tasche.

»Wir müssen das Essen verschieben«, sagte ich zu Sasha.

11

Es war nicht gerade ein betörender Gesang, das wusste er, aber die Frequenz, in der er ertönte, ging zumindest ins Ohr. Er drang durch die Kehle bis zur Lunge und weiter hinab, brachte seine Wirbelsäule zum Vibrieren, um sich dann im Magen niederzulassen und dort auf die Lauer zu legen. Es war ein hypnotisierender und irgendwie tröstlicher Ton, auch wenn er noch nicht ganz verstand, warum.

Lucas erinnerte sich nicht daran, aus der Wohnung gebracht worden zu sein, an Martin vorbei, die Treppen hinunter und hinaus ins Freie auf das Schlachtfeld, zwischen Toten und Verletzten, Autowracks, Rauch und Scherben hindurch bis zum Rettungswagen, an den gelehnt er jetzt am Boden saß, den Kopf in die Hände gestützt.

Die Reize fluteten auf ihn ein, und mit aller Macht versuchte er, die Außenwelt auszublenden. Er wollte in Ruhe die Erinnerung an die letzten Augenblicke in dieser Wohnung festhalten, wo er mit Martin zusammen gewesen war.

Doch der Gesang der Sirenen kreiste ihn ein.

Es schienen Hunderte zu sein, wie Wikingerschiffe voll mit Berserkern, die ein einsames Dorf überfielen. Die Straßensperren zu beiden Enden der Straße waren vorübergehend geöffnet worden, sodass eine kleine Flotte Rettungsfahrzeuge hindurchkam, die jetzt ihr Kommen ankündigte. Die Blaulichter warfen irrlichternde Schatten und Reflexe. Sanitäter und Ärzte liefen herbei, um den Verletzten im Bus zu Hilfe zu eilen, die endlich aus dem Albtraum befreit worden waren.

Es gab noch andere, um die man sich kümmern musste, vor allem Einwohner des Viertels, die nicht schnell genug hatten evakuiert werden können und folglich in ihren Häusern und Geschäften hatten ausharren müssen, bis keine Schüsse mehr fielen. Einige waren durch die Explosion der Autobombe leicht verletzt worden, andere hatten Panikattacken.

Und dann war da noch die Frau in dem SUV, die ihn um Hilfe angefleht und die er ignoriert hatte.

Doch jetzt würde sich jemand um sie kümmern. Jetzt würde sich jemand um diese Menschen kümmern. Jetzt würden Leben gerettet werden.

Die Bedrohung war vorüber. Das Gespenst war verschwunden.

Die Rettungswagen kreuzten sich, kamen herangerast und rasten wieder davon. Und in einem davon lag Martin.

Langsam löste Lucas die Hände, hob den Kopf und schlug die Augen auf.

»Was zum Teufel ist da oben passiert?«

Dieses Mal erkannte Lucas die Stimme, obwohl er den Mann, zu dem sie gehörte, so gut wie gar nicht kannte. Doch er war sicher, dass er diese Stimme im Ohr gehabt hatte, bevor das Gespenst ihm den Ohrhörer abgenommen hatte. Und das Gesicht war ihm bekannt, ebenso wie der Name.

»Captain Gacey.«

Der Captain trat aus dem Schatten, der ihn zu verschlucken schien, und baute sich vor ihm auf.

»Sie haben mich gehört, Lucas. Was zum Teufel war da los?«

»Martin …«

»Das weiß ich schon«, fiel ihm Gacey ins Wort. Dann

schwieg er kurz und murmelte vor sich hin: »Ausgerechnet an meinem ersten Tag musste das passieren.«

Lucas wusste, dass es in Wirklichkeit nicht sein erster Tag war: Es war Freitag, und er hätte erst am darauffolgenden Montag anfangen sollen. Aber Gacey hatte darum gebeten, die Übergabe am Ende des Arbeitstages und der Arbeitswoche beobachten zu dürfen: Um das Team besser kennenzulernen, die Leute, die Arbeitsweise, hatte er gesagt. Um sich einzugewöhnen, hatte er erklärt. Lucas erinnerte sich an Martins Kommentar, als er ihm den kurzen Wortwechsel mit dem neuen Captain berichtet hatte: »Quatsch. Das macht er, weil er uns kontrollieren will. Und er will wissen, wen von uns er benutzen kann, um Karriere zu machen.«

Lucas machte Anstalten aufzustehen, aber Gacey legte ihm eine Hand auf die Schulter und hielt ihn zurück. Sein Griff war fest und entschlossen.

»Nicht so schnell, Lucas. Ich brauche Sie noch.«

Dieser Satz machte ihn misstrauisch, aber er bekam keine Zeit, um zu antworten, weil der Captain fortfuhr: »Ich möchte einen Bericht über das, was geschehen ist. Jetzt.«

»Martin …«, sagte Lucas noch einmal. Es war, als könne das Wiederholen dieses Namens wie eine Art Mantra dazu beitragen, wieder Ordnung in eine Welt zu bringen, die ihm wirr und chaotisch, irrational und ohne jeden Sinn erschien, wie es nur die Welt der sogenannten Lebenden konnte.

»Der *Bericht*, Agent. Ich warte.«

Endlich reagierte Lucas, getrieben von einer Art innerem Automatismus, als wäre er wie eine Feder aufgezogen und bis jetzt zurückgehalten worden.

Er spulte die Fakten ab, von dem Zeitpunkt an, als Martin ihn angerufen hatte, bis zur Ankunft vor Ort, der Explosion des Autos, in dem der Heckenschütze eine Bombe platziert hatte, seine Forderung, mit Lucas zu sprechen, dem Ultimatum. Das Hinaufgehen. Das Gespenst auf dem Stuhl, das Gewehr.

Die beiden Schüsse, Kaliber 40, die auf Martin abgegeben worden waren. Die letzten Worte des Gespenstes, bevor es sich selbst getötet und Lucas' Hand gezwungen hatte, den Abzug zu betätigen.

Der Mund des Gespenstes, der sich weit öffnete, um den Lauf der Pistole aufzunehmen. Sein Gesicht in einem Standbild, bevor der Film sich in einer roten Wolke auflöste. Das Gesicht des Gespenstes, das durch die Explosion ausgelöscht wurde.

Der Bericht war klar und fasste die Ereignisse korrekt zusammen, wurde aber ohne jede Art von Gefühl vorgetragen. Als hätte eine Computerstimme einen vorgefertigten Text vorgelesen.

»Also ist der Heckenschütze tot. Er hat sich umgebracht. Er hat Sie gezwungen, die Hand um die Pistole zu legen und ihm ins Gesicht zu schießen. Habe ich das richtig verstanden?« Gacey ahmte die Bewegung nach, indem er sich den Zeigefinger in den Mund hielt.

Lucas nickte kurz.

Der Captain schwieg mindestens eine Minute lang und musterte ihn nur.

Lucas spürte, wie sich die Anspannung aus seinen Muskeln löste, als wäre ihm eine schwere Rüstung abgenommen worden.

Im selben Augenblick bemerkte er die ersten Anzeichen einer Krise. Die Aura war unverwechselbar.

Die Ränder der Wirklichkeit schienen sich aufzulösen wie zerrinnende Farbe. Alles verlief miteinander und verblich, vergraute wie ein zu oft gewaschenes Laken.

Er brauchte einen Fixpunkt, etwas, woran er sich halten konnte. Auch wenn er in Wirklichkeit keine Panik verspürte, sondern eher unendlichen Frieden, das Gefühl, dass alles vollkommen sinnlos war. Lucas hätte dieses Gefühl gern festgehalten, sich von seiner Unvermeidlichkeit mitreißen lassen, so, wie sich die Strände östlich von Haven dem unendlichen Anbranden des Ozeans ergaben.

Er hörte Gaceys Stimme schon fast nicht mehr, der mit jemandem am Handy telefonierte. Am Rand seines Gesichtsfeldes sah er, wie er sich umdrehte und eine Hand wie einen Trichter vor den Mund hob, um besser gehört zu werden.

Wie ein Roboter streckte Lucas das rechte Bein aus, steckte die Hand in die Hosentasche, zog einen kleinen Notizblock hervor und öffnete ihn mit dem Daumen.

Dann las er die erste Seite.

Las sie noch einmal, und währenddessen begann sein Geist, die Informationen aufzunehmen. Gacey war noch am Telefon, kehrte ihm den Rücken zu. Er musste die Stimme erheben.

»Anna, wir kommen sofort. Wir haben hier … wir sind hier aufgehalten worden«, sagte der Captain, bevor er sich wieder zu Lucas umdrehte.

Dieser nahm die kurze Verwirrung seines Vorgesetzten beinahe nicht wahr, aber wenn er sich die Zeit genommen hätte, um den Augenblick zu analysieren, hätte er ihn mit großer Sicherheit einordnen können. Für einen Augenblick hatte Gacey eindeutig den Eindruck gehabt, einen weiteren Toten vor sich zu haben. Er hatte gedacht, Lucas sei tot.

Es dauerte nur einen Wimpernschlag.

Als sein Vorgesetzter ihm die Hand entgegenstreckte, ergriff Lucas sie mit der Linken, während die Rechte weiterhin den Notizblock hielt.

Er ließ sich von ihm auf die Beine helfen.

»Ich lasse Ihnen sofort etwas zum Anziehen bringen. Das, was Sie anhaben, ist Beweismaterial.«

»Zu Hause habe ich saubere Sachen.«

»Sie können jetzt nicht nach Hause, Lucas, es tut mir leid. Ob Sie's glauben oder nicht, wir haben noch mehr zu tun, und so wie's aussieht, werden Sie da gebraucht.«

12

Wie Sternschnuppen, die auf der Netzhaut jedes Mal einen Kondensstreifen hinterließen, wenn er die Augen schloss, zogen die Lichter der Stadt vor dem Fenster des Streifenwagens vorbei.

Lucas erinnerte sich nicht, jemals eine Sternschnuppe gesehen zu haben. Er erinnerte sich jedoch, irgendwo gelesen zu haben, dass viele davon in Wirklichkeit Überreste zerstörter Satelliten waren, die beim Wiedereintritt in die Erdatmosphäre Feuer fingen.

Neben ihm auf dem Fahrersitz hielt Captain Gacey über Funk Kontakt mit der Zentrale, um über den aktuellen Stand der Ermittlungen auf dem Laufenden gehalten zu werden. So etwas, wie es gerade mitten im Zentrum Havens geschehen war, hatte es in der Geschichte der Stadt noch nie gegeben. Obwohl Haven eine relativ große Stadt mit vielen Einwohnern war, lag die Kriminalitätsrate unter der anderer Metropolen. Auch wenn hin und wieder ein Fall es wegen seiner Absonderlichkeit, Grausamkeit oder der Bekanntheit der Beteiligten – etwa bei Finanzbetrügereien – in die Zeitungen geschafft hatte, war Haven niemals Schauplatz spektakulärer Verbrechen gewesen.

Bis zu diesem Abend.

Lucas fühlte sich im Epizentrum des Geschehens, dennoch wurde er fortgezerrt, irgendwohin verschleppt. Der Captain hatte ihm noch nicht erklärt, wo sie hinwollten und warum. Vielleicht wollte er es ihm auch nicht erklären.

»Ich will, dass Sie alles über diesen Mann recherchieren, diesen Bundeigh, ist das klar?« Gacey sprach deutlich und abgehackt, als wären seine Worte Steine, die er herausschleuderte. Und dennoch war seine Stimme frei von Zorn oder Anmaßung. Er war es gewohnt zu befehlen, seine Anweisungen waren klar und unmissverständlich, besonders, wenn er wichtige Aufgaben verteilte.

»Jawohl, Sir«, kam die Stimme von Lieutenant Ramirez über Funk. Lucas kannte ihn, auch wenn er keinen engeren Kontakt zu ihm hatte. Wie zu niemandem im Dezernat, um die Wahrheit zu sagen; der Einzige, den er beinahe seinen Freund nennen konnte und nicht nur seinen Kollegen, lag in diesem Moment in einem Rettungswagen, wenn nicht bereits im Krankenhaus. Der Gedanke, ohne Martin weiterarbeiten zu müssen, war niederschmetternd, weshalb er sich bemühte, ihn zu vertreiben.

Lucas löste den Blick von der Straße – er ahnte inzwischen, wohin sie unterwegs waren – und sah wieder zum Fenster hinaus auf der Suche nach Sternschnuppen, die Martins Bild vor seinem inneren Auge noch weiter fortschieben konnten.

Martin, wie er ausgelassen, laut und ansteckend lachte, sodass sich im Aufenthaltsraum des Dezernats niemand seinen Witzeleien entziehen konnte. Niemand außer Lucas natürlich. Martin, gerührt an dem Tag, an dem seine Tochter ihre Diplomurkunde überreicht bekam. Martin, der ihn Tag für Tag zu Beginn jeder Schicht bat, seine Waffe mitzunehmen. Martin, der gesagt hatte: »Eines Tages bringst du uns noch um«, und der diesmal recht behalten hatte.

»Captain, wir haben bereits ein Resultat zu Bundeigh«, fuhr Ramirez fort.

»Falsch«, murmelte Lucas zerstreut, ohne sich umzudrehen.

»Schießen Sie los, Ramirez, was ist es?«, sagte der Captain.

»Der Name ist falsch, Sir. Es gibt keinen Theodore Bundeigh in der Stadt, wir haben überall nachgeschaut, aber nichts gefunden. Es gibt ein paar in der Umgebung, aber …«

»Aber? Von denen ist es keiner, stimmt's?«

»Nein, Sir. Einer ist fünfundachtzig und lebt in einem Altersheim. Der andere ist sein Enkel und arbeitet als Pfleger in ebendiesem Altersheim. Er hat unseren Anruf entgegengenommen.«

»Was bleibt?«

»Unterm Strich bleibt uns da nicht mehr viel. Die Spurensicherung untersucht den Tatort, und die Rechtsmedizin hat die Leiche des angeblichen Bundeigh gerade übernommen. Ich persönlich hätte es ja vorgezogen, wenn Grass sich darum kümmert, aber …«

»Grass ist mit mir an einem anderen Fall. Sie wird die Obduktion durchführen, aber erst nach der ersten Bestandsaufnahme.«

»Also, Sir, visuell wird man den Mann nicht mehr identifizieren können, das Gesicht ist …«

Lucas erinnerte sich an den roten Nebel, der das Gesicht des Gespenstes eingehüllt hatte.

»Ich verstehe. Wie ist der Stand der Dinge, können wir eine erste Bilanz ziehen?«

»Vorläufig. Wir haben bis jetzt drei Tote. Ein Mann, der hinten im Bus war, als der Tank explodiert ist, hat es nicht geschafft. Unter den Fahrgästen gibt es Verletzte, ein paar davon schwer, die anderen stehen unter Schock, haben aber nur oberflächliche Verletzungen. Das erste Opfer, chronologisch gesehen, war der Fahrgast, dem er in die Brust geschossen hat.«

»Wissen wir, wer das ist?«

»Noch nicht, anscheinend hatte er keine Papiere bei sich. Ein Mann, weiß, dreißig oder fünfunddreißig Jahre alt. Jeans und Turnschuhe, weißer Pulli und eine Windjacke. Mitten in die Brust, ein verheerender Treffer. Die Zeugen sagen, er sei als Letzter an der Haltestelle ausgestiegen und dann ...«

»Und dann hat Bundeigh, oder wie auch immer der Scheißkerl wirklich heißt, sich ihn ausgesucht, um das Spektakel zu beginnen.«

»Das denke ich auch, Sir. Er wollte uns ablenken, Zeit schinden. Er wollte ...«

»Er wollte mich«, redete Lucas eisig dazwischen.

Der Captain drehte sich zu ihm, sah ihn kurz an und konzentrierte sich dann wieder aufs Fahren.

»Ramirez, setzen Sie jemanden auf Lucas' Fälle an. Suchen Sie die Leute heraus, die einen Groll gegen ihn hegen könnten, jemand, der Grund haben könnte, Rache zu nehmen. Suchen Sie nach dem passenden Alter, fünfundfünfzig und aufwärts, würde ich sagen. Und jemanden mit militärischer Vorgeschichte.«

»Das wird nichts nützen«, schaltete sich erneut Lucas ein.

»Warum nicht?«, fragte der Captain.

»Weil ich nie jemanden verhaftet habe. Das hat immer Martin gemacht. Mich kennt niemand.«

Der Captain schwieg eine Weile, als dächte er nach.

»Ramirez, gehen Sie die Fälle trotzdem mal durch«, sagte er schließlich. Dann setzte er mit einem raubtierhaften Leuchten in den Augen hinzu: »Und lassen Sie sich auch die Akten aus den anderen Dezernaten geben, in denen Lucas früher gearbeitet hat.«

Die Antwort von Lieutenant Ramirez kam mit leichter Verzögerung: »Die müsste ich mir schicken lassen … dazu bräuchte ich eine Autorisation …«

»Haben Sie. Machen Sie's einfach und fertig. Wir sind gleich da, ich melde mich wieder.«

»Nein, warten Sie, Ramirez«, sagte Lucas.

»Was wollen Sie?«

»Wer ist der Dritte?«

»Der dritte was?«

»Das dritte Opfer«, erklärte der Captain. »Sie haben uns den Mann genannt, der erschossen wurde, und den Fahrgast hinten im Bus, aber Sie haben nicht gesagt, wer das dritte Opfer ist.«

»Eine Frau, Sir. Sie saß am Steuer des Geländewagens, den der Bus gerammt hat.«

Ramirez' Seufzer wurde über Funk klar und deutlich übertragen.

»Sie war nach dem Unfall eingeklemmt«, fuhr Ramirez fort, »hat aber viel Blut verloren, aus der Oberschenkelarterie, weil ein Metallteil auf das Bein gedrückt hat. Als man sie endlich aus dem Wrack befreien konnte, war es zu spät, sie war so gut wie ausgeblutet. Sie ist noch im Rettungswagen gestorben. Wenn wir ihr früher hätten zu Hilfe kommen können …«

Lucas schwieg. Vor seinem geistigen Auge sah er wieder, wie sich der Mund der Frau hinter der gesplitterten Windschutzscheibe weit öffnete, und er hörte die Schreie, die die Stille über der Straße zerrissen. Der Sternschnuppenregen hatte einem abgrundtiefen Schwarz Platz gemacht.

»Und Martin?«, fand er die Kraft zu fragen.

»Im Krankenhaus. Wir wissen noch nichts. Nur, dass sein Zustand kritisch ist«, antwortete Ramirez, dessen Stimme durch das Knistern der Funkübertragung kalt klang. Lucas erinnerte sich an das Gesicht seines Kollegen, an das Blut, das aus dem linken Auge rann, die von den Einschlägen zerlöcherte Wand nur wenige Zentimeter von seinem Gesicht entfernt, den zerberstenden Türrahmen, aus dem Holzsplitter spritzten.

»Bis später, Ramirez. Melden Sie sich, wenn's was Neues gibt«, sagte der Captain und beendete das Gespräch.

Sie waren angekommen.

13

Lucas kannte nur eine der beiden Frauen, die sie erwarteten. Er wusste nicht einmal, wie viel Zeit verstrichen war, seit er sie gesehen hatte, aber es war mit Sicherheit wesentlich weniger, als es ihm vorkam. Seine innere Uhr war aus dem Takt geraten. Er fing den Blick aus Sashas grünen Augen auf, und ihm war, als versuchte die Gerichtsmedizinerin, in ihm herumzuwühlen. In den Schatten ihres Gesichts stand eine unausgesprochene Frage.

Am selben Nachmittag, bevor der Wahnsinn im Stadtzentrum ausgebrochen war, hatte Sasha nach der Vernehmung des Verdächtigen wie immer darauf bestanden, sich selbst ans Steuer des Transporters der Spurensicherung zu setzen.

»Also machen wir einen Ausflug in die Berge? Prima, ich liebe es, Serpentinen zu fahren«, hatte sie erklärt, bevor sie mit Schwung losgefahren war.

Lucas, auf dem Beifahrersitz neben ihr, hatte fast die ganze Fahrt über geschwiegen und nur einsilbig auf die höflichen Bemerkungen der Kollegin reagiert. Doch Sasha schien das nicht verärgert zu haben. »Ihr Ruf eilt Ihnen voraus«, hatte sie gesagt und es ihm überlassen, in welcher der vielen möglichen Nuancen er diesen Satz verstehen wollte.

Nur dass Lucas nicht der Typ für Nuancen war.

Martin war nicht dabei gewesen, um den gesellschaftlichen Mittler zu spielen: Normalerweise übernahm er diesen Part, aber an diesem Nachmittag hatte er die Schicht mit einem Kollegen getauscht, um einer familiären Verpflichtung nachkommen zu können.

Mit anderen in Kontakt treten, Small Talk machen, Geständnisse, Klatsch, Gerüchte austauschen … Während Martin dafür Spezialist war, überstiegen diese Aspekte der Arbeit Lucas' Fähigkeiten, waren Spielarten menschlicher Interaktion, die ihn vollkommen unberührt ließen. Dennoch war er sich sehr wohl darüber im Klaren, dass unbewusst herausgerutschte Bemerkungen oder ausgesprochene Gedanken, die Geständnisse einem Freund gegenüber, die Halbwahrheiten, die einem Fremden erzählt wurden, und plötzliches, scheinbar grundloses Verstummen oft entscheidend zur Lösung eines Falles beitragen konnten. Alles konnte ein Indiz sein, auch banales Gerede. Martin betonte immer wieder, dass Worte in ihrem Beruf ebenso wichtig waren wie Waffen.

Lucas konnte mit beidem nichts anfangen.

Als er und Sasha das Cottage erreicht hatten, das halb verborgen in einem Wäldchen aus Bergahorn und Nadelbäumen stand, war es seine Kollegin, die als Erste hineingegangen war. Aus reiner Vorsicht hatte sie die Waffe gezogen.

»Polizei! Aufmachen!«, hatte sie gerufen.

»Das ist nicht nötig«, hatte Lucas nur trocken gesagt.

Die Tür stand bereits offen, und Sasha war vorsichtig hindurchgegangen. Lucas war ihr gefolgt und war dann, ohne ihr, wie in solchen Situationen vorgeschrieben, mitzuteilen, was er vorhatte, allein in die Flure und Zimmer gegangen, hatte sie eins nach dem anderen in Augenschein genommen und war schließlich vor einer unverputzten Backsteinwand stehen geblieben.

»Wir brauchen einen Hammer«, hatte er nur gesagt.

»Wofür?«

»Sie ist hier.«

»Und wo soll sie Ihrer Meinung nach sein? Ich sehe niemanden, Lucas.«

Lucas hatte nicht geantwortet. Er hatte nur angefangen, sich langsam um die eigene Achse zu drehen und mit den Augen jeden Winkel und jede Oberfläche in diesem Schlafzimmer abzusuchen. Sasha hatte nicht widerstehen können und es ihm gleichgetan. Ein schmales Bett – es musste ein Gästeschlafzimmer sein – mit jeweils einem Nachtschränkchen zu jeder Seite, aus dem gleichen hellen Holz, aus dem auch die Kommode und der Schrank gefertigt waren, die an einer ansonsten fast vollständig mit Bildern zugehängten Wand standen.

»Ich verstehe nicht«, hatte Sasha nach einer Weile etwas enttäuscht und mit einem Hauch von Verärgerung in der Stimme eingestanden.

»Haben Sie die anderen Zimmer gesehen?«, fragte Lucas. »Überall sind Fotos der Frau. Allein oder mit ihrem Mann. Auf einem Spaziergang hier in der Gegend, auf den Wegen hier im Wald. Oder im Haus oder bei besonderen Gelegenheiten oder einfach nur Porträts, Nahaufnahmen …«

»Ich habe verstanden, worauf Sie hinauswollen«, hatte Sasha gesagt und sich noch einmal umgesehen. »Hier gibt es keine Fotos, sondern ausschließlich Gemälde.«

»Hier schläft er, in diesem Bett. Wenn er hier im Cottage übernachtet, schläft er hier in diesem Zimmer. Er weiß, dass seine Frau hinter dieser Wand ist, will ihr nahe sein, will aber auch nicht, dass sie ihn aus den Fotos ansieht.«

»Hinter dieser Wand, meinen Sie?« Sasha schaute sie sich genauer an. Sie unterschied sich nicht von den Wänden in den anderen Zimmern des Cottages. »Warum ausgerechnet hinter dieser Wand?«

»Ein Grundrissplan müsste es bestätigen, aber den brauchen wir nicht. Sehen Sie sich das Parkett an.«

Sasha senkte den Blick. Das Parkett war verschrammt, voller Kratzer. Auch die Böden in den anderen Zimmern waren verkratzt, aber diese Schrammen hier schienen irgendwie sauberer zu sein. Jemand hatte Möbel hin und her geschoben, ohne den Boden zu schonen.

»Und jetzt schauen Sie sich die Wand an. Was sehen Sie?«

Sasha hatte getan wie ihr geheißen. Sie war neugierig: Es war das erste Mal, dass sie mit Lucas zusammenarbeitete, das erste Mal, dass sie ihn am Werk beobachtete. Normalerweise wollte er allein bleiben, höchstens noch mit Martin zusammenarbeiten. Sie hatte erwartet, dass er nicht auf Fragen antwortete oder wenn, dann sarkastisch oder geringschätzig, aber so war es nicht. Lucas war wortkarg, sicher, aber wenn er etwas sagte, dann fehlte seiner Stimme seltsamerweise jegliche gefühlsmäßige Färbung.

»Den Schrank, eine Kommode mit einem Spiegel darüber, die Bilder …«

Nachdem sie die Wand gründlich betrachtet hatte, begann sie zu ahnen, worauf Lucas hinauswollte.

»Es sieht aus wie ein Paravent, ein Separee. Er hat sie mit Möbeln zugestellt, mit Bildern vollgehängt, als wollte er sie auslöschen. Sie unsichtbar machen.«

»Sie sollte ihn nicht sehen können.«

Sasha drehte sich zu ihm um und sah ihn an. Allmählich konnte sie nachvollziehen, wie Lucas zu seinem Ruf gekommen war.

»Als wir ihn vernommen haben, ist mir etwas aufgefallen«, fuhr Lucas fort, beinahe als spräche er nur zu sich selbst. Sasha sah seine gedankenverlorene Miene, als durchlebe er die Momente einige Stunden zuvor erneut. »Er hat sich verteidigt. Er sagte, dass er und seine Frau sich sehr geliebt hätten. Dass sie keine Kinder hätten bekommen können, aber dass sie einander genug gewesen wären. Dass man sich nur ihre gemeinsamen Fotos ansehen müsste, um das zu erkennen.«

»Aber wie sind Sie darauf gekommen, dass ausgerechnet hier …«

»Er ist immer wieder hierher zurückgekehrt. So oft er konnte. Unter der Woche an den Abenden, wann immer die Arbeit es ihm erlaubte, und jedes Wochenende. Er hat gesagt, dass er hier die besten Fotos von ihnen beiden aufbewahrt. Und damit hatte er recht.«

Sasha drehte sich um, um erneut die Wand zu begutachten: Während der Rest des Hauses von einem friedlichen Leben zu zweit zu erzählen schien, von alltäglicher Unbeschwertheit bis hin zu kleinen Augenblicken des Glücks, erschien ihr diese Wand, die mit Bildern nichtssagender Landschaften zugehängt und mit Möbeln vollgestellt war, trotz der lebhaften Farben der Leinwände anonym, gesichtslos.

»Sie hatten gesagt, wir bräuchten einen Hammer? Ich habe einen im Transporter. Manchmal nehme ich ihn, um Knochen zu zerhauen, und nicht nur die von Toten.«

Sie hatte einen Witz machen wollen, aber Lucas hatte nicht gelächelt.

Während sie den Hammer holen ging, hatte Lucas begonnen, die Möbel zu verschieben und die Wand so weit wie nötig freizuräumen.

Sie hatten etwa eine Stunde gebraucht, um ein ausreichend großes Fenster in die Wand zu schlagen, damit das Objektiv der Kamera und der Blitz hindurchpassten. Doch eigentlich brauchten sie die optische Bestätigung nicht, denn der unverwechselbare Geruch eines verwesenden Leichnams hatte sie beinahe sofort überwältigt.

Eine weitere Stunde später waren sie wieder auf dem Rückweg, Sasha wie zuvor am Steuer des weißen Transporters, Lucas erneut auf dem Platz neben ihr. Doch im Laderaum hatten sie einen Passagier mehr, eingeschlossen in einen schwarzen Leichensack.

14

»Wenigstens war die Fahrt diesmal kürzer«, begrüßte Sasha ihn, als er und Gacey aus dem Streifenwagen des Captains ausstiegen.

Lucas nickte nur kurz zum Gruß.

Noch hatte ihm niemand gesagt, warum er so überstürzt hierhergeschleift worden war, auf diese Brachfläche neben einer alten Industriehalle in der südlichen Peripherie der Stadt.

»Gehen wir?«, fragte Gacey.

»Ja. Ich zeige Ihnen den Weg«, antwortete Sasha. Sie schritten durch hohes Gras, Sasha vorneweg, gefolgt vom Captain, dahinter Lucas. Den Schluss bildete die Frau, die ihm noch nicht vorgestellt worden war.

Lucas hatte sie mit einem raschen Blick abgeschätzt, bevor sie sich auf den Weg gemacht hatten. Sie musste etwa siebenunddreißig, achtunddreißig Jahre alt sein. Ihre Haut war außergewöhnlich hell, beinahe durchscheinend, als leide sie an einem Pigmentmangel, aber ihr Haar war tiefschwarz, glatt und dick, im Nacken zu einem Knoten zusammengefasst, aus dem eine der Haarspange entschlüpfte Strähne über dem schneeweißen, schlanken Hals herabfiel. Regelmäßige Gesichtszüge, die durchaus den allgemeinen ästhetischen Normen entsprachen, aber von leichten Ringen unter den Augen und einem bitteren Zug um den Mund gezeichnet waren. Er wusste nicht, wie ihre Stimme klang, weil die Unbekannte noch kein Wort gesagt hatte.

Es war beinahe Mitternacht, dieser endlose Freitag näherte sich seinem Ende, im Gegensatz zu seinem Arbeitstag, wie es schien. Lucas sog den Geruch der Nacht ein und fand Trost darin. Er legte den Kopf in den Nacken und betrachtete den Himmel: Bläuliche Wolken, die eher einem Schornstein entstiegen zu sein schienen, wälzten sich träge dahin und wandelten ihre Form im Licht des zunehmenden, hellen Mondes. Zwischen den Ausläufern der Wolken waren sogar ein paar Flecken Himmel zu sehen.

Wie in einer schweigenden Prozession gingen sie ein paar Hundert Meter bis zu einer von vier kreuzförmig aufgestellten Halogenlampen hell erleuchteten Stelle.

Als folgten sie einer abgesprochenen Choreografie, stellte sich jeder von ihnen unter eine der Lampen, um zu betrachten, was in der Mitte lag.

Das Mädchen konnte höchstens fünfundzwanzig Jahre alt sein. Sie war etwa einen Meter siebzig groß und im Gegensatz zu vielen ihrer Altersgenossinnen nicht extrem schlank. Sie lag nackt auf dem Rücken, Arme und Beine ausgestreckt, die Füße mit den Fersen aneinandergelegt, wodurch die Großzehen voneinander wegzeigten. Die blonden Haare waren zurückgekämmt und ließen die Stirn frei. Die Augen waren geschlossen, während die Lippen leicht geöffnet waren.

Das hohe Gras um sie herum wiegte sich in der leichten nächtlichen Brise, die von den umgebenden Hügeln herabwehte, und liebkoste sie beinahe. Die bläuliche Blässe ihrer Haut wurde verstärkt durch den unbarmherzigen Blick der Halogenlampen, die sie in ein kaltes, beinahe winterliches Licht tauchten.

Lucas sah sich das Gesicht genau an. Irgendetwas an diesen in der Zeit gefangenen Zügen wühlte sein Gedächtnis auf, wirbelte seine Erinnerungen in einem schwarzen Strudel durcheinander, der bunte Bruchstücke in den unglaublichsten Farben herumschleuderte. Für einen Augenblick fragte er sich, wie es wohl gewesen sein mochte, sie lächeln oder gar lachen zu sehen. Wie es gewesen sein musste, ihr die Hand zu geben, sie zu umarmen. Sie sprechen zu hören, wenn sie berichtete, was sie den Tag über gemacht hatte, oder wenn sie den neuesten Klatsch über eine ihrer Freundinnen erzählte. Sie zu einem Lied im Autoradio mitsingen zu hören, bei offenem Fenster, die Haare im warmen Sommerwind. Er fragte sich, welchen Blick sie gehabt haben mochte, wenn sie verliebt war. Ob ihre Wangen und ihre Nase rot wurden, wenn sie weinte. Ob und wie weit sie die Augen aufriss, wenn sie Angst hatte.

Niemand sagte etwas, und Lucas verstand, dass alle auf ihn warteten. Er spürte die Müdigkeit, die jede Faser seines Körpers durchdrang, ausgehend von der Wirbelsäule und den Armen, die sich wie taub anfühlten. Vielleicht lag es an der Mauer, die er heute nachmittag eingerissen hatte. Vielleicht auch an all dem anderen, was seither geschehen war, an den Schlägen, die er von diesem Mann – dem Gespenst – bekommen hatte, in jener Wohnung.

Er streckte die Hand zu Sasha aus, die ihm ein Paar Latexhandschuhe reichte. Lucas zog sie über, machte zwei Schritte nach vorn, und als er sich neben die Leiche hockte, fuhr ihm ein stechender Schmerz in die Lendenwirbelsäule. Er stöhnte leise.

Zuerst tastete er das Gesicht des Mädchens ab. Dann den Hals. Den Bauch. Die Beine.

Er hob einen Arm an. Schob eine Hand unter den Rücken. Mit dem rechten Daumen hob er erst das eine Augenlid, dann das andere. Er sah ihr in die Augen, senkte den Kopf und ging mit dem Ohr ganz nah an ihren Mund heran, sodass es für einen Augenblick schien, als höre er ihr zu, als könne sie noch sprechen. Er holte tief Luft.

Niemand bremste ihn. Niemand sprach ihn an, fragte ihn, was er da tat. Es war, als stünde er auf einer von den Halogenlampen ausgeleuchteten Bühne, während die drei anderen schweigend danebenstehenden Personen das einzige zu diesem Stück zugelassene Publikum bildeten.

Lucas richtete sich auf und sah einem nach dem anderen ins Gesicht.

Sasha brach schließlich das Schweigen.

»Wir haben schon erste Spuren gesichert, und die Fotos sind bereits auf dem Weg in die Zentrale zur Identifizierung. Bald müssten wir eine definitive Bestätigung haben.«

»Aber Sie wissen schon, wer sie ist?«

»Wir glauben es zu wissen, ja. Sie heißt Robin Moore. Zweiundzwanzig Jahre – in einer Woche wäre sie dreiundzwanzig geworden.«

Sasha machte eine Pause und warf dem Captain einen fragenden Blick zu, als wollte sie wissen, ob sie noch mehr sagen sollte. Gacey schüttelte langsam den Kopf, aber Lucas bemerkte es kaum: Er musterte wieder das Mädchen.

Robin Moore. Zweiundzwanzig.

»Es sind keine tödlichen Verletzungen am Körper zu sehen«, stellte Lucas fest, »aber wenn Sie hier sind, wenn *ich* hier bin, bedeutet das, dass Sie davon ausgehen, dass sie ermordet wurde. Was hat man ihr verabreicht?«

Der Captain schaute ihn kurz überrascht an. Auch Sasha machte ein verblüfftes Gesicht, reagierte aber als Erste.

»Wir vermuten, dass sie vergiftet wurde. Eine Kombination aus einem normalen Betäubungsmittel und einer starken Dosis Tropan-Alkaloide …«

»Belladonna. Herzstillstand.«

»So ist es. Aber wie sind Sie …«

Lucas ließ sie die Frage nicht zu Ende aussprechen. »Und wer immer es ihr verabreicht hat, hat die Leiche anschließend hierhergebracht.«

»Exakt«, bestätigte der Captain. »Davon gehen wir aus.«

Lucas drehte sich zu ihm um. »Und was wollen Sie von mir? Was erwarten Sie von mir? Was soll ich tun? Captain, wozu haben Sie mich hergebracht?«

»Sie werden noch alle Erklärungen bekommen, Lucas«, antwortete Gacey harsch. »Fürs Erste möchte ich hören, was Ihr erster Eindruck ist. Was denken Sie?«

Lucas holte tief Luft und schloss die Augen, bevor er antwortete.

»Sie wollen wissen, was ich denke? Ich denke an Martins Frau, Captain. Ich denke an sie und an seine Tochter. Ich denke, dass ich nicht hier sein sollte, sondern bei ihnen, um ihnen zu sagen, dass es meine Schuld ist, dass er jetzt im Krankenhaus liegt und zwischen Leben und Tod schwebt. Und dass ich nicht mal weiß, *warum* das alles passiert ist, sondern nur, *wie*. Und das reicht nicht.«

»Martin ist …?«, sagte Sasha, plötzlich blass im Gesicht. Sie schluckte ein paarmal. Lucas sah, dass ihr Mund leicht zitterte, aber vielleicht auch nur vor Kälte. Er wusste, dass Sasha und Martin eng befreundet waren.

»Ich hatte noch keine Zeit, es Ihnen zu sagen, entschuldigen Sie«, sagte Gacey. »Ja, Grass, es tut mir leid, aber Agent Martin

Kracev ist heute im Einsatz verwundet worden. Die Lage ist kompliziert. Er hat einen Splitter im Gehirn und wird derzeit operiert. Die Ermittlungen sind bereits angelaufen.« Mit einem Mal hörte Gacey sich an wie ein Pressesprecher. Vielleicht gehörte auch das zu den Fähigkeiten, die ihm seine Karriere ermöglicht hatten.

Der Captain bat Sasha um eine Zigarette und lud sie damit ein, ebenfalls zu rauchen. Es waren die beiden letzten, und sie benutzten die leere Packung als Aschenbecher, um den Tatort nicht zu verunreinigen. Lucas wusste, dass der Captain Sasha absichtlich zum Rauchen verleitet hatte, damit sie sich nicht der Angst um den Kollegen ergab, damit sie weiter *funktionierte.*

Gacey zog an der Zigarette und ließ den Rauch durch die Nasenlöcher ausströmen. »Wir können im Augenblick nichts für Kracev tun. Sie hingegen …« Er deutete mit den beiden Fingern, die die Zigarette hielten, auf die Leiche. »*Sie* hat im Augenblick absolute Priorität.«

Es folgte ein Augenblick der Stille, nur unterbrochen von einem kurzen Seufzer, den Sasha nicht unterdrücken konnte.

Lucas trat ein paar Schritte beiseite, aus dem Schein der Lampen heraus ins Dunkle. Seine Schritte raschelten im wild wuchernden Gras. Die Wolken hatten den Mond jetzt beinahe ganz verdeckt, sodass Lucas nur noch schemenhaft zu erkennen war.

Ein Geist.

»Wenn Robin Moore Priorität hat, Captain«, sagte schließlich der Geist, »dann habe ich eine Frage.«

»Nur zu.«

»Was ist mit den anderen? Warum waren die anderen nicht wichtig genug, dass ich sofort hinzugezogen wurde?«

»Die anderen? Was meinen Sie damit?«

»Das wissen Sie genau. Die Wievielte ist diese hier?«

»Lucas …«

»Die Wievielte?«

»Sie ist die Vierte. Sie ist die Vierte in fast zwei Monaten«, sagte die einzige Person, die bisher noch nichts gesagt hatte.

15

Ich hatte bisher nur mit Gustav Zannier gesprochen, Gaceys Vorgänger, doch ich hatte mich zu spät an ihn gewandt.

Zannier war im Detail mit meinem Fall vertraut, reagierte aber, im Gegensatz zu den anderen hohen Tieren im Dezernat, auf alles eher phlegmatisch. Wenn man ihm aufmerksam in die scheinbar klaren Augen blickte, ahnte man die Schatten von Konflikten und Geheimnissen. Er hatte nicht nur den Blick eines Menschen, der in seinem Berufsleben viel gesehen hat und weiß, dass man manchmal gewinnt und sich andere Male mit dem Unvermeidlichen abfinden muss, ganz egal, wie sehr man sich vorher bemüht hat. In seinen Augen war noch mehr zu lesen, etwas jedoch, das ich nicht vollständig entschlüsseln konnte.

Nicht einmal seine Körpersprache verriet es: Er saß beherrscht hinter seinem Schreibtisch, die Hände vor sich auf die Tischplatte gelegt, eine Haltung, die vorsichtige Offenheit ausdrückte.

»Ich höre«, hatte er gesagt, und als ich anfing, ihm den Fall darzulegen, hatte er genau das getan, was er versprochen hatte: Er hatte zugehört.

Doch als ich Lucas' Namen genannt hatte, hatte eine leichte Anspannung in seinem ganzen Körper mich vorgewarnt.

»Habe ich das richtig verstanden, Anna? Sie wollen, dass er zu dem Fall hinzugezogen wird?«

»Ja«, hatte ich ebenso schlicht wie freimütig geantwortet. Ich atmete langsam aus und wurde mir bewusst, dass meine Schultern schmerzten, ebenso wie die Gesichtsmuskulatur rund um das Kinn und unter den Ohren, und erst da wurde mir klar, dass ich beim Reden fast keine Luft geholt hatte.

Zannier hatte geseufzt, sein Brustkorb weitete sich, um dann wieder langsam in sich zusammenzusinken. Die ganze Zeit hatte er seinen Blick nicht von meinem gelöst, und ich entdeckte, dass es mir schwerfiel, seine Körpersprache zu deuten, die Regungen der Falten um Augen und Mund, die Form, die seine Lippen annahmen.

»Das halte ich für eine gute Idee. Aber ich kann Ihnen da nicht weiterhelfen. Sie müssten mit Gacey darüber sprechen.«

»John Gacey?«

Meine Enttäuschung muss überdeutlich gewesen sein, denn er lächelte.

»Ja, genau der. Er wird meinen Posten übernehmen, das steht inzwischen fest, und ich kann jetzt weder operative noch personelle Entscheidungen treffen.«

»Gacey wird meinem Antrag niemals stattgeben.«

Zanniers Lächeln wurde noch breiter.

»Sie sind Profiler, Anna. Sie werden ihn schon bald durchschauen. Sie werden ihn überzeugen, so wie Sie mich überzeugt haben. Aber darum geht es nicht, es geht darum, ob …«

Er zögerte, als wollte er seine Worte mit Bedacht wählen.

»Ob ich ihn benutzen kann oder ob er es sein wird, der mich benutzt«, hatte ich den Satz zu Ende gebracht.

»Genau. Sie werden, wie Lucas übrigens auch, dem Ruf gerecht, der Ihnen vorauseilt.«

Er hatte mich abgewiesen, aber dennoch hatten mir seine Worte Mut gemacht und vielleicht auch ein wenig Hoffnung. Die Hoffnung hatte einen Namen: Lucas.

Ich kannte ihn nicht persönlich, noch nicht, aber – wie auch Zannier gesagt hatte – sein Ruf eilte ihm voraus. Es gab Leute, die ihn als Einzelgänger bezeichneten und ihm die Privilegien neideten, die er im Dezernat genoss – derart flexible Arbeitszeiten, dass manche Kollegen ihn in ihrem ganzen Berufsleben so selten zu Gesicht bekommen hatten, dass sie schworen, es gäbe ihn in Wirklichkeit gar nicht, keine festgelegte Rolle, absolut diskrete Zuweisung der Fälle direkt durch den Abteilungsleiter, Gustav Zannier. So mancher konnte einfach nicht verstehen, wieso ihm das Dezernat eine solche Sonderrolle zugestand.

Lucas war ein gut gehütetes Geheimnis. Nur wenige seiner Kollegen wussten, was er wirklich tat. Nur wenige hatten ihn bisher bei der Arbeit gesehen, auch dank der Abschirmung durch seinen allgegenwärtigen Partner Martin. Kein Journalist hatte je auch nur von seiner Existenz geahnt, noch nie war er bei einem seiner Fälle ins Licht der Öffentlichkeit geraten, nicht einmal durch Zufall. Zanniers Charisma und seine Unerschütterlichkeit hatten maßgeblich dazu beigetragen.

Doch eines mussten alle eingestehen: Mit seiner kalten und distanzierten Art verfügte Lucas über außergewöhnliche Fähigkeiten und ein ganz besonders geschärftes investigatives Gespür.

Den jüngsten Beweis dafür hatte ich erst heute Abend geliefert bekommen. Nach dem Telefonat mit Gacey hatte mir Sasha, während wir warteten, kurz die Ereignisse des Nachmittags geschildert.

»Ich weiß, dass die diesem Typen schon seit Jahren auf der Spur waren. Die Frau, sehr wohlhabend, ist schon vor sieben Jahren verschwunden. Keine Spur. Nichts, aber auch gar nichts. Morgen hätte der große Tag sein sollen«, hatte Sasha mir erzählt.

»Was für ein großer Tag?«

»Die Versicherung. Morgen wäre die Frau offiziell für tot erklärt worden, und er hätte einen schönen Scheck von der Versicherung kassiert. Eine gewaltige Summe. Also haben die Kollegen alles auf eine Karte gesetzt und noch einmal Druck ausgeübt.«

»Und Lucas hinzugezogen.«

»Genau. Sie haben den Kerl gleich morgens früh einbestellt und Lucas dazugerufen. Das Seltsame daran … Oh Gott, jetzt wo ich ihn etwas besser kenne, ist es vielleicht gar nicht mehr so seltsam … Wie auch immer, Lucas wollte nicht persönlich mit diesem Menschen sprechen. Er wollte, dass Margot das macht, während er hinter dem Einwegspiegel stand und ihr über den Ohrhörer Anweisungen gab.«

»Margot? Wieso ausgerechnet sie? Warte …«

»Genau. Margot steht kurz vor der Pensionierung, sie ist ungefähr so alt wie die Frau des Mannes war, als sie verschwand. Aber das ist noch nicht alles. Lucas hat Fotos des Opfers verlangt. Und als er sie gestern gesehen hat, hat er Margot als Erstes zur Kosmetikerin und zum Perückenmacher geschickt.«

»Er wollte, dass sie ihr ähnlich sieht.«

»Dem Opfer, genau. Dann hat Lucas den Mann erst mal ein paar Stunden im Vernehmungsraum schmoren lassen. Zwischendurch ist er reingegangen und hat ihm ein Glas Wasser gebracht, hat aber kein Wort zu ihm gesagt. Er hat sich nicht zu erkennen gegeben, hat nichts durchblicken lassen. Er hat ihn einfach nur angesehen, sonst nichts, dann ist er in das kleine, dunkle Zimmer hinter dem Spiegel zurückgekehrt. Und so hat es angefangen.«

»Und wie hat er ihn dazu gebracht zu gestehen?«

Sasha hatte gelächelt, und ihre Augen hatten angefangen zu leuchten: dasselbe Funkeln, das ich schon in ihren Augen gesehen hatte, wenn sie etwas erkannte und wusste, dass die Verifikation ihrer Intuition reine Formsache war.

»Er hat nicht gestanden. Da ist es ja, was ich so irre finde. Nein, der Mann ist bei seiner Aussage geblieben: Er habe seine Frau geliebt, sie seien glücklich zusammen gewesen, es habe nur sie beide gegeben und so weiter und so fort. Er könne sich nicht erklären, warum sie verschwunden sei, er habe keine Ahnung, wo sie sein könne. Er sei am Boden zerstört, hat er behauptet. Also hat Lucas Margot über Ohrhörer geraten, ihn immer mal wieder in der ersten Person anzusprechen. ›Sag mir, was wir zusammen gemacht haben. Erzähl mir von dem einen Mal im Wald‹, so in der Art. Und der Mann hat angefangen zu reden und erst nach den ersten Sätzen gemerkt, wie Margot ihn angesprochen hatte. Jedenfalls hat er erzählt, manchmal hat er sogar geweint, und dann, an einem bestimmten Punkt – keiner wusste warum –, hat Lucas Margot gebeten rauszugehen, hat sie noch für ihre exzellente Arbeit gelobt und hat die Vernehmung beendet. Dann hat er mich rufen lassen, und kaum war ich da, hat er mich gefragt, ob ich bereit wäre, mit ihm in die Berge zu fahren, um eine Leiche abzuholen.«

Sasha hatte mir dann berichtet, wie Lucas darauf gekommen war, was passiert sein musste: die Fotos, die Art und Weise, wie sich die Stimme des Mannes kaum wahrnehmbar veränderte, wenn er von dem Cottage in den Bergen sprach.

Und das war nur die jüngste von vielen Anekdoten, die man sich über Lucas erzählte.

Allerdings hatte ich noch nie viel auf Anekdoten und Geschichten gegeben. Ich war die ganze Nacht lang aufgeblieben – und das nicht nur, weil ich jetzt, wo Stephen nicht mehr zu meinem Leben gehörte, niemanden mehr hatte, mit dem ich die Nacht teilen konnte, sondern auch, weil es sinnlos war, auf den Schlaf zu warten, der erst kommen würde, wenn ich diesen Fall gelöst haben würde – und hatte im Dezernat die Akten zu Lucas' Fällen gelesen.

Seit er vor ein paar Jahren in Zanniers Abteilung versetzt worden war, war die Aufklärungsquote dermaßen gestiegen, dass es nicht nur gegen die Regeln der Statistik zu verstoßen schien, sondern auch gegen den gesunden Menschenverstand. Die Fälle, die ihm übertragen worden waren, waren nicht besonders zahlreich: Zannier schien die Gelegenheiten, bei denen er ihn einsetzte, sorgfältig und sparsam auszuwählen. Meistens ging es dabei um Mord oder Mordverdacht. Und in der Regel setzte er ihn dann ein, wenn das Ermittlerteam, das mit dem Fall betraut war, nicht mehr weiterkam.

So, wie ich jetzt mit diesem Fall in einer Sackgasse steckte.

Deshalb hatte ich schon seit Tagen darum gebettelt, dass Zannier mir Lucas zuteilte. Vergeblich.

Wie er mir selbst gesagt hatte, war meine Anforderung zu einem ungünstigen Zeitpunkt eingegangen: Zannier stand kurz vor der Pensionierung und würde seinen Posten Gacey überlassen, und in dieser Übergangsphase musste er alle Kräfte, auch Lucas, für den Abschluss der noch ungeklärten Fälle einsetzen.

Also hatte ich mich auf Gacey konzentriert, mich an ihn gewandt, hatte ihn beobachtet, studiert, versucht, ihn zu beeinflussen.

»Lassen Sie uns später noch mal darüber reden, wenn ich den Dienst tatsächlich angetreten habe«, lautete stets seine unabänderliche Antwort.

Irgendwann war ich sauer geworden. Ich war Leuten auf die Füße getreten, hatte Himmel und Hölle in Bewegung gesetzt, doch die Tage waren verstrichen, ohne dass etwas geschah, und ich wusste, dass die Ruhe trügerisch war und der Sturm bald über uns hereinbrechen würde.

Und so war es dann auch gekommen. Gezwungen durch den Fund dieses Abends, hatte Gacey am Ende nachgegeben. Dennoch hatte er auch gewonnen: Es war Freitag, sein erster richtiger Tag im Dienst.

Doch darüber durfte ich jetzt nicht nachdenken. Immerhin hatte auch ich etwas erreicht: Lucas war am Tatort.

Als ich Lucas jedoch aus dem Streifenwagen aussteigen sah, hatte ich das Gefühl, den Boden unter den Füßen zu verlieren, und Schwindel überkam mich, verstärkt durch die Müdigkeit und meine ungerechtfertigten Hoffnungen.

Ich hatte meine Vorgesetzten und mich selbst davon überzeugt, dass Lucas der Einzige war, der mir helfen konnte. Doch jetzt, wo ich ihn vor mir sah, war klar, dass dieser Mann nicht einmal sich selbst helfen konnte.

Man brauchte ihn nur anzusehen, um zu erkennen, dass er bis ins Mark erschöpft war. Seine Gesten, seine Bewegungen sahen aus wie die einer Marionette, die von einer gefühllosen Hand geführt wurde. Er war sehr groß, und als er sich mühsam aus dem Streifenwagen schälte, sah es aus, als kostete es ihn unendlich viel Kraft. Dann kam er mit langsamen Schritten auf uns zu, und als ich ihm ins Gesicht sah, schauderte ich. Seine schönen Züge waren von Erschöpfung und einer seltsamen Anspannung gezeichnet, die, statt seinem Gesicht mehr Ausdruckskraft zu verleihen, ihm jegliche Energie geraubt und nur noch Leere hinterlassen zu haben schienen.

Lucas sah aus wie ein Mensch ohne Seele.

Die Mimikfältchen waren fein, kaum wahrnehmbar, als habe er seit Jahren weder geweint noch gelächelt. Es war, als blicke man in eine Totenmaske aus Gips. Nur das Grün seiner Augen zeigte, dass er am Leben war.

Ich war sprachlos, was sonst gar nicht meine Art war. Normalerweise wäre ich auf ihn zugegangen und hätte mich ihm vorgestellt. Ich hatte die Leitung in diesem Fall, ich war es, die seine Anwesenheit gefordert hatte.

Und doch konnte ich nicht anders, als ihm, Gacey und Sasha stumm auf die Brache zu dem von Halogenlampen erleuchteten Platz zu folgen. Zu der Leiche. Zu Robin.

Ich hätte die Identifizierung bestätigen können: Mir war das Gesicht des Mädchens beinahe vertrauter als mein eigenes, das ich mittlerweile kaum noch im Spiegel erkannte. Ich kannte ihr Gesicht, weil ihr Foto mich seit Tagen überallhin begleitete, mich sogar bis in meine Träume verfolgte.

Immer noch schweigend beobachtete ich Lucas, wie er sich um die Tote herumbewegte. Die Art, wie er sie berührte, sie liebkoste, den Boden um sie herum untersuchte. Als er sich über sie beugte, um ihr zuzuhören – mein Gott, um ihr zuzuhören! –, dachte ich, er sei verrückt geworden. Das konnte nicht dieser nahezu unfehlbare Mann sein, über den ich so viel gehört hatte.

Dann erklärte mir Gacey, dass Lucas' Partner, Martin, gerade schwer verletzt worden war. Das ist das Ende, dachte ich mir. Nach dem, was Martin Kracev zugestoßen war, würde Lucas nicht in der Lage sein, mir wirklich zu helfen. Er würde nicht klar genug denken können.

Doch das war ein Irrtum, ein unprofessioneller noch dazu, denn er verstieß gegen die Grundsätze meiner Arbeit, dem Erstellen von Profilen. Ich hatte Vermutungen über seine Reaktionen angestellt, ohne zuvor seine Persönlichkeit analysiert zu haben.

Während des Wortwechsels zwischen Lucas, Sasha und dem Captain hielt ich mich zurück, weil ich kaum verstand, was vor sich ging. Ich biss mir auf die Lippen, während ich mich des Gefühls nicht erwehren konnte, in einen Machtkampf geraten zu sein, und das gefiel mir ganz und gar nicht.

Sicher: Lucas war einer von Zanniers Leuten, und das war ein Erbe, auf das Gacey nur zu gern verzichtet hätte. Das verstand ich. Gacey hatte einen vollkommen anderen Führungsstil als sein Vorgänger. Militärischer vielleicht – ich wusste, dass John W. Gacey früher einer Spezialeinheit angehört hatte.

Dennoch verstand ich nicht, was ihn so gegen diesen Mann aufbrachte, der so offenkundig in Schwierigkeiten war.

Bis Lucas fragte, ob es noch weitere Opfer gäbe. Für Gacey bot sich eine Karrierechance.

Ich sah in dieser Frage etwas anderes, etwas sehr viel Wichtigeres. Sie zeigte nicht nur, dass Lucas als Ermittler noch voll funktionsfähig war, sie eröffnete mir auch eine unverhoffte Gelegenheit. Ich musste sie beantworten und niemand sonst, denn sie hatte einen winzigen Funken Hoffnung in mir geweckt.

»Sie ist die Vierte. Sie ist die Vierte in fast zwei Monaten«, sagte ich.

16

»Das ist Special Agent Anna Wayne«, sagte Gacey schließlich und stellte ihm nach einem tiefen Seufzer die Kollegin vor.

Lucas musterte die Frau, an die er bisher noch keinen Gedanken verschwendet hatte, weil es ihm wichtiger gewesen war, sich auf das Opfer und das, was um ihn herum geschah, zu konzentrieren.

Anna streckte ihm die Hand hin: Sie war schmal, mit langen, zartgliedrigen Fingern ohne Ringe, aber ihr Griff war fest. Lucas bemerkte, dass sie den anderen Arm an der Seite herabhängen ließ, beinahe hinter dem Rücken versteckt hielt, als sei ihr der Verband darum peinlich. Oder die Ursache dafür.

»Anna Wayne. Ich bin die für diese Ermittlung zuständige Profilerin.«

Mit diesen Worten schien der Frau ein schwerer Stein vom Herzen zu fallen. Doch ihre Körpersprache verriet weiterhin eine unterdrückte Anspannung, wie ein scharf gestellter Zünder, der jederzeit losgehen konnte.

Und nicht nur das: Lucas nahm im Hintergrund noch etwas anderes wahr, eine Art von Resignation vielleicht. Oder sogar Verzweiflung.

»Bitte entschuldigen Sie«, fuhr Anna Wayne fort. »Ich wusste nicht, dass Ihr Kollege … Also, das hätte ich nie …«

»Nein, Sie konnten das auch nicht wissen. Niemand hätte sich vorstellen können, was heute passiert ist«, fiel ihr Lucas ins Wort. Er wollte sie damit nicht trösten, es war einfach nur eine sachliche Feststellung.

»Natürlich nicht.« Für einen Moment blickte Anna ihn forschend an, als wollte sie am liebsten sofort wissen, was in der Stadt vorgefallen war. Doch ihr war offensichtlich klar, dass dies nicht der richtige Zeitpunkt war, und so fuhr sie fort: »Robin Moore ist das vierte Opfer in weniger als zwei Monaten. Also etwa alle zwei Wochen eines. Ich zeige Ihnen gern die Akten, Autopsieberichte, aber …«

»Aber dazu kommen wir *hinterher*, Lucas«, mischte sich der Captain ein. »Vielleicht gehen wir erst mal einen Schritt zurück. Wenn Sie Anna tatsächlich bei ihrem Fall unterstützen können, hat es keinen Sinn, Sie mit Informationen zu überladen, die sowieso schon bis ins letzte Detail analysiert worden sind. Was wir brauchen, ist ein frischer, neuer Blick. Das ist es doch, was Sie sich erhofft haben, oder, Anna?«

»Ja. Ja, sicher. Zumindest fürs Erste.«

Lucas entging die Spannung zwischen den beiden nicht. »Bei ihrem Fall«, hatte der Captain gesagt, als wollte er unterstreichen, dass ihn das Ganze eigentlich nichts anging. Damit hatte er sich eine privilegierte Position geschaffen: Falls der Fall sich reizvoll entwickeln sollte, konnte er ihn jederzeit an sich reißen, und wenn es schlecht lief, konnte er alle Verantwortung auf Anna Wayne abwälzen. Auf Anna, und jetzt auch auf Lucas, den Mann, den Gacey gegen seinen Willen von Zannier geerbt hatte.

Lucas drehte sich zu Anna um.

Sie wollte also einen frischen Blick. Aber das war alles andere als einfach.

Lucas hatte immer noch Martins Gesicht vor Augen.

Martin. Das hätte nicht passieren dürfen. So hätte es nicht laufen dürfen.

Bevor er sprach, wischte er sich ein paarmal mit dem Handrücken über die Lippen.

»Also, fangen wir mit der Blume an.«

»Mit welcher Blume?« In der Stimme des Captains lag eine leise Provokation, was ihm einen Seitenblick der beiden Frauen eintrug.

»Ich denke, es ist eine Tulpe, dem Geruch nach zu urteilen, aber wir müssten den Mund öffnen, um das zu verifizieren. Aber vermutlich haben Sie das bereits getan, nicht wahr, Sasha?«

Der Gesichtsausdruck der Rechtsmedizinerin reichte ihm als Bestätigung.

»Das ist seine Signatur, stimmt's?«, fuhr Lucas fort.

»Wir denken, ja. Wir haben im Mund jedes Opfers eine Tulpenblüte gefunden«, bestätigte Anna. Als Lucas die Blume ins Spiel gebracht hatte, hatte sich das Licht in den Augen der Profilerin geändert, ebenso wie sich jetzt allmählich ihre Körpersprache änderte. Der verzweifelte Unterton, den Lucas herausgehört hatte, schien sich nach und nach aufzulösen, während sie den Fall diskutierten. Doch es quälte sie noch etwas, etwas, das noch nicht geschehen war: Lucas fiel auf, wie oft Anna auf das Display ihres Handys schaute, das sie nicht aus der Hand legte.

»Es ist seine Signatur, ja. Aber es ist auch ein Siegel«, flüsterte Lucas.

»Was meinen Sie damit?« Das Gespräch schien sich auf sie beide verengt zu haben, Gacey und Sasha waren nur noch zu Zuhörern degradiert.

»Aus der Blume schließe ich, dass er ihnen eine giftige Substanz eingeflößt haben muss. Die Blume fungiert als Versiegelung des Weges, durch den das Gift eingetreten ist.«

Lucas drehte sich langsam zu der Leiche um.

»Es ist nicht nur seine Signatur«, fuhr er leise fort. »Es ist noch mehr. Ich weiß nur noch nicht, was.«

Wieder hockte er sich neben die Tote. Es sah fast aus, als wolle er sie unbedingt zum Sprechen bringen, um sich selbst von einer Angst zu befreien, die ihn zu verschlingen drohte.

Ohne aufzustehen, drehte er den Kopf, um Anna anzusehen, und sprach sie an, ohne die Stimme merklich zu heben.

»Wenn er«, er zeigte auf Gacey, »mich in höchster Eile hierhergeschleift hat, bedeutet das, dass der Faktor Zeit eine wichtige Rolle spielt. Robin ist hier bei Sonnenuntergang abgelegt worden, seither sind fast fünf Stunden vergangen. Was haben Sie mir noch nicht gesagt?«

»Die Frage muss doch eher lauten, was Sie uns nicht sagen«, schaltete sich Gacey ein.

»Was meinen Sie?«

»Woher wissen Sie, dass er sie bei Sonnenuntergang hier abgelegt hat?«

»Bei Sonnenuntergang hat es einen Wolkenbruch gegeben, kurz, aber heftig.« Für einen Augenblick blitzte das Bild der Straße im Stadtzentrum vor ihm auf. Der regennasse, mit Glasscherben übersäte Asphalt, die Schreie, die Sirenen. Er gab sich einen Ruck, um in die Gegenwart zurückzukehren. »Ich habe den Leichnam berührt. Er ist nass, wie das Gras um ihn herum. Aber die Erde darunter ist trocken. Jetzt sind Sie an der Reihe, Captain. Was ist es, was Sie mir nicht sagen?«

Anna trat auf ihn zu und blieb zwei Schritte von ihm entfernt stehen.

»Es sieht ein bisschen anders aus, aber sie ist es. Er hatte schon angefangen, ihr die Seele zu rauben.«

Sie reichte ihm ein DIN-A4-Blatt. Es war vier Mal gefaltet und offenbar schon eine ganze Weile in der Tasche aufbewahrt worden, aus der sie es herausgezogen hatte. Es waren Abdrücke darauf, wahrscheinlich von den Dingen, die sie in derselben Tasche aufbewahrte: ein Schlüsselbund, das Handy, vielleicht auch Haarklammern für den Knoten.

Aber die Profilerin hatte dieses Blatt gut gehütet, es so gefaltet, dass das farbig ausgedruckte Bild immer innen blieb, in einem einzelnen ungefalteten Feld. Und sie hatte es häufig aufgeschlagen und wieder zusammengefaltet, vielleicht sogar mit einer gewissen Besessenheit, denn entlang der Falzlinien löste sich das Papier bereits etwas auf.

Lucas betrachtete das Bild oben rechts auf dem Blatt.

Es war Robins Gesicht, und er ahnte, dass es kurz nach ihrer Entführung aufgenommen worden war.

Lucas erkannte blinde Angst, wenn er sie sah. Sie legte sich auf die Gesichter wie Asche, zwang die Gesichtsmuskeln in eine unnatürliche Anspannung und stand vor allem in den Augen, verwandelte sie in einen Abgrund aus unausgesprochenen Fragen. Die Physiologie des Schreckens war klar: das sympathische Nervensystem, das von Adrenalin und Noradrenalin aktiviert wird, das Gefühl der Ausweg- und Machtlosigkeit, wenn plötzlich die Muskelspannung abfällt – eine Reaktion, die der Mensch mit den Reptilien gemeinsam hat. Wie sich diese Kombination aus physiologischen Fakten in den Gesichtern der Betroffenen spiegelte, variierte, aber eines war immer gleich: Der Blick war immer derselbe.

Das Foto zeigte eine Nahaufnahme von Robins Gesicht, halb ausgeleuchtet vor schwarzem Hintergrund. Anna hatte recht: Trotz der Angst, die ihr Gesicht verzog, war sie eindeutig zu erkennen. Die Lippen des Mädchens waren geöffnet, die untere schien noch zu zittern. Sie enthüllten dieselben weißen, regelmäßigen Zähne, die Lucas gerade eben bei der Leiche wenige Zentimeter von ihm entfernt gesehen hatte. Jetzt wusste er, dass dies ihr Gesichtsausdruck gewesen war, wenn sie weinte. Die Nase war rot, die Wangen glänzten, unter den Augen ein grauschattiger Halbkreis, wo die Wimperntusche begonnen hatte zu verlaufen. Das Mädchen, das zu seinen Füßen lag, war nicht geschminkt, Lucas musste kein zweites Mal hinsehen, um sich dessen zu versichern. Vielleicht hatte ihr Entführer sie gezwungen, sich abzuschminken, sich unbefleckt zu präsentieren. Vielleicht hatte er sie aber auch selbst gewaschen, bevor er sie auf dieser Brache mitten im Nirgendwo dem Tod überantwortet hatte.

»Wann ist sie entführt worden?«, fragte Lucas.

»Vor einer Woche.«

»Wann seid ihr hinter das Schema gekommen?«

»Beim zweiten Opfer«, antwortete Anna, die sofort verstanden hatte, worauf Lucas hinauswollte. »Als wir die Leiche des ersten Mädchens gefunden haben, haben wir ein Foto des zweiten bekommen. Und als wir die Leiche der zweiten entdeckt haben, war der Zusammenhang klar. Natürlich hatten wir auch von der ersten ein Foto, aber zu dem Zeitpunkt hat noch niemand verstehen können, was das bedeutete.«

»Er entführt sie. Er behält sie eine Weile bei sich. Das sagt die Signatur. Die Blume. Gleichzeitig bittet er sie damit um Entschuldigung. Er bittet sie um Entschuldigung, weil er sie verschmäht hat.«

»Verschmäht?«

»Sie passte ihm nicht. Er hat es probiert, hat sie eine Weile behalten, aber sie war nicht … die Richtige. In irgendeiner Form war sie … fehlerhaft und …«

Lucas unterbrach sich und sah sie mit einem neuen Leuchten in den Augen an.

»Aber sie war noch weniger richtig als die anderen, nicht wahr? Etwas war bei Robin anders… Sonst wäre ich nicht hier, stimmt's?«

»Richtig. Aber es hat nicht direkt mit ihr zu tun.«

»Nein. Vielleicht nicht mit ihr. Aber mit dem zeitlichen Ablauf. Der war anders, nicht wahr?«

»Er hat sie nur eine Woche festgehalten, Lucas. Die anderen hatte er immer zwei Wochen. Das ist die erste signifikante Variation. Vielleicht fühlt er sich verfolgt, vielleicht bedeutet es aber auch nur, dass sich die Abstände künftig immer mehr verkürzen werden. Dass er eine paroxysmale Phase erreicht.«

»Nein.«

Anna reagierte nicht auf seine überraschende, brüske Entgegnung, sodass Lucas gezwungen war, sie genauer auszuführen. »Nein, es gibt hier nichts … Paroxysmales.«

»Sie haben recht«, meldete sich Sasha zu Wort. »Aus rechtsmedizinischer Sicht ist, nach allem, was ich bisher bei der ersten Inaugenscheinnahme feststellen konnte, dieser Tatort wie die anderen. Natürlich muss ich sie erst noch genauer untersuchen, und sobald wir hier fertig sind, werde ich sie zur Obduktion mitnehmen, aber bis jetzt habe ich keinen signifikanten Unterschied feststellen können.«

»Warum hat er sie dann früher fortgeschafft als die anderen?«, fragte Gacey. »Denn darum geht es doch, oder? Das ist die Frage, auf die wir eine Antwort finden müssen.«

Lucas betrachtete das im Mondschein dahingestreckt liegende Mädchen. »Sie wird uns die Antwort darauf geben.«

Gacey schaute ihn verärgert an, als sei es seine Schuld, dass sie Zeit verloren. Doch bevor er widersprechen konnte, wandte Lucas sich an Anna: »Warum macht Ihnen der zeitliche Ablauf solche Sorgen?«

»Weil er sich bald die Nächste schnappen wird.«

»Wann?«

»Das ist das Problem.« Anna sah auf ihr Handy, das sie noch immer in der Hand hielt, und der Schein des Displays warf bläuliche Schatten auf ihr angespanntes, zartes Gesicht. »Er hätte es längst tun müssen.«

17

Das erste Opfer, Eleanor Slojcec, war dreiundzwanzig Jahre alt gewesen. Sie hatte Soziologie an der Universität studiert, war aber mit den Prüfungen in Verzug gewesen. Sie hatte viele Freunde, aber keinen festen Freund gehabt, war ein hübsches Mädchen und nach Auskunft derjenigen, die sie kannten, voller Leben gewesen.

Sie war in einem Container im Lager des Bahnhofs gefunden worden. Arbeiter hatten sie entdeckt, die damit beauftragt gewesen waren, Kartons mit Elektrogeräten aus dem Container zu holen: digitale Videokameras, LCD-Fernseher, Hi-Fi-Anlagen – Chinaimporte, die das Land per Schiff erreicht hatten und nun auf einen Güterzug verladen werden sollten.

Als die Arbeiter am Morgen des ersten Samstags im September an ihren Arbeitsplatz kamen, fiel ihnen auf, dass der Container geöffnet worden war. Das Vorhängeschloss lag im Schotter zwischen den Gleisen, und der Ring aus verchromtem Stahl, der im Morgenlicht glänzte, war sauber mit einem Seitenschneider durchtrennt worden. Niemand hatte sich gewundert: So etwas kam öfters vor, der Stapelplatz war nur unzureichend überwacht, und die Container, die hier lagerten, wurden häufig geplündert. Resigniert hatten sie sich darangemacht, ihn zu öffnen, überzeugt, ihn praktisch leer vorzufinden.

Erst hatten sie nicht begriffen, was geschehen war. Der Container war nicht geplündert worden, aber irgendetwas stimmte damit nicht. Etwas Unheilvolles ging von ihm aus.

Einen der Arbeiter hatte ich persönlich vernommen, nachdem die Leiche gefunden worden war. Aufgrund der Besonderheit des Falles war ich sofort hinzugezogen worden, und kurz darauf hatte man mir den Fall übertragen.

Der kleine Vernehmungsraum war kahl und anonym, aber nicht sonderlich bedrückend. Es gab hier keinen großen Einwegspiegel, weder sichtbare noch unsichtbare Überwachungskameras, der Tisch in der Mitte war schlicht und hatte keine Vorrichtung, um Handschellen daran zu fixieren, und die Handgelenke des Mannes, der mir gegenübersaß, waren frei. Und dennoch sah es aus, als ducke er sich in diesem Raum vor Angst.

Der Mann hieß Manuel Gallego, er war mager und hatte die zurückhaltende, bedächtige Art eines Mannes, der in seinem Leben schon viel gesehen hat, vielleicht zu viel. Er hatte mir erklärt, dass er nicht immer in diesem Beruf gearbeitet hatte: Er war studierter Ingenieur, aber in dem Land, aus dem er stammte, sei solch ein Abschluss das Papier nicht wert, auf dem er stand, und so hatte er seine Familie verlassen müssen, um anderswo ein besseres Leben zu finden. Er hatte mir sofort gestanden, dass er bereits einmal wegen Drogenhandels und Drogenbesitz verhaftet worden war. »Sie hätten es sowieso herausgefunden, und wenn ich es nicht gleich sage, verdächtigen Sie mich am Ende noch. Ich möchte auf keinen Fall noch einmal ins Gefängnis, auch nicht irrtümlich. Mir wird schon in dieser kleinen Kammer hier ganz anders.«

Die Verhaftung lag schon zwanzig Jahre zurück und machte ihm mehr Sorgen als uns. Nachdem er seine Strafe weitgehend abgesessen hatte und wegen guter Führung vorzeitig entlassen worden war, hatte das Gesetz keinerlei Veranlassung mehr gehabt, sich mit ihm zu befassen.

Manuel hatte mir von seiner zehn Jahre jüngeren Frau erzählt, die er in seinem Heimatdorf zurückgelassen hatte. Wie er beinahe sofort aufgehört hatte, ihr etwas von dem Geld zu schicken, das er mit dem Dealen auf der Straße verdiente, und es lieber für sich behielt, während er in eine Abwärtsspirale aus Egoismus und Drogenabhängigkeit geriet, die ihn am Ende ins Gefängnis brachte. Er hatte mir die Gewalt geschildert, die er in den verrufensten Straßen der Stadt ausgeübt hatte und auch die Gewalt, deren Zeuge er im Gefängnis geworden war. Zeuge, aber manchmal auch Täter oder Opfer. Denn »so lief das da, man konnte nichts dagegen machen«.

Doch was er in dem Container entdeckt hatte, hatte ihm das Blut in den Adern gefrieren lassen. Es schien einen heiligen, unantastbaren Punkt seiner Seele berührt zu haben, den nicht einmal die Drogen und die begangenen Verbrechen verletzt hatten. Er schwor, dass er den Anblick nie wieder würde vergessen können.

»Glauben Sie an das Böse, Agent?«

»Sie?«

»Sie sind so schön, Agent, man würde nie auf die Idee kommen, dass jemand wie Sie das Böse kennt. Aber Ihr Blick sagt etwas anderes. Das sollte nicht sein.« Der Mann hatte tief geseufzt, seine Lippen zitterten. Er hatte den Blick gesenkt, und ich hatte ihm Zeit gelassen, die Fassung wiederzugewinnen, ohne etwas zu sagen. Auch weil er mich in Verlegenheit gebracht hatte: Ich hatte schon seit Langem aufgehört, mich schön zu finden. Nach allem, was mir passiert war, war mein Aussehen mir wie eine Schuld erschienen, die ich zu verbergen versuchte, und ganz sicher keine Eigenschaft, die ich noch unterstreichen wollte. Nur mit Stephen, und auch da nur mit Mühe, war es mir gelungen, mich nicht jedes Mal in Gefahr zu wähnen, wenn er mir ein Kompliment machte. Und auch bei Stephen war ich dafür bestraft worden.

Doch hin und wieder sagte mir jemand, dass ich hübsch sei, und ich fühlte mich dann jedes Mal in die Enge getrieben und errötete.

»Im Gefängnis kursierten so viele Geschichten über so viele Leute. Da war dieser Typ, ich habe nie rausgefunden, was er getan hat, um in dieser Hölle zu landen. Klein und schmächtig war der, noch dünner als ich. Mit einer ulkigen runden Brille, die Haare immer ordentlich nach rechts gescheitelt, wie geleckt. Der hatte einen richtigen Spleen.«

»Welchen?«

»Im Knast haben alle einen Spleen. Wenn sie nicht schon vorher einen hatten, kriegen sie ihn da drin. Der Typ kannte jedenfalls eine ganze Palette von Möglichkeiten, jemanden zu töten. Und er suchte immer noch nach neuen Möglichkeiten, er war ganz besessen davon, verbrachte Stunden in der Bibliothek und scheute sich nicht, alle auszufragen, die wegen Mord im Knast gelandet waren. Solche Geschichten faszinierten ihn offensichtlich. Es war fast, als würde er versuchen, ein Rätsel zu lösen, verstehen Sie? Als müsste er die perfekte Methode finden, jemanden umzulegen. Er war es auch, der mir von der goldenen Spinne aus Kolumbien erzählt hat.«

»Ich weiß nicht, was das ist.«

»Sie ist nur ungefähr so groß wie die Faust eines Neugeborenen, aber eines der giftigsten Tiere der Welt. Es reicht schon, sie auf das Hemd von jemandem springen zu lassen, damit derjenige sofort tot umfällt, wenn er es anzieht. Das hat er zumindest erzählt.«

»Ich verstehe.«

»Sicher? Denn was ich in diesem Container gesehen habe, Agent, das war ganz ähnlich. Das Werk eines ähnlichen Tieres. Des Bösen schlechthin. Das Böse konzentriert auf eine Fläche, die nicht größer ist als die Faust eines Neugeborenen. Das pure Böse, hoch konzentriert, rein. Ansteckend, genau wie dieses giftige Tier. Und jetzt habe ich Angst, dass es mich berührt haben könnte und dass ich Nacht für Nacht allmählich daran sterbe.«

Als Manuel den Container geöffnet hatte, hatte er anfangs noch gedacht, es handele sich um einen schlechten Scherz. Dass ihn jemand bloß aufgebrochen hätte, um ihnen den Arbeitstag durcheinanderzubringen. Also war er zusammen mit den anderen hineingegangen, fluchend und schimpfend auf diejenigen, die die Kartons mit den Flachbildschirmen aufgemacht und sie montiert und gut sichtbar zu einer Art Wand aufgestellt hatten.

Wutschnaubend hatten sie sich einen Weg durch die Geräte gebahnt, vorsichtig eines nach dem anderen beiseitegeräumt, um sie nicht noch zu beschädigen, auch wenn sie wussten, dass diejenigen, die aus der Originalverpackung genommen worden waren, ohnehin zurück in die Fabrik geschickt werden mussten. Erst nachdem sie die erste Reihe Fernseher überwunden hatten, hatte Manuel Gallego sie erblickt.

Er hatte geschrien. Und nicht mehr darauf geachtet, die Ware zu schonen: Ohne Rücksicht auf Verluste war er durch die Geräte gepflügt, hatte sie nach rechts und links geschleudert, sodass sie, unter dem Protest seiner Kollegen, die noch nicht gesehen hatten, was er gesehen hatte, auf dem Boden zerschollen.

Während er sich zum hinteren Teil des Containers vorarbeitete, hoffte er von ganzem Herzen, sie sei noch am Leben. Und er gab die Hoffnung nicht auf, obwohl sie wächsern und nackt war, obwohl ihre Arme schlaff von dem improvisierten Thron aus aufgetürmten Kartons herabbaumelten, obwohl ihr Kopf nach hinten gekippt, ihre Kehle entblößt und das Kinn von unten zu sehen war und ihre Haare sich dahinter wie ein rabenschwarzer Fächer ausbreiteten.

Er hoffte, obwohl Eleanors Brust sich weder hob noch senkte, obwohl kein Pulsschlag ein Lebenszeichen verriet, als er ihr Handgelenk umfasste.

Er hoffte bis zu dem Moment, in dem er ihr die Lippen auseinanderschob, um es mit Mund-zu-Mund-Beatmung zu versuchen.

Da hatte er die Tulpenblüte gesehen.

18

»Eleanor hat stets versucht, es zu verbergen, aber sie hat getrunken«, erklärte Anna. »Schon morgens, heimlich, bevor sie zur Uni ging. Abends, wenn sie allein zu Hause war. Ihre Mitbewohnerin hat zufällig entdeckt, dass in der Flasche, die Eleanor auf dem Nachttisch stehen hatte, nicht Wasser war, sondern Wodka. Wenn sie abends mit Freunden ausging, hat sie sich natürlich betrunken, aber das taten alle anderen auch, weshalb am Anfang niemand darauf geachtet hat. Nach und nach merkten die Leute in ihrem Umfeld aber doch, was los war, auch wenn sie an ihre etwas verwaschene Aussprache, ihren desorientierten Gesichtsausdruck, ihre immer leicht geröteten Augen gewöhnt waren. Es stand ihr ins Gesicht geschrieben. Deshalb dachten unsere Kollegen, als das erste Foto per Mail kam, dass es sich um einen Scherz handle. Es sah aus wie das Selfie eines betrunkenen Mädchens, das zum Spaß an das Dezernat geschickt worden war. Sie dachten, einer ihrer Freunde hätte ihr einen üblen Streich gespielt. Sie im betrunkenen Zustand fotografiert und ihr spaßeshalber gedroht, sie anzuzeigen. So was in der Art. Wissen Sie, sie war betrunken, als er sie sich geschnappt und das Foto von ihr gemacht hat. Deshalb sah sie nicht so verängstigt aus wie Robin auf dem hier«, schloss sie und zeigte dabei auf das Foto, das Lucas noch immer in der Hand hielt.

»Wann ist das geschickt worden?«

»Vor zwanzig Tagen. Nur das Foto, ohne Kommentar. Ein einfaches JPG.«

»Und der Absender …«

»Tulpe@gmail.com, aber damit kommen wir nicht weiter. Die Adresse wurde von einem Internetcafé aus eingerichtet und sofort wieder gelöscht, nachdem die Mail gesendet war.«

»Betrug also, aber es hat seinen Zweck erfüllt. Immerhin hat er so am Ende dann doch noch Ihre Aufmerksamkeit geweckt«, meinte Lucas.

»Ja«, sagte Anna nachdenklich. Dann fuhr sie fort: »Ja, genau: Aufmerksamkeit. Das ist es, was er will. Er schickt uns die Mail, um uns darüber zu informieren, dass er wieder ein

Mädchen entführt hat. Er zeigt uns sogar, wer sie ist, lässt uns ihr Gesicht sehen. Eleanors Leiche lag in der Mitte eines Halbkreises aus Fernsehern: Er will Aufmerksamkeit, und zwar die Aufmerksamkeit der Öffentlichkeit.«

»Und Sie haben sie ihm verweigert. Niemand weiß von diesem Fall, die Medien haben nicht darüber berichtet, nichts ist an die Presse durchgesickert.«

»Nicht mal innerhalb des Dezernats ist der Fall bekannt«, mischte sich Gacey ein. »Anna hält es für angeraten, strikteste Diskretion walten zu lassen.«

»Es ist noch zu früh, um ihm zu geben, was er will«, meinte Anna, als fühlte sie sich verpflichtet, ihre Entscheidungen zu rechtfertigen. »Bisher jedenfalls war es zu früh. Jetzt sind es allerdings schon vier Mädchen …«

»Es ist immer noch am besten so«, unterbrach Lucas sie.

»Denken Sie das wirklich?«

»Wir haben es hier nicht mit einer Eskalation zu tun«, gab Lucas zu bedenken. »Bisher hat er noch keinen Gang höhergeschaltet, anscheinend hat er nicht das Bedürfnis, schneller zu handeln. Das kann also nicht der Grund sein, warum er Robin eine Woche früher als vorgesehen zurückgewiesen hat. Etwas muss ihn dazu gezwungen haben, aber es war nicht so geplant. Wenn wir den Fall an die Öffentlichkeit bringen und ihm die Aufmerksamkeit geben, die er will … würde es zur Eskalation kommen. Er wird immer mehr davon haben wollen.«

»Also kehren wir zum Ausgangspunkt zurück: Warum hat er sie früher aufgegeben als die anderen?«

Lucas zuckte die Schultern. »Ich weiß es nicht. Noch nicht. Sie sagten, Eleanors Leiche sei frühmorgens aufgefunden worden, richtig? Konnten Sie eingrenzen, wann sie ermordet worden ist?«

»Ja«, antwortete Sasha. »Zumindest annähernd. Mithilfe des Abgleichs der Körperkerntemperatur mit der Außentemperatur konnten wir feststellen, dass sie nicht länger als neunzig Minuten tot war, als sie gefunden wurde.«

»Und wann kam die nächste Mail?«

»Das Bild von Angelica Furlong ist um neun Uhr siebenundvierzig am selben Morgen gekommen«, sagte Anna. »An diesen Ablauf hat er sich in allen folgenden Fällen gehalten, bis auf diesen hier. Er hat ein Opfer, ermordet es, deponiert irgendwo den Leichnam, und innerhalb von maximal vier Stunden hat er die Nächste und schickt uns ein Foto von ihr, das unmittelbar nach ihrer Gefangennahme aufgenommen wurde.«

»Folglich wählt er sie nicht zufällig aus. Er weiß, wer sie sind, hat sich mit ihnen beschäftigt, sie überwacht. Er kennt ihre Gewohnheiten in- und auswendig. Er folgt ihnen. Er wählt sie mit Sorgfalt aus. Für ihn ist das wie … wie stundenlang durch ein endloses Tulpenfeld zu wandern, bis er genau die Richtige findet. Die Schönste. Die, die seinem Ideal einer Tulpe am besten entspricht.«

Lucas' Worte waren von einer unendlichen Müdigkeit durchtränkt, als treibe ihn die Anstrengung, sich in die Fantasie des Mörders einzufühlen, immer weiter aus der Welt der Lebenden hinaus, immer weiter ins Reich der Toten hinein.

»Wie kommen Sie darauf? Wie kommen Sie darauf, dass er so akribisch plant?«

»Sagen Sie es mir, Anna. Ich weiß, dass Sie zum selben Schluss gekommen sind.«

Die Profilerin sah ihn an und biss sich dabei auf die Lippe. Der Schein der Halogenlampen warf seltsame Schatten auf ihr Gesicht.

»Der zeitliche Ablauf vor allem. Es ist unmöglich, in nur

vier Stunden eine Leiche loszuwerden, ohne gesehen zu werden, ein neues Mädchen ausfindig zu machen, das seinen perversen Ansprüchen genügt. Sie zu beschatten, dafür zu sorgen, dass er sie ohne Zeugen entführen kann, sie irgendwo einzuschließen, ohne dass jemand etwas bemerkt, ein Foto zu schießen, wieder rauszugehen, einen anderen Internetzugang zu finden als den vorherigen und uns das Foto zu mailen … Das ist einfach zu viel. Das sind zu viele Faktoren, die dem Zufall überlassen wären …«

»Während hier rein gar nichts dem Zufall überlassen ist«, schloss Lucas und beschrieb dabei mit dem Arm einen großen Kreis.

Er seufzte, dann trat er zu Anna und gab ihr vorsichtig das Blatt Papier mit Robins Foto zurück. Anna faltete es wieder sorgfältig zusammen und steckte es in dieselbe Tasche zurück, in der sie es seit Tagen mit sich herumtrug.

»Wie viel Uhr ist es?«, wollte Lucas wissen.

»Null Uhr siebzehn. Die Leiche ist gegen neunzehn Uhr abgelegt worden, genauer kann ich das im Augenblick nicht sagen«, antwortete Sasha.

»Die vier Stunden sind schon seit einer Weile um.« Anna rieb sich die Augen. Auch sie begann offensichtlich, die Müdigkeit zu spüren. »Und wir haben noch kein Foto bekommen«, sagte sie, während sie zum hundertsten Mal auf ihr Handy blickte.

Lucas drückte sich die Fäuste in die Augenhöhlen und sah für einen Augenblick nebelhaft Sterne, die exakt jenen glichen, die man zwischen den Wolken hindurch am Himmel sehen konnte. Nur mit dem Unterschied, dass die Sterne, die er jetzt sah, rot leuchteten.

»Etwas hat die Serie durchbrochen«, sagte er. »Zum einen ist da das Mädchen, Robin. Er hat sie zu früh gehen lassen.

Aber es muss noch etwas anderes passiert sein, was ihn daran gehindert hat, die Nächste zu entführen. Irgendetwas, das auch für den Mörder nicht vorhersehbar war.«

Lucas ging ein paar Schritte. »Aber was?«, murmelte er.

Er holte tief Luft und hielt den Atem an. Die Nacht füllte sich mit Stille, untermalt nur vom Brummen der Generatoren.

Niemand der Anwesenden sagte etwas. Sogar Gacey schien zu verstehen und seinen Wunsch nach Konzentration zu respektieren.

Mit einem Mal schien Lucas eine Energie zu schöpfen, die er bisher nicht gezeigt hatte. Mit raschen Bewegungen ging er zu einer der vier Halogenlampen, suchte das Kabel, bückte sich und zog den Stecker heraus. Und bevor ihn jemand daran hindern konnte, hatte er die anderen drei ebenfalls ausgeschaltet.

Jetzt waren sie in absolute Dunkelheit getaucht. Die Wolken am Himmel hatten sich wieder verdichtet und vor den Mond geschoben, sodass er hinter einer dunklen Decke verborgen war, ebenso wie die Sterne. Nur die Lichter der Stadt leuchteten aus der Entfernung schwach herüber, sodass man sich wenigstens ungefähr orientieren konnte.

»Lucas!«, rief Gacey bestürzt und schaute sich hektisch um. Aber man konnte nur wenige Umrisse ausmachen, Schatten, die plötzlich wesentlich zahlreicher zu sein schienen, als sie es eigentlich hätten sein dürfen, und sich dann wieder auflösten wie Kreise im Wasser. Die Grasbüschel, die vom Wind bewegt wurden, schienen sich zu vermehren, um dann sofort wieder zu verschwinden wie ein Murmeln in einer Kirche.

»Lucas, was glauben Sie eigentlich, was Sie da tun?«, brüllte der Captain noch einmal.

Keine Antwort.

19

Meine ersten Schritte waren tastend, bis meine Beine sich schließlich wie aus eigenem Willen bewegten und ich Meter um Meter gewann. Die kalte Luft drang zwischen den Knopflöchern hindurch in meine Jacke, stieg meine Brust hinauf nach oben, flüsterte um meinen Hals herum, peitschte mir ins Gesicht. Die leichte Brise frischte auf und war schwer von Feuchtigkeit, die einen neuerlichen Wolkenbruch ankündigte. Ich hoffte, Sasha würde die Leiche rechtzeitig in den Transporter der Spurensicherung bringen können, bevor ein weiterer Regenguss den Tatort unwiederbringlich verändern würde.

Während ich lief, leuchtete ich meinen Weg mit dem Handy aus, um mich in diesem zum Tal abfallenden Meer aus Gras zu orientieren, dem Gras, das die Spurensicherung um Robins Leiche so erschwert hatte.

Ich wusste nicht, warum Lucas sich so verhielt. Aber in der kurzen Zeit, die ich mit ihm verbracht hatte, war mir klar geworden, dass es schwierig, ja beinahe unmöglich war, vorherzusehen, was er vorhatte.

Der Verstand dieses Mannes schien auf einer anderen Frequenz zu arbeiten als der anderer menschlicher Wesen. Nicht besser oder schlechter, nur anders.

Auch deshalb hatte ich mit ihm zusammenarbeiten wollen.

Innerhalb weniger Sekunden und beinahe ohne Hintergrundinformationen hatte er Schlussfolgerungen gezogen, die mich schlaflose Nächte gekostet hatten und für die ich die Fakten und Indizien, die mir zur Verfügung standen, minutiös und fast schon besessen hatte analysieren müssen.

Und nicht nur das. Er hatte Hypothesen formuliert, die weder mir noch meinem Team eingefallen waren.

Ich beschleunigte meinen Schritt. Ich spürte, dass er vor mir war, und für einen Augenblick bildete ich mir ein, seinen Umriss gesehen zu haben. Aber in dieser trüben, undurchdringlichen Nacht hatten Sinnestäuschungen leichtes Spiel.

Lucas hatte recht, das spürte ich.

Kaum war ich über den Fund von Robins Leiche informiert worden, hatte ich damit gerechnet, dass eintreten würde, was ich befürchtet hatte: eine Eskalation.

Ich habe Psychologie studiert und mich auf Kriminologie spezialisiert, eine Laufbahn, für die ich mich schon entschieden hatte, bevor mir zugestoßen war, was mir zugestoßen ist – vor dem traumatischen Erlebnis meiner Entführung und meiner, wenn auch kurzen Gefangenschaft. Meine Eltern hatten ziemlich verblüfft reagiert, als ich ihnen ein paar Wochen nach den Geschehnissen mitgeteilt hatte, dass ich vorhatte, diesen Weg weiterzuverfolgen.

»Nach allem, was dir passiert ist … verstehe ich das nicht. Solltest du nicht vielleicht lieber etwas …«, hatte mein Vater gesagt.

»Etwas *Leichteres* machen? Etwas, das mich nicht ständig an die Entführung erinnert, meinst du?«

»Ja, das wird es sein, was dein Vater sagen wollte«, hatte meine Mutter bestätigt.

Ich hatte sie beide angelächelt.

»Aber gerade wegen dem, was mir passiert ist, muss ich es tun, versteht ihr das nicht? Außerdem kennt ihr mich doch, ich bin stur, nicht wahr?«

Meine Mutter hatte mich nur schweigend in den Arm genommen, und in den feuchten Augen meines Vaters hatte ich einen unglaublichen Stolz gesehen, allerdings mit einer Prise Angst. Die würde nie wieder ganz vergehen, das wusste ich.

Ich hatte mich bewusst dafür entschieden, meine Ausbildung aktiv fortzusetzen, und so hatte ich es auch getan. Ich hatte an Seminaren bei den besten Ordnungskräften der Welt teilgenommen, auch bei jenen, die auf Verbrechen dieses Typs spezialisiert waren. Verbrechen wie das, dem ich zum Opfer gefallen war. Ich war sowohl physisch als auch mental ausgebildet worden, und niemand hatte aufgrund meiner Vergangenheit besondere Rücksicht auf mich genommen. Im Gegenteil, ich wurde wesentlich häufiger und intensiver psychologisch betreut und kontrolliert als alle meine Kollegen. Und so hatte ich extrem viel Fachliteratur gelesen und einen unendlichen Stapel an Scheinen und Bescheinigungen angesammelt.

Jede Phase meiner Ausbildung hatte mein Denken geschärft, meine Intuition, die Art, wie sich meine Ideen entwickelten, die Hypothesen, mit denen ich an eine Ermittlung heranging.

Und alles, was ich bis zu diesem Augenblick gelernt hatte, aus den Büchern und im Einsatz, führte zu einer Schlussfolgerung: Wenn Robin eine Woche früher als die anderen getötet worden war, dann handelte es sich um eine Eskalation. Der Mörder würde ab jetzt immer häufiger und immer schneller zuschlagen.

Aber nein.

In weniger als einer halben Stunde hatte Lucas das alles auseinandergenommen.

Während ich lief, war ich hin- und hergerissen zwischen dem Gedanken, dass ich alles noch einmal von Anfang an durchsehen musste, und einem neu erwachten Funken Hoffnung, den mir der Fall genommen hatte.

»Lucas!«, rief ich. Er antwortete nicht, aber damit hatte ich auch nicht ernsthaft gerechnet.

Sasha und den Captain hatte ich inzwischen hinter mir gelassen. Warum ich ihnen nicht gesagt hatte, dass ich Lucas folgen wollte, wusste ich nicht.

Als er mir Robins Foto zurückgegeben hatte, hatten seine Finger ganz kurz meine gestreift. Ich hatte nur mit Mühe dem Impuls widerstanden, die Hand zurückzuziehen, und spürte jetzt noch das Echo dieser Berührung in den Fingerspitzen.

Die Profilerin in mir fühlte sich von diesem Rätsel herausgefordert: Lucas war einfach unwiderstehlich für jemanden wie mich, der jeden Menschen, der ihm begegnete, beinahe automatisch im Geist auseinandernahm.

Fast alle Menschen waren ziemlich leicht einzuordnen, in klar und deutlich beschriftete Schubladen und Schublädchen einzusortieren.

Captain Gacey? Leicht: MACHT. ORDNUNG. KONTROLLE. Letzteres ein Etikett, das wir gemeinsam hatten.

Sasha Grass? ACHTUNG. MACHT. GESTALTUNG. Und auch sie, natürlich, KONTROLLE.

Bei Lucas hingegen war es, als wollte man einen Toten analysieren. Das einzige Etikett, das ich in seinem Fall sah, war ein Schildchen, wie man es im Leichenschauhaus an den großen Zeh hängte. Er war kalt wie die Logik, der er folgte. Was ihn antrieb, war eine seltsame, fast rein intellektuelle Neugierde. Im Gegensatz zu seinem Kollegen Martin, der wahrscheinlich gerade unter dem Messer eines Chirurgen lag und in Lebensgefahr schwebte, hatte Lucas sich niemals gefühlsmäßig in einen der Fälle, an denen er arbeitete, hineinziehen lassen. Man musste nur die Berichte aufmerksam lesen, um darauf zu kommen, dass Martin, und wenn er sich noch so sehr bemühte, die Tatsache nicht kaschieren konnte, dass er es war, der den menschlichen Kontakt zu den Zeugen aufbaute, zu den Angehörigen der Opfer und vor allem auch zu den Tätern. In den Berichten erschien Lucas wie ein Motor aus reiner, deduktiver und induktiver Logik und Intuition. Seine Persönlichkeit ging nicht greifbar aus diesen Unterlagen hervor, und jetzt, wo ich mit ihm zusammenarbeitete, war mir klar geworden, dass er selbst nicht greifbar war. Alles, was ich bisher über Lucas wusste, war wie Schnee: Kaum hatte ich etwas in der Hand, zerschmolz es mir zwischen den Fingern.

Ich lief weiter.

»Lucas! Bleiben Sie stehen«, rief ich wieder. Und wieder vergebens.

Vielleicht war es zu früh, um Schlüsse über ihn zu ziehen. Der erste, den ich gezogen hatte, als ich ihn aus dem Streifenwagen hatte aussteigen sehen, hatte sich ja gleich als falsch erwiesen: Ich hatte ihn als unbrauchbar eingeschätzt, und das war er mit Sicherheit nicht.

Was machte ihn so schwer zu entziffern? Es war, als sei er in einen undurchdringlichen Vorhang gehüllt, ein Leichentuch, einen Mantel, der einen komprimierten Kern umhüllte, eine Masse, der wesentlich weniger Platz zugestanden wurde, als sie benötigte.

Aus Erfahrung wusste ich, dass eine derart zusammengedrängte Masse explodieren würde, sobald sich eine Lücke auftat. Diesen Augenblick wollte die Wissenschaftlerin in mir unbedingt miterleben. Die Frau hingegen fürchtete nichts mehr als das.

»Lucas!«, rief ich ein drittes Mal, und zum dritten Mal erhielt ich keine Antwort außer dem Zirpen der Nacht.

Der Boden unter meinen Füßen fiel immer steiler ab: Ich lief den Hügel hinunter, östlich von der Stelle, an der Robins Leiche niedergelegt worden war.

Hinter mir ging ein Licht an. Wahrscheinlich hatten Gacey und Sasha sich von ihrer Überraschung erholt und das bisschen gesunden Menschenverstand wiedergefunden, das man brauchte, um die Lampen wieder mit dem Stromnetz zu verbinden. Ich drehte mich nicht um, um das zu überprüfen, ich blieb nicht stehen, sondern rannte weiter.

Immerhin konnte ich durch die Lichtquelle in meinem Rücken jetzt sehen, was vor mir lag.

Ein Zaun, ein eher niedriger Maschendrahtzaun, der von jeweils etwa zehn Meter voneinander entfernten Holzpfosten gehalten wurde.

Ein Stück rechts von mir war ein Schatten, nein, ein Umriss. Ein großer Mann. Er stieg über den Zaun. Ich ging schneller, verzichtete aber darauf, ihn noch einmal zu rufen.

Mein Herzschlag dröhnte mir in den Ohren und weckte Erinnerungen, die ich im Moment nicht zulassen durfte.

Der Mann war schon über den Zaun hinweg und entfernte sich, als ich die Umzäunung erreichte. Ich kletterte an derselben Stelle hinüber wie er. Ein paar Meter weiter machte das Gras dem bröckeligen Asphalt einer Nebenstraße Platz.

Ich bemerkte, dass Lucas nicht so schnell ging wie ich. Er rannte nicht.

Ich hätte ihn in kurzer Zeit erreichen können, aber mir kam eine andere Idee.

Ich ging langsamer.

Schweigend folgte ich ihm in einem Abstand von etwa zwanzig Metern. Der Wind fuhr mir in die Haare, und ich spürte die ersten Regentropfen, fett und eiskalt, auf der Stirn. Gleich würde ein neuer Wolkenbruch niedergehen, genau wie vor ein paar Stunden.

Ich passte mich seinem Schritt an und hielt gleichmäßigen Abstand, wobei ich auf seinen Rücken starrte oder zumindest auf den Punkt, an dem ich mir an der immer dunkler werdenden Gestalt vor mir den Rücken vorstellte.

Dann sah ich an seiner Schulter vorbei einen Lichtschein, gelblich, einen nebelhaften Lichtfleck, gestreift durch die Reflexe von Glas und Plastik. Und noch weiter weg eine ganze Reihe von helleren Lichtern.

Da wollte er hin.

Es fehlte nicht mehr viel, und ich beschloss aufzuschließen. Ich wusste inzwischen sowieso, wo er hinwollte.

Zehn Meter.

Fünf.

Drei.

Als ich noch einen Meter von ihm entfernt war, sagte Lucas, ohne sich umzudrehen: »Es war die einzige Möglichkeit. Man braucht die Dunkelheit, um Licht zu sehen.«

»Das verstehe ich nicht.«

»Sie werden es noch verstehen.«

Ich stand neben ihm. In der Finsternis musterte ich sein Gesicht, das nur von dem gelblichen Schein erhellt wurde. Dieses Licht schien seine kantigen Züge weicher zu machen, schien die leeren Höhlen zu füllen, in denen seine grünen Augen jetzt beinahe unnatürlich klar leuchteten.

Das Glas und Plastik gehörten zu einem Unterstand mit einem niedrigen, abfallenden Wellblechdach, unter dem eine einzelne Lampe angebracht war.

Lucas ging hin und blieb in dem Lichtfleck stehen. Im Gegensatz zu mir schien er nicht außer Atem geraten zu sein.

»Ich wollte wissen, wo er hergekommen ist. Oder wo er hingegangen ist, nachdem er Robin abgelegt hatte. Deshalb habe ich die Lampen ausgemacht.« Er senkte den Blick und seufzte. »Ich habe das Licht gesehen und bin ihm gefolgt. Und jetzt habe ich die Antwort auf meine Frage, aber ich habe noch etwas anderes. So wie es aussieht, wissen wir jetzt, was dieses Mal anders war.«

Ich verstand immer noch nicht, worauf er hinauswollte: »Was anders war?«

»Die Umgebung hier muss abgesucht werden. Lassen Sie nach einem Auto suchen oder vielleicht einem Transporter. Sie werden ihn unter den Bäumen versteckt finden oder in einem Gebüsch, sodass er von der Straße aus nicht zu sehen ist. Damit ist er hergekommen, aber er ist nicht damit weggefahren, sondern hat ihn irgendwo hier vor neugierigen Blicken versteckt.«

Ich packte ihn an einem Zipfel seines Ärmels und zwang ihn, sich zu mir umzudrehen.

»Was war anders?«, wiederholte ich.

»Das Schema hat sich verändert, es gibt einen Bruch in der Serie. Er hat Robin vor der Zeit weggebracht, aber er hat noch kein Foto geschickt. Es gibt noch kein neues Opfer. Es ist ihm irgendwas dazwischengekommen, etwas Außergewöhnliches. Das da«, schloss er, hob das Kinn und zeigte mit einem Finger nach oben.

»Rufen Sie Gacey an«, sagte er dann. »Sagen Sie ihm, wo wir sind, er soll uns hier abholen kommen. Wir müssen sofort in die Stadt zurück.«

Ich schaute in die Richtung, in die er zeigte.

Er zeigte auf ein Loch in dem Dach, durch das etwas Wasser rann. Der Regen prasselte auf das Wellblech wie ein schnelleres Echo meines hämmernden Herzens. Unter diesem Regenrinnsal, an der inneren Wand des Unterstands, hing eine Tabelle mit den Abfahrtszeiten eines Linienbusses, der hier hielt, um dann Richtung Stadtzentrum zu fahren.

Es war der Fahrplan des Linienbusses Nummer D77.

20

Sie fuhren zügig, folgten demselben Weg, den der Bus der Linie D77 Stunden zuvor genommen hatte, um wieder ins Zentrum zu gelangen.

Während Anna am Steuer saß, schaute Lucas – wie es seine Gewohnheit war – aus dem Fenster und stellte sich vor, wie viele unzählige Male der Fahrer dieses Linienbusses über denselben Asphalt gefahren sein, dieselben Kreuzungen überquert haben mochte, und betrachtete, ohne es wirklich wahrzunehmen, das vorüberziehende Panorama, das von den flachen Hügeln, die fast vollständig mit Feldern bedeckt waren und in denen nur hier und da eine Scheune stand, allmählich in die Außenbezirke östlich von Haven überging. Niedrige, rechteckige Gebäude mit abblätterndem grauen Putz an engen Straßen, die sich im Winter in stinkenden Schlamm und im Sommer in trockenen Staub verwandelten. Nachdem sie die tristen Vorstädte hinter sich gelassen hatten, erreichten sie die Stadt. Die Häuser wurden nach und nach höher, bis sie sich schließlich in den Wolkenkratzern des Zentrums zu ihrer maxialen Höhe auftürmten, im großen Bankenviertel am Flussufer und wenige Hundert Meter von dem Boulevard entfernt, auf dem an jenem Abend der Bus der Linie D77 für immer zum Stehen gekommen war.

Lucas wurde nicht müde, sich die ewig gleichen Fahrtzyklen vorzustellen, hin und zurück wie an einem Gummiband, immer dieselben Orte, immer dieselben Realitätsausschnitte. Monotonie konnte ein Fluch sein, aber ebenso eine Zuflucht, die Sicherheit schenkte.

Anna neben ihm war schweigsam, vielleicht aus Respekt vor seinem eigenen Schweigen.

Captain Gacey war zu ihnen an die Haltestelle gekommen

und hatte sie zurück zum Fundort gebracht, während Anna ihm von ihren Entdeckungen, oder besser gesagt von Lucas' Vermutungen, berichtete. Als sie ankamen, waren Sasha und ihr Team fast mit ihrer Arbeit fertig, hatten Spuren gesammelt und Proben genommen, bevor der Regen den Tatort unbrauchbar machte. Robin war nicht mehr da: Sie lag in einem schwarzen Leichensack, ihr vorübergehender Aufenthaltsort, bevor ihre zarte Haut erneut kaltem Licht ausgesetzt werden würde – dem, das über dem Sektionstisch hing – und bevor andere Hände als Sashas sich mit ihrem Körper befassen würden.

Gacey hatte sich angehört, wie Anna Lucas' Gedankengang geschildert hatte. Lucas selbst stand ein wenig abseits an den Wagen des Captains gelehnt. Er hörte alles mit, während die beiden anderen sprachen, als wäre er überhaupt nicht da.

»Also, Wayne, damit ich das richtig verstehe: Sie sagen, der Mörder musste von seiner üblichen Routine abweichen, weil er in dem Bus saß, der im Zentrum beschossen wurde?«

»Das vermutet Lucas, Captain. Und ich halte es für sehr wahrscheinlich. Bis jetzt hat sich an dieser Serie nichts geändert, es gab nicht das kleinste Detail, das vom Schema abwich. Aber inzwischen sind Stunden vergangen. Das legt die Vermutung nahe, dass dem Mörder etwas zugestoßen ist und ….«

»Und das soll der Irre gewesen sein, der im Zentrum um sich geschossen hat?«

»Ja. Vielleicht saß das Mädchen, das der Mörder ausgewählt hat, in dem Bus, vielleicht saß er ebenfalls darin und musste seine Pläne ändern. Wir müssen die Opfer des Attentats unter die Lupe nehmen, und alle, die in dem Bus waren, festhalten, wenn sie nicht schon nach Hause gegangen sind, und falls doch, müssen wir sie ausfindig machen, während wir die, die noch im Krankenhaus sind …«

»Ist ja gut, es reicht«, hatte Gacey ihr das Wort abgeschnitten.

Lucas ahnte bereits, was der Captain dachte. Er würde Lucas' Forderungen stattgeben, weil es möglich war, dass er recht hatte. Er würde auf Verstärkung warten und vor Ort bleiben, um die Ermittlungen zum Vorgehen des Mörders zu koordinieren, die durch die Dunkelheit und den Regen erheblich erschwert wurden.

Lucas war klar, dass es nicht nur die Dringlichkeit des Falles war, die den Captain bewegte: Gacey hatte ihn auf dem Kieker und konnte es kaum erwarten, einen Vorwand zu finden, um ihn endgültig loszuwerden.

In Gaceys streng hierarchisch geordneter Welt stellte Lucas eine Anomalie dar, eine Bakterie, die das gesamte System, wie der Captain es verstand, infizieren konnte.

»Gehen wir, Agent Wayne«, hatte Lucas, immer noch an die warme Motorhaube gelehnt, sich zu Wort gemeldet.

Beinahe überrascht hatten Gacey und Anna sich zu ihm umgedreht, Anna mit einer hochgezogenen Augenbraue, der Captain mit ungerührter Miene.

»Wohin?«, fragte der Captain. »Wohin wollen Sie? Zeugen vernehmen?«

»Ins Leichenschauhaus.«

Ohne weitere Erwiderungen abzuwarten, hatte Lucas sich umgedreht und sich angeschickt, in Annas Auto einzusteigen.

»Ins Leichenschauhaus?«

»Die anderen können die Lebenden zum Reden bringen, Captain. Das kriegen die besser hin als ich.« Mit einer kaum wahrnehmbaren Kopfbewegung hatte er sich an Anna gewandt, nicht an Gacey: »Unser Job ist es, die Toten zum Sprechen zu bringen.«

Anna war zu ihm gekommen, ohne sich vom Captain zu verabschieden, der wie versteinert unter dem schweren, schwarzen Himmel stand.

Sie war eingestiegen und, ohne sich noch einmal zu rühren, reglos auf dem Fahrersitz sitzen geblieben, bis der Captain kopfschüttelnd weggegangen war.

Lucas hatte sie dabei die ganze Zeit unbemerkt beobachtet. Er hatte zugesehen, wie Anna die Zentralverriegelung mit der Fernbedienung hatte aufschnappen lassen und mit einem Blick kontrolliert hatte, ob alle vier Pfeile aufleuchteten. Wie sie, nachdem auch er eingestiegen war, den Sitz eingestellt hatte, indem sie ihn erst vom Lenkrad hatte wegschnellen lassen und dann wieder näher herangerückt hatte. Wie sie die Position des Rückspiegels und der Seitenspiegel kontrolliert hatte. Den Sicherheitsgurt angelegt und Lucas mit einem Blick aufgefordert hatte, es ihr gleichzutun, noch einmal die Sitzposition korrigiert und erst dann den Motor angelassen hatte, um abzufahren.

Trotz seiner Erschöpfung fragte sich Lucas, ob die Frau unter einer Zwangsstörung litt. Er drehte sich zum Fenster und dachte nach.

Der Innenraum des Wagens machte einen makellosen Eindruck: nichts, was nicht an seinem Platz läge, keine Verpackungen, keinerlei Überbleibsel einer der vielen Aktivitäten, denen man während des Fahrens nachgeht, wie zum Beispiel ein Bonbon lutschen. Das einzig Persönliche war ein unter dem Rückspiegel hängendes Foto einer Katze, ein Mischling mit rot-weißem Fell und zwei unterschiedlichen Augen, eines blau, eines gelb.

Zwangserkrankung. Oder vielleicht auch etwas anderes. Vielleicht war die Zwangsstörung nur Tarnung, eine Verlagerung, eine Verteidigungsstrategie. Vielleicht infolge eines traumatischen Erlebnisses, etwas … Plötzlich fühlte Lucas sich viel zu müde, um auch diesem Gedankengang weiter zu folgen. Er ahnte, dass die Nacht noch lang werden würde. Sie mussten in die Gerichtsmedizin, um sich die Toten anzusehen …

Und dennoch kam ihm der Gedanke, dass er und sie sich in gewisser Weise ähnelten. Oder einer der Spiegel des anderen war.

Seit sie mit Gacey gesprochen hatte, hatte die Frau nicht wieder den Mund aufgemacht.

Lucas hatte ihr Schweigen respektiert, weil er dachte, dass sie es ihm gegenüber wohl genauso täte. Doch jetzt, nach der Fahrt, da sie wieder in die Stadt kamen, hatte Lucas eine Frage, die er ihr unbedingt stellen musste.

»Warum ich?«, fragte er sie leise, ohne sich zu ihr zu drehen.

»Das wissen Sie«, sagte die Profilerin, während sie an einer Ampel hielt.

»Erklären Sie's mir trotzdem.«

Anna löste kurz den Blick von der Straße. Das rote Licht, das durch die Regentropfen auf der Windschutzscheibe fiel, lag auf ihrem müden, angespannten Gesicht.

»Die Wahrheit? Ich hatte keine Hoffnung mehr. Niemand von uns hatte noch welche.«

Es wurde grün. Anna gab vorsichtig Gas, und der Wagen rollte sanft an. Lucas konnte nicht anders, als zu bemerken, wie sehr sich ihr Fahrstil von dem ihrer Kollegin Sasha unterschied, die die Straße als Beute ansah, die es zu zerfleischen galt.

»Nach Komplimenten zu fischen, scheint mir nicht zu Ihrem Profil zu passen, Agent Lucas, aber wenn Sie es unbedingt wissen wollen: Weil Sie für solche Fälle der Beste sind, den wir haben. Okay?«

»Nein, darum geht es mir nicht.« Falls Lucas die Verärgerung in der Stimme seiner Kollegin gehört hatte, ließ er es sich nicht anmerken. Aber etwas hatte sich geändert, die Atmosphäre im Innenraum des Autos war plötzlich aufgeladen. Lucas drehte sich zu ihr um.

»Ich will keine Komplimente«, sagte er mit ruhiger Stimme und ohne jegliche Ironie. »Ich möchte wissen, warum Sie mich angefordert haben.«

»Weil ich mir Ihre Fälle angesehen habe. Ich habe mir angesehen, wie Sie vorgehen.«

»Und Sie haben ein Profil erstellt.«

Die Frau schien etwas peinlich berührt und antwortete nicht sofort.

»Ich verstehe das«, sagte Lucas. »Das ist Ihr Job, Sie sind Profilerin. Ich weiß, wie das läuft. Ich weiß, dass man an einen Punkt kommt, an dem man gar nicht mehr anders kann.«

»Was kann?«

»In Ihrem Fall ein Profil von Leuten erstellen, auch wenn sie überhaupt nicht verdächtigt werden. Auch wenn sie Kollegen sind. Oder Verwandte. Oder Freunde. Oder Menschen, die einem noch viel wichtiger sind oder kurz davor, es zu werden. Es sei denn, man entdeckt, dass man sich geirrt hat und reagiert ebenso verkehrt«, schloss er und sah auf ihre bandagierte Hand.

Für einen kurzen Moment blickte Anna nach unten auf ihre Hände, dann reagierte sie auf die Provokation. »Versuchen Sie jetzt, mein Profil zu erkennen, Lucas?«

»Nein. Das ist nicht mein Job.«

»Und was ist Ihr Job?«

Lucas starrte auf die Windschutzscheibe. *Ich weiß es nicht,* hätte er am liebsten gesagt – oder sagen müssen. Die Scheibenwischer bewegten sich im Takt seines Herzschlags. Das

Prasseln der dicken Regentropfen auf der Windschutzscheibe trommelte in seinen Ohren, und für einen Augenblick kam es ihm vor, als sei dies der einzige Pulsschlag, den es in diesem kleinen Raum noch gab, der nach Sauberkeit und Regen roch.

»Sagen Sie's mir, Special Agent Wayne. Sie haben mich unter die Lupe genommen. Sie kennen meine Arbeit besser als ich.«

»Nein. Ich kenne Ihre Fälle, ich kenne *zum Teil* die Welt, in der Sie damit zu tun bekommen, ich kenne *zum Teil* die Welt, in der Sie sie lösen, ich kenne Sie *zum Teil*. Das Profil ist unvollständig, wie Sie sehen. Ich weiß nur, dass Sie die Natur, die *Dynamik* hinter einem Verbrechen zu durchschauen scheinen wie kaum ein anderer. Und dass es Ihnen keine Angst zu machen scheint. Liege ich richtig?«

»Fahren Sie fort.«

»Ich weiß, dass Sie sie verstehen können. Die Verdächtigen, meine ich. Und dass dies einer der Gründe ist, warum es Ihnen gelingt, sie festzunageln.«

»Sie verstehen? Nein. Ich weiß nicht. Ich kann nicht … Ich glaube nicht, dass es so funktioniert.« Seine Stimme klang immer weinerlicher, die Pausen zwischen den Worten wurden länger.

»Dann sagen Sie mir, wie es funktioniert.«

Lucas schwieg lange. Er gelang ihm nicht, den Blick von den hin und her gehenden Scheibenwischern loszureißen. Und er wusste, dass das gefährlich war. Kathryn hatte ihn vor so etwas gewarnt, und wie immer hatte sein Gehirn sich das gemerkt, hatte das Wissen aufgesogen und für eine passende Gelegenheit abgespeichert.

»Halten Sie hier an, bitte.«

»Was?«

»Halten Sie an! Bitte.«

»Geht es Ihnen nicht gut?«

Lucas antwortete nicht. Er saß stocksteif auf dem Beifahrersitz, die Sehnen an seinem Hals traten deutlich sichtbar unter der Haut hervor.

Anna bremste, setzte den Blinker und fuhr wenige Meter vor einer Kreuzung an den Bürgersteig heran, nahm den Gang heraus, ließ den Motor aber laufen und drehte sich zu ihm um.

Lucas' Augäpfel huschten hin und her, rasten förmlich, fast wie in den Tiefschlafphasen.

»Lucas? Lucas, was ist los?«

Mit einem Rest an sensorischem Bewusstsein, der ihm im Augenblick noch zur Verfügung stand, registrierte Lucas eine Berührung an seiner linken Hand. Es waren Annas Finger, sie waren kalt, aber leicht und zart. Er spürte, wie sie zu seinem Handgelenk hinaufwanderten, um ihm den Puls zu fühlen.

Langsam, aber zielgerichtet, hob Lucas die Hand, streckte den Arm aus und befreite sich so von Annas Berührung und drehte die Autoschlüssel herum.

Der Motor ging aus. Die Scheibenwischer hielten an.

»Einen Augenblick noch. Nur einen Augenblick«, sagte er, während er langsam ausatmete.

Anna antwortete nicht. Lucas schloss die Augen. Er atmete ein. Er atmete aus. Hinter den geschlossenen Lidern zuckten die Augäpfel immer noch von einer Seite zu anderen, aber allmählich wurde die Bewegung langsamer, bis sie schließlich ganz zur Ruhe kamen. Lucas versuchte, die Rückenmuskulatur zu entspannen, den Hals, die Beine. Als er die Augen langsam wieder öffnete, legte er den Kopf in den Nacken, bis er die Kopfstütze berührte.

»Seit wann haben Sie nicht mehr geschlafen?«, fragte Anna schließlich.

»Ich weiß es gar nicht mehr.« Er atmete ein. Er atmete aus.

Rote und blaue Lichtblitze tanzten über ihre Gesichter, dann peitschte ein weißes Licht über sie hinweg. Einen Augenblick später schoss ein Streifenwagen an ihnen vorbei in die Richtung, aus der sie gekommen waren.

»Das ist die Verstärkung, die Gacey angefordert hat. Sie fahren zu ihm«, meinte Anna.

Lucas setzte sich gerader hin. »Fahren wir weiter.«

»Sind Sie sicher?«

»Ja.«

»Wollen Sie mir sagen, was passiert ist?«, fragte Anna, während sie sich in den nächtlichen Verkehr einfädelte. Sie befanden sich kurz vor dem Zentrum, in der Nähe der Brücke über den Fluss, an der sich immer der Verkehr staute, sogar um diese nächtliche Stunde. Lucas warf einen Blick auf das rote Quadrat in der Mitte des Armaturenbretts. Es war fast zwei. Er beschloss, keine Zeit damit zu verschwenden, der Kollegin die Wirkung der Scheibenwischer auf sein Gehirn zu erklären. Stattdessen zog er es vor, sich auf die vor ihnen liegende Aufgabe zu konzentrieren.

»Erzählen Sie mir von den Fällen. Erzählen Sie mir von den Mädchen.«

Anna seufzte. »Was wollen Sie wissen?«

»Alles. Alles, was Sie für nützlich halten.«

»Ein paar Dinge wissen Sie ja schon …«

»Fangen Sie mit der Dynamik und den zeitlichen Abläufen an. Mit dem *Ritus*«, sagte Lucas. Anna warf ihm einen kurzen Seitenblick zu, bevor sie ihre Aufmerksamkeit wieder auf die Fahrbahn richtete, während sie ihre Worte sorgfältig wählte.

»Er entführt sie. Er behält sie zwei Wochen lang … oder besser gesagt, alle bis auf Robin, zumindest hat er es bisher immer so gemacht. Und dann gibt er sie zurück. Jedes Mal an einem anderen Ort, jedes Mal ohne irgendwelche verwertbaren Spuren zu hinterlassen. Keine Fasern, die Tatorte sind immer entweder stark verunreinigt oder liegen auf einem Gelände, auf dem man nur schlecht Spuren sichern kann. Keine DNA auf den Leichen.«

»Weil er sie wäscht. Robin roch nach Bleiche und Waschmittel.«

»Genau.«

»Ich habe keine Anzeichen für äußere Gewalteinwirkung am Leichnam gesehen, aber …«

»Nicht mal innere Verletzungen. Die Mädchen weisen keine Spuren sexuellen Missbrauchs auf. Ich verstehe das einfach nicht.«

»Was er mit ihnen will?«

»Ja. Warum entführt er sie und hält sie gefangen? Das Motiv scheint kein sexuelles zu sein. Mein Hypothese ist, dass es sich um eine reine Form von …«

»… Macht handelt«, vervollständigte er den Satz. »Ja, das könnte sein.«

»Ja, aber das geht nicht ganz auf. Es kann nicht nur das Bedürfnis sein, sie zu dominieren. Die Tatsache, dass er sie irgendwo einschließt, lebendig, Tag um Tag, als wollte er sie von Weitem studieren, als …« Anna schnaubte und schlug mit der Hand aufs Lenkrad. Zum ersten Mal ließ sie offen so etwas wie Wut sehen. »Zum Teufel damit. Die Wahrheit ist, dass wir bisher noch nicht herausbekommen haben, was er mit ihnen macht. In welcher Weise er die Macht ausübt, die zu erlangen er sich so viel Mühe macht. Im Blut der Opfer … der Mädchen … haben wir Spuren eines starken Betäubungsmittels gefunden. Die metabolische Verteilung scheint darauf hinzudeuten, dass er sie zeitweise sediert hat.«

»Ich habe keine Einstichstellen in Robins Ellenbogenbeuge gesehen. Wie verabreicht er das Mittel?«

»Oral, nehmen wir an. Genau so, wie er sie später auch vergiftet.«

»Macht«, murmelte Lucas.

»Ja. Irgendwie schafft er es, dass sie ihm zu Willen sind. Und das tut er, ohne körperliche Gewalt auszuüben, und bringt sie dazu, die Tabletten zu nehmen.«

»Und so läuft es auch mit der letzten Tablette, der tödlichen.«

»Vielleicht löst er sie in Wasser auf, damit sie es nicht merken. Aber das funktioniert nur einmal. Außerdem wird er sich nicht mit einem Hilfsmittel zufriedengeben: Er braucht die Macht. Er überzeugt sie irgendwie davon, dass es besser ist, diese Tablette zu nehmen, da andernfalls etwas Schlimmeres passieren wird. Und sie lernen, dass diese Pillen sie nur schlafen lassen. Sie halten sie für ungefährlich. Oder zumindest für das kleinere Übel. Wenn dann der Tag kommt, an dem er sie bittet, die letzte Tablette zu nehmen, haben sie keine Angst mehr, weil sie genau wie die anderen zu sein scheint. Sie denken, sie würden nur wieder ein kleines Schläfchen halten …«

»Und das ist eine Erleichterung. Der Schlaf ist tief«, bemerkte Lucas mit leiser, vibrierender Stimme, als rezitiere er eine Litanei. »Und in der Tiefe des Schlafs finden sie Frieden, weil sie dort *vergessen*, dass sie Gefangene sind, ihrem Entführer auf Gedeih und Verderb ausgeliefert. Sie vergessen und schlafen und denken, dass, wenn sie aufwachen, wieder Zeit vergangen und ihre Befreiung noch ein Stück näher gerückt sein wird und …«

»Und stattdessen wachen sie überhaupt nicht mehr auf.« Annas Stimme zitterte ein wenig. »Die armen Mädchen.«

Lucas zeigte keine Reaktion auf diese gefühlvolle Äußerung. Er suchte fieberhaft nach einer Verbindung, die sich ihm immer wieder entzog. Es fühlte sich an, als versuchte er, eine Faust voll Nebel zwischen den Fingern zu zerdrücken.

»Es muss einfach sein …«, murmelte er.

»Was haben Sie gesagt?«, fragte Anna, aber bevor ihre Worte in der Luft verklungen waren, klingelte ihr Handy. Es war über Bluetooth mit der Freisprechanlage des Autos verbunden. Sie drückte auf einen Knopf am Lenkrad und nahm den Anruf an.

»Wir habe es gefunden«, klang Gaceys Stimme aus den Lautsprechern, der sich nicht erst mit Förmlichkeiten aufhielt.

»Sie haben das Auto gefunden?«

»Ist Lucas noch bei Ihnen?«, fragte der Captain.

»Ich bin hier«, antwortete Lucas.

»Sie hatten recht. Ein Transporter, im Unterholz versteckt, wenige Meter von der Straße entfernt. Ungefähr dreißig Meter vom Fundort weg, auf derselben Hangseite, auf der auch die Bushaltestelle ist. Zum Glück waren Sashas Männer noch nicht alle wieder nach Hause gegangen. Sie sind jetzt gerade dabei, die Spuren zu nehmen.«

»Was ist mit Nummernschild und Papieren?«, fragte Anna.

»Wir sind noch dabei, sie zu überprüfen. Das Nummernschild ist mit Sicherheit gestohlen, und natürlich lagen die Papiere nicht im Transporter. Wahrscheinlich ist der auch gestohlen. Es wird ein bisschen dauern, bis wir anhand der Fahrgestellnummer den Fahrzeughalter ausfindig machen können.«

»Gibt es denn gar nichts an Bord?«, klammerte sich Anna an die kleinste Hoffnung.

»Etwas gibt es«, sagte Lucas bestimmt.

Anna schaute ihn aus dem Augenwinkel an, während sie weiterfuhr. Der Mann neben ihr hatte keine Miene verzogen, nur seine Augen schienen ein bisschen dunkler zu sein.

»Captain, hat Lucas recht?«

»Ja. Ja, er hat recht. Es gibt etwas.«

»Was denn?«

»Einen Leichensack, Anna. Und er ist benutzt worden.«

21

Das Leichenschauhaus befand sich in einem niedrigen, schmucklosen Gebäude. Die Außenwände waren mit großen, rotbraunen Betonquadraten verkleidet, zwischen denen jeweils in einem schmalen Spalt die Mauer darunter zu sehen war, sodass sich ein Gittermuster ergab. Einige der Quadrate waren in Wirklichkeit getönte Fenster, durch die man von außen nicht hindurchsehen konnte. Der breite Eingang wurde von Edelstahlrohren umrahmt, darüber thronte ein geschwungenes Plexiglasvordach, auf das im Augenblick der Regen trommelte. Das Unwetter war von den Hügeln herabgezogen und erreichte jetzt die Stadt, als wäre es ihnen wie ein Raubtier gefolgt.

Um das Gebäude herum erstreckte sich ein weitläufiger Parkplatz mit von ungepflegten Hecken abgegrenzten Arealen und hier und da einem hohen Weidenbaum. Im Augenblick waren fast alle Plätze leer.

Anna parkte und schaltete den Motor aus.

»Da sind wir«, stellte sie das Offensichtliche fest. Lucas war klar, dass dies ebenso ein Anzeichen für Stress war wie ein Versuch, sich Mut zu machen, als müsse sie Kraft sammeln und sich sagen, dass das, was sie vorhatten, notwendig und wichtig war und daher weder verschoben noch vermieden werden durfte.

Aus einem Zivilfahrzeug, das wenige Meter von ihnen entfernt stand, stieg ein Mann aus, ein Polizist in Zivil.

Sie erkannten ihn beide am kahlen, glänzenden Schädel.

Inspector Ramirez kam ihnen entgegen, die brennende Zigarette in der gewölbten Hand, um sie vor der Nässe zu schützen. Offensichtlich hatte er auf sie gewartet, es aber vorgezogen, im eigenen Wagen statt im Gebäude zu warten.

Ein Wachhund, dachte Lucas, *an kilometerlanger Leine, aber deshalb nicht weniger fest geführt.*

Kurz bevor sie den Tatort verlassen hatten, hatten Anna und Lucas das Telefonat mit angehört, bei dem Gacey Inspector Ramirez zum Leichenschauhaus beordert hatte, um sich hier mit ihnen zu treffen. Der Mann am anderen Ende der Leitung konnte nicht mit allzu großem Enthusiasmus reagiert haben, zumindest dem Ton nach zu urteilen, in dem Gacey seine Befehle ein zweites Mal wiederholt hatte.

Ramirez war die Leitung der Ermittlungen zu den Schüssen auf den Linienbus übertragen worden. Er trat an Annas Fenster und klopfte.

Sie ließ die Scheibe herunter. Dunkle Regentropfen prallten vom Blech ab und trafen ihn an Kinn und Mund.

»Haben Sie alles, Agent Ramirez?«

»Alles, was ich bis jetzt zusammentragen konnte«, antwortete der Mann und zog ein letztes Mal an seiner Zigarette, bevor er sie wegwarf. Er machte sich nicht die Mühe, sie auszutreten: Das Wasser kümmerte sich darum, das sich in großen Pfützen auf dem Asphalt sammelte, die von schwarzen, ölschillernden Rinnsalen gespeist wurden, welche sich von den umliegenden Bürgersteigen ergossen. »Kommt er mit?«, fragte er mit einer Kopfbewegung zu Lucas, der reglos auf dem Beifahrersitz saß.

»Sieht aus wie einbalsamiert«, setzte Ramirez im Flüsterton hinzu, der verschwörerisch klingen sollte.

Zur Antwort drückte Lucas die Beifahrertür auf, stieg aus und ging auf den Eingang zu, scheinbar vollkommen unberührt vom strömenden Regen.

Hinter sich hörte er die beiden miteinander sprechen. »Mir kommt er nicht einbalsamiert vor«, sagte Anna trocken. Vielleicht schwang tatsächlich so etwas wie Humor in ihrer Stimme mit.

Lucas ging schneller und fand unter dem Plexiglasvordach Schutz vor dem Regen. Er hörte die Schritte der beiden Kollegen hinter sich platschen. Die weit ausgreifenden und schweren des Mannes, die ein schmatzendes Geräusch auf dem Asphalt machten, und das leichtere, aber entschiedene Auftreten der Frau.

Hinter der Doppelglastür erstreckte sich ein weiter Flur, der durch gleichmäßig verteilte Leuchten an der Decke und an den Wänden erhellt wurde, die ihm eine fast sakrale Atmosphäre verliehen. Sogar der Empfangstresen, der gerade nicht besetzt war, hätte als Altar durchgehen können, wären da nicht die Hoheitszeichen der Polizei an der Holzfront gewesen und die beiden Computerbildschirme, die auf der Arbeitsfläche standen wie die ausgebreiteten Flügel eines Raben.

Lucas fand, dass das Ambiente zu einem Ort passte, an dem der Tod bewahrt wurde.

Ohne Zögern trat er ein, ging zügig auf den Tresen zu und schaute sich suchend um.

Kurz darauf holten ihn die beiden anderen ein.

»Hey, warten Sie mal«, rief Ramirez, der ihm mit der Geschwindigkeit folgte, die ihm seine Statur gestattete. Er war um die fünfzig, beinahe zwei Meter groß und eher korpulent. Er trug ein blaues, eng anliegendes Hemd, das seine Schultern und Brustmuskulatur sehen ließ, ohne ihn jedoch in seiner Bewegungsfreiheit einzuschränken, sollte er die Waffe aus dem Schulterhalfter ziehen müssen. Die dunkelblauen Hosen mit Bügelfalte schlossen kurz unterhalb der Knöchel ab und ließen die braunen Schuhe aus Flechtleder sehen. Ramirez gehörte zu den Männern, die weder zu schwitzen noch zu frieren schienen: Er trug quasi zu jeder Jahreszeit und bei jeder Temperatur das Gleiche.

Während er sich energisch die Regentropfen von der Kleidung und vom Schädel strich, schloss er zu Lucas auf und schaute ihm direkt ins Gesicht.

»Der Captain hat mir befohlen, Ihnen einen Lagebericht zu liefern«, sagte er. »Er hat mich vom Tatort wegbeordert, damit ich so schnell wie möglich herkommen kann. Also frage ich mich, was verd… Was wollen Sie von mir?«

Anna wartete, dass Lucas antwortete, aber er schien sich schon wieder im Prodromalstadium einer ähnlichen Episode zu befinden, wie er sie im Auto erlitten hatte. Er stand stocksteif da und starrte in die Flure, die sich von der Eingangshalle in die verschiedenen Flügel des Leichenschauhauses erstreckten.

Während seine Körpersprache nicht zu entschlüsseln war, war die von Ramirez klar wie das Wasser eines Bergsees: Er verlor allmählich die Geduld. Er ballte die rechte Faust so fest, dass die Knöchel weiß hervortraten, und einer seiner Mundwinkel zuckte unruhig.

Der Polizist streckte die Hand aus, als wollte er Lucas am Ärmel fassen und ihn zwingen, ihn anzusehen, doch im selben Augenblick begann der andere zu sprechen.

»Habt ihr sie hierhergebracht?«, fragte er.

Ramirez' Hand blieb in der Luft, und auf seinem Gesicht zeichnete sich ein verblüffter Ausdruck ab.

Lucas drehte sich um und erwiderte seinen Blick.

»Die Leichen, Ramirez. Die Opfer der Schießerei.«

»Ja. Sie sind hier, aber …«

»Und die Fahrgäste aus dem Bus?«

»Es waren einundzwanzig Leute im Bus, bevor die Schüsse fielen und es zu dem Zusammenstoß kam. Ein paar waren schon ausgestiegen, wie der junge Mann, den der Heckenschütze getötet hat. Die anderen waren noch an Bord.«

»Wo sind sie jetzt?«

»Entweder im Krankenhaus zur Kontrolle oder zur Vernehmung. Es gibt zwei Schwerverletzte, eine Frau, die bei dem Zusammenstoß mit dem Kopf gegen die Trennscheibe zum Fahrer geknallt ist, und ein Mann, der gestürzt ist und sich ebenfalls den Kopf angeschlagen hat. Die anderen sind eher leicht verletzt oder haben Prellungen davongetragen. Und zwei sind gestorben: Einer ist durch die Explosion des Tanks getötet worden, der andere hat einen Herzinfarkt erlitten.«

»Behalten Sie alle da«, sagte Lucas. »Rufen Sie in der Zentrale an, sofort. Und wenn einer schon nach Hause gegangen ist, schicken Sie eine Streife hin, die ihn wieder in die Zentrale zurückbringt. Alle, die in dem Bus waren, müssen sich bis auf Weiteres zur Verfügung halten, klar? Und setzen Sie alles daran, um diejenigen aufzuspüren, die schon ausgestiegen waren, als der Heckenschütze das Feuer eröffnet hat.«

Ohne eine Antwort abzuwarten, ging er langsam in einen der Flure hinein.

Die Lampen an den Wänden waren mit Bewegungsmeldern ausgestattet. Sie schalteten sich ein, als er vorüberging, und verloschen, sobald er vorbei war. Wie ein Geist schien Lucas im Dunkel zu verschwinden und dann wieder aufzutauchen.

»Macht er das immer so?«, fragte Ramirez bestürzt.

»Rufen Sie in der Zentrale an«, antwortete Anna lakonisch und machte sich von Neuem an Lucas' Verfolgung.

Sie fand ihn am Ende des Flurs. Rechts von ihnen führte eine dicke Stahltür mit einem langen, senkrechten Griff in den Sektionssaal Nr. 7, wie auf dem Schild neben der Tür zu lesen stand.

»Wo gehen wir hin, Lucas?«

»Wir werfen mal einen Blick auf unseren Unbekannten«, antwortete er, zog ein gefaltetes Blatt Papier aus der Jackentasche und hielt es Anna hin.

»Lassen Sie mich raten: Das haben Sie sich gerade vom Rezeptionstresen genommen«, sagte Anna, während sie das Blatt betrachtete. Es war eine Kopie des Verzeichnisses der Einlieferungen des Tages.

Lucas stellte sich hinter sie und streckte die Hand aus, um mit dem Finger das Namensverzeichnis entlangzufahren. Wieder trafen sich ihre Fingerspitzen. Das Blatt in Annas Hand zitterte, dann verharrte Lucas' Zeigefinger auf einer Zeile. »Sehen Sie sich die Uhrzeit an.«

Es waren vier Namen hintereinander. Ihre Einlieferung war zur selben Stunde registriert worden, aber drei von ihnen, zwei Frauen und ein Mann, waren vollständig eingetragen, während beim Vierten nur das Geschlecht, männlich, und das ungefähre Alter, zwischen dreißig und fünfunddreißig, angegeben war. Keine Adresse, kein Name.

Am Ende jeder Zeile standen ein Buchstabe und zwei Ziffern, dann ein Leerzeichen und eine weitere Nummer.

»Das vermutliche Alter zwischen dreißig und fünfunddreißig Jahren passt zu dem Profil, das Sie erstellt haben, oder?«, fragte Lucas kaum hörbar.

Anna hob den Blick und sah ihm in die Augen. Sie musste nicht antworten.

»Gehen wir«, sagte sie schließlich und löste den Blick, um auf die Tür aus glänzendem Edelstahl zu zeigen.

Mit einer unbeabsichtigt synchronisierten Bewegung drückten sie beide die Tür auf und wurden in Licht gebadet.

22

»Wie war noch mal die Nummer?«, fragte Lucas.

»C 17.«

Auch wenn sie aus Rücksicht auf die unsichtbaren Toten unwillkürlich leise sprachen, hallten ihre Stimmen in dem leeren Saal, um dann schnell in einem metallischen Klirren zu verklingen.

Alle Wände waren vom Boden bis zur Decke mit satinierten Aluminiumpaneelen bedeckt, jedes davon mit einem Griff und einem Etikett. Nicht zum ersten Mal dachte Lucas über die Architektur dieses Gebäudes nach, dessen Äußeres mit dem Mosaik aus Quadraten an der Fassade auf spektakuläre Weise mit der rechtwinkligen Anordnung der Räume im Inneren korrespondierte, die für die Aufbewahrung von Leichen genutzt wurden.

Der Tod wohnte hier in jeder Facette.

Die Temperatur lag ein paar Grad unter der Außentemperatur.

Sie teilten sich auf: Lucas übernahm die rechte Wand, Anna die linke.

Sie war es, die die Kühlzelle fand, die sie suchten.

»C 17, da ist sie ja«, verkündete sie. Das Fach lag in der unteren Reihe im dritten Viertel der Wand, etwa vierzig Zentimeter über dem weiß gefliesten Boden. Mit wenigen Schritten war Lucas bei ihr. Sie stellten sich jeder an einer Seite neben das Fach, und Lucas bückte sich schweigend, fasste den Griff und zog.

Die Schublade glitt mit einem leisen Flüstern heraus, das sich anhörte wie der Wind, der in den Fensterläden eines Hauses auf dem Lande spielt. Ein eiskalter Luftschwall drang aus dem Fach, in dem der mit einem blaugrünen Tuch zugedeckte Leichnam aufbewahrt wurde. Unter dem Tuch zeichneten sich die Füße, Knöchel, Schultern und die Umrisse von Nase und Stirn ab, aber auf Höhe der Brust war der Stoff ungewöhnlich eingesunken.

Lucas griff den Stoff am Kopfende, hob ihn an und schlug ihn bis auf die Füße zurück. Anhand der Gesichtszüge konnten sie keine Identifizierung vornehmen, denn sie hatten ja kein Bild von ihm, nicht einmal eine Phantomzeichnung, mit der sie das Gesicht hätten abgleichen können, das sie vor sich hatten.

»Er … sieht aus wie ein gefallener Engel«, bemerkte Anna.

Der Mann hatte naturblondes Haar, das sah man an den Wurzeln, und einen kurz geschnittenen, rötlichen Bart, der im unteren Teil seines Gesichts perfekte Symmetrie herstellte, von den leicht hervorstehenden Wangenknochen bis zum eingekerbten Kinn. Die Nase war groß, passte aber zum Gesicht, gerade und vorspringend. Die Augenhöhlen ließen auf große Augen schließen, die von schmalen Brauen überschwungen unter einer nicht allzu hohen Stirn lagen.

»Irgendwie messianisch«, fuhr Anna fort.

Lucas schien nicht sonderlich beeindruckt von der Schönheit des Mannes, anders als bei Anna weckte sein Gesicht keinerlei Interesse bei ihm. Er stand über das rote, ausgefranste Loch gebeugt, das in der Brust des Toten klaffte. Schweigend musterte er es einige Sekunden lang, bevor er sich wieder aufrichtete.

»Das Projektil muss Kaliber .50 gewesen sein. Es hat den oberen Teil des Brustkorbs weggerissen, Lungenflügel und Herz wurden gegen die Wirbelsäule geschleudert und zerfetzt«, sagte er. »Ein Scharfschütze. Mit militärischer Ausbildung, wahrscheinlich aus einer Spezialeinheit. Der Schuss war absolut tödlich.«

Aus dem Flur hinter der Tür hallten Stimmen, und kurz darauf drang gedämpft Ramirez' Rufen zu ihnen. Er suchte sie, doch Lucas schien sich nicht darum zu scheren.

Er schaute sich suchend um.

»Das hilft uns nicht«, sagte Anna. »Diese Leiche hilft uns nicht. Sie sagt uns gar nichts. Ich dachte, ich wüsste, warum Sie unbedingt herkommen wollten, aber …«

»Sie haben recht. Der Leichnam genügt nicht«, fiel ihr Lucas ins Wort und ging zu einem Aktenschrank, der an der Wand neben der Tür stand. Er war hoch und ebenfalls aus satiniertem Aluminium, seine Kanten glänzten im starken Neonlicht.

Lucas zog die Schubladen eine nach der anderen auf, holte einige der Mappen heraus, um einen kurzen Blick darauf zu werfen, bevor er sie wieder an ihren Platz hängte.

»Was suchen Sie?«, fragte Anna, als sie sich neben ihn stellte.

»Er ist nicht so hier angekommen.«

»Seine Kleidung, seine persönlichen Gegenstände.«

»Wissen Sie, wo das Lager ist?«, fragte Lucas und schwenkte dabei ein Blatt Papier. Anna erhaschte einen raschen Blick darauf: eine weitere Liste voller Buchstaben und Zahlen.

»Hängen Sie die wieder an ihren Platz. Ich zeige Ihnen das Lager.«

23

»Wo haben Sie gesteckt, verdammt noch mal?«

Ramirez war unverkennbar wütend. Als sie aus dem Sektionssaal Nummer 7 traten, stand er direkt vor ihnen, die langen Beine leicht gespreizt, die Hände in die Hüften gestemmt. Die Bizeps wölbten sich unter dem Hemd wie Kokosnüsse, der Rücken war gerade und steif wie ein Baumstamm, der Kopf leicht zu einer Schulter geneigt. Sein Gesichtsausdruck war unmissverständlich. Lucas musste bei seinem Anblick an eine Bulldogge denken, an jemanden, der ständig uneins mit der Welt war.

»Hier ist kein Mensch weit und breit und …«

»Sie werden doch wohl keine Angst haben?«, fragte Anna, während sie, dicht gefolgt von Lucas, um ihn herumging.

»Nein, ich … Wo wollen Sie denn jetzt hin?«

»Ins Lager.«

»Warum?«

»Kleidungsstücke suchen.«

»Ich hab noch trockene Sachen im Auto, wenn …«

»Nicht für *uns*, Ramirez.«

»Ah.«

»Haben Sie angerufen?«, fragte Lucas.

»Ja. Die Fahrgäste haben das gar nicht gut aufgenommen. Sie wollen nach Hause. Also die natürlich, die es aus eigener Kraft schaffen …«

»Können sie ja auch bald«, sagte Lucas.

»Bald? Wann bald?«

»Bald. Was ist mit den anderen? Die schon ausgestiegen waren?«

»Die haben wir alle. Nur ein paar waren schon zu Hause, ein paar alte Leute. Die anderen haben sich nicht aus dem

Kommissariat wegbewegt, obwohl es schon so spät ist. Unglaublich, oder?«

»Nein.«

»Nein?«

»Nein, das ist nicht unglaublich. Sie stehen unter Schock, und viele reagieren auf traumatische Ereignisse damit, dass sie nach Autorität suchen«, erklärte Lucas.

»Wie?«

»Er will sagen«, mischte sich Anna ein, »dass sie darauf hoffen, dass ihnen jemand sagt, was sie machen sollen. Sie brauchen Anweisungen.«

»Meinen Sie? Ich dachte, es wäre vor allem Neugier, die ist ja oft stärker als der Schrecken.«

»Sicher, dass Sie alle auftreiben konnten?«, fragte Lucas.

Ramirez drehte sich zu ihm um, und das ironische Lächeln, das seine Lippen umspielt hatte, erlosch wie ein Streichholz. »Jedenfalls passt alles zu dem, was uns der Busfahrer gesagt hat. Mehr wissen wir nicht.«

»Wir sind da«, verkündete Anna und blieb vor einer stählernen Doppeltür stehen, die sich in nichts von den anderen unterschied, die von dem Flur abgingen.

Dann sagte sie: »Wir brauchen eine Geheimzahl.«

Auf halber Höhe war ein Tastenfeld in die Wand eingelassen, in dessen unterem Teil ein kleines, rotes Licht blinkte.

»Ich habe keine Geheimzahl«, sagte Ramirez. Sichtlich nervös trat er von einem Bein aufs andere. Er fühlte sich nicht wohl an diesem Ort. *Vielleicht hatte er tatsächlich Angst,* dachte Lucas, der im Gegensatz zu Ramirez ganz ruhig war und sich schon beinahe entspannt fühlte. Die gespenstische Stille in diesem Gebäude, in das die Geräusche der Außenwelt nur wie durch ein Kissen gedämpft hereindrangen, erfüllte ihn mit innerem Frieden.

Anna griff zu ihrem Handy und drückte eine Kurzwahltaste.

»Sasha, wo bist du gerade?«

Eine Pause.

»Ja, ich bin im Leichenschauhaus. Dann sehen wir uns gleich. Aber vorher müsste ich noch den Zifferncode für das Lager haben.«

Pause.

»Ja. Nein, ich würde es lieber gleich machen. Lucas hatte eine Idee, und ich glaube, es lohnt sich, wenn wir das gleich überprüfen.«

Pause.

»Danke.« Anna gab eine Folge von sechs Ziffern auf dem Tastenfeld ein, und die Tür sprang mit einem mechanischen Klicken auf.

Während sie das Handy wieder in die Tasche steckte, drückte Anna gegen die Tür und trat ein.

Das Lager befand sich in einer riesigen, hohen Halle, in der in langen Reihen Regale standen, die fast bis zur Decke reichten. Zwischen den Regalreihen war gerade genug Platz, dass ein Mensch hindurchpasste. Die Temperatur war nicht so niedrig wie in den Sektionssälen, aber die trockene Kälte war dennoch greifbar.

Hier wurden die persönlichen Besitztümer der Opfer aufbewahrt. Kleidungsstücke, Schuhe, Ringe, Uhren, Taschen und Rucksäcke – alles in transparente, dichte Plastikbeutel verpackt, versiegelt, etikettiert und gekennzeichnet und schließlich in einem Karton verstaut, der seinerseits mit einem Etikett versehen war.

Einige der Kartons blieben nur so lange hier, wie das juristische Verfahren dauerte, während andere praktisch ewig hier lagerten; Letztere trugen auf dem Etikett meist keinen Namen, sondern nur ein Aktenzeichen. Sie waren die namenlosen Opfer – ohne Vergangenheit und deshalb auch ohne Zukunft. Nicht einmal die, die den anderen Opfern zugestanden wurde: betrauert, erinnert und schließlich vergessen zu werden.

Der Staubgeruch überdeckte nur mit Mühe den Geruch nach feuchtem Karton und Rost.

Anna marschierte als Erste los und tauchte in das Labyrinth aus Regalen ein. Lucas folgte ihr.

»Ich glaube, ich warte lieber hier«, sagte hingegen Ramirez und zeigte auf sich selbst. »Ich passe eh nicht durch.«

»Gut«, meinte Anna.

»Aber beeilen Sie sich ein bisschen«, rief er ihnen noch hinterher, in dem Versuch, etwas mehr Selbstsicherheit zu demonstrieren, als er, der Art und Weise nach zu urteilen, wie er immer noch von einem Fuß auf den anderen trat, tatsächlich empfand.

Nachdem sie einmal nach links und einmal nach rechts abgebogen war, blieb Anna stehen und studierte die Etiketten.

»Es muss hier irgendwo sein.«

Das Licht, das von oben zwischen Regalen und Kartons hindurchdrang, fiel in durchscheinenden Säulen nach unten, in denen gelbliche Staubkörner tanzten.

»Hier.«

Lucas zog einen Karton heraus und zeigte ihr die Seite mit dem Etikett.

Anna nickte bestätigend.

Im Unterschied zu vielen anderen, die um ihn herumstanden, war der Karton, den er in der Hand hielt, neu. Er war nicht versiegelt, der Plastikbeutel darin hingegen schon. Auf dem Etikett waren, den Vorschriften zur Sicherung der Beweiskette entsprechend, mit wasserfestem Stift die Zeiten und die Unterschriften der Personen verzeichnet, die ihn geöffnet hatten.

»Wir haben nichts zu verbergen«, sagte Anna und zog aus der Innentasche ihres Mantels ein Etui. Unterstützt von einer der Lichtsäulen, konnte Lucas darin das Handy, einen Filzstift, eine Brieftasche, Latexhandschuhe und eine kleine Dose Pfefferspray erkennen.

Er stellte keine Fragen.

Anna nahm den Filzstift, trug sich mit Unterschrift und Uhrzeit in das Verzeichnis auf dem Plastikbeutel ein, streifte dann die Handschuhe über und öffnete den Beutel.

Darin fanden sich, wiederum in separaten Beuteln, die persönlichen Gegenstände des Unbekannten.

Der Pullover musste ursprünglich einmal weiß gewesen sein, aber es waren nur winzige Flecken ungeschoren davongekommen. Der Rest war mit inzwischen getrocknetem Blut durchtränkt. Lucas betrachtete ihn, ohne ihn aus der Tüte zu holen. Er würde in aller Ruhe am nächsten Tag untersucht werden, folgerte er, sonst wäre bereits ein präzises Quadrat ausgeschnitten worden, das man unter ein Mikroskop legen konnte.

Auch die Jeans des Mannes waren vom Bund bis fast zu den Knien mit rötlicher Materie bedeckt, die in die Baumwollfasern eingedrungen war.

»Die Schuhe«, sagte Lucas.

Anna langte nach dem entsprechenden Beutel, in dem sich ein Paar schwarze Turnschuhe befand.

»Holen Sie sie heraus und stellen Sie sie hierhin.« Lucas zeigte auf einen leeren Platz im Regal.

»Wonach müssen wir suchen?«

Lucas beugte sich vor und begann, seine Springerstiefel aufzuschnüren.

»Ziehen Sie die Schuhe aus«, war die Antwort.

Anna zögerte.

Lucas nahm einen seiner Schuhe und hielt ihn neben die Schuhe des Unbekannten.

»Geben Sie mir einen von Ihren«, sagte er zu Anna.

Sie zog einen ihrer Stiefel aus und reichte ihn Lucas. Er wiederholte die Prozedur und hielt die Sohlen nebeneinander. Er beugte sich vor, um sie genauer anzusehen, und nutzte dazu wieder einen der Lichtflecken.

»Lucas, was …«

»Kompliment, Anna. Ich glaube, Sie haben Ihren Mörder gefunden.«

24

War es wirklich so, wie Lucas gesagt hatte? Hatten wir ihn tatsächlich gefunden?

Wenn das stimmte, dachte ich, war der Albtraum endlich zu Ende.

Nicht nur für mich und all die anderen, die an dem Fall mitgearbeitet hatten, sondern vor allem aber für die Mädchen.

Hunderte von jungen Mädchen, die jeden Tag durch die Straßen dieser Stadt gingen, ohne zu ahnen, dass das Böse überall lauern konnte. Ausgehungert, jederzeit bereit, einen Abgrund aufzureißen, um sie zu verschlingen.

In den vergangenen Wochen war es für mich zu einer geradezu greifbaren Halluzination geworden, einer Obsession. Jedes Mal, wenn ich durch die Stadt ging und einem Mädchen begegnete, das dem Profil entsprach, verspürte ich den Drang, sie anzuhalten. Ihr über die Wange zu streichen, ihre Haare zu berühren. Sie zu warnen, sie anzuflehen fortzugehen, sofort die Flucht zu ergreifen.

Natürlich konnte ich nichts dergleichen tun: Das Dezernat

hatte entschieden – im Übrigen auf meine Empfehlung hin –, nicht bekannt zu geben, dass zwischen den einzelnen Fällen eine Verbindung bestand. Die Medien hätten sich unweigerlich auf die Nachricht gestürzt und sie sensationsheischend aufgeblasen.

Ich hatte mehr als einen Grund, Journalisten grundsätzlich zu misstrauen. Nicht zuletzt die Vorstellung, dass unter den meistgelesenen und am häufigsten besprochenen Artikeln das berühmteste Kürzel stünde.

Stephens Kürzel.

Stephen McCoy war einer von Havens bekanntesten Journalisten, und ich hätte von Anfang an wissen müssen, dass ihn nichts aufhalten würde, dass es für jemanden wie ihn nichts Wichtigeres gab als einen Scoop.

Ich hatte bereits dafür bezahlt. Es war seine Schuld, dass meine Wut nach so langer Zeit wieder explodiert war. Und trotz aller Rituale, mit denen ich versuchte, sie im Zaum zu halten, war es ihm gelungen, sie zu wecken. Auch wenn es nur ein Fausthieb gewesen war, stellten der Verband an der Hand, der dumpfe Schmerz und die pochenden Knöchel eine Warnung dar, die ich nicht ignorieren durfte. Die Vergangenheit sollte mir eine Lehre sein.

Jedenfalls konnte ich es mir nicht erlauben, dass das, was Stephen getan hatte, sich in wesentlich größerem Ausmaß wiederholte und meiner Ermittlung, vor allem aber den Mädchen, den Opfern, Schaden zufügte. Die öffentliche Aufmerksamkeit auf den Fall zu lenken, hätte dazu führen können, dass der Killer seine Strategie geändert oder anderswo zugeschlagen hätte und er damit für uns nicht mehr zu fassen gewesen wäre. Oder es hätte ihn zu einer Eskalation treiben können, zu dem Drang, seine Verbrechen spektakulärer zu gestalten, um noch mehr Aufmerksamkeit zu bekommen.

Das Profil, das ich von ihm erstellt hatte, und mein Bauchgefühl legten allerdings nahe, dass die erste Variante wahrscheinlicher war. Es gab keinerlei Anzeichen für starke Emotionen, sein Modus Operandi zeigte nichts von Kontrollverlust oder Wut. Zwar fürchtete auch ich eine Eskalation, aber eher in der Häufigkeit als in gesteigerter Grausamkeit. Natürlich wollte er Aufmerksamkeit, aber er wollte *unsere* Aufmerksamkeit. Die Fotos, die er uns schickte, hätte er genauso gut an die Medien schicken können, wo sie zum Aufmacher geworden wären, aber das hatte er nicht getan. Er wollte keinem großen Publikum bekannt werden, sondern hatte eine spezialisierte und hochspezifische Zielgruppe im Auge: die Ordnungskräfte.

Und ich hatte das Gefühl, dass er es nicht tat, weil es ihm selbst gefiel und er sich an seinem eigenen Wagemut berauschte.

Er tat es aus einem anderen Motiv heraus, das ich noch nicht hatte ausmachen können. Eine Weile hatte ich sogar gedacht – aber da hatte ich mir wohl Illusionen gemacht –, er könne wollen, dass wir ihn stoppen. Doch das passte nicht zu dem, was man über Soziopathen wusste: In der Regel wollen sie nicht aufgehalten werden.

Und selbst wenn das der Fall gewesen wäre, hätte ich es nicht allein schaffen können. Ich hätte Lucas gebraucht.

Während wir zum Eingang des Leichenschauhauses zurückgingen, um dort auf Sasha und Captain Gacey zu warten, beobachtete ich Lucas aus dem Augenwinkel. Er hatte recht, ich konnte es nicht abstreiten: Schon bevor ich ihn getroffen hatte, hatte ich unbewusst angefangen, ein Profil von ihm zu erstellen. Seit ich mit ihm zusammenarbeitete, also erst seit ein paar Stunden, war ich immer wieder gezwungen gewesen, die Vorstellung zu revidieren, die ich mir von ihm gemacht hatte, als ich nur die Berichte und Akten zu den Fällen zur Verfügung gehabt hatte, an denen er beteiligt gewesen war, und natürlich die Gerüchte und all das, was man sich über ihn in den Fluren des Dezernats erzählte.

Er hatte etwas Geheimnisvolles an sich, etwas Unterschwelliges, Verborgenes, das ihn von innen heraus zu verschlingen schien.

Nein, »verschlingen« war nicht das richtige Wort.

Es war, als fließe ein langsam wirkendes Gift durch seine Adern, das ihm nach und nach das Leben aussaugte, das zuerst die innersten Schichten austrocknete, um sich dann allmählich nach außen vorzuarbeiten. Wenn dieses Gift an der Haut angekommen war, würde Lucas zu einem Häuflein Staub zerfallen.

»Totenmaske« nannten ihn einige Kollegen. Ramirez selbst hatte vorhin erst keinen Hehl daraus gemacht, dass er ihn für einen wandelnden Toten hielt. Eine verächtliche Bemerkung, hinter vorgehaltener Hand, wie so oft, wenn wir etwas nicht verstehen.

Es gibt Menschen, die das Unbekannte als Bedrohung erleben. Und andere, die es als Herausforderung sehen.

Um die Wahrheit zu sagen, waren es nur wenige, die so abfällig über ihn sprachen: Die meisten empfanden wegen der unleugbaren Ergebnisse, die dieser Mann erzielte, nicht nur Respekt für ihn, sondern auch ein wenig Furcht. Als wäre selbst eine flüchtige Begegnung mit ihm wie eine Begegnung mit einem Geist, den sie nicht auch noch heraufbeschwören wollten, indem sie von ihm sprachen.

»Wollen wir nicht ein bisschen frische Luft schnappen, während wir auf Sasha warten?«, fragte ich Lucas, in der Hoffnung, dass der frische Nachtwind mir ein bisschen Energie spenden und vielleicht auch ihm etwas davon zurückgeben würde.

»Von mir aus.«

Er ging vor und lehnte sich dann unter dem transparenten Vordach mit der Schulter an eines der Stahlrohre, als suchte er eine Stütze. Ich tat es ihm nach, wählte aber einen Pfosten, der etwa einen, eineinhalb Meter von ihm entfernt war. Instinktiv mied ich seinen persönlichen Raum: Ich hatte das Gefühl, dass es ihm nicht gefallen würde, wenn ich ihm zu nahe kam, und in gewisser Weise war auch mir diese Vorstellung unheimlich.

Allein der noch so flüchtige Kontakt mit seiner Haut, die Art und Weise, wie sich unsere Finger gestreift hatten …

Nichtsdestotrotz, überlegte ich, stand meinem Bestreben, aus Selbstschutz eine gewisse Distanz zu ihm zu wahren, etwas anderes gegenüber, das ich nicht recht deuten konnte. Ich wusste nur, dass ein Teil von mir gern den Arm ausgestreckt und ihm eine Hand auf die Schulter gelegt hätte.

Ich musste auf der Hut bleiben. Lucas' physische Präsenz brachte irgendetwas in mir durcheinander, ließ das Bedürfnis in mir aufkeimen, mich um ihn zu kümmern, ihm die Ruhe zu bieten, nach der er sich so unübersehbar sehnte. Er besänftigte meine Wut mit seiner Unerschütterlichkeit, er beruhigte mein Gemüt.

Diese Nacht allerdings war der allerschlechteste Zeitpunkt, um sich solchen Gefühlen hinzugeben.

»Glauben Sie wirklich, dass er es war?«, fragte ich stattdessen.

»Was denken Sie denn? Sie haben doch jetzt … Wie lange? … drei Monate an dem Fall gearbeitet.« Er seufzte, als erschiene ihm allein die Vorstellung, so lange an einem einzigen Fall zu arbeiten, als Tantalusqual. »Anna, vertrauen Sie Ihrem Instinkt. Es ist Ihr Fall.«

Jetzt war es an mir zu seufzen.

»Wir müssten die Graspartikel unter seinen Schuhsohlen analysieren und sie mit denen am Tatort vergleichen. Und vielleicht könnte uns eine genauere Analyse seiner Leiche dabei helfen …«

»Sie meinen die Transfer-Theorie?«

»Ja. Es ist unmöglich, dass er sich nicht selbst an den Opfern kontaminiert hat. Wir wissen, dass er Spuren an den Opfern hinterlassen hat: keine Haare, aber Fragmente organischen Materials, aus denen wir einige DNA-Teilsequenzen isolieren konnten …«

»Das Reinigungsmittel. Die chemischen Substanzen, die er genutzt hat, um die Leichen zu säubern, haben die DNA zerstört, stimmt's?«, fragte er.

Ich antwortete nicht gleich. Vielleicht gab es doch eine Hoffnung. Vielleicht war am Ende zumindest ein Puzzleteilchen an seinen Platz gerückt.

Ich schaute ihm in die Augen und konnte nicht anders, als mich zu fragen, ob er auch schon darauf gekommen war und ob er mich zu demselben Schluss bringen wollte.

»Das Reinigungsmittel. Es ist eine Mischung aus Bleichlauge und Pestizid, dasselbe bei allen Opfern. Wir glauben, dass er es selbst anmischt. Folglich, wenn ihn …« Ich machte eine unbestimmte Handbewegung in Richtung des Gebäudes hinter uns, des Sektionssaales, wo wir den Leichnam des jungen Mannes gefunden hatten, der vor dem Bus erschossen worden war. »Wenn es irgendetwas gibt, was ihn mit der Sache in Verbindung bringen könnte, dann ist es das Reinigungsmittel.«

»Sie müssen Sasha bitten, als Allererstes danach zu suchen«, antwortete Lucas.

»Das werde ich, sobald sie hier ist. Sollte jetzt auch nicht mehr lange dauern.«

Lucas sah auf seine Armbanduhr, ich schaute auf mein Handy. Drei Uhr siebzehn.

Ich hob den Blick zur Straße, aber oben auf der Allee, die zum Parkplatz des Leichenschauhauses führte, sah ich keinerlei Scheinwerferlicht. Nur dunkles, schattenhaftes Laub, von dem der Regen tropfte.

»Sie haben meine Frage noch nicht beantwortet.«

»Welche?«

»Glauben Sie, dass er es ist?«, wiederholte er.

»Ja.« Während ich es aussprach, wurde mir klar, dass es stimmte. Es war das, was ich spürte. »Ja, ich glaube, dass die Spuren eine Verbindung zu den Opfern ergeben werden, zumindest das«, setzte ich vorsichtig hinzu. »Sie hatten recht, der Vorfall in der Stadt mit diesem Heckenschützen war es, der die Abweichung provoziert hat.«

»Es ist die einzige Erklärung, die mir einfällt.«

»Ein außerordentliches Ereignis hat die Serie unterbrochen«, sagte ich, »und die Tatsache, dass der Mörder Robins Leiche und seinen Transporter in der Nähe der Endhaltestelle der Linie D77 gelassen hat, kann kein Zufall sein.«

»Allerdings reicht das nicht, um nachzuweisen, dass ausgerechnet er der Mörder ist …«, murmelte er und deutete dabei mit dem Kinn Richtung Leichenschauhaus.

»Wenn es einer von den anderen ist, die an der Haltestelle ausgestiegen sind, so hat Ramirez ja gesagt, er habe sie alle unter Kontrolle … Aber ich glaube das nicht. Sie?«

Lucas seufzte. »Ich weiß nicht. Vielleicht haben wir da drin eine Antwort.«

Ich schaute ein paar Sekunden in die Nacht, bevor ich antwortete.

»Aber das kann nur die erste von vielen Antworten sein, das wissen Sie, oder?«

»Ja«, sagte er.

»Wir müssen herausfinden, wer er ist. Warum er das alles getan hat. Wo er die Mädchen festgehalten hat. Warum er ausgerechnet sie ausgewählt hat. Wie er sie entführt hat.«

»Die Mädchen … Erzählen Sie mir von ihnen«, murmelte Lucas.

Ich atmete einmal tief durch, um mich kurz zu sammeln. Nicht, dass ich es wirklich nötig gehabt hätte: Diese Mädchen, die auf so tragische Weise aus dem Leben gerissen worden waren, lebten in mir, wie Bilder, die an den Wänden meines Geistes hingen.

Ich erinnerte mich nicht mehr, wer einmal gesagt hatte, dass der Geist ein schrecklicher Ort ist, aber er hatte ohne Zweifel den Nagel auf den Kopf getroffen.

An Rachel hingegen erinnerte ich mich sehr gut.

25

An Rachel Loirée, das dritte Mädchen, erinnerte ich mich immer mit besonderer Wut, weil sie am zerbrechlichsten gewesen war. Und vielleicht hatte sie das auch zur leichtesten Beute gemacht.

Rachel war vierundzwanzig Jahre und ein paar Monate alt gewesen und größer als der Durchschnitt. Dennoch hatten ihre langen, schlanken und athletischen Beine nicht gereicht, um dem Mann zu entkommen, der sie entführt und ermordet hatte. Mit ihrem olivfarbenen Teint, den vollen Lippen, den braunen Augen mit honiggelben Sprenkeln, den langen glatten Haaren, die sie manchmal – nach den Fotos zu urteilen, die wir nach dem Auffinden ihrer Leiche zu sehen bekommen hatten – im Nacken zu einem Knoten zusammennahm, musste Rachel mehr als nur ein Herz zum Höherschlagen gebracht haben.

Ihres hingegen hatte zwei Wochen nach dem von Angelica Furlong aufgehört zu schlagen, aber als ich bei ihrer Familie war, wusste ich das noch nicht.

»Ich verstehe wirklich nicht, warum sie das gemacht hat. Aber wenn sie zurückkommt, wird sie was zu hören kriegen, das kann ich Ihnen sagen«, hatte ihr Vater gesagt, der nur den Hauttyp mit seiner Tochter gemeinsam hatte.

Er saß kerzengerade in einem Korbsessel im großen Wohnzimmer der Loirées, deren Haus im Herzen des Villenviertels im Nordwesten der Stadt stand. Nathan Loirée war ein Anwalt, der sich auf Finanzrecht spezialisiert hatte, ein Mann, der trotz seiner gedrungenen Statur und dem etwas hündisch wirkenden Gesicht Respekt und Furcht einflößte: ein spitzer Mund, abstehende Ohren, kurzes, rotblondes Haar und Augen wie schwarze Stecknadeln unter buschigen Augenbrauen.

Ich hatte mich unter einem falschen Vorwand bei ihnen eingeschlichen und behauptet, ich gehöre zum Dezernat für Vermisstenfälle.

Es war mein erster direkter Kontakt mit der Familie eines Opfers, und ich hatte mir das nun wirklich nicht ausgesucht: Loirée hatte seine Beziehungen spielen lassen und Druck gemacht, damit die Polizei bei der Suche nach seiner verschwundenen Tochter »ein bisschen mehr Dampf« machte, weil sie ja, wie er sich ausdrückte, bisher »nur einen Dreck« getan habe, »verdammt noch mal«.

Mich in jenem Haus wiederzufinden, das minimalistisch, aber luxuriös eingerichtet und nur mit wenigen ausgesuchten Stücken dekoriert war – penibel aufgeräumt, jede Oberfläche quasi auf Hochglanz poliert, alles bis ins kleinste Detail durchdacht –, bereitete mir beinahe Übelkeit. Aber ich hatte alles dafür getan, damit ich den Verlauf des Gesprächs bestimmte und nicht der erfahrene Anwalt, den ich vor mir hatte.

Die zweite Frau Loirée, Isobal, saß etwas abseits, die schlanken Hände zwischen den Knien. Ihr Blick wanderte zwischen mir und ihrem Mann hin und her, als beobachte sie eine Partie Tennis, und sie verfolgte das Gespräch mit der Leidenschaftslosigkeit eines zufälligen Zuschauers, der sich nicht im Geringsten für den Sport interessiert. Sie konnte nur wenige Jahre älter als sein ihre Stieftochter. Ich wusste, dass meine Rolle mir professionelle Distanz abverlangte, aber ich konnte eine gewisse Abneigung gegen diesen Mann, einen Hauch von Verachtung für die Frau und sehr viel Mitgefühl mit dem verschwundenen Mädchen nicht unterdrücken.

Das dritte Mädchen innerhalb weniger Wochen.

Rachel war vor zehn Tagen abends verschwunden. In solchen Fällen sind die ersten vierundzwanzig Stunden ausschlaggebend: Hat sich das Verschwinden bis dahin nicht aufgeklärt, sind mit hoher Wahrscheinlichkeit keine guten Nachrichten mehr zu erwarten.

Aber das wussten wir bereits.

Wir wussten es wegen des Fotos. Das Foto, das uns der Mörder – wie wir aus den Zeugenvernehmungen und der Rekonstruktion des Zeitablaufs schließen konnten – unmittelbar, nachdem er sie gefangen genommen hatte, geschickt haben musste.

Das Foto, das ich theoretisch dem Vater hätte zeigen müssen.

Allein die Vorstellung bereitete mir eine Gänsehaut und rief ein ungutes Gefühl im Magen hervor. Nathan Loirée strahlte eine Aggressivität und unterdrückte Wut aus, als sei nicht das Verschwinden seiner Tochter das Problem, sondern der Affront, die Schmach, dass das ausgerechnet ihn betraf.

»Es ist nicht das erste Mal, wissen Sie? Nach dem Tod ihrer Mutter …«, sagte er gerade, unterbrach sich jedoch mitten im Satz. Er setzte sich etwas anders hin, ohne den Blick von mir abzuwenden.

»Ich kenne die Vorgeschichte, Mr. Loirée«, sagte ich.

Es war jetzt fünf Jahre her, dass, sechs Monate, nachdem die erste Mrs. Loirée in einem Krankenhausbett den letzten Atemzug getan und nach langem Kampf einer Leukämie erlegen war, Rachel zum ersten Mal verschwunden war.

Allerdings war sie in diesem Fall vierundzwanzig Stunden später wiedergefunden worden. Betrunken und wahrscheinlich unter Drogen, war sie auf einem Hochhausdach im Zentrum in Ohnmacht gefallen, nur wenige Zentimeter vom Sims und einem Sturz von zweihundertachtzehn Metern in die Tiefe entfernt. Die Umstände und Gründe dafür waren nie ganz aufgeklärt worden, aber es gab auch keinerlei Hinweise auf eine suizidale Absicht. Natürlich hatte der Vater alles in seiner Macht Stehende unternommen – meiner Meinung nach, um seine Geschäfte nicht zu gefährden –, um die Vorkommnisse unter den Teppich zu kehren, indem er einfach behauptete, das Mädchen sei noch vom Hinscheiden seiner Mutter traumatisiert. Nicht einmal drei Monate nach deren Tod hatte der Anwalt erneut geheiratet.

Fast wäre Rachel bei den Feierlichkeiten nicht zugegen gewesen: Einen Tag vor der Hochzeit war sie erneut verschwunden. Doch ein Arbeiter in einem Büroturm im Zentrum, der im obersten Stockwerk putzte, von dem aus sich eine spektakuläre Aussicht auf die Lichter der Stadt bot, hatte ein Handy unablässig klingeln hören. Zunächst hatte er die Quelle des Geräuschs nicht sofort ausmachen können. Die

Büros waren bereits seit einiger Zeit geschlossen, und die ersten Sterne spiegelten sich in den großen Fensterflächen, die auf die Terrasse hinausgingen.

Nachdem er dem Klingeln von Büro zu Büro gefolgt war, war ihm klar geworden, dass es von der Terrasse kommen musste.

»Ja, sie ist hier«, hatte er schließlich Rachels Vater geantwortet. Dann hatte er ihm die Adresse gegeben, das Gespräch beendet, das Telefon wieder auf den Boden gelegt und das Gesicht und das Haar des Mädchens gestreichelt, das, vermutlich wieder wegen Alkohol und Tabletten, bewusstlos auf dem Boden der Terrasse lag, nur wenige Zentimeter vom Geländer entfernt.

Dieses Mal jedoch war sie nicht innerhalb eines Tages wiederaufgetaucht. Niemand wusste, was mit ihr geschehen war.

Die Abteilung für Vermisstenfälle hatte die Aussagen von Rachels Freunden aufgenommen.

Als ich sie las, gewann ich den Eindruck, dass das Mädchen die zweite Heirat seines Vaters scheinbar gleichgültig über sich hatte ergehen lassen. Ihrer besten Freundin zufolge hatte sie mit starrem Lächeln an der Zeremonie teilgenommen, sich aber geweigert, Brautjungfer zu werden. Es war eine der seltenen Gelegenheiten gewesen, bei denen sie ihrem Vater einen Wunsch abgeschlagen hatte. Einen Monat später war sie ausgezogen, in ein großes Appartement in der Stadt, wenige Meter von jenem Gebäude entfernt, auf dem sie kurze Zeit später erneut bewusstlos aufgefunden werden sollte. Sie hatte ihren Vater darum gebeten, ihr das Penthouse im obersten Stockwerk zu kaufen, und er war ihrem Wunsch nachgekommen.

Ich hatte die Fotos der Spurensicherung gesehen. Es war ein großes Loft mit einer riesigen Freifläche, auf der sich ein kleines Gewächshaus und eine Terrasse befanden.

Rachel hatte ein bipolares Leben begonnen, das an Schizophrenie grenzte. Sie studierte Jura, wie ihr Vater es getan hatte. Und sie studierte an derselben Universität. Ihre Leistungen waren ganz anständig, wenn auch nicht überdurchschnittlich, gerade so, dass es reichte. Sie besuchte regelmäßig die Vorlesungen und studierte damit genau genommen eifriger als der größte Teil ihres Freundeskreises.

Aber häufig fiel es ihr schwer, im Vorlesungssaal die Augen aufzuhalten.

»Manchmal kam sie morgens mit Sonnenbrille, setzte sich stocksteif hin und starrte ins Leere. Zugehört hat sie ganz sicher nicht. Manchmal hab ich gesehen, wie sie geweint hat, sie hat die Tränen einfach laufen lassen, ohne sie abzuwischen. Sie wollte nie darüber reden. Nicht ein Mal«, hatte eine Kommilitonin berichtet.

Dasselbe Mädchen hatte auch von den Partys erzählt. »Sie war quasi jeden Abend feiern. Bis spät in die Nacht. Getrunken hat sie auch, viel zu viel. Vielleicht hat sie auch noch andere Sachen genommen. Und dann hat sie dieses bescheuerte Spiel gespielt … Immer wenn wir ihr gesagt haben, sie soll es lassen, und sie angefleht haben aufzuhören, ist sie richtig wütend geworden. Dann macht sie es halt allein, hat sie gesagt.«

Das »bescheuerte Spiel« war kein Spiel, und als ich las, worin es bestand, breitete sich ein eiskaltes, hohles Gefühl in meiner Magengegend aus, wie wenn man beim Hinabsteigen einer Treppe die letzte Stufe übersieht.

Bei den Partys kam immer irgendwann der Augenblick, in dem Rachel sich aus der Umarmung des jeweils aktuellen jungen Mannes löste, die Schuhe auszog, die sie mitten auf der Terrasse stehen ließ, wie Muscheln am Strand, und dann mit nackten Füßen auf die Dachkante stieg. Dort blieb sie kerzengerade stehen, direkt über dem gähnenden Abgrund.

»Na los, kommt schon: Die Stadt sieht wunderschön aus von hier oben!«, rief sie den Freunden zu.

Aber natürlich folgte niemand ihrem Beispiel, ganz egal, wie viel sie getrunken hatten, ja, selbst wenn sie mehr getrunken hatten als sie.

Denn dies war ihr ganz eigener Wahnsinn.

»Was gedenken Sie und Ihre Kollegen zu unternehmen, um meine Tochter wiederzufinden, Agent Wayne?«

Nathan Loirées Stimme brachte mich wieder in die Gegenwart zurück.

Ich gab mir einen Ruck: Der Augenblick war gekommen, in dem ich die Karten auf den Tisch legen musste, so gefährlich es auch sein mochte.

»Ich muss Ihnen ein paar Fragen stellen, Mr. Loirée.«

»Fragen? Ich fürchte, Sie haben nicht ganz verstanden, warum Sie hier sind. Sie sind nicht hier, um mir Fragen zu stellen, sondern um mir Antworten zu liefern.«

»Ich bin hier, weil ich meinen Job mache, und Ihnen steht es nicht zu, mir vorzuschreiben, wie ich das zu tun habe«, rutschte es mir unwirsch heraus. Ich holte tief Luft – ich merkte bereits, wie die Wut in mir aufstieg – und fing noch einmal in etwas ruhigerem Tonfall an: »Hören Sie mich bitte erst einmal an, Mr. Loirée. Glauben Sie mir, ich verstehe Ihre Frustration, aber Sie müssen mir helfen. Ich muss einfach nur wissen, ob Ihnen irgendjemand einfällt, der Ihnen möglicherweise Schwierigkeiten bereiten will …«

»Schon wieder? Agent Wayne, darüber habe ich schon ausführlich mit Ihren Kollegen gesprochen. Natürlich habe ich Feinde. In meinem Beruf ist es unmöglich, sich keine zu machen. Mächtige Feinde. Aber eine Entführung? Das schließe ich aus, das würde niemand wagen. Also verschwenden Sie bitte nicht länger meine Zeit.«

»Mr. Loirée, Ihnen ist doch bewusst, dass Ihre Tochter erwachsen ist, richtig? Wenn es sich nicht um eine Entführung, sondern einen Kontaktabbruch aus freiem Willen handeln würde, dann wäre das Rachels Sache. Und wir wären nicht hier, um miteinander zu reden. Aber ich bin hier, um mit Ihnen zu reden.«

»Und?«

Ich ließ ihm einen Moment Zeit, damit der Gedanke sich setzen konnte. Er war ein erfolgreicher Anwalt, ich wusste, dass er bei aller Arroganz am Ende doch noch darauf kommen würde.

In der Tat trat nach einigen Sekunden ein verblüffter und unsicherer Ausdruck auf sein hündisches Gesicht. Er ließ sich an die Sessellehne zurückfallen und stieß einen winselnden Laut aus wie ein getretener Kläffer.

»Was haben Sie?«, knurrte er schließlich kaum hörbar.

»Genug, um zu erkennen, dass sie nicht einfach nur weggelaufen ist. Zumindest sieht es nicht danach aus. Wenn wir noch ermitteln, so hat das jedenfalls nichts mit dem Druck zu tun, den Sie …« Er hatte zur Widerrede angesetzt, aber ich hob beschwichtigend die Hand, um ihm zu verstehen zu geben, dass mich dieser Aspekt der Geschichte wirklich nicht interessierte. Die Prioritäten lagen ganz woanders, aber es war immer noch nicht zu ihm durchgedrungen. »Wenn die Ermittlungen vorangetrieben werden und die Suche nach Ihrer Tochter weiterläuft, dann deshalb, weil wir Grund zu der Annahme haben, dass es sich um eine Entführung handelt.«

»Was haben Sie?«, wiederholte er seine Frage.

Ich seufzte und sah ihm einige Sekunden fest in die Augen.

»Ein Foto«, gab ich schließlich widerstrebend zu.

Dann hatte ich weitergeredet, allerdings ohne ihm die Details zu verraten – dass das Foto wie in den anderen Fällen in einer nicht rückzuverfolgenden E-Mail gekommen war, wie immer ohne irgendeine begleitende Botschaft … und den ebenfalls bereits bekannten Ausdruck blanken Entsetzens, der dieses Mal Rachels hübsches Gesicht entstellte.

Auch sagte ich ihm nicht, dass seine Tochter nicht die Erste war.

»Zeigen Sie's mir.«

»Hören Sie …«

»Sie sollen es mir zeigen, habe ich gesagt! Sie geben mir jetzt sofort dieses verdammte Foto! Das ist meine Tochter, verstanden? Meine Tochter!«, brüllte er und warf sich dabei nach vorn wie ein Hund, der nur von der Kette zurückgehalten wurde.

»Nathan, bitte beruhige dich.« Es war das erste Mal, dass seine junge Frau das Wort ergriff.

Ich zog ein gefaltetes DIN-A4-Blatt aus der rechten Tasche meiner schwarzen Jacke und reichte es ihm.

Er betrachtete es schweigend, und die Zeit schien stehen zu bleiben. Dann begannen, ganz genau wie in der Szene, die mir Rachels Kommilitonin geschildert hatte, Tränen aus seinen geschwollenen Tränensäcken zu tropfen und über seine Wangen zu rollen.

»Mein kleines Mädchen«, schluchzte der Anwalt, ohne sich die Tränen zu trocknen.

Seine Frau trat zu ihm und legte ihm sanft eine Hand auf die Schulter. Eine schlichte Geste, aber sehr zärtlich und verständnisvoll.

Vielleicht hatte ich die Lage falsch interpretiert.

»Ich mache dir was zu trinken, mein Lieber«, sagte sie dann und sah mich mit einem seltsamen Licht in den Augen an. »Agent Wayne, würde es Ihnen etwas ausmachen … mir in der Küche zu helfen?«

Mir war klar, dass es nur eine Ausrede war, um ihren Ehemann zu schützen. Sie wollte ihm Zeit verschaffen, die Fassung wiederzuerlangen, ohne dass ich ihn in diesem Zustand sah.

Ein Mann wie er, für den Angriff nicht nur die beste Verteidigung, sondern in jeder Situation auch die beste Strategie ist, gab zu viel von sich preis, wenn er sich vor einer Fremden dermaßen verletzlich zeigte.

Ich stand auf und folgte seiner Frau durch mehrere Flure, bis wir schließlich in die Küche kamen, die im hinteren Teil der Villa lag.

Ich schaute auf den großzügigen Garten hinaus: ein perfekt gepflegter Rasen, untadelige Blumenbeete und zwei Nadelbäume, die den Flügel überschatteten, in dem ich die Schlafzimmer vermutete.

»Agent Wayne, ich bitte Sie, verurteilen Sie ihn nicht. Und mich auch nicht.«

Die Stimme der Frau riss mich aus meinen Gedanken. Sie musterte mich von Kopf bis Fuß, wie nur eine Frau eine andere mustern kann. Ich war ein bisschen älter als sie und hatte sehr viel weniger Glamour. Ich war nur leicht geschminkt und absolut alltäglich gekleidet, und meine schwarze Hose sah genauso aus wie die anderen sechs, die in meinem Schrank lagen, während ich mir vorstellen konnte, dass ihr wesentlich geräumigerer Kleiderschrank zahlreiche Stücke namhafter Designer und noch mehr Schuhe enthielt.

Sie hatte recht, ich tat es schon wieder: Ich verurteilte sie. Und auch sie urteilte in diesem Augenblick über mich. Wahrscheinlich sogar genauer.

»Nein, machen Sie sich keine Gedanken, das tun alle. Sie sehen nur den Altersunterschied. Sie sehen das Geld. *Mich* dagegen sehen sie nie.«

Ich seufzte.

»Sagen Sie mir, was ich sehen soll, Mrs. Loirée.«

»Isobel.«

»Isobel. Was soll ich sehen?«

»Ich bin eine Frau, die ihre Wahl getroffen hat, Agent Wayne. Und diese Wahl hat mich glücklich gemacht. Nathan ist … Lassen Sie sich durch sein Gehabe nicht täuschen. Das ist sein öffentliches Gesicht. Das haben wir doch alle, nicht wahr? Auch Sie.«

»Worauf wollen Sie hinaus?«

»Finden Sie sie. Ich flehe Sie an, finden Sie Rachel. Er liebt mich, und Sie haben keine Vorstellung davon, wie sehr er seine Tochter liebt. Sie wissen nicht, was er für sie getan hat.«

»Sie haben recht, das weiß ich nicht. Aber ich bin nicht hier, um über ihre familiären Verhältnisse zu urteilen, Isobel. Glauben Sie mir, ich bin aus genau dem Grund hier, den Sie genannt haben: um Rachel zu finden.«

»Dann müssen Sie sich beeilen.«

Das saß. Ich wusste besser als jeder andere, dass die Zeit gegen mich arbeitete, wie eine Brandung, die sich gegen einen viel zu schwachen Deich warf, aber niemand kannte die Einzelheiten des Falles.

»Rachel ist ihnen sehr wichtig, oder?«

»Ich habe keine eigenen Kinder, Anna. Und kann auch keine bekommen. Ich weiß, dass der Altersunterschied zwischen mir und Rachel nur klein ist, ich weiß, dass alle denken, mein Interesse läge ganz woanders, aber … Rachel ist die einzige Tochter, die ich habe und je haben werde …. Ich liebe sie. Ich liebe sie wie eine Mutter, und das ist … schwierig. Sie können sich gar nicht vorstellen wie schwierig.«

»Was macht es denn so schwierig?«

»Rachel. Sie ist … zerbrechlich, Anna.«

Sie hatte sich an den Küchentisch gesetzt und massierte sich die Schläfen, wobei sie die Augenwinkel mit leichtem Druck der Fingerspitzen nach oben zog.

»Sie werden sicherlich schon mit ihren Freunden gesprochen haben.«

»Ja, wir haben ihre Aussagen aufgenommen.«

»Und Sie wissen von den Partys und diesem absurden Spiel.«

»Ja.«

»Sie hätten sie sehen sollen. Einmal bin ich abends noch spontan bei ihr vorbeigefahren. Ich wusste, dass sie nicht zur Vorlesung gegangen war. Sie hatte von ihrem Vater nichts wissen wollen und Anrufe ihrer Freunde nicht angenommen, und mir hatte sie nur mit einsilbigen SMS geantwortet. Nathan war auf Dienstreise und sollte erst am übernächsten Tag zurückkommen. Das ist zwar schon einen Monat her, aber … Ich sehe sie immer noch vor mir. Manchmal träume ich sogar davon.«

»Was haben Sie denn gesehen?«

»Einen Engel, der kurz davor war, sich in die Lüfte zu schwingen. Aber sie hätte sich die Flügel gebrochen.«

Sie hatte für ihren Mann ein Glas Whisky eingeschenkt, aber jetzt setzte sie es an die Lippen und stürzte es in großen Schlucken herunter. Nachdem sie das Glas ausgetrunken hatte, schenkte sie sich noch eins ein und trank auch das sofort aus.

»Ich hatte den Aufzug genommen. Als ich im obersten Stockwerk war, drückte ich auf die Klingel und wartete, aber es reagierte niemand. Ich dachte, sie wäre vielleicht auf der Terrasse: Da war der Wind oft ohrenbetäubend. Ich drückte gegen die Tür: Sie war offen. Also bin ich hineingegangen. In der Wohnung war alles dunkel. Die Dunkelheit hat mir keine

Angst gemacht, aber ich erinnere mich noch, dass mir kurz schwindelig wurde, nur für den Bruchteil einer Sekunde, aber es kam mir vor, als schwanke der Boden unter meinen Füßen. Ich bin auf die Terrasse hinausgegangen, und da war sie. Ich erinnere mich noch an ihre nackten Füße und die Zehen, die sich um die Dachkante krümmten. Der Bademantel umflatterte sie wie ein Segel im Wind. Es war windig, auf dieser Terrasse ist es immer windig, aber an dem Abend war der Wind besonders kräftig und eiskalt, richtig schneidend. Von unten strahlten die Lichter der Stadt herauf, ihre Haare wehten … Um die habe ich sie immer beneidet, wissen Sie?«, sagte sie, während sie eine blonde Strähne aus ihren Locken zog. »Ihre Haare schienen ein Eigenleben zu haben. Und ich bin mir sicher. Ich bin mir sicher, dass sie sich hinuntergestürzt hätte. Vielleicht nicht an jenem Abend, vielleicht hätte sie noch ein bisschen gewartet. Aber irgendwann hätte sie es getan.«

Dann schwieg sie, als spüre sie der Ungeheuerlichkeit dieses letzten Gedankens nach.

»Was ist dann passiert, Isobel?«

»Ich habe gar nicht nachgedacht, wissen Sie? Sonst denke ich viel zu viel nach, eigentlich über alles. Mein Mann sagt, ich wäre ein Kontrollfreak, und ich glaube, dass er damit recht haben könnte. Aber an dem Abend hatte ich mich nicht unter Kontrolle, ich habe überhaupt nicht daran gedacht, dass ich sie erschrecken könnte, und habe sie laut gerufen.«

Sie schluckte ein paarmal schwer. Es sah aus, als erschöpfe sie das Sprechen.

»Sie hat sich nicht erschreckt. Sie hat keine ruckartige Bewegung gemacht. Nein, sie hat sich ganz langsam umgedreht und ist dann, wie in Zeitlupe, vom Sims gestiegen, ist zu mir gekommen und hat mich umarmt. Ihre Wangen waren eiskalt, sie haben nach Wind gerochen und waren feucht.«

Isobel hatte erneut Whisky eingeschenkt und stand auf, um ihn ihrem Mann zu bringen.

»Finden Sie sie schnell, Anna. Rachel steht seit Langem am Rand dieses Abgrunds. Sie flirtet mit ihm wie mit einem Liebhaber, der sie abstößt und zugleich magisch anzieht. Und wer auch immer sie entführt hat, weiß nicht, dass er das Risiko eingeht, niemals auch nur einen Cent Lösegeld zu sehen, weil seine Beute die Gelegenheit beim Schopf ergreifen und sich diesmal tatsächlich in die Tiefe stürzen könnte.«

Zumindest darin hätte ich sie beruhigen können. Ihre Stieftochter, das Kind von Nathan Loirée, das Mädchen, das am Abgrund tanzte, lief nicht Gefahr, ihrer Todessehnsucht nachzugeben, während sie in Gefangenschaft war.

Denn sie schlief. Sie schlief wie ein Engel.

Und eines nicht allzu fernen Tages würde sie nicht mehr aufwachen, zumindest, wenn wir sie nicht vorher fanden.

26

Lucas hob den Blick zu der weißen Digitaluhr aus Plastik, die an der ebenfalls weißen Wand hing, über einem zerschlissenen, schwarzen Ledersofa, das genauso aussah wie das, auf das er sich gerade hatte fallen lassen. Die Uhr zeigte drei Uhr fünfundvierzig.

Zum x-ten Mal in dieser Nacht fragte er sich, wie lange er schon nicht mehr geschlafen hatte, konnte sich aber beim besten Willen nicht erinnern. Kathryn hätte ihm heftige Vorwürfe gemacht, wenn sie davon erfahren hätte. Aber Kathryn war nicht hier. Wahrscheinlich schlief wenigstens sie.

Gacey und Sasha Grass waren vor Kurzem im Leichenschauhaus eingetroffen, und Anna hatte sie über die neuesten

Entwicklungen informiert. Sie hatte die Deduktionskette erklärt, die sie zu dem Schluss geführt hatte, dass der unbekannte Tote, dessen Leichnam im Sektionssaal 7 lag, der Mörder war, den sie seit Monaten jagten.

Sasha hatte angekündigt, dass sie sofort mit der Analyse der Epidermis der Leiche beginnen würde. Sie wusste, wonach sie suchen musste: Waschmittelspuren.

Aber sie hatte sich noch nicht auf den Weg gemacht: Gacey wollte noch ein paar letzte Fragen klären und hielt sie in dem kleinen Warteraum fest, einem Zimmerchen mit einer Kaffeemaschine, einem Getränkeautomaten und zwei kleinen Sofas, die schon bessere Zeiten gesehen hatten. Während Anna sprach, hatte der Captain Lucas die ganze Zeit über misstrauisch beäugt. Lucas hatte sich in Gedanken immer weiter von den Ereignissen entfernt, bis er sich schließlich ganz aus dem Gespräch ausgeklinkt und still der Umarmung eines der Sofas hingegeben hatte.

Hin und wieder wurde die dumpfe Müdigkeit von einem plötzlichen nervösen Schauer durchbrochen, der von der unteren Wirbelsäule ausging und bis in den Nacken hinauflief.

Aus klinischer Sicht kannte er die Auswirkungen der nachlassenden Anspannung gut.

Zu gern hätte er sich der Benommenheit hingegeben, dem Schlafbedürfnis nachgegeben. Doch dazu hätte er sich vollständig abschotten und alle externen Reize ausblenden müssen.

Und das war ihm in dieser Umgebung vollkommen unmöglich.

Er konnte sich gerade eben gegen dieses künstliche Licht wehren, das ihm die Wimpern und Augenlider zu verbrennen und die Pupillen zu verblitzen schien. Er schloss die Augen, und für einen Augenblick trat das Zimmer, in dem er sich befand, in den Hintergrund, verblich in einem Schwarm verzerrter Flecken, bis es schließlich ganz verschwand, um einem hypnotisch pulsierenden rötlichen Schimmer Platz zu machen.

Gegen die Stimmen jedoch konnte er nichts tun.

Er bemühte sich, sie zu filtern, sie nach und nach auszublenden wie Scheinwerfer auf einer Bühne.

Er schaltete den vibrierenden, trockenen Bariton von Captain Gacey aus.

Er schaltete die hohe, aufgeregte Stimme von Ramirez aus, die im Vergleich zu seiner massigen Gestalt spitz, beinahe etwas schrill klang.

Er schaltete Sashas ernste und vom Rauchen kratzige Stimme aus.

Und für einen Augenblick blieb nur die Stimme der Profilerin übrig, Anna Wayne.

Lucas hatte es noch nicht geschafft, die Rolle mit ihr zu tauschen und seinerseits ein Profil von ihr zu erstellen, wie er es sonst bei allen Menschen tat, die mit ihm in Kontakt traten. Anna war ihm in gewisser Weise ein Rätsel, ein Code, den er erst noch entschlüsseln musste. Nicht, dass sie über einen besonders dicken oder vielschichtigen Panzer verfügt hätte, das war nicht das Problem. Es war eher, als ob sich über die Jahre in ihr Leerräume aufgetan hätten, Hohlräume, die wie ein Strudel Raum und Zeit einsaugten. Als er versucht hatte, sich ihre Persönlichkeit vorzustellen, war ihm als Erstes ein Friedhof in den Sinn gekommen, auf dem nur einige wenige vom Regen ausgewaschene Grabsteine die Namen der Begrabenen verkündeten. Andere hingegen waren glatt, nackt und unberührt von den Unbilden des Wetters. Und Lucas vermutete, dass unter diesen nackten Steinen nichts als Abgründe zu finden sein würden.

Dieses Friedhofsbild war unvermeidlich – das wusste

er, Kathryn hatte es ihm erklärt – und zugleich besonders schwierig für ihn. Er vermied Erinnerungen, die er oft bewusst, häufiger jedoch unbewusst, auf jede erdenkliche Weise zu betäuben versucht hatte.

Als er endlich auch Annas Stimme ausgeschaltet hatte, blieb nur die betriebsame Stille voller Geister.

Der erste Geist, der erschien, war der von Martin.

Es war ein sonniger Frühsommertag, und Martin, umgeben von Zypressen, die Schatten auf seine Schultern und sein Gesicht warfen, bemühte sich, zu lächeln und witzig zu sein. Er war extra wegen ihm gekommen. »Ich bin hier, um dich wieder auf die Beine zu bringen, Partner«, hatte er gesagt.

Lucas hatte ihn gehört, aber es war ihm nicht gelungen, seinen Worten einen Sinn zuzuordnen. Er hatte weiter auf der Erde gekauert, schweigsam und verschlossen. Er wusste nicht, ob er, wenn er diesem Schatten mit dem Blick folgte, am Ende ein menschliches Wesen aus Fleisch und Blut vorfinden würde. Oder ob dieser dunkle Fleck auf dem Rasen letztendlich doch nichts anderes war als eine Illusion, etwas Totes, das sich nur selbst einredete, noch am Leben zu sein.

Fast ein wenig so, wie er sich in diesem Augenblick fühlte.

Kurz darauf hatte Martin ihm eine Hand auf die Schulter gelegt. Und sie dort gelassen, ungeachtet der Tatsache, dass Lucas nicht auf den körperlichen Kontakt zu reagieren schien. Sein Kollege, sein Freund, hatte nicht den Griff verstärkt, sondern sich darauf beschränkt, ihn spüren zu lassen, dass er da war. Als bleierne Wolken aufzogen und dichter wurden und als dann die ersten Tropfen auf den akkurat geschnittenen Rasen und die so sorgfältig und ordentlich auf den Marmor- und Granitplatten angeordneten Blumen fielen, hatte Martin ihn unter den Arm gefasst und ihn gezwungen aufzustehen. Er hatte einen Arm um ihn gelegt und ihn dann, ohne auch nur einen Augenblick mit dem Lächeln aufzuhören, zu seinem Auto gezogen, das nach Pommes frites und Schinken und Kindern und Zigaretten und Freunden roch.

Während Lucas offiziell noch ein paar Tage Urlaub hatte, hatte Martin an jenem Morgen Dienst gehabt. Nachdem er das Auto angelassen hatte, war das Funkgerät sofort zum Leben erwacht und hatte Knistern und Rauschen und schließlich auch Stimmen von sich gegeben. Die Zentrale rief, zählte Einsatzcodes auf, die für Lucas jede Bedeutung verloren hatten. Er hätte sich schon sehr anstrengen müssen, um auch nur einen davon zu verstehen, und hatte nicht vor, vergebens eine solche Anstrengung auf sich zu nehmen.

Es war nicht schwierig, die Nummer für Martins Auto herauszuhören, aber als sie aus dem Funkgerät kam, hatte sein Kollege die Hand ausgestreckt und auf den Knopf gedrückt. Der Lautsprecher hatte noch ein letztes Mal geknackt, dann war die metallische Stimme verklungen und schließlich ganz verstummt.

»Hast du das auch gesehen, Lucas? Es ist von allein ausgegangen. Schätze, ich muss es mal zur Reparatur bringen. Aber nicht sofort, oder? Erst mal gehen wir was trinken.«

Lucas hatte nicht geantwortet. Er hatte keine Antworten. Martin jedoch hatte nicht darauf geachtet und angefangen, eine schiefe, aber fröhliche Melodie zu pfeifen, bis er den Wagen vor einem Pub abgestellt hatte.

Obwohl sie nur wenige Blocks von der Zentrale entfernt waren, war es kein Pub, der von Polizisten frequentiert wurde. Die Beleuchtung im Inneren war schummrig, die niedrigen gelblichen Lichter spiegelten sich im Messing und dem auf Hochglanz polierten Mahagoni des Tresens.

Martin hatte seinen Partner in eine Nische gezogen und ihn auf eines der mit dunkelgrünem Leder bezogenen Sofas gesetzt. Dann hatte er ihm gegenüber Platz genommen und bestellt, als die Kellnerin kam.

Zwei Bier und zwei Whisky.

»Fürs Erste«, hatte er hinzugesetzt.

Die Frau hatte ihm einen besorgten Blick zugeworfen. Es war halb zwölf. Und sie wollte keinen Ärger.

Doch ein zweiter Blick auf Martins Lächeln, das seine Augen nicht erreichte, seinen klaren, entschlossenen Blick hatte ihr gereicht, um zu erkennen, dass sie nur Ärger bekommen würde, wenn sie seiner Bestellung nicht sofort nachkam.

Als Martin beim dritten Bier angelangt war, hatte Lucas noch keinen Schluck von seinem ersten getrunken, das auf dem Tisch zwischen ihnen langsam warm wurde.

»Trink. Runter damit. Na los, Lucas, runter damit.«

Martin war aufgestanden, hatte ihn ein bisschen beiseitegeschoben und sich neben ihn gesetzt.

»Los. Trink!«

Er hatte Lucas' Hand genommen, und Lucas hatte beobachtet, wie sein Arm sich bewegte, als gehörte er zu jemand anderem, wie eine Prothese, ein Stück totes, gefühlloses Fleisch.

»Guck mich an. Mach es mir nach. Siehst du? Es tut überhaupt nicht weh. Es tut nicht weh, Lucas.«

Martin hatte einen großen Schluck heruntergestürzt, offensichtlich in der Hoffnung, dass der andere es ihm nachtat. Doch das Einzige, was Lucas getan hatte, war, mit dem Blick seiner Bewegung zu folgen.

Da hatte Martin die Finger um die des Freundes gelegt, ihm mit der anderen Hand sanft die Unterlippe heruntergezogen und die Zähne auseinandergeschoben, bis der Mund sich öffnete.

»Es tut nicht weh. Mach es mir nach. Es tut nicht weh, Lucas.«

Martin hatte Lucas' Hand geführt, ihn gezwungen, nach dem Glas zu greifen und es an die Lippen zu setzen.

»Brav. Wie eine Tablette, Lucas. Wie lange hast du nicht mehr geschlafen? Wirst sehen, danach schläfst du. Du wirst schlafen und gut ist. Es tut nicht weh.«

Aus reinem Reflex hatte Lucas den gesamten Inhalt des Bierglases heruntergeschluckt. Und den der darauffolgenden Gläser ebenfalls, ohne dass er hinterher hätte sagen können, wie viele es gewesen waren.

Als sie aus dem Pub kamen, war die Sonne untergegangen. Lucas erinnerte sich nur noch an den Lichtschein der Straßenlaternen auf dem Gesicht seines Kollegen, der von den zahllosen Bieren, die er heruntergekippt hatte, nicht im Mindesten beeinträchtigt zu sein schien.

Dann war da nur noch Nacht.

Lucas schlug plötzlich die Augen wieder auf, und das weiße Licht im Pausenraum des Leichenschauhauses schmerzte ihn. Gerade rechtzeitig bemerkte er noch, wie seltsam sich während der kurzen Geistesabwesenheit sein Mund verzogen hatte. Fast die Andeutung eines Lächelns, das jedoch sofort verschwand, nachdem Lucas sich voll bewusst wurde, was seine Vorahnungen zu bedeuten hatten.

Sein Geist sandte ein Alarmsignal aus.

Er suchte Sasha mit dem Blick, aber sie musste in der Zwischenzeit gegangen sein. Um den Leichnam des Unbekannten zu untersuchen, nahm er an. Gacey war ebenfalls verschwunden, wahrscheinlich, um anderen Untergebenen Befehle zuzubellen.

Sein Blick fand Anna. Sie stand mit dem Rücken zu ihm und trank Kaffee aus einem weißen Plastikbecher. Er starrte auf ihren Nacken, und kurz darauf drehte sie sich um.

»Bringen Sie mich zu Robin«, sagte er.

27

Sektionssaal Nummer 9 war hell erleuchtet, aber leer. Sofern man nicht die Leiche einrechnete, die in der Mitte des Raumes auf einem Edelstahltisch aufgebahrt lag.

Anna musste Lucas' Modus Operandi inzwischen durchschaut haben, denn während sie den Flur entlanggingen, der zum Sektionssaal führte, hatte sie keine Fragen gestellt, sondern nur schweigend seiner Bitte Folge geleistet, die Leiche des letzten Opfers noch einmal sehen zu dürfen.

Bevor sie eingetreten waren, hatten sie Kittel, Masken, Hauben, Überschuhe und Handschuhe angelegt, um die Leiche nicht zu kontaminieren.

»Wo ist Sasha?«, fragte Lucas, während er an Robins rechte Seite trat, die unter einem zurückgeschlagenen Tuch lag, das Kopf und Schultern frei ließ.

»Sie nimmt Proben von der Leiche des Unbekannten, sucht nach Spuren des Reinigungsmittels. Aber ich habe ihr gesagt, dass wir hier sind.«

Lucas streckte die Hand aus, fasste einen Zipfel des Tuches und schlug es vorsichtig zurück, bis es auf den Füßen des Opfers zu liegen kam und den nackten Körper dem kalten Neonlicht aussetzte, das von der hohen Kassettendecke herabfiel.

Es waren fast acht Stunden seit dem Tod vergangen, weshalb sich nun an der Unterseite der Gliedmaßen Hypostasen in der typischen violetten Färbung zeigten, die in starkem Kontrast zur makellos weißen Haut des Mädchens stand.

Unter Annas neugierigem Blick ging Lucas einmal um den Tisch herum, das Gesicht wenige Zentimeter über der Leiche, und schaute sich jeden Zentimeter Haut gründlich an.

»Es muss etwas geben …«, murmelte er mit so leiser Stimme, dass Anna es nicht gehört hätte, hätte in diesem Raum nicht absolute Stille geherrscht, unterbrochen nur vom gelegentlichen unterwürfigen Zischeln der Klimaanlage.

»Wenn Sie mir sagen, wonach Sie suchen, kann ich Ihnen vielleicht helfen«, bemerkte sie.

»Wie bitte? Ach so. Ich weiß noch gar nicht genau, wonach ich suche …«

»Dann erklären Sie's mir, Lucas.«

Er unterbrach seine Besichtigung, richtete sich auf und drückte den Rücken durch, als wollte er eine Verspannung lösen. Er stieß einen tiefen Seufzer aus.

»Mir ist etwas eingefallen. Aber ich hoffe noch, dass ich mich irre.«

»Was meinen Sie?«

»Sie sagten, dass noch nicht geklärt ist, wie der Mörder die Opfer dazu gebracht hat, die Schlaftabletten zu nehmen …«

»Richtig. Die Mädchen weisen keinerlei Anzeichen für eine Gewalteinwirkung auf, sie haben keine Wunden oder Blutergüsse, die auf einen Kampf hindeuten könnten, es gibt keine Hinweise darauf, dass sie gefesselt worden sind … Trotzdem ergeben die toxikologischen Befunde die Aufnahme von Schlafmitteln in beträchtlichen Mengen, und zwar über den gesamten Zeitraum ihrer Gefangenschaft. Irgendwie überzeugt er sie, dass es besser ist, die Tabletten zu nehmen, als es nicht zu tun, wenn sie überleben wollen.«

»Genau. Aber für ihn ist das ein Glücksspiel, oder? Ein Risiko. Warum greift er nicht zu Gewalt, um sich die Kontrolle zu sichern?«

»Das passt nicht zu seinem Profil, ich weiß. Dieser Mann ist – *war*, so Gott will – süchtig nach Kontrolle. Ohne Gewalt konnte er aber nie absolut sicher sein, dass sie die Tabletten nehmen …«

»Eine von ihnen hätte sich weigern können. Sie hätte den Tod dem Schlaf vorziehen können.«

»Rachel.«

»Zum Beispiel, ja.«

»Glauben Sie, daran hätte ich nicht gedacht? Das ist ein *Glitch*, eine Diskrepanz im Profil, die ich noch nicht ganz auflösen konnte. Aber eine Möglichkeit gibt es.«

»Welche?«, fragte Lucas.

»Vielleicht lautet das Schlüsselwort nicht Zwang. Sondern Überzeugung.«

Anna trat einen Schritt näher an den Tisch und Robins Körper. Lucas sah, wie ihr Blick unsicher vom Gesicht des Mädchens zu seinen Füßen wanderte und dann zum Boden, als könne sie es nur schwer ertragen, Robin in diesem Zustand anzusehen.

»Tatsache ist«, fuhr sie fort, »dass, als das Testergebnis des ersten Opfers eintraf und wir erkannten, dass Eleanor diese Menge an Schlafmittel zu sich genommen hatte, ohne körperlich dazu gezwungen worden zu sein, ich bereits ein Teilprofil erarbeitet hatte. Einer der Hauptcharakterzüge war eine ausgeprägte Soziopathie kombiniert mit einer überdurchschnittlichen kommunikativen und mimetischen Begabung.«

»Ein Überzeuger.«

»Ein *exzellenter* Überzeuger. Und auch deshalb denke ich, dass Sie recht haben, Lucas, und dieser Tote am anderen Ende des Korridors unser Mann ist.«

Lucas schien verblüfft zu sein.

»Haben Sie ihn sich nicht angesehen? Er ist oder, besser gesagt, *war* ein sehr gut aussehender Mann. Ein Überzeuger im Engelsgewand. Der mit einem Lächeln verzaubern, mit einem einzigen Blick verführen konnte, der sich in die Bedürfnisse und Erwartungen anderer Menschen hineindenken, ihre verborgensten Wünsche erkennen konnte. Und deshalb …«

»… gibt es keine Anzeichen für Gewalteinwirkung. Es geht gar nicht nur darum, wie er es geschafft hat, sie dazu zu bringen, die Tabletten zu nehmen, richtig?«

»Richtig: Viel wichtiger noch ist, wie er es geschafft hat, sie dazu zu bringen, mit ihm mitzugehen. Wie hat er es angestellt, sie zu entführen?«

Lucas sah aus, als denke er nach.

»Es müssen alle vernommen werden, die in diesem Bus saßen«, sagte er schließlich.

»Warum?«

Lucas schaute sie mit fiebrigem, gequältem Blick an, als tummelten sich zu viele Gedanken gleichzeitig in seinem Geist und verschlangen sich ineinander wie die Linienführung eines Labyrinthes.

»Anna, Sie müssen herausfinden, ob der Unbekannte allein oder mit jemandem zusammen in dem Bus war. Ob er während der Fahrt mit jemandem gesprochen hat.«

Anna blinzelte ein paarmal. »Oh Gott. Ach du lieber Gott. Er wollte nicht nur einfach ins Zentrum fahren, dafür hätte er auch den Transporter nehmen können. Nein … Sie war mit ihm im D77er, oder?«

»Ja, genau das denke ich. Das ist der Grund, warum er den Bus genommen hat: Weil das Mädchen, das er als nächstes entführen wollte, ebenfalls an Bord war. Und Sie haben recht, was seine Fähigkeiten, andere zu überzeugen, und seine Kontrollmanie angeht …«

»Er kannte sie. Wenn auch nur oberflächlich. Er hatte schon mit ihr gesprochen. Eine zufällige Begegnung, aber sie hätte niemals vergessen, wie dieser wunderschöne Mann sie angesehen hat …«

»Und dann war eine zweite oder vielleicht auch dritte Begegnung ein bemerkenswerter Zufall.«

»Den man feiern musste«, sagte Anna.

»Vielleicht, indem man zusammen etwas trinken ging.«

»Was es ihm ermöglicht hätte, sie unter Drogen zu setzen.«

»Gerade nur so viel, um ihr ein bisschen die Hemmungen zu nehmen, sie etwas unvorsichtiger zu machen. Sie dann zu überzeugen, mit ihm mitzukommen, war …« Lucas ließ den Satz unvollendet.

Anna zog ihr Handy heraus. »Ich rufe Ramirez an.« Sie drückte eine Taste und hielt sich das Telefon ans Ohr, nahm es jedoch einige Sekunden später wieder herunter und sah auf das Display. »Hier unten ist kein Empfang, ich muss nach draußen gehen.«

Sie wollte gerade zur Tür gehen, als Lucas sie noch einmal zurückrief. Er hatte sich erneut über die Leiche gebeugt, diesmal über den Kopf, und schien Hals, Ohren und Haare genauer zu untersuchen.

»Eins sollten Sie noch tun, bevor Sie Ramirez anrufen.«

»Was denn?«

»Ich habe doch gesagt, dass mir eine Idee gekommen ist. Aber ich brauche Sasha, um etwas zu verifizieren. Sagen Sie ihr, sie soll rüberkommen, bitte. Ich befürchte, die Fragen sind gerade dabei, die Antworten zu überholen.«

28

Wieder trat ich nach draußen unter das Vordach. Es hatte aufgehört zu regnen, und es ging auch kein Wind mehr.

Ich schaute noch einmal aufs Telefon, um sicherzugehen, dass ich Netz hatte, dann rief ich Ramirez an.

Während ich dem Klingeln lauschte und darauf wartete, dass er sich meldete, fragte ich mich, ob ich nicht auch Captain Gacey informieren sollte.

Aber Lucas hatte mich beunruhigt. Er hatte gesagt, da sei noch etwas anderes. Als ob für jede Antwort, die wir, vor allem durch ihn, bisher gefunden hatten, neue Fragen auftauchten. Vielleicht war es besser, noch zu warten, bis wir ein vollständigeres Bild hatten, bevor ich Gacey alarmierte.

»Wayne? Was gibt's?« Ramirez' Stimme zerriss mir fast das Trommelfell.

»Ich brauche Sie«, fing ich an, dann bat ich ihn, für morgen früh – in Wirklichkeit waren es nur noch ein paar Stunden bis dahin – die Vernehmung aller im Augenblick des Zwischenfalls im Bus anwesenden Personen vorzubereiten, vor allem derjenigen, die zusammen mit dem Unbekannten an der Haltestelle ausgestiegen waren.

»Sie meinen wohl die Schießerei? Kaliber .50 ist ja nun wirklich alles andere als ein Zwischenfall.«

»Natürlich, Sie haben recht«, sagte ich und überhörte absichtlich die Verärgerung in seiner Stimme.

»Warum die Eile?«

»Das erkläre ich Ihnen so bald wie möglich, jetzt kann ich nicht.«

»Ich hab nichts für Geheimniskrämerei übrig, Wayne.«

»Ich auch nicht.«

Ich legte auf, ging wieder hinein, zum Sektionssaal Nr. 7, und traf Sasha auf dem Flur.

»Ich wollte gerade zu dir, dachte nur, dass du noch drüben bist, zusammen mit dem Typen«, sagte sie zu mir.

Sasha war ungewöhnlich energiegeladen, ihr Gesicht leuchtete, sie wirkte beinahe euphorisch.

Schon bevor sie es aussprach, wusste ich, was sie gefunden

hatte, aber ich wollte es von ihr hören. Ich wollte eine Bestätigung, wünschte mir mit jeder Faser meines Seins, dass der Albtraum tatsächlich zu Ende war, dass nicht noch ein Mädchen sterben musste.

»Na los, sag schon.«

»Gut, die Ergebnisse sind erst vorläufig, und wir müssen erst noch die Proben ins Labor schicken, aber …«

»Aber?«

Sasha steckte eine Hand in die Tasche und zog dann vor meinen Augen ein kleines, transparentes Tütchen heraus, versiegelt und mit Datum und Aktenzeichen für die entsprechende Beweiskette gekennzeichnet.

»Was …«, setzte ich an, aber dann erkannte ich den Inhalt.

»Fingernägel?«

»Fußnägel, ja. Wenn du richtig zählst, siehst du, dass es neun sind. Weil ich einen schon untersucht habe und …«

»Sasha! Hör auf, mich auf die Folter zu spannen.«

Meine Kollegin grinste breit. Und brach dann in befreites Lachen aus.

»Reinigungsmittel. Unter dem Fußnagel. Ein winziger Fleck, aber es war da. Und wie ich schon sagte, die ersten Analysen scheinen tatsächlich zu bestätigen, dass es die Mischung ist, die auch unser Mann benutzt hat.«

Ich hätte sie umarmen können. Auch sie hatte Leib und Seele in diesen Fall investiert, mörderische Schichten geschoben, Gefühle verletzt ….

»Also hatte Lucas recht«, sagte ich.

»Und nicht zum ersten Mal heute Nacht, wie es scheint. Übrigens, wo hast du ihn überhaupt gelassen? Ich hoffe, er liegt irgendwo und schläft. Würde mich nicht überraschen, wenn er in einer von unseren Schubladen liegt.«

»Sasha, das passt nicht zu dir«, tadelte ich sie gutmütig.

»Ich finde ihn nun mal gruselig, was soll ich machen? Hast du gesehen, wie er sich anzieht, immer ganz in Schwarz …«

»Ich trage auch viel Schwarz.«

»Ja, aber uns Frauen steht das.« Sie zwinkerte mir zu. Sie hatte wirklich gute Laune, und ich konnte es ihr nicht verdenken: Auch ich fühlte mich deutlich erleichtert. »Also, wo hast du ihn gelassen? Hattest du nicht gesagt, dass ihr eine Leiche anschauen wolltet?«

»Genau. Er erwartet dich dort.«

»Und welche der beiden soll ich mir ansehen, die, die auf dem Tisch liegt, oder die, die noch herumläuft?«

»Sehr witzig. Na los, gehen wir. Er hat nach dir gefragt.«

Wieder kamen wir an dem Rezeptionstresen vorbei, bevor wir in einen anderen Flur einbogen.

Es stimmte, es standen noch eine Menge Fragen im Raum, und ich war sicher, dass wir, wenn wir mit den Ermittlungen fortfuhren, noch auf weitere stoßen würden. Aber am Ende würde sich alles aufklären. Und in der Zwischenzeit beflügelten mich die Antworten, die wir bereits gefunden hatten. Wir hatten den Killer. Wir kannten seinen Namen noch nicht, deshalb nannte ich ihn weiter so, »Killer«. Aber er war ein toter Killer, und ein toter Killer produziert keine Opfer.

Ich dachte an eine weitere Person, deren Namen ich nicht kannte, ja nicht einmal das Gesicht. Ein Mädchen, das, ohne es auch nur gemerkt zu haben, um ein Haar einem schrecklichen Schicksal entgangen war. Der Tod war an ihr vorübergegangen: Er hatte sie verfolgt, hatte sich in ihren Schatten geschlichen, hatte seine Klauen nach ihr ausgestreckt.

Und im letzten Augenblick war der Mann, der ihr fast den Tod gebracht hätte, selbst gestorben. War sein Brustkorb von einer Kugel zerfetzt, sein Herz, seine Lunge zerrissen worden.

Welch Ironie, dass ein Soziopath durch die Hand eines anderen Soziopathen gestorben war.

Ich stellte mir das hilflose Mädchen vor, sah sie vor mir, wie sie in dem Bus stand, eine Umhängetasche, deren Gurt zwischen ihren Brüsten verlief, eine Hand nach oben in die Halteschlaufe gesteckt und den Kopf leicht Richtung Oberarm geneigt.

Ich kannte sie nicht, hatte sie nie getroffen, wusste nicht einmal, ob sie tatsächlich existierte. Und dennoch sah ich sie vor mir, in diesen wenigen Sekunden, in denen mein Geist sich der Fantasie hingab, ich sah sie ganz deutlich, als stünde sie vor mir, und erkannte ihr Gesicht.

Es war meines.

Das Mädchen war ich, vor fünfzehn Jahren, als ich in ungefähr demselben Alter gewesen war wie die Opfer, die der Killer sich ausgesucht hatte.

»Anna, gehen wir rein?«

Sashas Stimme, noch immer trunken vor Freude über ihre Entdeckung, holte mich zurück.

Ich öffnete die Tür.

Lucas saß neben dem Tisch, direkt vor Robins Kopf, auf dem Boden, die Beine angezogen, den Kopf auf die Knie gelegt. Er hatte die Haube abgenommen und die Maske unters Kinn geschoben, trug aber noch den Kittel, die Überzieher und die Handschuhe.

Ich war mir sicher, dass Sasha jeden Moment die x-te Bemerkung darüber machen würde, dass Lucas aussah wie ein wandelnder Toter, aber er ließ ihr nicht die Zeit dazu. Als er uns hereinkommen hörte, hob er den Kopf und schaute meine Kollegin an. Seine Augen waren feuerrot, als hätte er sie sich in der kurzen Zeit, die ich weggewesen war, heftig gerieben, um sich wachzuhalten. Oder um die Überreste eines

Albtraums wegzureiben, den er mit offenen Augen geträumt hatte.

»Sie wollten mich sprechen?«, fragte Sasha.

»Ja.« Mit einer gewissen Anstrengung erhob er sich und senkte den Blick auf Robins Kopf.

»Sie müssen ihr die Haare schneiden.«

29

»Ist das wirklich nötig?«, fragte ich.

»Erklären Sie mir, warum«, setzte Sasha hinzu. »Sonst mache ich keinen Finger krumm.«

In Wahrheit ertrug ich den Gedanken nicht, dass Robin eine weitere Entwürdigung über sich ergehen lassen musste. Die Autopsie würde ihren Körper ohnehin noch zerstören, das wusste ich, so wie ich auch wusste, dass es unvermeidlich war. Aber man musste nicht auch noch ihr Gesicht schänden.

So irrational es war, verspürte ich dennoch den Drang, sie zu verteidigen. Vor meinem geistigen Auge blitzte die Szene auf, die sich morgen wenige Meter von hier entfernt abspielen würde. Robin würde auf eine Bahre gelegt und mit einem Tuch zugedeckt werden. Hinter einer Glastrennwand stünden ihre Eltern, die sich im Arm hielten und angespannt darauf warteten, dass ein Angestellter das Tuch zurückschlagen und das Gesicht ihrer Tochter für die Identifizierung freilegen würde. Vielleicht würde aber auch nur die Mutter kommen, weil der Vater nicht die Kraft dazu aufbringen würde. Weil er seine Tochter so in Erinnerung behalten wollte, wie sie gewesen war, lächelnd und voller Leben. Die Mutter hingegen würde ins Gesicht der Tochter blicken und darin die Spuren des Lebens erkennen, dass sie mehr als ihr eigenes geliebt hatte und dass ihr jetzt entrissen worden war. Und sie mit geschorenem Schädel zu sehen, ohne ihr wundervolles Haar, würde ihr Herz in tausend Scherben zerspringen lassen.

Mir war sofort klar, dass dieses Szenario eine Projektion war.

Ich hatte keine Kinder, ich hatte nicht einmal mehr einen Lebensgefährten, mit dem ich welche hätte zeugen können, und das war ein Gedanke, den ich vermied, so gut ich konnte. Eine Tatsache in meinem Leben, die ich, häufig vergebens, nicht zu hinterfragen versuchte. Alles daran setzte, nicht mit mir zu hadern und, vor allem, mich nicht dafür zu verurteilen.

»Das Leben wird nicht nur durch unsere Entscheidungen bestimmt, sondern auch durch die Entscheidungen anderer, die uns betreffen. Dagegen kann man nichts tun. Aber das darf dir nie als Alibi dienen, vergiss das nicht. Es ist keine Entschuldigung. Und du musst keine Angst haben«, hatte mein Vater vor sehr langer Zeit oft zu mir gesagt. Und meine Mutter hatte mich mit ihren schönen braunen Augen schweigend ihrer ganzen Liebe versichert.

Jedenfalls, wenn ich mich mit einem Lebensgefährten und einer Tochter in einer ähnlich tragischen Situation wiedergefunden hätte wie der, der sich nun Robins Eltern stellen mussten, hätte ich so reagiert. Ich hätte bei der Identifizierung dabei sein wollen, weil ich es meiner Tochter ebenso schuldig gewesen wäre wie mir selbst. Leichen machten mir keine Angst, nicht mehr: Was mich viel mehr beunruhigte oder sogar in Schrecken versetzte, waren überwiegend Lebende, und nicht die Toten.

Ohne es zu merken, führte ich eine Hand zum Kopf und

strich mir über die Haare, und zum ersten Mal, seit ich in diesen Fall erst hineingezogen und dann von ihm überwältigt worden war, kamen mir die Tränen.

Ich spürte, dass mir die Tränen, hätte ich sie zugelassen, Erleichterung verschafft hätten. Aber es wären auch Tränen der Trauer gewesen, um die Mädchen, um Robin, die ich, als sie noch am Leben war, nicht hatte verteidigen können und die ich wenigstens im Tod hätte schützen wollen. Es war schon das zweite Mal innerhalb weniger Stunden, dass mich unvorbereitet mein Beschützerinstinkt überkam. Das erste Mal war bei Lucas gewesen, der so scharfsinnig und gleichzeitig so verletzlich war. Vielleicht versuchte ich auf diese Weise zu kompensieren, dass ich mich selbst vor Jahren nicht hatte schützen können, überlegte ich. Das würde zumindest meine Gefühle Robin gegenüber erklären. Aber Lucas? Ich wusste nicht genau, warum, aber hin und wieder verspürte ich das Bedürfnis, ihn zu verteidigen, mich zwischen ihn und die Welt zu stellen, deren ungeschriebenen Gesetze ihm offensichtlich entgingen. Vielleicht war das Martins Rolle: Vielleicht war er nicht nur Kollege, sondern auch eine Art Dolmetscher für die verbalen oder gestikulären Feinheiten, die Lucas, weil er war, wie er war, nicht erkannte.

Ich beobachtete ihn, während er, wenige Schritte von mir und Sasha entfernt, in sich nach der Kraft suchte, um auf unsere Fragen zu reagieren. Ich ahnte, dass es ihm alles andere als leichtfiel, seine Gedankengänge zu erklären, ja, dass es eine unmenschliche Anstrengung für ihn bedeutete und dass er nicht aus Überheblichkeit in Rätseln sprach, sondern einfach, weil die Müdigkeit ihn zu absoluter Sparsamkeit zwang.

Sasha hingegen schien gänzlich unbeeindruckt zu sein.

»Lucas, ich werde hier nicht weitermachen, solange Sie

mir keine validen Motive dafür liefern«, sagte sie entschieden. »Wenn Sie die nicht haben, dann sehen Sie zu, dass Sie Land gewinnen, und lassen Sie mich mit der Autopsie fortfahren. Das hier ist *mein* Reich, hier gebe ich die Befehle, ist das klar?«

»Klar.« Lucas seufzte. »Dann helfen Sie mir mal, sie umzudrehen.«

Lucas legte die behandschuhten Hände an Robins Seite und setzte vorsichtig dazu an, sie anzuheben. Mit einem genervten Schnauben trat Sasha an die Beine der Toten und half Lucas, das Manöver zu Ende zu bringen.

Als sie auf dem Bauch lag, waren die Hypostasen an Robins Körper deutlich zu sehen. Ich betrachtete ihre Beine und den Rücken und ihre Haare, die auf einer Seite übers Ohr fielen und sich dann in einer weichen Kaskade auffächerten.

»Und jetzt?«, fragte Sasha.

Statt einer Antwort und noch bevor sie reagieren konnte, nahm Lucas ihre Hand, legte sie an den Schädel des Mädchens und schob ihre Finger zwischen die Haare im Nacken.

»Auch mit Handschuhen kann man … Da ist es, fühlen Sie es?«

Die Verärgerung von eben verschwand aus Sashas Gesicht, und auch die Überraschung angesichts Lucas' unerwarteter Geste, der, soweit ich ihn kannte, jegliche menschliche Berührung mied wie eine ätzende Lauge.

»Ja. Tatsächlich, da ist etwas.« Die von professioneller Neugierde beflügelte Pathologin gewann die Oberhand über die Karrierefrau, die ihr Territorium abstecken musste. »Anna, mach doch bitte mal das Schränkchen da drüben auf und bring mir das Werkzeug.«

Inzwischen selbst gespannt, brachte ich ihr ein Tablett, auf dem verschiedene Instrumente lagen: eine Rippenschere, eine

Darmschere mit Knopf und eine mit Haken, allerlei Zangen in verschiedenen Größen, Skalpelle, Schere …

Sasha nahm Letztere.

»Lucas, holen Sie einen Beweismittelbeutel und halten Sie ihn mir geöffnet hierhin«, ordnete Sasha an und machte sich ans Werk.

Sie schnitt die Haare in Robins Nacken ab, legte Strähne um Strähne in den transparenten Plastikbeutel, den Lucas ihr hinhielt. Fasziniert beobachtete ich, wie ruhig und systematisch sie arbeitete, mit welchem Taktgefühl und welchem Respekt. Mit Zeigefinger und Daumen der linken Hand teilte sie eine Strähne ab und zog sie sanft zu sich, dann setzte sie die Scherenblätter so tief wie möglich an und schnitt.

Nach und nach schnitt sie ein Quadrat von etwa sechs Zentimetern Seitenlänge frei.

Als sie fertig war, trat sie einen Schritt zurück, gab Lucas ein Zeichen, den Reißverschluss des Beutels zuzuziehen und ihn auf das Tablett zu legen. Erst dann erlaubte sie sich einen Kommentar.

»Scheiße.«

Ich trat näher heran, um besser sehen zu können.

In dem haarlosen Quadrat in Robins Nacken war etwas zu erkennen, das ich auf den ersten Blick nicht interpretieren konnte. Irgendwelche Zeichen, rot und zackig. Vielleicht … Schrammen?

Dann schaute ich Lucas verblüfft an.

»Woher wussten Sie, dass genau an der Stelle etwas ist?«

»Ich wusste es nicht. Ich wusste nur, dass irgendwo etwas sein musste. Ich habe mir ihren ganzen Körper angesehen und nirgends sonst etwas gefunden.«

»Folglich haben Sie vermutet, dass es unter den Haaren sein muss.«

»Deshalb konnte ich es nicht sehen.«

»Aber wie sind Sie überhaupt darauf gekommen, dass da etwas sein könnte? Und was soll das bedeuten? Warum ist das so wichtig?«

Lucas wich bis zur Wand zurück, lehnte sich an und ließ sich langsam zu Boden gleiten, bis er schließlich in derselben Haltung dasaß, in der Sasha und ich ihn vorgefunden hatten, als wir hereingekommen waren.

Ich tat es ihm nach und setzte mich neben ihn auf den Boden. Und einen Augenblick später setzte sich auch Sasha neben mich.

»Es wird nicht leicht sein, mir zuzuhören«, sagte Lucas schließlich.

»Ist es das, was Sie mir vorhin sagen wollten?«, ermutigte ich ihn.

»Ja. Ich habe über etwas nachgedacht … Im Grunde habe ich an einen Freund gedacht.«

»Martin«, sagte Sasha.

Lucas nickte, bevor er fortfuhr: »Mir ist etwas eingefallen. Wenn jemand eine Tablette nicht nehmen will, wie stellt man es an, ihn dennoch dazu zu bringen?«

»Durch Überzeugung oder Zwang. Das ist es, woran Sie denken, nicht wahr?«, sagte ich.

»Es war kein Zwang, das haben wir bereits festgestellt. Die Opfer haben keinerlei Blutergüsse oder blaue Flecken, nichts, was an körperliche Gewalt denken lässt. Sicher, es besteht immer die Möglichkeit, dass er sie mit einer Waffe bedroht hat, aber …«

»Nein. Nein, das glaube ich nicht. Das würde nicht ins Profil passen.«

»Genau. Deshalb muss er es anders gemacht haben«, fuhr Lucas fort. »Sasha, Sie haben Kinder, nicht wahr?«

»Zwei Mädchen. Warum?«

»Denken Sie mal daran zurück, wie es war, als sie noch klein waren. Wie haben Sie sie dazu gebracht, etwas zu essen, was sie nicht mochten? Einen Löffel Suppe, zum Beispiel?«

»Na ja, ich habe ihnen gesagt, dass sie gut schmeckt, habe versucht, sie zu überzeugen, und vielleicht auch selbst davon gegessen, um es ihnen zu zeigen und …«

Sie unterbrach sich.

»Wollen Sie sagen, dass er vor ihren Augen selbst die Tabletten genommen hat?«, fragte sie dann. »Um mit gutem Beispiel voranzugehen? Um ihnen zu zeigen, dass sie nicht tödlich sind? Aber das hat ja keinen Sinn. Er …«

»Nein, nicht er. *Sie.*«

Lucas legte eine Hand in den Nacken und kratzte sich.

»Mein Gott«, sagte ich. Lucas merkte, dass ich begriffen hatte.

»Die beste Art und Weise, jemanden von etwas zu überzeugen, besteht darin, ein Beispiel zu geben. Der Killer hatte ein lebendes Beispiel dafür, dass all diese Tabletten nur harmlose Schlafmittel waren.«

»Sie glauben, dass es noch eine gibt.«

Ich hatte es laut aussprechen müssen: Nur so wurde mir klar, was das bedeutete, nur so konnte ich mich selbst dazu bringen, es zu akzeptieren. Die Tatsache zu akzeptieren, dass der Albtraum noch nicht zu Ende war. Auch wenn der Killer tot war, waren die Auswirkungen des Unheils, das er angerichtet hatte, noch lange nicht beseitigt.

»Ich sehe keine andere Erklärung für den Tathergang. Es *muss* noch eine weitere gegeben haben.«

»Eine, die schon gelernt hatte, die Tabletten zu nehmen«, sagte ich. »Sie hatte gelernt, dass es besser war zu schlafen, als sich der albtraumhaften Gefangenschaft zu stellen. Vielleicht war es auch tatsächlich besser zu schlafen, als sich zu quälen. Und für ihn mussten sie schlafen, weil er nicht zulassen durfte, dass sie ein Leben hatten, wenn er nicht da war.«

Als ich das Profil des Killers erarbeitet hatte, hatte ich die Zeitabläufe und sein Vorgehen analysiert, wenn er die Mädchen entführte – soweit es uns gelungen war, das herzuleiten –, und war zu dem Schluss gekommen, dass es sich um einen sozial integrierten Soziopathen handelte. Er hatte einen Job, der ihn jeden Tag für mehrere Stunden von seinem privaten Gefängnis fernhielt.

»Und die Neuen leisteten vielleicht einen Tag Widerstand und weigerten sich, die Tablette zu nehmen. Doch dann folgten sie dem Beispiel. Weil *sie*, Opfer Nummer Null, es vormachte. Aber dann habe ich mich gefragt, warum er sie zurückweist. Warum er die Mädchen nach all der Zeit wieder loswerden will. Sie, die Unbekannte, ist nicht irgendwer: Sie ist seine Erste. Verstehen Sie jetzt, warum er sich der Mädchen wieder entledigt, die er entführt? Es ist nicht, weil sie *ihm* nicht passen, sondern weil sie *ihr* nicht passen.«

»Das müssen Sie genauer erklären.« Sasha klang immer noch ungläubig, obwohl sie gesehen hatte, was wir gerade entdeckt hatten.

»Der Killer wollte … ich weiß nicht … sich vielleicht eine Familie aufbauen«, fuhr Lucas mit abwesendem Blick fort. Er sprach langsam, als müsste er eine Szene beschreiben, die sich gerade erst Stück für Stück vor seinem geistigen Auge entwickelte. »Anna, um das Profil des Mörders wirklich zu verstehen, müssen Sie das Profil der Opfer verändern. Die Erste, die er entführt hat, war nicht Eleanor. Das hier hat die Unbekannte gemacht …« Er zeigte auf die Kratzer in Robins Nacken. »Sie war die Erste. Und ihrer hätte er sich niemals entledigt. Sie versuchte er zufriedenzustellen, versuchte, sie seinem Traum anzupassen, seiner Fantasie entsprechend zurechtzubiegen. Sie ist nicht im gleichen Alter wie die Mädchen. Sie ist älter, sie könnte ihre Mutter sein. Und sie könnten ihre Töchter sein.«

Lucas' entrückte Miene und seine monotone Stimme hatten etwas Hypnotisches an sich.

»Sie hat er als Erste entführt, weil sie es war, die er wollte«, fuhr er fort. »Es war sie, die er immer gewollt hat. Und dann wollte er ihr Gesellschaft verschaffen. Mehr noch, eine Tochter, damit er die Rolle des Vaters einnehmen und eine perfekte Familie erschaffen konnte. Aber es hat nicht funktioniert. Es hat nie funktioniert, weil die Frau sie immer zurückgewiesen hat.«

»Sie hat geglaubt, sie könnte die Mädchen retten, indem sie sie zurückwies«, sagte ich.

»Stattdessen hat er sie ermordet. Die letzte Tablette hat sie nicht nur einschlafen, sondern für immer schlafen lassen.«

Als ich mir die Fälle angesehen hatte, an denen Lucas gearbeitet hatte, war es mir ebenso gegangen wie jetzt: Ich wurde Zeugin einer Reihe von Gedankensprüngen, die erst *hinterher* einen Sinn ergaben, aber *während* er sie formulierte, so gut wie nicht nachzuvollziehen waren. Lucas nahm stets den ganzen Eisberg wahr, während wir anderen immer nur die Spitze sahen. Aber der untergetauchte Teil, der Teil, der sich unterhalb der Wasseroberfläche befand, war unendlich viel größer.

»Lucas, eines verstehe ich aber immer noch nicht«, sagte Sasha. Man sah ihr an, dass sie alles dafür gegeben hätte, um eine Zigarette zu rauchen, aber natürlich war das im Gebäude verboten.

»Was?«

»Das mit ihr.« Sasha zeigte auf Robin. »Woher wussten Sie das?«

»Sie …«

Lucas hielt inne. Er rieb sich mit dem Handrücken über die Augen.

»Robin ist der Tropfen, der das Fass zum Überlaufen gebracht hat«, fuhr er schließlich fort. »Bei ihr hat das erste Opfer, die unbekannte Frau, jede Hemmung verloren. Weil sie sowieso schon jede Hoffnung verloren hat, ist ihr nur die Verzweiflung geblieben … und die Entschlossenheit zu entkommen, koste es, was es wolle. Was sie getan hat, ist vielleicht unmenschlich, aber es ist absolut rational.«

»Sie hat sie benutzt«, sagte ich und wusste, dass ich recht hatte. Es passte zum Profil eines Menschen, der lange in Gefangenschaft gehalten worden war: Der Überlebensinstinkt überlagert jedwede altruistische Überlegung. Irgendwann dominiert er alles andere.

Lucas schaute mich an, und es kam mir vor, als läse ich Hochachtung in seinem Blick.

»Als Robin kam«, sprach er weiter, »hatte die Frau längst erkannt, dass es nichts bringen würde, sie zurückzuweisen, sondern dass sie damit nur eine weitere Entführung provozieren würde und eine weitere Gefangene. Aber sie wusste auch, dass, wenn sie sie nicht zurückwies, der Albtraum kein Ende nehmen und noch unerträglicher werden würde. Anstatt also abzuwarten und zu hoffen, dass der Täter es sich noch einmal anders überlegen oder sie wider Erwarten doch noch gerettet werden würde, hat sie beschlossen, die Initiative zu ergreifen. Sie hat das einzig Vernünftige getan: Ich nehme an, dass sie irgendwas inszeniert hat, dass sie so getan hat, als sei sie verrückt geworden. Zum ersten Mal hat sie den Traum des Killers unterstützt und gleichzeitig negiert. Sie hat ihm gesagt, dass sie mitspielen würde, aber dass dieses Mädchen, Robin, nicht passe, noch weniger als die anderen.«

»Deshalb haben wir Robin früher als die anderen gefunden«, sagte ich. »Weil die Frau eingesehen hatte, dass sie die Mädchen nicht retten konnte, dass sie ohnehin verloren waren. Und dass für sie die einzige Hoffnung, die einzige Chance zu überleben, darin bestand, dieses eine Mädchen als das zu sehen und zu *benutzen*, was sie am Ende tatsächlich geworden ist.«

»Und das wäre?«, fragte Sasha.

»Eine Botin«, schloss Lucas.

Die Schrammen in Robins Nacken stammten mit ziemlicher Wahrscheinlichkeit von menschlichen Fingernägeln.

Tiefe, bleibende Schrammen, die nicht zufällig entstanden, sondern Ergebnis einer wiederholten, zwanghaften Geste waren. Wer auch immer sie ihr beigebracht hatte, hatte nicht lockergelassen, bis er sicher sein konnte, sein Ziel erreicht zu haben.

Doch Lucas hatte uns gezeigt, wer dafür verantwortlich war. Seiner Rekonstruktion zufolge war es die Frau gewesen, von der er gesprochen hatte, das erste Opfer, und sie musste es getan haben, während Robin, betäubt von den Tabletten, schlief.

Robins Leiche war gefunden worden, aber das allererste Opfer war immer noch irgendwo eingeschlossen und wartete darauf, dass sein Peiniger zurückkehrte oder dass irgendjemand ihre verzweifelte Botschaft zu lesen vermochte und verstand, dass sie noch irgendwo eingeschlossen war. Und dass dieser jemand es schaffte, sie zu finden.

Die Frau hatte einen Buchstaben in die Haut des Mädchens geritzt.

Ein H.

HILFE.

Und jetzt, da der Mann, der sie eingekerkert hatte, tot war, mussten wir sie finden, bevor sie nichts mehr zu trinken und zu essen hatte. Denn sie war noch am Leben.

SAMSTAG

30

Die Scheinwerfer von Annas Wagen stachen wie Lanzen in die dunklen, ölig schillernden Pfützen, die sich nach dem Regen auf dem Asphalt gebildet hatten. Durch einen Spalt des offenen Seitenfensters auf der Fahrerseite drang der Geruch der Stadt herein, ein Gemisch aus Feuchtigkeit und Abgasen.

Sie fuhren auf der langen, zentralen Achse, die Haven von Süden nach Norden durchschnitt, die Hauptschlagader, von der sich verworrene Kapillaren verzweigten, die einander ohne erkennbare Logik kreuzten. Um sie herum erhoben sich majestätische Wohnhäuser und Wolkenkratzer vor der sterbenden Nacht: Chrom, Glas, Zement, Stahl. Einige Fenster waren ungeachtet der Uhrzeit – es war kurz vor fünf Uhr morgens – bereits erleuchtet.

Sie überquerten die Kreuzung, von der der Boulevard abging, auf dem Lucas erst vor wenigen Stunden seinen Freund Martin an die Schwelle des Todes begleitet hatte. Und den jüngsten Nachrichten zufolge stand er immer noch dort, balancierte auf der Grenze zwischen Leben und Tod.

Anna warf einen verstohlenen Blick zur Seite, aber wie beim vorigen Mal schien Lucas vollkommen in das versunken, was er durch das Fenster sah.

»Wollen Sie mir erzählen, wie es passiert ist?«, fragte sie ihn.

»Vielleicht ein andermal.«

»Als wir noch da drin waren mit Robin, haben Sie etwas gesagt. Sie haben gesagt, Sie hätten Angst, dass wir mehr Fragen als Antworten finden würden.«

»Denken Sie das nicht?«

»Doch, schon.« Anna schaltete herunter und beschleunigte, um eine weitere Kreuzung zu überqueren, bevor die Ampel auf Rot sprang. »Aber es gibt noch eine Frage, die mir wichtiger erscheint als jede andere.«

Lucas schwieg, als wollte er die unausgesprochene Herausforderung, die in ihren Worten lag, nicht annehmen.

Der Wagen fuhr weiter, überquerte eine weitere Kreuzung und noch eine, bis er plötzlich scharf bremste, rechts an den Bordstein heranfuhr und vor den dunklen Schaufenstern eines Geschäftes, aus denen sie eine Gruppe Schaufensterpuppen beobachtete, zum Stehen kam.

Lucas nahm neben sich eine Bewegung wahr. Im Glas des Beifahrerfensters spiegelte sich Annas Gesicht: Sie sah ihn an, aber es fiel ihm schwer, ihre Miene zu entschlüsseln. Dann hörte er einen Seufzer, und der Wagen fuhr wieder an.

Aber in die falsche Richtung.

»Wo wollen Sie hin?«

Anna antwortete nicht.

»Gacey erwartet uns im Dezernat, haben Sie das vergessen?«

Anna antwortete immer noch nicht.

Sie fuhr durch einen Kreisverkehr, ohne sich um die Vorfahrtsregeln zu scheren, aber zum Glück war kaum Verkehr. Zügig legte sie weitere dreihundert Meter Straße zurück, bog dann abrupt nach links ein und bremste direkt vor der Straßensperre der Polizei ab, die noch immer die Zufahrt zu einer Fahrspur des Boulevards blockierte.

Die andere Spur war frei: Das Wrack des Omnibusses war abtransportiert worden, ebenso wie der schwarze SUV. Die Straßenlaternen tauchten den Boulevard, die Bürgersteige, die Rinnsteine und den vom Regen glänzenden Asphalt in ein gelbliches Licht, das von den Scherben zurückgeworfen wurde, die noch vor dem von der Explosion zertrümmerten Schaufenster lagen.

Einen Augenblick lang sah Lucas wieder die Frau in dem Geländewagen vor sich, ihr blutüberströmtes Gesicht, die Hand, die sich nach ihm ausstreckte.

Sie war gestorben. Wie so viele Menschen in dieser Nacht.

»Warum haben Sie mich hierhergebracht?«, fragte er Anna und drehte sich endlich zu ihr um, um sie anzusehen: Sie hatte den Knoten gelöst, und ihr Haar fiel lose auf die Schultern.

»Weil ich Antworten brauche.«

»Ich weiß nicht, ob ich sie Ihnen geben kann, Wayne. Ich weiß nicht alles.«

»Dann helfen Sie mir wenigstens, sie zu finden, Herrgott noch mal!«

Sichtlich frustriert versetzte Anna dem Lenkrad ein paar saftige Hiebe.

Lucas ahnte den Grund: Eine kurze Weile hatte die Profilerin die Hoffnung gehegt, war sich vielleicht sogar sicher gewesen, den Fall, der sie seit Wochen quälte, aufgeklärt zu haben. Der Killer war identifiziert. Er war tot, er würde niemandem mehr etwas zuleide tun. Es würden keine weiteren Mädchen entführt, gefangen genommen, unter Drogen gesetzt und ermordet werden. Es würde keine weiteren Leichenfunde mitten in der Nacht in irgendwelchen heruntergekommenen, verlassenen oder einfach nur gesichtslosen Gegenden geben.

Doch dann hatte sich die Illusion zerschlagen, und es war ausgerechnet Lucas gewesen, der dafür verantwortlich war.

Der Killer war tot, ja, aber er hatte noch nicht aufgehört, Opfer zu produzieren: Eines von ihnen war noch am Leben, war noch gefangen, wartete noch … Und alles hing von ihnen ab.

»Nicht hier. Hier werden wir nichts finden«, bemerkte Lucas, nachdem sie sich wieder beruhigt hatte.

»Könnten Sie mir wenigstens mal zuhören?«

»Legen Sie los.«

»Ich kann nicht aufhören, immer wieder über eine Frage nachzudenken. Dieser Mann … Der Killer. Sie haben doch gesehen, wie er ermordet wurde, oder?«

»Ja. Ein Schuss in die Brust.«

»Mit extremer Präzision, haben Sie gesagt. Mit der Treffsicherheit eines erstklassigen Scharfschützen.«

»Der Heckenschütze hat heute so viele Menschen getötet. Da war eine Frau in einem Auto, das von dem Bus gerammt wurde …« Lucas verstummte und versuchte, die Bilder, die sich vor seinem geistigen Augen bildeten, wieder zu verdrängen. Als ihm das gelang, wurden sie jedoch abgelöst von denen aus der dunklen Wohnung, dem Präzisionsgewehr und dem Gespenst. »Er war geisteskrank. Aber das ist ein anderer Fall, Anna. Den klären wir auf, sobald wir herausbekommen, wer er war.«

»Sie verstehen nicht, worauf ich hinauswill. Ich kenne diesen Typus: Solche Amokläufer brüten lange Zeit an ihrem Hass, einer Art tiefen Widerwillens, der für sie absolut unwiderlegbare Gründe hat, die wir aber häufig nicht nachvollziehen können. Der Zorn gärt in diesen Menschen, setzt sich vielleicht für eine Weile ab, bis er eines Tages wieder an die Oberfläche kommt und sich in mörderischem Wahnsinn entlädt, aber die Art und Weise, wie und wann das geschehen wird, ist nicht vorherzusagen. Und wo ich schon mal dabei bin, Ihnen quasi das Lehrbuch herunterzubeten, lassen Sie mich noch etwas hinzufügen: Die Gewalt dieses Tätertyps ist chaotisch und bricht anfallartig hervor. Sie ist nicht zielgerichtet.«

Lucas rieb sich den Nacken direkt über dem Hemdkragen.

Es musste die Müdigkeit sein. Oder vielleicht der Schock darüber, was mit Martin passiert war, auch wenn ihm das wenig wahrscheinlich erschien. Wie dem auch sein mochte, er fürchtete, dass er allmählich nicht mehr alles mitbekam. Selbst so einleuchtende Dinge wie die Schlussfolgerung, zu der Anna ihn führen wollte. Er hätte sie vorwegnehmen, vorhersehen müssen. *Er* hätte darauf kommen müssen, hätte nicht zulassen dürfen, dass sie als Erste darauf kam.

Einen Augenblick lang gestattete er sich, daran zu denken, dass er mit Kathryn hätte sprechen müssen: Nur sie konnte ihm helfen, wenn ihn etwas so sehr beschäftigte wie dieser Fall. Normalerweise besprachen sie so etwas bei einem gemeinsamen Frühstück, das für ihn zu einem Ritual geworden war, welches ihm Sicherheit gab. Er sah auf die Uhr: Heute Morgen sollte sie kommen, wie jeden Samstag, aber er vermutete, dass er es nicht schaffen würde. Vielleicht konnte er später noch bei ihr vorbeifahren, um sie abzuholen, mit ihr irgendwohin zu fahren, in Ruhe zu reden, allein … Aber nicht jetzt. Jetzt hatten sie noch viel zu tun, und sie mussten es schnell tun.

»Warum er? Ist es das, was Sie wirklich wissen wollen?«, fragte er schließlich. »Daran hätte ich längst denken müssen.«

Annas Gesicht schien etwas weicher zu werden, während die Verärgerung von eben sich allmählich auflöste.

»Ja. Lucas, die Fälle stehen irgendwie miteinander in Verbindung. Ich glaube nicht, dass das ein Zufall sein kann. Ihr Killer hat meinen ermordet. Sie kennen die Rekonstruktion der Dynamik. Er hat gewartet, er hat sich in Position gebracht, er hat alles gründlich vorbereitet. Er hat geplant. Als der Bus kam, hat er gewartet, bis unser Unbekannter ausgestiegen ist, und hat ihn erschossen. Der einzige Mensch, der direkt von einem Geschoss getötet wurde, war er, die anderen waren … wie nennt man das beim Militär?«

»Kollateralschäden.«

»Genau. Kollateralschäden. Da gibt es eine Verbindung, Lucas.«

Lucas rieb sich die Augen.

»Ja. Ja, das denke ich auch. Aber wir haben nichts, womit wir arbeiten können. Zumindest nicht in diese Richtung und nicht in diesem Moment.«

»Sie müssen noch einmal alles überdenken, was geschehen ist, Lucas. Sie waren dabei. Sie müssen noch einmal überdenken, was Sie gesehen haben und was Sie gespürt haben, jedes Detail.«

»Gut, das werde ich tun«, antwortete Lucas.

»Danke.«

»Aber nicht jetzt. Uns läuft die Zeit davon.«

»Ich weiß. Wir müssen ins Dezernat fahren und Gacey überzeugen. Irgendwo da draußen gibt es noch eine Gefangene …«

»Und wenn wir sie nicht bald finden, wird sie verhungern und verdursten.«

»Zumindest, wenn sie keine Vorräte hat. Aber der Einzige, der den Ort kannte, an dem sie eingeschlossen ist, ist tot, und wir wissen nichts über ihn«, schloss Anna.

»Das stimmt nicht ganz. Eines wissen wir.«

»Und was?«

»Wir haben die Leiche. Wir wissen, wie er aussieht.«

31

»Erklären Sie mir noch einmal, weshalb Sie glauben, den Mörder gefunden zu haben, und vor allem, warum dieser Scheißfall damit nicht abgeschlossen ist. Sie haben mich nicht überzeugt. Ganz und gar nicht.«

In den ersten zehn Minuten der Besprechung hatte Captain Gacey schweigend zugehört, mit unbeweglicher Miene, die ausgesehen hätte wie eine Gipsmaske, wäre da nicht die kleine Ader gewesen, die wie bei einem Flipperautomaten an seinem rechten Augenwinkel pulsierte.

Während Anna die Fakten referierte, Lucas' Deduktionen darlegte und erläuterte, wie sie zu dem Schluss gekommen waren, dass sie den Mörder gefunden hatten, und zu der Vermutung, dass es noch eine weitere gefangene Frau gab, hatte Lucas sich mit sachlicher Neugierde umgesehen und die winzigen Anzeichen registriert, die von der Veränderung, der Übergabe des Zepters zeugten. Helle Flecken an den Wänden, wo Bilder abgenommen worden waren, die seit Jahren dort gehangen hatten. Bisher waren sie noch nicht durch etwas anderes ersetzt worden. Die Stühle waren neu. Ein leeres Regal, auf dem noch der Staub der Bücher lag, die ausgeräumt worden waren.

Bis vor wenigen Tagen hatte das Büro noch jemand anderem gehört.

Commander Zannier hatte seine Mitarbeiter nicht vorgewarnt, nicht einmal Lucas. Es war noch nicht lange her, seit er bei einer kurzen Versammlung mitgeteilt hatte, dass er zurücktrat und dass Lucas ihm geholfen hatte, Kartons zu packen und nach unten auf den Parkplatz zu tragen, um sie dort im engen Kofferraum eines brandneuen Alfa Spiders zu verstauen. Als einziges Zivilfahrzeug zwischen den ganzen Streifenwagen der Polizei stach das Cabrio heraus wie ein Rabe in einem Schwarm Tauben.

»Den hab ich zur Pension geschenkt bekommen«, erklärte Zannier und lächelte dabei, wie er es in fünfunddreißig Dienstjahren nicht getan hatte. »Gefällt er Ihnen?«

»Hm …«

»Schon gut. Hat keinen Sinn, Sie so etwas zu fragen.« Lächelnd nahm er ihm den letzten Karton aus der Hand und quetschte ihn mit sanfter Gewalt in die winzige Lücke, die noch frei war. Dann drückte er sanft, beinahe zärtlich den Kofferraumdeckel zu, als liebkoste er den glänzenden, spiegelnden Lack, drehte sich um und sah Lucas direkt in die Augen.

»Ich habe mit meinem Nachfolger Gacey über Sie gesprochen«, fing er an, während er die Autoschlüssel in der Hand wiegte. »Ich habe ihm gesagt, was er wissen muss.«

»Gut.«

»Also so gut wie nichts.«

»Besser.«

Zannier hatte aufgelacht. Er hatte ihm nie erklärt, warum er sich so plötzlich entschieden hatte, seine Position, die er liebte, aufzugeben. Und Lucas hatte ihn nicht danach gefragt. Vielleicht war die Entscheidung gar nicht so spontan gewesen, wie sie aussah. Auch wenn Zannier die Polizeiarbeit dermaßen im Blut lag, dass es beinahe unmöglich war, ihn sich in irgendeinem anderen Beruf vorzustellen, war es vielleicht in Wirklichkeit eine Entscheidung gewesen, die über lange Zeit gereift war und bei der er lediglich, wie es seinem Charakter entsprach, nicht das Bedürfnis verspürt hatte, sie mit irgendjemandem zu teilen, nicht einmal mit demjenigen, den quasi das ganze Dezernat als seinen Schützling ansah.

Ein Windstoß war ihm in die weißen Haare gefahren, und

Zannier hatte sie sich mit seinen langen, knotigen Fingern, auf denen hier und da bräunliche Altersflecken zu sehen waren, wieder glatt gestrichen. »Das sollte ich öfter tun, aber wissen Sie was? Mir gefällt der Wind in den Haaren.« Seine eisblauen Augen hatten sich nach oben gerichtet, zu den Wolken, die träge am klaren Himmel entlangzogen. »Auch wenn die Jahreszeit jetzt leider eher Wolkenbrüche bereithält.«

Lucas hatte die Verlegenheit seines Vorgesetzten bemerkt. Exvorgesetzten. Vielleicht wusste Zannier nicht, wie er sich von ihm verabschieden sollte. Vielleicht war es auch etwas anderes.

»Commander, was ist es, was Sie mir nicht sagen wollen?«

Der andere sah ihn lange an, bevor er antwortete. Und als alter Polizist, der er war, tat er es mit einer Gegenfrage.

»Wie läuft es mit Kathryn? Wird es besser?«

»Sie sagt, ja. Ich kann das nicht beurteilen. Warum fragen Sie?«

Zannier atmete tief durch. »Weil es nicht leicht für Sie werden wird, Lucas. Ich habe mein Bestes getan, aber Gacey ist … Er ist jünger, aggressiver. Diese Position, diese neue Aufgabe … Für ihn ist das nur ein weiterer Schritt. Eine Etappe, nicht das Ziel.«

»Ich komme schon zurecht.«

»Das wünsche ich mir. Das wünsche ich mir wirklich. Aber eins ist sicher: Gacey versteht es nicht. Und er traut Ihnen nicht.«

Zumindest im Augenblick sah es danach aus, als hätte Zannier damals mehr als recht gehabt.

In der Abgeschlossenheit seines neuen Büros, das er allem Anschein nach bereits als sein eigenes Reich betrachtete, ganz anders als derjenige, von dem er es erst vor wenigen Stunden geerbt hatte, verlangte Gacey nun schon zum dritten Mal, dass ihm alles noch einmal in allen Einzelheiten dargelegt wurde.

Anna ließ sich nicht aus der Fassung bringen und machte sich daran, noch einmal von ganz vorne zu beginnen, mit anderen Formulierungen, wahrscheinlich in der Hoffnung, dass diese besser den Aufnahmefähigkeiten ihres Zuhörers entsprachen.

Doch Gacey hob die Hand und unterbrach sie.

»Er will es von mir hören«, sagte Lucas, ohne ihn anzusehen. Er hatte das Handy herausgezogen und tippte darauf herum. Anna, die neben ihm saß, spähte neugierig zu ihm hinüber.

Ein herausforderndes Lächeln trat auf Gaceys Lippen.

»Es reicht mir nicht, es nur zu *hören*, Sie sollen mich überzeugen.«

»Captain, bei allem Respekt ... Sie müssen zugeben, dass es schwierig ist, jemanden zu überzeugen, der sich nicht überzeugen lassen möchte.«

»Versuchen Sie's trotzdem. Wenn Sie so gut sind, wie alle sagen, schaffen Sie es.«

»Nein, ich werde es nicht schaffen, und das wissen Sie. Aber es spielt auch keine Rolle.«

»Was soll das nun wieder heißen?«

Lucas hob nur das Kinn und schaute ihn an. Gacey beugte sich nach vorn, über den, abgesehen von Telefon und Computer, vollkommen leeren Mahagonischreibtisch, und sah aus, als wollte er sich jeden Moment auf ihn stürzen. Auch bei ihm zeigte sich allmählich die Müdigkeit, unter den Augen und auf der gefurchten Stirn waren die Anzeichen unübersehbar. Nichtsdestotrotz sah sein Hemd immer noch aus wie frisch gebügelt und der doppelte Windsorknoten seiner Krawatte wie frisch gebunden.

Lucas antwortete nicht, er reagierte nicht einmal auf Gaceys Eindringen in seinen persönlichen Raum, obwohl die zu große Nähe zu anderen für ihn normalerweise schwer zu ertragen war.

Er beschränkte sich darauf, den Captain mit undurchdringlicher Miene anzusehen.

Eine Sekunde. Zwei. Drei. Ein leichtes Vibrieren erklang.

»Mir wird es nie gelingen, Sie zu überzeugen, aber ihr vielleicht.«

»Wem? Darf man erfahren, von wem verdammt noch mal Sie da reden? …«

Das Telefon auf Gaceys Tisch klingelte.

»Da sollten Sie drangehen«, sagte Anna. Gacey schaute sie gereizt an, dann nahm er ab.

»Wer ist da?«, bellte er.

Ohne ihm Zeit zu lassen zu reagieren, beugte Anna sich vor und drückte die Taste für den Lautsprecher.

»Wir können dich alle hören, Sasha – ich, Lucas und der Captain.«

»Gut, denn das, was ich zu sagen habe, ist wichtig.«

Die Wut in Gaceys Blick war greifbar. Mit theatralischer Geste nahm er den Hörer vom Ohr und knallte ihn auf den Schreibtisch neben die Tastatur des PCs.

»Schießen Sie los«, brummte er. »Worum geht es?«

»Ich habe die Analyseergebnisse hier vor mir liegen. Die öligen Rückstände enthalten einen prozentualen Anteil von HCB, der vergleichbar ist mit …«

»Kommen Sie zum Punkt, Grass. Wovon reden Sie?«

»Die Fasern und die Proben, die wir von den Schuhsohlen des Unbekannten genommen haben. Sie passen.«

»Passen wozu?«

»Zu den Bodenproben, die wir am Fundort von Robin

Moores Leiche genommen haben, *Sir.*« Sashas Stimme verriet eine gewisse Verärgerung. Gaceys Umgangston fing allmählich an, auch ihr auf die Nerven zu gehen.

»Fahr fort, Sasha«, sagte Anna.

»Lucas hatte recht. Der Unbekannte war auf demselben Gelände. Relativ kurz, bevor er ermordet wurde. Aber ich habe noch etwas Besseres.«

»Was denn?«, fragte Anna. Der Captain war verstummt.

»Ich hab ein paar Leute aufgeweckt, habe ihnen mit diversen Inspektionen gedroht, also einfach ein bisschen auf den Putz gehauen. Der für die Halle Verantwortliche hat mir gestanden, dass sie manchmal Abwässer auf dem Gelände entsorgen, auch wenn das eigentlich verboten ist. Er hat mir gesagt, dass sie gestern Abend, kurz vor Feierabend, an der Stelle, wo wir Robin Moore gefunden haben, Abwässer mit HCB ausgekippt haben.«

»Hexachlorbenzol. Das ist eine giftige Substanz«, sagte Lucas.

»Genau. Und Lucas, Anna … noch etwas. Das Reinigungsmittel. Die Ergebnisse sind gerade reingekommen. Passt ebenfalls. Dieselben Bestandteile im selben Verhältnis.«

»Danke, Sasha, tolle Arbeit.«

»Ja, danke: Ich hoffe nur, es nützt was.«

»Ganz bestimmt. Gib den Kindern einen Kuss von mir.«

Anna streckte die Hand aus, griff den Hörer und legte ihn mit ähnlich großtuerischer Geste wie die, mit der Gacey abgenommen hatte, zurück auf die Gabel. Dann drehte sie sich zu Lucas um und sagte: »Gut, dass Sie ihr ein bisschen Feuer gemacht haben. Jetzt können wir wenigstens weitermachen, richtig, Captain?«

»Weitermachen? Womit denn? Falls Sie damit sagen wollen, dass wir mit der Pressekonferenz weitermachen, in der ich verkünden werde, dass wir den Fall abgeschlossen haben, liegen Sie absolut richtig. Ich werde sie sofort einberufen.«

»Sie wissen ganz genau, was ich sagen wollte.«

»Falls Sie jetzt schon wieder mit diesem Phantom, diesem fünften Mädchen, anfangen …«

»Frau. Es ist kein Mädchen, es ist eine Frau.«

»Es reicht. Sie haben keine Beweise. Sie haben nicht mal den Hauch eines Indizes …«

»Glauben Sie etwa, dass Robin sich diese Schrammen selbst zugefügt hat? Und genau in der Form?«

»Vielleicht war es der Täter? Vielleicht hat sie es selbst gemacht. Vielleicht hat das, was Sie da gesehen haben, überhaupt keinen Sinn, weil ich nämlich keinen Sinn sehe. Ich weiß nur, dass der Fall aufgeklärt ist.«

»Nein, ist er nicht. Und je mehr Zeit wir damit vergeuden, darüber zu diskutieren, desto schlimmer. Berufen Sie nur Ihre Pressekonferenz ein, und verkünden Sie ruhig, dass der Fall aufgeklärt ist. Aber zeigen Sie dieses Foto.« Anna hob ihr Handy hoch und zeigte ihm das Foto von dem Gesicht des unbekannten Täters, das sie sich von Sasha hatte schicken lassen. »Fordern Sie die Leute auf, sich zu melden, falls sie ihn kennen. Richten Sie eine Hotline ein, wir müssen Zeugen finden …«

»Sie werden die Ressourcen des Dezernats nicht dazu benutzen, um einem Gespenst nachzujagen, ist das klar?«

Gacey ließ sich schnaubend gegen die Lehne seines brandneuen, gepolsterten Chefsessels fallen, den er sich noch am Tag vor seinem Dienstantritt hatte liefern lassen.

»Hören Sie. Liefern Sie mir *Beweise*, liefern Sie mir irgendetwas Konkretes, mit dem man arbeiten kann, und ich denke noch einmal darüber nach. Aber wenn alles, was Sie haben, eine Schramme ist, dann verschwenden wir nur Zeit. Gehen Sie nach Hause, und schlafen Sie sich erstmal gründlich aus.«

Lucas stand auf und ging zur Tür.

»In einem haben Sie recht, Captain«, sagte er mit leiser, kontrollierter Stimme, »wir verschwenden Zeit.«

32

»Sind Sie gläubig, Sir?«

»Wayne, was …«

»Lukas 23:34«, sagte ich.

Dann stand ich auf und ging, folgte Lucas und ließ Gacey und seine Dickköpfigkeit hinter mir zurück. Ich hatte keine Ahnung, ob es einen allmächtigen Vater gab, der ihm vergeben könnte, aber er wusste mit Sicherheit nicht, was er tat.

Ich dagegen hatte schon entschieden, was ich tun würde, bevor ich die Tür seines Büros hinter mir zuzog.

Lucas stand vor den brünierten Stahltüren des Aufzugs. Ich erreichte ihn noch, bevor er einstieg. Als er ein Bein in die Lichtschranke hielt, verstand ich, dass er auf mich gewartet hatte.

»Ich muss mich wohl bei Ihnen bedanken«, sagte er, als ich neben ihm war. Wir traten in den Aufzug, und er drückte auf den Knopf für den ersten Stock, wo mein heimeliges Kämmerlein lag. Natürlich würde ich nicht nach Hause gehen, das wäre angesichts der Lage sinnlos gewesen, aber die Aussicht darauf, mir ein paar Minuten Ruhe auf dem kleinen Sofa zu gönnen, das ich zwischen Schreibtisch und Heizkörper gezwängt hatte, war verlockend, und zwar nicht wenig. Meine Stiefel brachten mich noch um, und mein Kopf fühlte sich an, als läge ein Ring darum, was wohl nur mit einem Aspirin zu beheben sein würde.

»Wofür müssten Sie sich bedanken?«

»Dafür, dass Sie mich gegenüber Gacey verteidigt haben.«

»Hat ja nicht viel geholfen. Ihre SMS an Sasha, dass sie den Captain anrufen soll, hat wesentlich mehr gebracht.«

»Also haben Sie das gesehen.«

»Ich hab gespickt«, gab ich zu.

Als wir im ersten Stock ausstiegen, merkte ich, wie er mich ansah, als wollte er nicht, dass wir uns trennten, jedenfalls nicht sofort. Allmählich lernte ich, ihn zu lesen, so, als lernte ich nach und nach die Vokabeln einer Fremdsprache, die mir immer vertrauter wurde. Und ich wusste nicht, ob mich seine Gegenwart freuen oder sogar noch unruhiger machen sollte. Doch ich entschied mich, diesem leisen, aber hartnäckigen Bedürfnis nachzugeben, ihn zu beschützen.

»Gut, gehen wir«, sagte ich.

»Wohin?«

»Einen anständigen Kaffee trinken. Im Aufenthaltsraum gibt es eine Kaffeemaschine.«

»Gute Idee.«

Wir gingen einen der schmalen Flure im Dezernat entlang. Bis Mitte des vergangenen Jahrhunderts war in dem Gebäude eine öffentliche höhere Schule untergebracht, und wo heute Büros mit abgenutzten Rigipswänden und Aluminiumtüren mit einem Mattglasfenster im oberen Teil waren, hatten sich früher Vorlesungssäle befunden, in denen die Worte von Wissenschaftlern und Literaten erklangen, und nicht die von Vergewaltigern, Drogendealern und Mördern. Oder von übermüdeten Polizisten, die viel zu viele Überstunden mit sich herumschleppten.

Nachdem wir uns durch das Labyrinth aus Fluren gearbeitet hatten, gelangten wir in einen kleinen, fensterlosen Raum. An einer Wand standen ein paar Snack- und Getränkeautomaten und ein kleiner Schrank. Ich grub in meiner

Hosentasche, förderte den Schlüssel zutage und schloss ihn auf.

»Das ist mein kleines Geheimnis«, sagte ich. Ich war die Einzige, die diesen Schlüssel hatte, auch weil die Kaffeemaschine, die darin war, mir gehörte.

»Jeder hat seine kleinen Geheimnisse«, sagte Lucas.

Ich kochte ihm einen doppelten Espresso und machte noch einen für mich, dann setzten wir uns auf die Plastikstühle mit den Stahlbeinen, die um einen Resopaltisch in der Mitte des Zimmerchens herumstanden.

Ich sah, wie Lucas den Duft des Kaffees einsog und die Keramiktasse fest umklammerte. Er wartete kurz, dann gönnte er sich einen ersten Schluck.

»Gut, oder?«

»Ja«, antwortete er nur, fast als könnte er den Geschmack gar nicht beurteilen und wollte nur höflich sein.

»Lucas, was haben Sie?«

Er trank vorsichtig aus, als wollte er sich Zeit nehmen, bevor er antwortete. Schließlich stellte er die Tasse ab und schaute mich an.

»Und was, wenn ich mich irre?«

»Wegen der Frau, meinen Sie?«

»Vielleicht hat er recht«, fuhr er fort und zeigte dabei mit dem Daumen an die Decke, zu den höheren Stockwerken, wo sich Gaceys Büro befand. »Vielleicht sind es doch nur zufällige Schrammen.«

»Wieso zweifeln Sie jetzt?«

»Weil ich allmählich gar nichts mehr erkenne, nicht einmal das Offensichtlichste.« Ich verstand, dass er sich auf meine Fragen von vorhin bezog, als ich ihn zu dem Boulevard gefahren hatte, auf dem der Anschlag auf den Bus stattgefunden hatte.

Rückblickend wusste ich nicht einmal, warum ich so reagiert hatte. Ich wusste nur noch, dass ich sein rätselhaftes und abweisendes Verhalten plötzlich unendlich leid gewesen war. Auch wenn ich die Art und Weise, wie er in meinen Fall eingegriffen hatte, natürlich schätzte, ja sogar bewunderte und damit seine Einbeziehung, die ich selbst gefordert hatte, rechtfertigte, hatte ich nicht damit gerechnet, dass es so aufreibend sein würde, mit ihm zusammenzuarbeiten, so schwierig auf der Beziehungsebene. Ich respektierte Lucas' Verstand, fand es aber fast unmöglich, mit seiner Persönlichkeit zurechtzukommen. Vielleicht war aber auch nur die Müdigkeit schuld. Jedenfalls war ich deshalb fast ohne nachzudenken umgedreht und hatte ihn an den Ort zurückgebracht, wo wenige Stunden zuvor so viele Menschen ihr Leben verloren hatten oder verletzt worden waren.

Aber mir war nicht einmal andeutungsweise der Gedanke gekommen, dass unter diesen Menschen auch der einzige von Lucas' Kollegen gewesen war, dem er bis zu einem gewissen Grad vertraute, Martin Kracev.

Ich wollte ihm einen Schubs geben, ja. Aber wenn ich jetzt darüber nachdachte, erschien mir diese Geste zutiefst egoistisch.

Andererseits hatte es offensichtlich funktioniert, wenn Lucas mir jetzt seine Zweifel anvertrauen wollte.

»Danke, aber wir sind in einer Nacht weitergekommen als in den ganzen letzten Wochen. Machen Sie sich keine Vorwürfe wegen eines kleinen Details.«

»Das ist kein kleines Detail.«

»Ich weiß, ich weiß, Lucas. Aber es rechtfertigt auch nicht, alles in Zweifel zu ziehen.«

»Also denken Sie wirklich, es gibt noch eine weitere Gefangene?«

»Ja. Aber nicht wegen dieser Kratzer. Oder besser, nicht *nur* deswegen.«

Lucas wartete, dass ich weitersprach.

»Es war etwas, das Sie gesagt haben, was mich überzeugt hat.«

»Was denn?«

Er versucht, sich eine Familie zu erschaffen. Eine perfekte Familie.

»Sie haben gesagt, dass diese Mädchen die Rolle der Tochter eingenommen hätten und dass es folglich eine Mutter geben muss. Und das bringt mich zu der Überzeugung, dass Sie recht haben.«

»Passt es zu Ihrem Profil?«

»Nein, es *vervollständigt* mein Profil. Bei Entführungen und Gefangennahme steht normalerweise sexuelle Gewalt im Mittelpunkt. Sie ist eine Kernkomponente der Fantasien des Entführers: Es ist kein Zufall, dass viele Opfer freigelassen werden, sobald sie von ihren Peinigern Kinder bekommen haben. Aber unsere Mädchen wurden sexuell nicht einmal angerührt.«

Seufzend erinnerte ich mich an all die Stunden Schlaf, die mich diese Diskrepanz in der Dynamik des Verbrechens gekostet hatte. Ich hatte die Hypothese aufgestellt, dass der Täter impotent und sein Motiv die Gier nach absoluter Macht war, mit der er seine Beziehungsunfähigkeit kompensierte. Aber in ähnlichen Szenarien kam das Ausleben von Macht nicht ohne körperliche Gewalt, nicht ohne irgendeine Art von Folter aus. Eine Art und Weise, mit dem Opfer in körperlichen Kontakt zu treten, die als der sexuellen Gewalt überlegen betrachtet wurde. Die Erregung wird in diesen Fällen nicht durch die exponierten Genitalien erzeugt, sondern durch Blutergüsse, offene Wunden, Blut. Und vor allem durch den Schrecken in den Augen der Opfer. Derselbe Schrecken, der so unübersehbar gewesen war auf den Fotos, die der Killer uns geschickt hatte, als wollte er seine absolute Macht über Leben und Tod unterstreichen.

Dennoch waren die Leichen, die wir gefunden hatten, so gut wie unversehrt gewesen: Zwar wiesen sie leichte Anzeichen von Unterernährung und Ermüdung auf, aber im Grunde war es, als seien die Mädchen eingeschlafen und hätten sich einfach nur dafür entschieden, nicht mehr aufzuwachen. Als wären sie dem Reiz des Schlafes erlegen.

Das Fehlen jeglicher Anzeichen für körperliche Gewalt war eines der Rätsel dieses Falles, aber Lucas hatte es gelöst.

»Mit Sicherheit gibt es irgendetwas in der Vergangenheit dieses Mannes. Und damit meine ich nicht die üblichen Anamnesen von Missbrauch und Traumata. Es muss ein ursprüngliches Szenario geben, das ich noch zu rekonstruieren versuche, aber dafür müssen wir erst noch mehr erfahren. Vor allem müssen wir herausfinden, was ihn dazu gebracht hat, in Aktion zu treten. Wir müssen herausfinden, wer dieser Mann war und woher er kam. Das ist die einzige Möglichkeit, diese arme Frau zu finden, bevor es zu spät ist«, schloss ich.

»Sie haben aber doch gehört, was Gacey gesagt hat«, antwortete Lucas. »Er will nichts davon wissen.«

Ich schaute ihn an, unsicher, wie weit ich ihm trauen konnte. Ich betrachtete das Weiße in seinen Augen, das von roten, gezackten Kapillaren durchzogen war, und mir fiel diese immer wiederkehrende Handbewegung auf, mit der er sich den Nacken kratzte, als verwirrten ihn seine Gedanken und als kostete es ihn eine enorme Anstrengung, sie wieder zu ordnen.

Bis vor wenigen Augenblicken hatte ich ihn als distanziert wahrgenommen, als wäre er mir stets einen Schritt voraus. Nach und nach hatte ich ihn eingeholt. Jetzt kam es mir vor, als hätte die Müdigkeit die Oberhand über seine Kraft gewonnen und als stünde er kurz davor, sich ihr zu ergeben.

»Wie lange ist es her, dass Sie geschlafen haben? Und wann haben Sie zum letzten Mal etwas gegessen?«

»Sie sind nicht die Erste, die mich das heute fragt. Heute ... Nein, ich weiß nicht einmal mehr, welcher Tag heute ist.«

»Es ist Samstag, die Sonne geht bald auf, und Sie sollten duschen, frühstücken und sich ein bisschen ausruhen. Lucas, entschuldigen Sie, wenn ich Ihnen zu nahe trete und mich in Ihr Privatleben einmische, aber ... Haben Sie jemanden, der sich um Sie kümmert?«

Einen Augenblick lang schien mir ein Lächeln über sein Gesicht zu huschen, flüchtig wie eine zärtliche Berührung.

»Ja, es gibt jemanden. Sie heißt Kathryn, und normalerweise frühstücken wir samstags zusammen bei mir«, sagte er.

Es überraschte mich, dass es eine Frau in seinem Leben gab, aber ich versuchte, es mir nicht anmerken zu lassen.

»Gut.«

Ich nahm das Handy und wählte eine Nummer.

»Hagen? Wayne. Ja, ich weiß, es ist früh am Morgen und du willst nach Hause. Entschuldige, aber es ist wichtig. Hast du noch diesen Anzug mit dem Hemd im Schrank, den du für offizielle Gelegenheiten aufhebst? Den bräuchte ich. Nein, nicht für mich. Nein, den ziehst du sowieso nie mehr an, er passt dir nicht mehr, und das weißt du auch, du bist zu dick geworden. Sagen wir hundert, ich geb sie dir, wenn wir uns das nächste Mal sehen, okay? Hol ihn raus, und häng ihn in die Umkleide. Danke.«

Ich beendete das Gespräch und drehte mich mit einem, wie ich hoffte, beruhigenden Lächeln zu Lucas um.

»Sie brauchen eine Dusche. So fertig können Sie sich nicht zum Frühstück mit Kathryn sehen lassen. Gehen Sie nach unten, und machen Sie sich frisch, danach wird ein hübscher dunkelblauer Anzug und ein weißes Hemd in der Umkleide auf der Bank liegen. Ich bin mir ziemlich sicher, dass es Ihre Größe ist.«

Den Gesichtsausdruck, mit dem er mich anschaute, konnte ich nicht deuten. Ich wusste, dass ich irgendeine unsichtbare Grenze überschritten hatte, aber am Ende hatte mein Beschützerinstinkt mich dazu gebracht, die normalen Hemmungen zu überwinden. Wenn ich weiter mit ihm an diesem Fall arbeiten wollte, musste er aufhören, mich als Profilerin zu betrachten, und anfangen, mich als Partner zu sehen. Wenn ich ihm vertrauen wollte, musste ich dafür sorgen, dass er auch mir vertraute.

Lucas erhob sich von dem Plastikstuhl im Aufenthaltsraum, seine Knie knackten.

Erst in der Tür drehte er sich zu mir um und sagte kaum hörbar: »Danke.«

Während ich in mein Büro zurückging, holte ich noch einmal das Handy heraus. Ich drückte es zwischen die Finger der linken Hand, und sofort durchzuckte mich der Schmerz, aber ich beachtete ihn nicht.

Was ich jetzt tun würde, würde mich ebenso viel kosten, vor allem emotional, aber mir blieb nichts anderes übrig. Es war das Einzige, was ich tun konnte, um die Ermittlung in Gang zu setzen.

33

Seltsamerweise waren die Duschen im Souterrain des Dezernats sauber. Die weißen Kacheln glänzten feucht, möglicherweise der einzige tadellose Raum im ganzen Gebäude.

Lucas ließ sich auf den Boden der Dusche sacken und setzte sich direkt unter den kochend heißen Wasserstrahl.

Irgendwo hatte er einmal gelesen, dass man idealerweise die Temperatur Stück um Stück herunterregeln sollte, bis man schließlich unter dem eiskalten Guss stand, um den Körper wieder zu erfrischen, aber er hatte sich nie dazu durchringen können.

Während die feinen Strahlen auf ihn prasselten, die vor unbewusster Anspannung schmerzenden Muskeln massierten, versuchte Lucas, seinen Geist zu leeren.

Die Gedanken verließen ihn fluchtartig wie ein Schwarm auseinanderstiebender Fische. Übrig blieben nur Ablagerungen, unordentlicher, ausgefranster Ausschuss.

Fragmente jener Szene, die sich in dem Wohnhaus im Zentrum abgespielt hatte, in der Wohnung im fünften Stock, nahmen nach und nach Gestalt an und verwandelten sich in Splitter, die sich in sein Hirn bohrten. Unwillkürlich massierte er sich den Nacken und fuhr sich mit den Fingern durch die Haare.

Die schwarzen Wände.

Das grelle, gnadenlose Licht der Taschenlampe in der Hand des Mannes. Des Gespenstes.

Das Gewehr. Die Schüsse.

Wir hatten eine Abmachung, Lucas. Es tut mir leid. Es tut mir wirklich leid, glauben Sie mir.

Die rechte Hand des Gespenstes auf seiner. Die Pistole, die unter seinen Fingern losging.

Der warme Regen auf seinem Gesicht, und das Gesicht des Gespenstes, dessen Konturen sich in einem rötlichen Nebel auflösten.

Lucas atmete schwer und inhalierte Wasserdampf.

Anna hatte ins Schwarze getroffen. Die Polizei hatte nicht einen Verdächtigen, sondern zwei zu identifizieren. Weil die Fälle unbestreitbar miteinander verbunden waren.

Er hob den Arm, tastete blind hinter sich, über die glitschigen und feuchten Kacheln, bis er den Wasserhahn fand. Er drehte ihn zu, und mit einem letzten Grunzen verstummte die Dusche.

Er verließ die Duschkabine und trocknete sich ab. Der Anzug – dunkelblaue Jacke aus schwerer Baumwolle mit passender Hose – und das Hemd lagen genau da, wo Anna gesagt hatte. Agent Hagen musste sie vorbeigebracht haben, während Lucas noch in der Dusche gewesen war, denn inzwischen war niemand mehr zu sehen. Lucas kannte ihn nur vom Sehen und wusste, dass, auch wenn sie ungefähr gleich groß waren, der Informatikspezialist des Dezernats von wesentlich kräftigerer Statur war als er selbst. Was zumindest zweierlei aussagte: dass Hagen schon eine beträchtliche Weile auf »den festlichen Anlass« wartete, ohne dass dieser tatsächlich eingetreten war, und dass die sitzende Lebensweise vor dem Computer offenkundig Auswirkungen auf seinen Bauchumfang hatte.

Während er zum Aufzug ging, beschloss Lucas, sich einen Ruck zu geben und Anna in ihrem Büro aufzusuchen, um sich zu bedanken.

Er wusste nicht, warum er Kathryn ihr gegenüber erwähnt hatte. Sonst hatte er noch mit niemandem über sie gesprochen. Selbst Martin gegenüber hatte er sie nur selten erwähnt. Kathryn war eine stille Präsenz in seinem Leben, gewissermaßen ätherisch, aber vielleicht gerade deswegen unverzichtbar. Mit der Zeit hatte er gelernt, ihre Körpersprache zu lesen und zu interpretieren. Die Art und Weise, wie sie ihre Augenbrauen mit den Fingerspitzen glättete, wenn sie ein für ihn unangenehmes Thema ansprach. Wie sie immer wieder versuchte, ihm ein Lächeln zu entlocken, mit einer Herzlichkeit, die weit über das hinausging, was von ihr erwartet wurde, ganz besonders in einem so schwierigen Fall, wie Lucas es war, das wusste er. Die ausdrucksvollen grünen Augen unter dem naturblonden, fransigen Pony, die groß wurden, wenn Lucas überraschend auf ihre Äußerungen reagierte. Die Finger mit den perfekt gepflegten Nägeln, die anmutig die Kaffeetasse hielten, wenn sie zusammen frühstückten.

Vielleicht konnte er es noch zu ihrem samstäglichen Ritual schaffen, dachte er. Vielleicht konnte dieser Samstagmorgen wenigstens darin noch jedem anderen Samstagmorgen gleichen.

Lucas spürte, dass er sie brauchte, dass Kathryns Gegenwart, dieser gemeinsame Moment am Beginn des Tages, ihm helfen würde, seine Gedanken zu ordnen.

Der Aufzug kam mit einem kleinen Federn zum Stehen, und er spürte, wie die Vibration sich in seine Waden fortsetzte, während die Türen sich mit leisem Zischen öffneten. Das Licht, das aus der Kabine fiel, malte ein gleichmäßiges, scharf abgegrenztes Dreieck auf den Boden. Der restliche Flur war fast gänzlich in Dunkel getaucht. Das spärliche Licht, das hereindrang, kam von den Vorboten der Morgendämmerung hinter dem Fluss.

Lucas bog nach links ab, entgegengesetzt zu der Richtung, in die sie gegangen waren, als Anna mit ihm einen Kaffee trinken gegangen war. Er dachte, wenn ihr Büro nicht in dieser Richtung lag, hätte sie es ihm bestimmt gesagt. Die Türen zu den einzelnen Räumen reihten sich wie aufgerissene Mäuler im Dunkeln aneinander. Er bog um eine Ecke und schritt langsam über den Teppich. Er machte kein Licht an. Nachdem das künstliche Licht im Leichenschauhaus ihm die Augen verblitzt und Kopfschmerzen bereitet hatte, tat ihm die Dunkelheit gut.

Am Ende des Flurs fiel aus einem Fenster in einer Tür ein bläulicher Schimmer auf den Boden. Zielstrebig ging er auf die Tür zu.

Auf dem Schildchen links neben Tür stand in großen Buchstaben ANNA WAYNE.

Die Tür war geschlossen. Aus dem Inneren drang kein Laut, nicht einmal das Klappern einer Computertastatur.

Lucas öffnete sie vorsichtig.

Rechts, hinter dem Schreibtisch, auf dem der eingeschaltete Monitor stand, ragten nackte Füße hervor. Annas Stiefel standen auf dem Boden am Fußende des kleinen Sofas, auf dem sie sich ausgestreckt hatte.

Er machte einen Schritt nach vorn, dann noch einen. Er wollte sie nicht wecken.

Der Widerschein des Bildschirmschoners, eine strudelnde Welle aus schillernden Fraktalen, tanzte über Annas Gesicht. Sie lag auf der Seite, durch die knappen Dimensionen des Sofas in eine beinahe embryonale Haltung gezwungen. Eine Hand unter der rechten Wange, den anderen Arm am Körper ausgestreckt, die Hand im Schoß.

Lucas betrachtete sie aufmerksam, sein Blick blieb an den zarten, geschlossenen Lippen hängen, an den leicht flatternden Augenlidern. Er betrachtete ihre Brust, den Busen, der sich in regelmäßigem Rhythmus hob und senkte. Den Bauch, die langen, angewinkelten Beine, die schlanken Füße. Er lauschte ihrem gleichmäßigen Atem, während sein Blick wieder zu dem endlich entspannten Gesicht wanderte.

Er machte einen weiteren vorsichtigen Schritt nach vorn.

Dann beugte er sich über sie und streckte die Hand aus, als wollte er ihr langes, schwarzes Haar streicheln, aber er beschränkte sich darauf, die Hand vor ihren geschlossenen Augen hin und her zu bewegen.

Behutsam, um keinen Laut zu machen, richtete er sich wieder auf und drehte sich um. Anna hatte ihre Jacke auf den Schreibtisch geworfen, neben das Telefon und die Tastatur.

Unter der Jacke lugte die Ecke eines beigefarbenen Aktenordners hervor.

Lucas zog den Ordner vorsichtig heraus.

Er schlug ihn auf.

Ein Blick auf die Überschrift reichte ihm.

Er klappte die Mappe wieder zu, klemmte sie unter den Arm und ging, ebenso lautlos, wie er hereingekommen war, wieder hinaus.

Während er das Gebäude verließ, nahm Lucas das Telefon heraus und erledigte einen Anruf. Es war noch sehr früh, er wusste, dass er niemanden erreichen würde, und nach dem Ton hinterließ er wenige Worte auf einem Anrufbeantworter.

Er hatte beschlossen, das Frühstück auszulassen.

34

Es war niemand hinter mir. Niemand. Ich sagte es mir immer wieder, ich wusste, dass dort niemand war und es nichts bringen würde, mich umzudrehen, um nachzuschauen, weshalb ich es nicht tat und mir noch einmal sagte: Da ist niemand.

Lauf.

Lauf!

Die Angst schnürte mir die Kehle zu. Ich sah hinunter auf meine Füße: Sie waren umgeben von einem roten, sich kräuselnden Meer, mit Schaumkronen, rot wie arterielles Blut.

Ich rannte schneller.

Ich spürte etwas Leichtes, Seidiges über meine Waden streichen und hörte ein Flüstern, das meine Flucht begleitete.

Ich wusste nicht, ob es der Wind in meinen Ohren oder mein eigener Atem war, oder etwas wesentlich Bedrohlicheres. Ein eindringliches Rascheln hinter mir.

Ich drehte mich nicht um.

Lauf!

Dann spürte ich ihn. Seinen Atem, gepresst, schnaubend. Seine Augen fixierten mich, ich spürte es am Kribbeln in meinem Nacken, und ich war sicher: Er war hinter mir.

Ich schrak aus dem Schlaf hoch mit dem eindeutigen Gefühl, dass mich jemand beobachtete.

»Lucas, sind Sie es?«, fragte ich leise, ohne genau zu wissen, weshalb ich ausgerechnet an ihn dachte.

Die raschen Schläge meines Herzens hämmerten gegen mein Brustbein, und die Muskeln meiner Beine pulsierten, als wäre ich wirklich um mein Leben gerannt. Ich versuchte mir klarzumachen, dass es nur ein Traum gewesen war, eine Spielerei meines Gehirns.

»Lucas?«, rief ich, ein bisschen lauter dieses Mal.

Mit Schrecken wurde mir klar, dass ich mich ganz allein in einem nahezu leeren Gebäude befand. Eine Polizeizentrale hätte eigentlich der sicherste Ort der Welt sein müssen, aber in diesem Augenblick erschien sie mir nur wie der unendliche Spiegel meiner schlimmsten Ängste.

Ich setzte mich auf: Die Tür meines Büros hatte sich leicht geöffnet, während ich schlief – vielleicht der Durchzug. Jemand musste sein Fenster zum Lüften offen gelassen haben. Der Flur hinter dem Türspalt lag still im Dunkeln. Ich stand auf. Mein Blick huschte schnell zur Schreibtischschublade neben dem Stuhl. Dort hatte ich die Pistole hineingelegt. Ich zog sie so leise wie möglich auf, nahm die Pistole aus dem Halfter, zwang mich, den Griff so fest es ging zu umschließen, und wagte mich in den Flur hinaus.

Niemand zu sehen. Ich drang weiter vor, bog um die Ecke und kam an den Aufzug. Die Nummern auf der Anzeigetafel zählten herunter: Jemand war gerade an meinem Stockwerk vorbeigefahren. Dann leuchtete die Null rot auf und blieb stehen: Wer auch immer im Aufzug war, stieg aus.

Kein Geräusch war zu vernehmen, die Stille schien mich einzukreisen.

Also kehrte ich in mein Büro zurück.

Ich schloss die weißen Vorhänge vor dem einzigen, kleinen Fenster. Die Morgenröte hatte begonnen, den Horizont rosa und gelb zu erleuchten, und malte bernsteinfarbene Ränder um die Hochhäuser des Zentrums.

Ich trat an den Schreibtisch und bewegte die Maus. Der Bildschirmschoner verschwand und wurde durch eine Webseite ersetzt, auf der neben Nachrichten vor allem Klatsch und Tratsch zu lesen war. Es gab keine Papierausgabe dazu, aber sie war unter traditionellen Journalisten eine geschätzte Informationsquelle.

Aufgeregt scrollte ich nach unten.

Was ich suchte, war nicht da.

Ich wollte schon frustriert aufgeben, als mir einfiel, die Seite zu aktualisieren.

Ich drückte F5.

Jetzt waren andere Texte und Fotos als zuvor auf dem Bildschirm zu sehen.

Ich lächelte.

Auch wenn ich einen ziemlich hohen Preis dafür hatte zahlen müssen, hatte ich bekommen, was ich wollte. Ich konnte mir zumindest eine weitere Stunde Schlaf gönnen.

35

Er ließ Schlüssel und Dienstmarke in die Schublade gleich am Eingang fallen, neben die Pistole, die er am Vorabend, wie immer, wenn er zum Dienst ging, nicht mitgenommen hatte.

Die Pistole, die Martin hätte retten können.

Es war eiskalt in der Wohnung, nicht nur wegen der kalten Luft, sondern auch wegen des Fehlens jeglicher Farbe an den Wänden oder auf den Möbeln. Lucas dachte, dass ihm eine Erkältung in dieser schwierigen Lage gerade noch fehlte, und drehte das Thermostat auf vierundzwanzig Grad hoch. Mit einem tiefen Gurgeln sprang die Heizung an.

Er zog sich aus und steckte Hagens Kleidungsstücke in eine Plastiktüte. Bei Gelegenheit würde er sie zur Reinigung bringen und ihm zurückgeben.

Bei Gelegenheit.

Ungewissheit, nicht planen zu können, störte ihn immer, unbewusst, und führte zu einer schleichenden Unruhe.

Er fand etwas Warmes und Bequemes zum Anziehen, alte, legere Sachen, die er aufhob, ohne wirklich zu wissen, warum, die ihm aber in Situationen wie dieser, wenn er sich warm halten wollte, ganz nützlich waren: in diesem Fall ein paar robuste Jeans, ein schwarz-weißes Baseballshirt und ein verwaschener und ausgeleierter schwarzer Pullover. Früher hatte dieser Pullover einen ideellen Wert gehabt, doch obwohl er sich noch lebhaft daran erinnerte, wann er ihn geschenkt bekommen hatte, war es ihm nicht möglich, die Gefühle heraufzubeschwören, die ihm das gute Stück einst so teuer gemacht hatten. Jetzt war er nur noch ein Kleidungsstück wie alle anderen.

Er setzte sich auf die Bettkante und sah nach der Uhrzeit

auf dem Wecker: sieben Uhr. Seit dem Anschlag auf den Bus waren weniger als zwölf Stunden vergangen.

Das Handy, das er auf den Nachttisch gelegt hatte, fing an zu vibrieren, einmal, zweimal, dreimal. Es war keine Nachricht, sondern ein Anruf.

Lucas ignorierte es. Er machte sich nicht einmal die Mühe, aufs Display zu schauen, um zu sehen, wer es war. Der Anrufbeantworter würde sich darum kümmern.

Die Müdigkeit schien während der Dusche im Dezernat förmlich aus ihm herausgeschwemmt worden zu sein, und obwohl er ein leichtes Ziepen in den Muskeln und Sehnen der Beine und im Rücken spürte, fühlte er sich nun von einer überraschenden Energie durchströmt. Er war über den toten Punkt hinaus, und sein Körper reagierte auf den Schlafentzug, indem er Adrenalin ausschüttete, als hätte irgendein urzeitlicher Instinkt eine Gefahrensituation ausgemacht und seinen Körper gezwungen, von der Beute zum Jäger zu werden.

Lucas jedoch wusste aus Erfahrung, dass dieser Zustand anfällig und nicht von Dauer war und dass das geringste Zeichen von Entspannung genügen würde, um der Müdigkeit erneut die Oberhand zu verschaffen. Und er wusste, welchen Risiken jemand wie er sich unter diesen Umständen aussetzte, weshalb er die notwendigen Vorsichtsmaßnahmen traf.

Er streckte die Hand aus und tastete nach dem Notizblock auf dem Nachttisch. Er fand ihn an seinem üblichen Platz, wo er ihn vor einigen Stunden, zusammen mit dem Stift, hatte liegen gelassen.

Noch einmal sah er auf den Wecker, dann machte er eine Notiz und legte den Block an seinen Platz zurück.

Erst danach gestattete er sich, sich auf die Matratze sinken zu lassen. Er streckte sich aus, und der Kopf versank im Kissen. Er schloss die Augen und massierte sie mit langsamen, kreisenden Bewegungen, dann griff seine rechte Hand nach der Akte, die er von Annas Schreibtisch mitgenommen hatte, während sie schlief.

Und er fing an zu lesen.

36

Mehr als die Hälfte ihres kurzen Lebens war Angelica Furlong eine mustergültige Tochter, eine exzellente Studentin und ein braves Mädchen gewesen.

Fotos – besonders Familienfotos – lügen oft besser als Menschen, und die Fotos von Angelica strahlten die Zufriedenheit und die Selbstsicherheit eines Menschen aus, der mit beiden Füßen fest auf dem Boden steht. Eines Menschen, der jegliche Zweifel als kleines, persönliches Laster betrachtet, dem man sich nur hingibt, um die eigenen inneren Mechanismen zu schmieren, nur um nicht aus der Übung zu kommen, und um anschließend wieder zu unerschütterlicher Selbstsicherheit zurückzufinden.

Um die Augen hatte sie einen ernsten, aber freundlichen Zug, und die auffallende Nase störte den Gesamteindruck keineswegs, sondern verlieh ihrem Gesicht Persönlichkeit. Sie war keine klassische Schönheit, nicht nach den gängigen Normen, aber sogar auf den Fotos kam ihre faszinierende Ausstrahlung zur Geltung.

Angelica hatte sich für ein solides Leben entschieden, und dem entsprach auch ihre Berufswahl. Da sie besonders in Naturwissenschaften und Mathematik brillierte, hatte sie beschlossen, Chemie zu studieren.

Ihre Familie wohnte in einer Vorstadt im Norden von Haven, in einem Wohnviertel mit exakt rechteckig angelegten

Straßen. Jedes der zweistöckigen, pastellfarbenen Einfamilienhäuser hatte einen einladenden Patio auf der Vorderseite und einen kleinen, aber gepflegten Garten auf der Rückseite. Die Highschool des kleinen Ortes stand an demselben Platz, an dem sich auch das Rathaus, die Bibliothek und die Kirche befanden, außerdem ein kleines Schreibwarengeschäft, der Sitz der Anonymen Alkoholiker, ein Schnellimbiss, der vor allem von Schülern frequentiert wurde, und ein modernes, aber unprätentiöses Restaurant.

Angelica hatte in den vier Jahren Highschool im eigenen Licht geglänzt. Klassensprecherin, Bestnoten, geschätzt von den Lehrern und beliebt bei den Mitschülerinnen und Mitschülern.

Wer sie kannte, zögerte nicht, sie als zielstrebig und entschlossen zu beschreiben, aber das war sie auf eine warmherzige Art, die gleichzeitig bodenständig und zukunftsorientiert war.

Und ihre Zukunft als Akademikerin hatte in der Stadt liegen sollen.

»Wissen Sie, sie war die Einzige hier, die richtig Grips hatte, wissen Sie, schon als wir noch klein waren.«

Lisa war auch nach der Highschool ihre beste Freundin geblieben. Freundinnen in guten Tagen, die es immer gegeben hatte, wie in schlechten, die viel zu früh und ungerechterweise über sie hereingebrochen waren. Lisa hatte sich für ein Literaturstudium an einer anderen Universität entschieden, aber sie hatten beide ihre Eltern dazu gebracht, ihnen eine Wohnung auf halbem Weg zwischen den beiden Instituten zu mieten, in der die Mädchen zusammenwohnen konnten.

»Ich weiß noch, wie wir elf, vielleicht zwölf Jahre alt waren. Wir lagen in einem Tulpenfeld, wissen Sie, eins von denen in den Hügeln, gleich hinter der Stadt. Wir haben in die Wolken geschaut. Aber während ich versucht habe, die Formen zu erkennen, und darüber spekuliert habe, welche am meisten dem Jungen ähnelte, für den ich gerade schwärmte, hat Angelica … sie gezählt, verstehen Sie? Als wollte sie sie ordnen. Sie hat sie nach Größe sortiert, nach Dichte, dann nach Farbe …«

Wenn man Fotos betrachtet, um hinter ihre Geheimnisse zu kommen, muss man auch versuchen, die Schatten darauf zu erkennen. Ihre Tiefe, die Stellen, an denen sie sich verdichten, die verborgenen Winkel, in denen sie sich verstecken. Auf dem Foto für den Studentenausweis, das gemacht worden war, als Angelica sich eingeschrieben hatte, waren es jedoch noch wenige und nicht besonders tiefe Schatten.

Doch im ersten Jahr ihres Chemiestudiums erkrankte ihre Mutter. Das Mädchen wechselte das Fach und schrieb sich im zweiten Jahr für Medizin ein. Sie hatte den ganzen Sommer für die Prüfungen gelernt, die sie zum Fachwechsel absolvieren musste, um nicht ein Jahr zu verlieren. Zwischen September und Oktober hatte sie alle Prüfungen absolviert.

Weihnachten hatte sie im Schlafzimmer ihrer Mutter gefeiert.

Ihr Vater war zwar nach Hause gekommen, aber nur für einen Kurzurlaub: Es ging nicht anders, auch wenn Weihnachten war.

Im Sommer darauf, Mitte Juni, starb Angelicas Mutter. Der Vater hatte einen Antrag gestellt, mit anderen Aufgaben betraut zu werden, damit er näher bei seiner Tochter sein konnte. Weil er das Gefühl hatte, sie brauche ihn.

Da waren die Schatten aus ihrem Versteck gekommen.

»Den ganzen Sommer nach Maddies Tod hat sie so gut wie kein Wort gesprochen. Sie hatte immer ein paar Bücher dabei, irgendwelche Lehrbücher, und damit legte sie sich auf den Rasen und lernte.«

Lisa hatte sogar auf ihre Ferien verzichtet, um bei Angelica zu bleiben. Aber das Schweigen, mit dem ihre Mitbewohnerin, ihre Kindheitsfreundin, ihr diese Geste dankte, hatte sie beinahe bereuen lassen, nicht mit ihren Freunden weggefahren zu sein.

Ein weiteres akademisches Jahr begann. Angelica hatte sich wieder für Chemie eingeschrieben.

»Sie sagte, es nütze ihr nichts mehr, Medizin zu studieren. Ihre Mama sei ja tot.«

Lisa hatte ihr nicht widersprechen können. Und ihr Vater, dessen Versetzung immer noch nicht bewilligt worden war und der nicht wusste, ob sie es je würde, war nicht ausreichend präsent, um ihr den Weg zu weisen. »Ich habe ihn immer mal getroffen, wenn er da war. Man hat schon gemerkt, dass er sich bemüht hat, für Angelica da zu sein, aber seine Arbeit hat es ihm nicht erlaubt, zumindest nicht so, wie er es gewollt hätte. Vielleicht war das auch ein Grund, warum er immer so … voller Wut war.«

Die erste Verhaftung erfolgte wenige Tage vor den Weihnachtsferien.

»Sie hatte angefangen, sich immer mehr im Labor der chemischen Fakultät einzuschließen. Doch dann, ab einem gewissen Punkt, war es, als sei sie irgendwie aufgewacht, als hätte sie die Trauer und die Depression abgeschüttelt. Von da an wurde es immer schlimmer.«

Anfangs hatte Lisa sich gefreut zu sehen, wie ihre Mitbewohnerin endlich wieder zu leben anfing.

»Ich hatte sie schon so lange nicht mehr lächeln sehen, dass ich manchmal gar nicht mehr wusste, wie es aussah.«

Doch es schien, als passe ihr das sittsame Leben, das sie bis dahin geführt hatte, nicht mehr. Als ergäbe alles, was ihr passiert war, ein großes Minus auf der einen Seite einer Gleichung, und als bräuchte sie nun auf der anderen Seite der Gleichung ein großes Pluszeichen, um das Minus wieder auszugleichen.

Mehr Freunde. Mehr ausgehen. Mehr Kneipen, in denen man mehr Bier trinken konnte. Und mehr harte Drinks.

»Irgendwann konnte ich nicht mehr mit ihr mithalten. Ich hab es nicht mehr geschafft, sie im Auge zu behalten, und das tut mir am meisten leid. Vielleicht bin ich mit schuld daran, dass sie verschwunden ist. Vielleicht ist sie verschwunden, weil ich sie allein gelassen habe. Aber ich … ich hab es einfach nicht mehr geschafft.«

Angelica war es gelungen, ihr neues Leben vor ihrem Vater, der immer noch weit weg wohnte, zu verbergen, und sie hatte Lisa angefleht, ihm nichts zu sagen.

Während ihre Noten immer schlechter wurden, ohne jedoch jemals unter ein gewisses Niveau zu sinken, das ihr den Verbleib an der Universität und den Zugang zur Bibliothek, zum Labor und zu den Vorlesungen garantierte, feierte sie immer heftiger.

»Manchmal kam sie nicht mal mehr zum Schlafen nach Hause. Ich wusste nicht, wo sie war, was sie machte und mit wem. Weil ich zur Stimme der Vernunft geworden war, hatte sie mich ausgeschlossen.«

Am Ende war Lisa zu ihrem Freund gezogen, weil sie das selbstzerstörerische Verhalten ihrer besten Freundin nicht mehr mit ansehen konnte.

Und Angelica hatte endlich freie Bahn.

Als die Polizei zum ersten Mal mit einem Haftbefehl bei ihr aufkreuzte, fand sie alles andere als eine typische Studentenbude vor.

Auf den Fotos, die die Beamten geschossen hatten, nisteten die Schatten überall. Im Kleiderschrank, in dem sich unordentlich die Anziehsachen türmten. Im Kühlschrank mit der kaputten Lampe und in den darin aufbewahrten Behältern mit einer durchsichtigen Flüssigkeit – das bisschen Platz, das noch blieb, wurde von Fertiggerichten beansprucht, von denen die meisten das Mindesthaltbarkeitsdatum längst überschritten hatten. So stand es in den Berichten, die zu den Fotos gehörten. Die Schatten sammelten sich auch unter dem Tisch im Wohnzimmer, wo die Bücher sich stapelten, die aus dem Regal geworfen worden waren, um Platz für braune Pappschachteln, durchsichtige Plastiktütchen und Ampullen aus Glas zu machen. Und sie sammelten sich auf dem Tisch, auf dem eine chemische Apparatur thronte, die aussah wie ein Destillator.

Man hatte ihr nicht nachweisen können, dass sie mit Drogen handelte. Und auch nicht, dass dieser spezielle Zusatzstoff, den sie hergestellt hatte und der in Verbindung mit Methamphetaminkristallen eine Substanz namens Happy End ergab, ihre Erfindung war. Mit Sicherheit aber stellte sie diesen Zusatz zu Hause her. Und dank seiner war Happy End inzwischen beliebter geworden als Kokain, auch weil es weniger kostete.

»Angelica ist ja nicht dumm, im Gegenteil. Als sie angefangen hat, Medizin zu studieren, wusste sie bereits, dass man nichts mehr für ihre Mutter tun konnte, außer ihr Leiden zu lindern. Also hatte sie sich auf Schmerztherapie konzentriert. Und als ihre Mutter gestorben war …«

Hatte Angelica einen Weg gefunden, ihre Kenntnisse in Chemie und Medizin zu nutzen, um den eigenen Schmerz zu lindern.

Die Apparatur war beschlagnahmt worden, genau wie die Wohnung.

Nach einigen Tagen war Angelica wieder aus dem Gefängnis entlassen worden und erwartete ihren Prozess.

»Die Kaution war nicht sehr hoch, ich habe sie bar bezahlt, weil sie mich in dem einzigen Telefonat, das ihr zustand, flehentlich darum gebeten hat. Ich hätte es nicht tun müssen.«

Gegen den erklärten Willen ihres Freundes hatte Lisa nicht nur die Kaution für Angelica bezahlt, sondern sie nach ihrer Entlassung auch bei sich zu Hause aufgenommen.

»Ich habe ihr gesagt, sie könne bleiben, solange sie will. Aber das hatte ich natürlich nicht wirklich so gemeint, und sie muss das verstanden haben.«

Zwei Tage später war Angelica verschwunden.

37

Er wusste nicht, wie es hatte passieren können. Er musste eingeschlafen sein. So viel war sicher.

Das Licht über dem Badezimmerspiegel leuchtete brutal jede Vertiefung im Gesicht des Unbekannten aus, der sich darin spiegelte. Das Gesicht eines Geistes.

Er erinnerte sich nicht mehr, wie er hier hereingekommen war. Aber im Grunde wusste er nicht einmal mehr, was das Letzte war, woran er sich überhaupt erinnerte.

Erschrocken wich er zurück, als fürchtete er, dass der Geist, der ihn so zornig aus dem Spiegel anschaute, auf ihn losgehen würde, um ihm dieses Gesicht mit den fremden Zügen herunterzureißen, aber die Silhouette im Spiegel beschränkte sich darauf, kleiner zu werden. Lucas stieß gegen eine Bank, ein Behälter mit Flüssigseife und ein paar Handtücher fielen zu Boden.

Blinzelnd, seine Augen fühlten sich gereizt an, die Lider bleischwer, ging er aus dem Bad ins Schlafzimmer.

Das Bett war gemacht, aber jemand hatte darauf geschlafen. Auf dem Kissen war noch der Abdruck eines Kopfes zu sehen.

Der Wecker auf dem Nachtschrank gab ein intermittierendes Geräusch von sich.

Dieses Geräusch folterte sein Trommelfell …

Dieses Geräusch kam nicht aus seinem Inneren, wie er geglaubt hatte. Er trat an den Nachttisch und drückte wahllos auf die Knöpfe des Weckers, bis er den Alarm ausgeschaltet hatte. Auf dem Ziffernfeld stand neun Uhr neunzehn.

Die Übelkeit und die Verwirrung waren überwältigend. Er ließ sich auf die Kante des unbekannten Bettes in dieser unbekannten Wohnung fallen und dachte an das unbekannte Gesicht, das er im Spiegel gesehen hatte.

Mit den Fingerspitzen massierte er sich so fest die Schläfen, dass die Nägel in die zarte, dünne Haut über dem Knochen eindrangen und rote, halbmondförmige Vertiefungen hinterließen.

Er musste irgendetwas finden, woran er sich festklammern konnte, wie ein der Gewalt des Seegangs ausgesetzter Schiffbrüchiger.

Er schaute sich um. Da war nichts, was er wiedererkannte. Die innere Leere, die Abwesenheit jeglichen Gefühls trieb ihn an den Rand einer Panikattacke.

Das Bett war ein vom Sturm aufgewühlter See. Die kahlen Wände und die Decke waren im Wind schlagende Segel. Der Boden schien unablässig zu verschwinden und wieder aufzutauchen und wand sich in wilden Strudeln. Der Schrank war kurz davor, sich von der Wand zu lösen und auf ihn zu stürzen. Durch das Fenster quoll Licht wie rotes Blut aus orangefarbenen Wunden. Der Wecker auf dem Nachttisch war ein Folterinstrument. Daneben lag ein weißes Taschentuch, nein, ein Blatt Papier, vielleicht eine Karte mit nicht entzifferbaren Hieroglyphen.

Gegen die Wellen der Übelkeit ankämpfend, beugte Lucas sich langsam, Zentimeter um Zentimeter, zu dem Stück Papier vor. Stirn, Wangen und Hals waren mit einem Film aus kaltem Schweiß bedeckt.

Er kniff die Augen zu und öffnete sie wieder. Sie brannten. Er strengte sich an, um scharf zu sehen. Er spürte, dass es wichtig war.

Aber die schwarzen Zeichen auf dem Blatt verflochten sich miteinander, als hätten sie ein Eigenleben, sie verschwammen und verwandelten sich vor seinen Augen.

Erneut schloss er die Augen und schlug sie wieder auf. Er fixierte den Blick, und ganz allmählich stabilisierten sich die schwarzen Umrisse, die Zeichen lösten sich voneinander, es erschienen runde Formen und gerade Striche und kleine weiße Löcher.

Seine Lippen zitterten, dann fingen sie an, sich zu bewegen, immer artikulierter.

Er wiederholte die Worte, die er las. Erst eins nach dem anderen, mit langen Pausen dazwischen. Dann verband er sie in einem Singsang miteinander.

Er wiederholte sie mit lauter Stimme und lauschte den eigenen Worten.

Die Atmung normalisierte sich. Der Herzschlag beruhigte sich.

Er schloss die Augen und öffnete sie wieder.

Jetzt erinnerte er sich.

Erschöpft ließ er sich ins Kissen fallen. Kleine Spasmen huschten wie leichte elektronische Reize durch jeden Muskel, vom Gesicht bis zu den Füßen.

Das passierte ihm nicht oft. Aber Kathryn hatte ihn gewarnt.

Einmal, in den allerersten Tagen, den schlimmsten, war sie Zeugin einer seiner Depersonalisierungsepisoden geworden. Er hatte agiert, ohne sich dessen bewusst zu sein, fast, als wäre er gar nicht anwesend. Kathryn hatte alles mit angesehen, aber es schien sie nicht erschreckt zu haben.

Dank ihr wusste Lucas, dass das Risiko größer war, wenn er plötzlich aus dem Schlaf gerissen wurde oder wenn er eine Zeitlang nicht genug Schlaf bekam oder längere Zeit unter starkem Stress stand.

»Bei deiner Arbeit ist es natürlich nicht ganz einfach festzulegen, wann der Stress zu stark wird«, hatte sie gesagt und dabei kurz aufgelacht, um die Stimmung etwas aufzulockern. Lucas erinnerte sich an Kathryns Hände auf seinen Schultern, und dann auf den Wangen und der Stirn. Die kühle, leichte Berührung, forschend, aber in gewisser Weise auch beruhigend.

Lucas ließ sich vom Rhythmus seines Atems leiten. Gleichmäßig, verlangsamt.

Das wenn auch blasse Licht des Morgens wärmte ihn nach und nach auf.

Die Spasmen ließen allmählich nach, um dann ganz zu verschwinden. Es blieb nur noch der Atem.

Als er sich wieder klar genug fühlte, nahm er sich den Ordner vor, den er Anna Wayne abgenommen hatte. Es war die Akte zu dem Fall, an dem sie gerade arbeitete. Für den sie jetzt *beide* verantwortlich waren.

Er enthielt fünf Mappen.

Eine mit einem allgemeinen Bericht zum Stand der Ermittlungen, mit den kriminaltechnischen Erkenntnissen und dem kriminologischen Profil, das Anna selbst erstellt hatte. Die anderen vier waren den Opfern gewidmet, für jedes Mädchen eine Mappe. Sie enthielten die Berichte der Beamten, die an den Tatorten gewesen waren. Die Transkripte der Zeugenvernehmungen. Eine Zusammenfassung der Autopsieergebnisse und der Spurensicherung an den jeweiligen Auffindungsorten. Und Fotos.

Bilder der Leichen, Detailaufnahmen von den Fundorten. Schnappschüsse der Mädchen, die von Freunden oder Verwandten stammten. Familienfotos. Fotos voller Lächeln und Licht. Fotos voller Schatten.

Lucas schlug die Mappe zu Angelica Furlong auf und blätterte sie noch einmal durch.

Es gab viele Fotos von dem Mädchen, die den Ermittlern überwiegend von Lisa, ihrer Herzensfreundin, zur Verfügung gestellt worden waren. Darauf waren sie zusammen zu sehen oder Angelica allein. Der Tag des Abiturs. Der erste Tag an der Universität. Ihre erste gemeinsame Wohnung. Die erste Party. Die ersten Jungs. Das Alter, in dem nie irgendetwas wirklich zu Ende ist, weil jedes Ende immer auch der Anfang von etwas ist.

Dann eine andere Angelica: die Angelica, zu der sie nach dem Tod ihrer Mutter geworden war. Offensichtlich rebellischer, hemmungsloser. Doch sie lächelte nie. Auch im hellsten und wärmsten Licht schwebte ein Schatten über ihrem Gesicht.

Und schließlich ein einziges Foto, das sie, noch auf der Highschool, zusammen mit ihren Eltern zeigte. Zusammen mit der Mutter, die wenig später sterben sollte. Und mit dem Vater.

Ein hochgewachsener Mann mit entschlossenem, energischem Gesicht, mit muskulösen Armen und drahtigem Körperbau. Die Haare kurz geschoren. Auf dem Foto sah er aus, als stünde er stramm.

Lucas betrachtete das Gesicht forschend, so lange, dass es ihm wie eine Ewigkeit vorkam.

38

Während ich wach lag – nach dem Albtraum hatte ich nicht mehr einschlafen können –, hatte ich zugehört, wie das Dezernat langsam zum Leben erwachte. Das Stimmengewirr, gedämpft durch die geschlossene Tür, drang durch die Korridore bis zu mir. Wie Billardkugeln prallten die Stimmen meiner Kollegen von den Wänden ab, um auf Umwegen mein kleines Büro zu füllen.

Unruhig wälzte ich mich hin und her, bis ich schließlich beschloss aufzustehen.

Die Dämmerung hatte einem grauen Morgen Platz gemacht. Rostrote Lichtstrahlen malten Streifen in die Luft vor dem winzigen Fenster und leuchteten den Staub an, der im Zimmer tanzte.

Aus einem kleinen Schrank nahm ich, was ich brauchte. Zum Glück hatte ich immer Wechselklamotten im Büro. Eine der vielen Lektionen, die mich das Leben gelehrt hatte, das so anders war, als ich es mir damals auf der Schule vorgestellt hatte, als ich mich entschied, Kriminologie zu studieren, wenn ich mal groß war.

Wenn ich mal groß war … Was sich einem nie jemand zu sagen traut, während man noch heranwächst, ist ja, dass Erwachsenwerden nicht bedeutet, dass man große Ziele verfolgt, sondern dass man lernt, großen Schmerz hinter sich zu lassen.

Nachdem ich im Untergeschoss des Dezernats geduscht und – unter den neugierigen und taktlosen Blicken einiger uniformierter Kollegen, die angesichts meiner noch nassen Haare halblaut irgendwelche sexistischen Sprüche austauschten – mit dem Aufzug wieder nach oben gefahren war, ging ich durch den Flur zu meinem Büro und öffnete die Tür.

Ich erkannte den Geist, der an meinem Schreibtisch saß, weil er einem Menschen ähnlich sah, den ich kannte.

Aus unerklärlichen Gründen musste ich kurz an das seltsame Gefühl ein paar Stunden zuvor denken: das Gefühl, dass mich jemand beobachtet hatte, während ich schlief.

»Lucas, was machen Sie denn hier?«

Der Geist stand auf und wedelte mit etwas herum, das ich nicht auf Anhieb erkannte. Er reichte es mir: Es war ein Foto.

Ein Foto der Familie Furlong: Maddie, Hannibal und die Tochter, Angelica Furlong.

»Was können Sie mir über ihn sagen?«, fragte er und zeigte auf den Mann, der auf dem Foto strammzustehen schien.

»Woher haben Sie das Foto?«, fragte ich.

Lucas nahm etwas von meinem Schreibtisch und zeigte es mir. Es war die Akte zum Fall der Mädchen.

»Die lag hier unter Ihrer Jacke, und ich habe mal einen Blick hineingeworfen. Was können Sie mir über ihn sagen?«

Das Telefon klingelte. Ich wusste, es war absurd, aber ich hatte das Gefühl, als hörte ich aus dem Klingeln eine leichte Verärgerung heraus. Jedenfalls ignorierte ich es. Lucas schwieg, bis das Gerät es ebenfalls tat.

»Seit ich hier bin, versucht jemand, Sie zu erreichen. Vielleicht sollten Sie drangehen«, sagte er dann.

Aber ich konnte mir sehr gut vorstellen, wer da mit solcher Beharrlichkeit versuchte, mich zu erreichen, und ich hatte nicht die geringste Absicht, mich jetzt *diesem* Gespräch zu stellen. Erst wollte ich wissen, warum Lucas mir in meinem Büro aufgelauert hatte.

»Ist jetzt nicht so wichtig. Wieso fragen Sie mich nach Hannibal Furlong?«

»Seiner Haltung nach zu urteilen war er beim Militär. Stimmt das?«

»Ja, kann gut sein. Aber was spielt das für eine Rolle?«, fragte ich, auch wenn ich den vagen Eindruck hatte zu wissen, worauf er hinauswollte.

»Was hat er beim Militär gemacht?«

»Keine Ahnung.«

»Könnten Sie es herausfinden? Könnten Sie herausfinden, welches seine offiziellen Aufgaben waren und ob seinem Antrag auf Versetzung stattgegeben wurde? Ich habe nicht die nötigen Zugriffsrechte, aber Sie kommen doch in die Datenbanken der Army, oder?«, drängte er.

»Nicht, solange Sie mir nicht sagen, worum es geht.«

»Vertrauen Sie mir.«

»Ich habe Ihnen schon vertraut, Lucas. Und nicht zu knapp. Sie wissen nicht, was …«

Wieder unterbrach mich ein Telefon, mein Handy vibrierte, das ich in der Jackentasche gelassen hatte.

»Wer auch immer das ist, er möchte Sie wirklich dringend sprechen, Anna«, meinte Lucas und sah mir in die Augen. Ich fühlte mich unwohl unter seinem Blick, irgendetwas an ihm war anders, auch wenn ich nicht hätte sagen können, was es war.

»Ich kümmere mich später darum, Lucas, wir können jetzt …«

Ich ließ den Satz in der Luft hängen, zu schockiert, um fortzufahren.

Ohne sich die Mühe zu machen, mich um Erlaubnis zu fragen, hatte Lucas mit einer Mausbewegung meinen Computer aus dem Stand-by-Modus geweckt. Der Lüfter fing an zu summen.

»Darf man erfahren, was Sie da vorhaben?«

Lucas sah mich an, dann ließ er seinen Blick durch mein Büro schweifen und schaute sich um. Als er sich wieder zum

Monitor umwandte, waren seine Finger auf der Tastatur schon an der Arbeit. Er gab irgendetwas ein und drückte schließlich auf Return.

Der metallische Ton bestätigte mir, dass es ihm nicht gelungen war, Zugang zu bekommen.

»Versuchen Sie, mein Passwort zu knacken?«, fragte ich und verschränkte die Arme vor der Brust. Ich war natürlich verärgert darüber, wie er in meine Privatsphäre eindrang, aber vor allem war ich neugierig: Ich wollte wissen, wie weit er gehen würde und warum.

»Ich muss etwas herausfinden. Das ist alles«, sagte er, als ob das nichts wäre, und schaute sich nochmals um, bevor er sich weiter dem Bildschirm zuwandte.

Nach kurzem Zögern gab er erneut etwas ein. Und drückte die Return-Taste.

Ich hörte nichts.

Als ich den Schreibtisch umrundete und mich hinter ihn stellte, sah ich, dass er drin war. Es war ihm gelungen, meinen Rechner zu knacken. Als Desktop-Hintergrund das Foto meines Katers.

Ich war sprachlos.

»Wie …«

»Sie leiden unter einer leichten Zwangsstörung, die Sie allerdings auch ohne Medikamente einigermaßen im Griff haben. Aber sie prägt Sie: Alles muss seine Ordnung haben, nach genau vorgegebenen Kriterien. Nehmen wir zum Beispiel Ihre Bücher in dem Regal da«, sagte er mit ruhiger Stimme und zeigte auf das Bücherregal, das ich in den einzigen freien Winkel meines kleinen Büros gequetscht hatte. »Sie sind alphabetisch geordnet. Und nicht nur das, sondern auch nach dem Erscheinungsjahr. Und Ihr Auto sieht auch aus, als käme es direkt vom Händler.«

»Haben Sie was gegen ordentliche und saubere Menschen, Lucas?«

»Nein.«

Er streckte die Hand aus und strich mir über den Arm. Die Geste verblüffte mich und machte mich sprachlos: Es war das erste Mal, dass er körperlichen Kontakt aufgenommen hatte. Als wir uns gestern das erste Mal begegnet waren, hatte ich ihm die Hand hingestreckt, und mir war aufgefallen, wie er einen Wimpernschlag lang gezögert hatte, bevor er sich dazu durchgerungen hatte, sie zu schütteln, als würde er sich einem gesellschaftlichen Ritual beugen, das er in Wirklichkeit verabscheute.

Jetzt jedoch nahm er dieselbe Hand von meinem Arm und rollte etwas Unsichtbares zwischen Zeigefinger und Daumen.

»Sie sind ordentlich und sauber. Außer, was Ihren Kater angeht.«

»Es sind nur zwei Haare, Lucas.«

»Tja. Aber es reicht, um ihn als das wichtigste Lebewesen in Ihrem Leben auszuweisen. Zumindest im Augenblick.«

»Sagen Sie mal, was erlauben …«

»Sie sind sehr einsam«, fiel er mir ins Wort, immer noch in diesem ruhigen, fast vollkommen emotionslosen Ton.

»Ich erlaube Ihnen nicht, mich zu beurteilen.«

»Das tue ich nicht. Ich stelle fest. Sie sind ein sehr einsamer Mensch«, entgegnete er, »aber das ist etwas, was ich sehr gut nachvollziehen kann. Glauben Sie mir. Und ich kann auch verstehen, warum Watson, Ihr Kater, so wichtig für Sie ist.«

»Ich bin kein besonderer Fan von Sherlock Holmes, Lucas.«

»Nein. Aber Sie sind Akademikerin. Und wie ich dem Profil entnehme, das Sie von dem Täter gemacht haben«, fuhr er fort und tippte mit den Fingern auf die Akte, »verfolgen Sie einen behavioristischen Ansatz der Kriminologie. Watson …

Sie haben den Namen als Passwort genommen. Er erinnert Sie daran, wer Sie sind und was Sie hier tun. Der zweite Teil des Passworts hat mir anfangs Probleme bereitet, aber dann war es mir schnell klar. Sie müssen es jeden Monat wechseln, nicht wahr? Folglich habe ich die beiden Ziffern angehängt, die zum aktuellen Monat passen.«

Ich wusste nicht mehr, was ich sagen sollte.

Es war nicht nur die Verblüffung darüber, dass er mich so akkurat und mit solcher Leichtigkeit »lesen« konnte. Um bei der Wahrheit zu bleiben, hatte ich mir keine große Mühe gegeben, um zu verbergen, welche Zuneigung ich meinem Kater entgegenbrachte, und es war nicht allzu schwierig, sich mein Bücherregal anzusehen und festzustellen, dass dort Bücher von John Watson standen, dem Begründer des Behaviorismus. Er war der Autor, der mich am stärksten beeinflusst hatte, seine Bücher hatten meine Karriere bestimmt. Und die Ausgaben, die ich im Büro aufbewahrte, waren ganz sicher nicht die wertvollsten, aber vor allem die unübersehbar zerlesensten. Wenn ich die Sache mit seinen Augen betrachete, mit den Augen eines Menschen wie Lucas, dann war die Schlussfolgerung eher simpel. Und ich – das musste ich zugeben – ziemlich vorhersehbar.

Doch was mich traf, so sehr, dass sofort diese instinktive Wut in mir hochkochte, die mich quälte, war die Art und Weise, wie er gestanden hatte, meine Einsamkeit zu verstehen. Sie *gut* zu verstehen.

Zum ersten Mal hatte ich spürbar so etwas wie Gefühl aus dem herausgehört, was er sagte.

Ich versuchte, mich zu beruhigen: Die Situation entglitt mir, die unablässig klingelnden Telefone und Lucas beunruhigende Gegenwart gingen mir auf die Nerven; ich riskierte, die Kontrolle zu verlieren.

»Okay. Gut. Sie sind in meinen Computer reingekommen, prima. Was wollen Sie jetzt?«

»Die Datenbank des Heeres. Kommen Sie da rein?«

Ich seufzte. So leicht würde ich ihn nicht loswerden. Er war hartnäckig, das musste ich ihm zugestehen. Vor allem, weil es ein Charakterzug war, in dem er mich sehr gut spiegelte.

»Komme ich, aber nur auf sehr niedrigem Niveau.«

»Das könnte schon reichen, glaub ich. Bitte, gehen Sie rein und sehen Sie nach, ob Sie an die Daten von Hannibal Furlong kommen.«

Ich sah auf die Uhr. Es war fast elf. Wenn etwas passieren musste, dann würde es bald passieren. Deshalb durfte ich nicht zu viel Zeit mit Lucas' Marotte verschwenden.

Oder Eingebung, sagte ich mir. Im Grunde hatte ich ja schon gelernt, seine intuitiven und deduktiven Prozesse nicht zu unterschätzen.

Ich beugte mich neben ihm vor, streifte dabei seinen Arm und zog die Tastatur zu mir, dann gab ich den Zugangscode zur Datenbank des Heeres ein.

Lucas stand auf und überließ mir den Platz.

Dank eines Falles, mit dem ich mich im Vorjahr hatte beschäftigen müssen, hatte ich noch eine basale Zugangsberechtigung. Sie reichte gerade, um die Personaldatenblätter einzusehen, in denen allerdings meist nur sehr rudimentäre Informationen standen.

Ich gab Hannibal Furlongs Namen in die Suchmaske ein. Einige Sekunden später lieferte mir die Datenbank die Angaben zu seiner Person und seinen militärischen Dienstrang. Sofort sah ich in die Ecke rechts unten.

»Wollten Sie wissen, ob er versetzt worden ist? Die Antwort lautet nein. Er ist nicht versetzt worden: Er hat um seine Entlassung gebeten. Er ist praktisch zurückgetreten.«

»Wann?«

Ich sah auf das Datum.

»Direkt nach dem Verschwinden seiner Tochter.«

»Was steht sonst noch da?«

Das Telefon begann wieder mit seinem nervtötenden Lamento. Ich konnte mich nicht davon abhalten, wieder auf die Uhr zu sehen. Es waren nur drei Minuten vergangen, seit ich das zum letzten Mal getan hatte.

»Lucas, ich habe nicht viel Zeit.«

»Dann drucken Sie's mir aus.«

Ich erweckte den Drucker zum Leben, der, ungeachtet meiner Eile, erst einmal dreißig Sekunden ratterte und klapperte. Als er endlich bereit war, schickte ich den Befehl ab, und er fing an, Tinte auf drei Blätter Papier zu spritzen.

Ich gab sie ihm, ohne auch nur einen Blick darauf zu werfen: Ich hatte anderes zu tun. Ich schloss die Datenbank und öffnete den Browser. Als ich im Internet war, rief ich aus dem Gedächtnis die letzten geöffneten Seiten auf, um sie zu aktualisieren.

»Sie sollten Ramirez anrufen«, sagte Lucas hinter mir.

»Warum?«, fragte ich abgelenkt, ohne mich umzudrehen.

»Ich kann es nicht tun, ich bin direkt involviert. Sie nicht.«

Während ich eine Seite nach der anderen durchging und gierig nach neuen Entwicklungen überflog, versuchte ein anderer Teil meines Geistes, seinem Strang des Gesprächs zu folgen.

»Was haben Sie jetzt wieder vor? Was soll ich denn noch machen, Lucas?«

Erst in dem Augenblick fiel mir auf, dass das Telefon auf dem Schreibtisch aufgehört hatte zu klingeln und dass auch das Handy in meiner Jackentasche kein Lebenszeichen mehr von sich gab. Eine unnatürliche Stille legte sich über mein Büro.

Und erst in dem Augenblick, also zu spät, bemerkte ich die rennenden Schritte auf dem Flur, eine Art hysterischen Galopp, der immer näher kam.

Die Tür zu meinem Büro flog auf und knallte gegen das Bücherregal.

»Darf man erfahren, was zum Teufel ihr getrieben habt?«

39

Die Stimmen. Captain Gaceys Gebrüll. Anna Waynes Erwiderungen.

Diese Stimmen operierten auf Frequenzen, die die Rezeptoren in seinem Gehör mit größter Mühe in Impulse umzuwandeln versuchten, die durch den akustischen Nerv ins Entschlüsselungszentrum seines Gehirns geleitet werden konnten. Aber sein Gehirn wollte nichts davon wissen.

Es lief schon in Überlast wie ein vom Blitz getroffener Generator. Eine Überflutung mit Informationen, ein plötzlicher, nicht zu verarbeitender Energieüberhang.

Das System stand kurz vor dem Kollaps, und das war ein Risiko, das er nicht eingehen durfte, nicht in diesem Moment, nicht hier und nicht in Gegenwart dieser Leute.

Lucas versuchte, die Überstimulation einzudämmen, indem er sich auf ein einziges Thema konzentrierte.

Er fixierte den Monitor von Annas Computer. Und sein Blick traf sich mit dem blinden Blick des nicht identifizierten Subjekts, des noch namenlosen Killers.

Ungeachtet der lebhaften Diskussion, die sich in diesem Büro entspann, trat Lucas an den Schreibtisch. Er griff nach der Maus und klickte ein paarmal, hungrig wie ein Beutegreifer.

Tab um Tab zeigte ihm der Browser die Seiten der ersten Online-Aufmacher, die bekanntesten Portale bis hin zu den Klatschseiten.

Das Foto des Mannes, der die Mädchen entführt und ermordet hatte, war auf allen zu sehen.

Die Bildlegende war von Fall zu Fall etwas anders, aber das Konzept war immer dasselbe.

Lucas kehrte zur ersten Seite zurück, auf der die verbreitetste Version der Überschrift stand. Der Artikel, der das Foto begleitete, bot einen zwar unvollständigen, aber korrekten Überblick über die Ereignisse des vorangegangenen Tages. Ein Geisteskranker hatte auf einen Autobus geschossen und die Polizei in Schach gehalten, bis er sich schließlich selbst in der Wohnung getötet hatte, von der aus er geschossen hatte. Außer ihm gab es noch zahlreiche andere Opfer.

Alle identifiziert, bis auf eines.

Dessen Foto veröffentlicht wurde.

Die Polizei bittet um Ihre Mithilfe. Falls Sie sachdienliche Hinweise zu diesem Mann besitzen, setzen Sie sich bitte so schnell wie möglich mit der nächsten Polizeidienststelle in Verbindung.

Der Journalist, dessen Kürzel unter dem Artikel stand, Stephen McCoy, hatte getan, was ihm und Anna verboten worden war.

»Wessen Scheißidee war das? Ihre oder die von diesem Psychopathen hier?«

Abrupt kehrte Lucas in sich selbst zurück.

Die Lautstärke von Gaceys Stimme schmerzte ihn nicht mehr wie eben noch. Er nahm die Aggressivität und die Anspannung wahr und beeilte sich, den Computer auszuschalten, bevor der Captain auf den Monitor blicken konnte.

»Finden Sie's raus, Gacey. Ich weiß, dass Sie es schaffen können. Schließlich sind Sie ja auch Polizist, oder? Aber in der Zwischenzeit lassen Sie mich in Ruhe. Ich hab zu tun.«

Lucas bemerkte, dass, während Gacey die Nerven verlor und sich wild gestikulierend Luft verschaffte, Anna Wayne ruhig blieb: Die Beine in den Boden gestemmt, stand sie vor ihm, die Arme locker an den Seiten herunterhängend und nicht vor der Brust verschränkt, wie man es von jemandem hätte erwarten können, der beschuldigt wird und das Bedürfnis verspürt, sich zu verteidigen. Lucas erkannte, dass sie sich in der Tat keiner Schuld bewusst war: Sie wollte nur, dass dieser Fall so schnell wie möglich aufgeklärt wurde.

»In Ruhe? Ich soll Sie in Ruhe lassen, habe ich das richtig gehört? Unsere Telefone laufen heiß, ist Ihnen das eigentlich klar? Ein Albtraum ist das. Die Presse und das Fernsehen wollen wissen, warum wir mitten in der Nacht die Nachricht rausgehauen haben, warum wir keine Pressekonferenz gegeben haben. Und ich kann denen ja wohl schlecht auf die Nase binden, dass wir ein Informationsleck hatten.«

»Erfinden Sie halt eine passende Ausrede. Das ist Ihr Job. Der Rest geht mich nichts an.«

»Der geht Sie sehr wohl was an. Wenn die uns ins Visier nehmen, dann weil sie wissen, dass wir etwas verbergen. Und das ist Ihre Schuld, Ihretwegen kann uns das Ganze um die Ohren fliegen.«

»Ihnen um die Ohren fliegen, wollen Sie wohl sagen. Denn das ist das Einzige, wofür Sie sich interessieren.«

»Jetzt reicht es, Wayne. Ich lasse nicht zu, dass Sie …«

»Und ich lasse mich hier nicht beschuldigen, Captain, ohne dass Sie irgendetwas in der Hand haben. Ich lasse nicht zu, *Captain*, dass Sie sich unbefugt in meine Ermittlung, in meinen *Fall* einmischen.«

»In *Ihren* Fall? Den kann ich Ihnen jederzeit entziehen. Ist das klar?«

»Sonnenklar. Und ich versichere Ihnen, dass ich das sogar verkraften würde. Kein Problem, *Captain.*«

Lucas sah den Schatten eines Grinsens über die Lippen der Kollegin huschen.

»Ich frage mich nur, was die Eltern der Opfer denken, wenn ich ihnen sage, dass ich ihnen nicht weiterhelfen kann. Wenn ich ihnen sage, dass ich dem Mörder ihrer Töchter keinen Namen geben kann. Dass ich nie offen aussprechen durfte, dass zwischen den Fällen eine Verbindung besteht, weil meine Vorgesetzten mich aus politischen Gründen daran gehindert haben …«

»Sie können denen sagen, was Sie wollen. Das interessiert mich nicht. Wir haben einen Schuldigen, oder? Den Namen finden wir mit effizienter Polizeiarbeit schon noch heraus. Eine Arbeit, die mit Sorgfalt und Diskretion verrichtet wird. Auf die gute alte Art. Dem ist nichts hinzuzufügen.«

» … und wenn ich ihnen erst einmal alles gesagt haben werde, was ich denke und was ich weiß, Gacey, dann glaube ich nicht, dass es mir gelingen wird, sie daran zu hindern, mit den Journalisten zu sprechen.«

Gacey hielt mitten in der Bewegung inne, die Hände noch in der Luft. Lucas beobachtete, wie er den Mund schloss und sein Blick härter wurde, sich verfinsterte.

»Wayne, Sie können unmöglich …«

»Nein. Sie haben recht. Ich kann nicht. Sie aber schon. Die Eltern dieser Mädchen können tun und lassen, was sie wollen.«

»Sie stehen nur einen Schritt vom Abgrund entfernt, Wayne. Darüber sind Sie sich hoffentlich im Klaren. Sie sind nur einen Millimeter …«

Ein Beamter erschien in der Tür. Sein Atem ging rasch, als wäre er durch alle Stockwerke des Dezernats gerannt.

»Captain Gacey, da sind Sie ja, Sir.«

»Was ist denn jetzt schon wieder?«, brüllte Gacey.

»Es tut mir leid, wenn ich Sie unterbreche, Sir, aber …«

»Aber was?«

»Unten ist jemand, Sir, der … der sagt, er … er würde diesen Mann kennen. Den Unbekannten, dessen Foto in allen Zeitungen war. Und es sieht ganz danach aus, als wüsste er tatsächlich, wer er ist.«

Anna schnappte sich ihre Jacke und bedeutete Lucas, ihr zu folgen.

»Wo zum Teufel glauben Sie, dass Sie hingehen?«

»Meinen Job machen, *Sir*«, antwortete Anna.

40

»Bitte fangen Sie mit Ihren Personalien an.«

»Noch mal? Ich habe doch schon alles, was ich wusste, Agent … Dempsey hieß er, glaube ich, gesagt. Warum muss ich das alles noch mal wiederholen?«

»Ich verstehe Sie, glauben Sie mir, aber ich muss Sie um Geduld bitten. Es ist eine wichtige Ermittlung, und Sie könnten uns sehr dabei helfen.«

»Wirklich?«

»Ja, wirklich.«

»Oh. Na gut. Okay, also dann.«

»Gut, danke. Fangen wir an.«

»Wo soll ich denn anfangen?«

»Bei den Personalien. Name, Vorname.«

Lucas beobachtete die Szene auf einem großen LCD-Farbmonitor, der auf einem Schreibtisch im Besprechungsraum stand, der sich neben demjenigen befand, in dem die Vernehmung stattfand. Er strengte sich an, sich nicht von Captain Gaceys Unruhe anstecken zu lassen, der hinter ihm auf und ab ging und nicht in der Lage war stillzuhalten.

Er drehte die Lautstärke hoch. Die Lautsprecher knackten leise, aber Annas Stimme und die des Zeugen waren klar und deutlich zu verstehen.

Er hatte selbst darum gebeten, nicht bei der Vernehmung dabei sein zu müssen, und vorgeschlagen, dass Anna sie führte. Einerseits wusste er, dass es für ihn besser war, die eigenen Wahrnehmungen nicht zu verfälschen. Andererseits, wie er Gacey klar und deutlich und in aller Ruhe gesagt hatte, war es Annas Fall. Der Captain hatte das nicht gut aufgenommen, hatte ihm seinen Wunsch aber auch nicht wirklich abschlagen können und zeigte jetzt seinen Ärger in einem Übermaß an Ungeduld und Hektik.

Lucas beobachtete den Bildschirm und sah, dass Anna diesem jungen Mann mit dem verwirrten Gesicht gegenüber ein Lächeln nicht ganz unterdrücken konnte.

»Scott Andrews. Ich bin dreißig Jahre alt und arbeite in der Computerbranche. Ich habe eine kleine Beratungsfirma«, setzte er mit hörbarem Stolz hinzu. »Nehmen Sie das auf?«

Anna zeigte auf die Kamera, die in einer Ecke unter der Decke angebracht war. »Sie wissen, dass wir das aufnehmen, Sie haben eine Einverständniserklärung unterschrieben.«

Der junge Mann lächelte. »Ach ja, stimmt. Krass. Und stehen die alle auf der anderen Seite und gucken zu?«, fragte er und machte schüchtern eine grüßende Handbewegung. »Kann ich die Aufzeichnungen haben, um sie meinen Freunden zu zeigen?«

»Nein, tut mir leid.«

»Oh. Schade.« Ohne aufzuhören zu lächeln, fuhr sich Andrews mit den Fingern durch die Haare.

Scott Andrews war sichtbar durchtrainiert: Unter dem Kapuzenpullover, den er sich um die Schultern gelegt hatte, und dem eng anliegenden T-Shirt konnte man die definierte Brust- und Bauchmuskulatur erahnen. Seine schwarzen Haare waren an den Seiten kurz und am Oberkopf etwas länger, wo sie sich auf dem Scheitel, mit Haargel fixiert, zu einem kleinen Kamm erhoben. Die sorgfältig gezupften Augenbrauen verliehen ihm eine etwas feminine Ausstrahlung, während der Rest seiner Erscheinung entschieden maskulin war: Nicht allzu große, dunkle Augen, wahrscheinlich schwarz, aber das hätte Lucas nicht sagen können, ohne ihn direkt vor sich zu haben. Die Nase mit dem kleinen Höcker ragte über volle Lippen, die von einem gepflegten Dreitagebart umschlossen wurden.

So wie er sprach und sich bewegte, schien Andrews die Situation einerseits etwas peinlich zu sein, andererseits begeisterte es ihn, Teil einer »wichtigen Ermittlung« zu werden. Lucas vermutete, dass der junge Mann es im Grunde seines Herzens liebte, im Zentrum der Aufmerksamkeit zu stehen, und dass er sich vielleicht nach so etwas wie der flüchtigen Berühmtheit sehnte, wie sie die Reality-Shows im Fernsehen mit ihren vorgefertigten Handlungsabläufen versprachen, die suggerierten, es handele sich tatsächlich um so etwas wie Realität.

»Scott, Sie sind zu uns gekommen, weil Sie den Mann auf dem Foto erkannt haben, richtig?«

»Constantin? Oh ja, den vergisst man nicht so leicht.«

»Constantin haben Sie gesagt?«

»Ja. Also, zumindest hat er mir gesagt, dass er so heißt. Schöner Name jedenfalls.«

»Und der Nachname?«

»Geztu. Constantin Geztu.«

»Constantin Geztu.«

»Ja, aber das Z wird wie S ausgesprochen, Gestu, verstehen Sie?«

»Ja, verstanden, danke.«

»Gern geschehen.«

»Okay. Also, Sie und Constantin …«

»Na ja, haben Sie ihn gesehen? Ach ja, klar, wahrscheinlich haben Sie ihn gesehen, oh mein Gott, natürlich haben ihn jetzt alle gesehen, auf diesem schrecklichen Foto. Glauben Sie mir, als … als Toter ist das nicht mehr dasselbe. Aber immer noch eine Augenweide, stimmt's?«

»Eine … Augenweide, haben Sie gesagt?«

»Klar. Hören Sie, Agent …«

»Wayne.«

»Krass, wie Batman! Jedenfalls, Agent Wayne, als ich ihn zum ersten Mal gesehen habe, hab ich mir gesagt: Den muss ich haben. Er war so schön … Unmöglich, ihn nicht für sich haben zu wollen.«

»Wollen Sie mir sagen, dass Sie und Geztu eine intime Beziehung miteinander hatten?«

»Wie? Oh nein. Es war unmöglich, mit ihm eine intime Beziehung zu haben.«

»War er nicht homosexuell?«

»Nicht ausschließlich. Also, ja, schon, aber nicht nur. Ich weiß, ich weiß«, setzte er dann hinzu und hob abwehrend die Hände. »Das hilft Ihnen jetzt vielleicht nicht weiter, aber das ist alles, was ich Ihnen dazu sagen kann.«

»Wie dem auch sei, Sie hatten eine Beziehung?«

»Na ja, mehr oder weniger …«

Lucas sah, wie ein seltsamer Ausdruck über das Gesicht des

Jungen huschte, vielleicht eine Mischung aus Verwirrung und Bedauern. Anna ließ ihm Zeit, seine Gedanken zu entwickeln, dann sagte sie aufmunternd: »Vielleicht ist es einfacher, wenn Sie mir alles von Anfang an erzählen, Mr. Andrews.«

»Ich habe ihn in einer Bar in der Stadt kennengelernt, ungefähr vor sechs Monaten. Und wir waren bis vor etwa einem, anderthalb Monaten zusammen.«

»Was können Sie mir über ihn sagen?«

»Na ja, ich hab Ihnen ja schon gesagt, wo er wohnt und das alles, oder?«

Lucas wartete noch auf den Bericht der Streife, die sie unverzüglich dorthin geschickt hatten. Geztu wohnte im südöstlichen Teil von Haven, einem ehemaligen Industrieviertel am Mündungstrichter des Flusses. Jahrzehntelang hatten Dutzende von Fabriken ihre verseuchten Abwässer in den Fluss geleitet. Ungeachtet dessen hatte die wachsende Verstädterung nach und nach wie eine Infektion auch diesen Teil der Stadt erfasst. Eingekesselt von Mietshäusern und Wohnanlagen und bedrängt von immer strengeren Umweltschutzauflagen, hatten die Fabriken sich geleert und ihre Betriebsstätten in die Peripherie verlagert, in die Hügel nördlich der Stadt – von wo sie immer noch, so gut wie ungestraft, ihre stinkenden Abwässer in den Fluss leiten und die Rauchsäulen ihrer Schornsteine in einen Himmel aufsteigen lassen konnten, der dort nicht schwer war vom städtischen Smog. Und von all den Betrieben waren nur noch die Gebäude übrig geblieben, leer wie Dinosaurierskelette.

Es hatte nicht lange gedauert, bis die leeren Hüllen wieder bezogen wurden. Überwiegend illegal wurden die unbenutzten Fabrikgebäude in Lofts, Sozialzentren, Tonstudios, Kunstgalerien, Drogenhöhlen, Nachtclubs umgewandelt. Das Durchschnittsalter der Bevölkerung sank, die Kriminalitätsrate stieg, und die touristische Attraktivität wuchs sprunghaft an.

Andrews' Angaben gegenüber Agent Dempsey zufolge hatte Geztu in einem Loft in einer Fabrikhalle am östlichen Rand des Viertels, direkt am Flussufer, gelebt. Die Einsatzzentrale hatte den Streifenwagen angefunkt, der der Gegend am nächsten war, und in diesem Augenblick waren zwei Beamte zu der genannten Adresse unterwegs, um sich vor Ort umzusehen. Es waren erst fünfundzwanzig Minuten vergangen, seit Andrews an der Anmeldung erschienen war und erklärt hatte, über Informationen zu dem Mann zu verfügen, dessen Bild auf allen Nachrichtenseiten im Internet zu sehen war, und zum Beleg dafür, dass er kein mythomanischer Trittbrettfahrer war, ein Foto bei sich getragen hatte.

Anna fuhr mit der Vernehmung fort.

»Ja, Mr. Andrews, wir haben bereits jemanden hingeschickt. Aber ich hätte gern, dass Sie mir helfen, Geztus Persönlichkeit zu rekonstruieren …«

Der junge Mann sah sich ein paar Sekunden schweigend um und dachte nach. Dann stieß er einen Seufzer aus, als wollte er sagen: Er ist sowieso tot, es macht nichts, wenn ich etwas über ihn preisgebe.

»Ich wusste immer, dass er irgendwann in Schwierigkeiten geraten würde.«

»Was meinen Sie damit?«

»Constantin war eben der Typ dazu. Wie die Typen in diesen alten Filmen, die immer sagen, dass sie lieber gefährlich leben wollen. Der Klassiker eben: der schöne Verdammte. Man konnte ihm einfach nicht widerstehen, das müssen Sie mir glauben.«

Zum ersten Mal, seit er seine Aussage begonnen hatte, brach seine Stimme.

»Und Sie haben ihm auch nicht widerstanden, stimmt's? Ich habe ein Foto von Ihnen beiden gesehen. Sie sahen … fröhlich aus.«

»Sie wollten zuerst *glücklich* sagen, haben es sich dann aber anders überlegt, stimmt's, Agent Wayne?« Andrews verzog die Lippen zu einem Lächeln, das sich von den vorangehenden unterschied: Dieses hier schien voller Sehnsucht. »Vielleicht war ich es ja. Glücklich, meine ich. Eine Weile wenigstens. Aber er? Ich weiß es nicht. Ich habe ihn nie ganz durchschaut, und das war auch der Grund, warum ich am Ende nicht mehr mit ihm zusammen sein wollte.«

»Also waren Sie derjenige, der die Beziehung beendet hat?«

»Ja. Ich bin zwar auch ein unruhiger Geist, aber ich habe doch zumindest einen gewissen Selbsterhaltungstrieb. Als ich mit ihm zusammen war, bin ich am Ende bei einer Psychiaterin gelandet, verstehen Sie? Und da habe ich mir gesagt, dass ich so nicht weitermachen kann.«

»Wie konnten Sie nicht weitermachen?«

Andrews ließ sich gegen die Stuhllehne fallen. Er fuhr sich mit der Hand durchs Haar, als wollte er den kleinen schwarzen Kamm glatt streichen, und dann – langsam, als beruhige ihn die Bewegung – schob er die Ärmel des Pullovers hoch und machte die Unterarme frei.

»Das ist ein bisschen … privat, Agent Wayne. Ich hab nicht damit gerechnet, dass ich hier über so etwas reden muss. Ich dachte, es reicht, dass ich ihn identifiziere.«

»Leider nein, das reicht uns nicht. Das ist zwar auch wichtig, aber es reicht nicht.«

Andrews musterte sie einen Augenblick schweigend, nachdenklich.

»Was hat Constantin denn gemacht?«, fragte er dann.

»Was bringt Sie zu der Vermutung, er hätte etwas gemacht?«

Andrews beugte sich wieder vor.

»Agent Wayne, einer meiner Lieblingsfilme ist *Das Schweigen der Lämmer.* ›Quid pro quo, Clarice‹ …«, sagte er und ahmte dabei Anthony Hopkins Stimme nach. Dann brach er in Lachen aus, ein joviales, übertriebenes Lachen, das die Lautsprecher zum Klirren brachte, über die Lucas ihre Stimmen hörte.

»Hören Sie mir gut zu, Scott. Ich kann Ihnen nicht sagen, was er getan hat, aber wir haben Verdachtsmomente. Geztu könnte in einen Fall verwickelt sein, in dem wir gegenwärtig ermitteln. Es sind ein paar Details ans Licht gekommen, die das nahelegen. Wir haben also nicht viel Zeit, um dieser Sache auf den Grund zu gehen, deshalb … Ich würde es wirklich sehr zu schätzen wissen, wenn Sie sich bemühen würden, uns zu helfen. Glauben Sie mir.«

Lucas ging mit dem Gesicht an den Monitor heran. Andrews stützte die Arme auf den Tisch und verschränkte die Finger.

»Gut. Ich habe Ihnen ja gesagt, Geztu liebte die Gefahr. Und er hatte keine Angst vor Schmerzen. Im Gegenteil, er mochte sie. Vor allem, wenn er sie jemand anderem zufügte.«

»Denken Sie, er war ein Sadist?«

»Nein, das denke ich nicht, das *weiß* ich. Das habe ich am eigenen Leib erfahren.«

»Scott, hat er Sie geschlagen?«

»Nein, nein. Und wenn, dann habe ich ihn darum gebeten … Und es gab Regeln. Nein, aber wenn er wütend wurde … Einmal hat er den Tisch, an dem wir gerade noch gegessen hatten, kaputt getreten, und er hat nicht aufgehört, bis alles in Scherben war. Der Tisch, die Teller, die Gläser, das Essen … Alles. Vielleicht war das der Moment, in dem mir klar geworden ist, dass ich Schluss machen muss, wissen Sie? Weil ich gedacht habe, dass es genauso gut meine Beine hätten sein können statt der Tischbeine …«

»War er nur Ihnen gegenüber gewalttätig?«

Andrews schürzte die Lippen, als dächte er angestrengt nach.

»Das kann ich Ihnen nicht sagen. Ich habe ihn nie mit anderen zusammen gesehen. So eine Beziehung war das nicht, Agent Wayne. Wir sind nicht mit Freunden ausgegangen, wenn Sie verstehen, was ich meine.«

»Wann haben Sie sich getroffen?«

»Abends. Nachts. Am Wochenende.«

»Und tagsüber?«

»Hat jeder sein eigenes Leben gelebt.«

»Was hat Geztu beruflich gemacht?«

»Das habe ich nie ganz verstanden. Er hatte keine festen Arbeitszeiten, manchmal ist er tagelang verschwunden oder mitten in der Nacht weggegangen und hat gesagt, er hätte noch was zu erledigen.«

»Hat er gedealt? Haben Sie Drogen genommen, Scott?«

»Ich …«

Der junge Mann zog an seinen Fingern. Lucas sah, wie sie erst weiß und dann durch die Reibung wieder rot wurden.

»Keine Sorge, Sie helfen uns. Was immer Sie uns sagen, wird nicht gegen Sie verwendet werden. Darauf können Sie sich verlassen.«

»Happy End. Davon hatte er immer reichlich, und ja, ich glaube, er hat auch damit gedealt. Ich weiß nur, dass Geld für ihn kein Problem war.«

Happy End. Lucas erinnerte sich an den Namen dieser Substanz. Er hatte ihn in der Fallakte gelesen, in dem Dossier über Angelica Furlong. Er war sicher, dass auch Anna die Verbindung herstellte.

»Happy End, haben Sie gesagt? Das ist ziemlich neu, oder?«

»Suchen Sie ihn deswegen?«

»Beantworten Sie meine Frage, Scott«, sagte Anna in weniger vertraulichem Ton.

»Was war noch mal die Frage?«

»Sagen Sie mir, was Sie über diese Droge wissen, na los.«

»Es gibt sie erst seit kurzer Zeit, ja, aber sie wird immer beliebter. Geht weg wie geschnitten Brot. Besser als Koks, wenn Sie verstehen. Es ist synthetisches Zeug, aber anders als alles andere.«

»Was ist anders daran?«

»Die Wirkung hält ewig an, und es gibt fast kein Down. Man kommt schön entspannt bis zur nächsten Dosis, kein Kopfweh, keine Übelkeit, kein Zittern, nichts. Krass, aber …«

»Aber?«

»Aber man wird sofort süchtig, wenn man nicht aufpasst. Und man will immer mehr.«

»Ist das nicht bei allen Drogen so?«

»Schon, aber bei der ist das anders. Ich weiß nicht, wie ich es erklären soll … Kennen Sie das Gefühl, dass Sie solchen Hunger haben, dass Sie überhaupt nicht mehr denken können? Und nicht auf irgendetwas, sondern auf etwas Bestimmtes, auf genau das und nichts anderes? Das ist *Happy End,* aber zehntausendmal stärker. Man fängt schon an, die zweite Dosis zu wollen, solange die Wirkung der ersten noch anhält.«

»Wie viel nehmen Sie davon?«

»Ich?«

»Stehen Sie derzeit unter dem Einfluss dieser Droge, Scott?«

Die Hände des jungen Mannes bewegten sich noch ruckartiger. Er rammte sich die Nägel erst in den Handrücken, dann in die Handfläche.

»Nein. Aber ich bräuchte was. Irgendwie wird die Lage hier gerade ziemlich ernst. Muss ich einen Anwalt verlangen?«

Lucas sah, wie Anna die Hand ausstreckte und sie zwischen die Hände des jungen Mannes schob, um ihn davon abzuhalten, sich weiter selbst zu verletzen.

»Kennen Sie jemanden aus Geztus Freundeskreis? Also aus *dem* Kreis?«

»Nein. Nein, ich schwör's. Er hat mir das Zeug gegeben, und um ehrlich zu sein, habe ich ihn auch darüber kennengelernt. Am Anfang hat er das ganze Viertel versorgt. Dann hat er sich einen Typen dazugeholt, der ihm half. Die Nachfrage war zu groß geworden, um sie allein befriedigen zu können, und er wollte ein bisschen im Schatten bleiben, verstehen Sie? Weniger Risiko.«

Lucas betrachtete konzentriert die Szene auf dem Bildschirm. Während Andrews weitererzählte, wie Geztu den Drogenhandel organisiert hatte, drehte Lucas sich zu Gacey um und fragte ihn, ob es eine Möglichkeit gab, ein Detail näher heranzuzoomen.

»Seh ich etwa aus wie ein scheiß Techniker?«

Lucas zögerte nur ein paar Sekunden. Dann warf er einen weiteren Blick auf den Bildschirm und sprang auf.

»Hey! Hey, wo wollen Sie hin?«

Gaceys Stimme verklang hinter der zugeschlagenen Tür.

41

Endlich ein Lichtblick, hätte ich am liebsten gerufen.

Es gab eine Verbindung zu einem der Opfer: Angelica Furlong.

Als ich Angelicas Tod untersucht hatte, als ich ihr Leben rekonstruieren musste, um ihren Tod verstehen zu können, hatte ich zum ersten Mal von dieser Droge gehört. Happy End.

Die Kollegen vom Rauschgiftdezernat hatten mir bestätigt, dass es sich um eine potenzierte und angereicherte Variante von Methamphetamin handelte, die sofortige Abhängigkeit verursachen konnte. Sie verbreitete sich in der Stadt mit einer für diese Art von Droge ungewöhnlichen Geschwindigkeit: Drogenabhängige sind Gewohnheitstiere, hatten sie mir erklärt, daher waren sie von der Sache überrascht worden und arbeiteten nun mit Hochdruck daran, das verlorene Terrain zurückzugewinnen. Doch die üblichen Informanten waren ebenso verblüfft wie sie, und die wenigen kleinen Fische, die verhaftet wurden, hatten nichts Hilfreiches beizutragen.

Eine Weile hatte ich die Hypothese verfolgt, dass Angelicas Ermordung irgendwie mit der Welt des Drogenhandels in Verbindung stand. Ich war dieser Spur nachgegangen, hatte aber nichts Weltbewegendes zutage gefördert.

Jetzt jedoch servierte mir Andrews das fehlende Glied der Kette, das für mich bis zu diesem Augenblick unsichtbar gewesen war, auf einem Silbertablett.

Ich war gerade dabei, der Frage weiter auf den Grund zu gehen, als die Tür des Vernehmungsraums, in dem wir saßen, aufflog und Lucas hereinkam.

Ich versuchte, mir meine Überraschung nicht anmerken zu lassen, um meine Position in den Augen des Zeugen nicht zu schwächen, aber es gelang mir nicht zu verstehen, was vor sich ging. Lucas hatte selbst darum gebeten, nicht bei der Vernehmung dabei sein zu müssen. Er hatte gewollt, dass ich sie allein durchführte.

Lucas trat an den Tisch, blieb aber schweigend neben uns stehen. In seinen Augen sah ich einen seltsamen, fiebrigen Glanz.

»Hey, was …« Andrews sah Lucas an und schien plötzlich zu Tode erschrocken. Jegliche Farbe wich aus seinem Gesicht, seine Lippen zitterten. Panisch huschte sein Blick zu mir.

»Machen Sie sich keine Sorgen«, versuchte ich ihn zu beruhigen, während ich Lucas einen fragenden Blick zuwarf.

»Was geht hier vor, Agent Wayne?«, fragte Andrews leise. In seinen Augen war mehr Weiß zu sehen, als zu sehen hätte sein sollen.

»Er arbeitet mit mir zusammen, Scott. Ganz ruhig.«

Ich fasste nach seiner Hand, in der Hoffnung, dass meine Berührung ihm Sicherheit vermittelte und wir mit der Vernehmung fortfahren konnten. Lucas hatte jedoch etwas im Sinn.

Immer noch schweigend, starrte er auf den Tisch hinunter.

Ich folgte seinem Blick: Er war auf Andrews Arm gerichtet.

Am Handgelenk war ein dunkler Fleck, aber von meiner Seite des Tisches aus konnte ich nicht richtig erkennen, welche Form er hatte.

»Was ist das?«, fragte ich schließlich, weil ich ahnte, dass Lucas den Mund nicht aufmachen würde.

»Oh, ach das.«

Es schien ihm extrem peinlich zu sein. Seine Wangen röteten sich, und einen Augenblick lang senkte er betreten den Blick. Mir fiel auf, dass er alles tat, um Lucas nicht anzusehen, der ihm schreckliche Angst einzujagen schien.

»Das ist ein Tattoo. Constantin hat mich dazu überredet, es mir stechen zu lassen, als … als ich noch keine Angst vor ihm hatte und mir alles wie ein Spiel vorkam. Er hat gesagt, so wüsste er immer, dass ich ihm gehöre.«

»Ein Zeichen?«, fragte ich. »Wie ein Brandzeichen?«

Sanft drehte ich seine Hand um, damit ich das Zeichen besser sehen konnte.

Es war eine Tulpe.

42

»Wir müssen reden.«

Anna Waynes Ton dultete keine Widerrede. Sie und Lucas standen im Aufzug und waren auf dem Weg zu Gaceys Büro und der x-ten Konfrontation.

»Ich weiß.«

Sie erreichten den fünften Stock, und Lucas ließ Anna vorangehen. Sie hatten gerade die Vernehmung von Scott Andrews beendet. Es war Mittag, aber durch die Fenster trat nur ein bleiches, weißliches Licht, getrübt durch den Smog und die dicken Wolken. Die Luft, die durch die Fenster hereinkam, roch nach Regen.

»Jetzt sehen wir erst mal, was Gacey will, und wenn er uns gleich nicht geteert und gefedert hat, gehen wir einen Happen essen. Ich weiß ja nicht, wie lang es her ist, seit Sie zuletzt was gegessen haben, aber ich halte nicht mehr lange durch.«

Als Lucas ihr einen flüchtigen Blick zuwarf, sah er ihre Blässe, die blutleeren, zusammengepressten Lippen, die fiebrigen Augen. Er nahm wahr, wie Anna versuchte, in Kontakt mit ihm zu treten, eine solidarische Nähe herzustellen, die ihr helfen konnte, die Rätsel zu lösen, vor die er sie stellte. Ein Teil von ihm wusste den Versuch zu schätzen, doch dieser Teil war viel zu klein, um mit mehr als stillschweigender Akzeptanz auf ihre Einladung zu reagieren.

Die Tür zu Gaceys Büro stand offen.

»Na los, kommen Sie rein«, sagte er, noch bevor ihre Schatten auf die Türschwelle fielen, als hätte eine Art sechster Sinn ihm gesagt, dass sie gleich kommen würden.

Sie nahmen auf zwei Stühlen vor seinem Schreibtisch Platz. Der dritte, der ein wenig abseits stand, war bereits durch Ramirez besetzt, der nicht erkennen ließ, ob er ihr Kommen überhaupt bemerkt hatte. Er saß kerzengerade und mit ausdrucksloser Miene da, die Hände im Schoß, ein Bein übergeschlagen. Auf seinem glänzenden Schädel standen ein paar Schweißtropfen. Lucas stellte sich vor, dass Gacey ihn als stummen und verschwiegenen Zeugen dazugeholt hatte.

Der Captain war am Telefon. Er hörte zu und gab in regelmäßigen Abständen ein zustimmendes Gemurmel von sich.

Lucas und Anna warteten schweigend, dass er das Gespräch beendete.

Mit einem letzten Brummen und ohne sich die Mühe zu machen, sich von seinem Gesprächspartner zu verabschieden, legte er auf und starrte sie feindselig an.

»Ein Schlag ins Wasser«, sagte er.

»Was meinen Sie?«, fragte Anna. Lucas hatte beschlossen, sein übliches Verhalten an den Tag zu legen: aufmerksam zuzuhören und nur zu sprechen, wenn es absolut unumgänglich war.

»Das waren die Beamten, die Geztus Wohnung durchsucht haben. Sie haben was gefunden.«

Anna sprang fast von ihrem Stuhl auf. Lucas spürte, dass sie sich nur mit Mühe zurückhalten konnte: Die Sehnen an ihrem Hals traten hervor, ihr Gesichtsausdruck war gespannt.

»Was? Haben sie herausgefunden, wo er sie gefangen hält? Haben sie die Frau gefunden?«

Gacey antwortete mit einem herausfordernden Lächeln, fast grinste er. Er ließ sich Zeit, bevor er diese schadenfrohe Grimasse in Worte übersetzte.

»In Geztus Haus, im Kühlfach des Kühlschranks, lag ein durchsichtiger Beutel mit Tulpenblüten. Sie bringen ihn gerade zur Analyse zu Grass und ihren Leuten.«

»Und …?«

»Und das wars's. Sonst war da nichts. Und vor allem *niemand.* Kein Gefängnis und keine Gefangene.«

Automatisch begann Lucas, die Möglichkeiten durchzugehen, die sich nun eröffneten. Verschiedene Hypothesen türmten sich in seinen Gedanken übereinander, wiesen gleichzeitig in verschiedene Richtungen und bildeten ein unendliches, probabilistisches Gewirr.

Er musste eine neue Strategie finden.

»Das heißt, er hat das Gefängnis irgendwo anders eingerichtet, an einem sicheren Ort, an dem er die Mädchen eingeschlossen hat. Wir müssen überprüfen, ob Geztu Immobilien besaß, notfalls seine Familie unter die Lupe nehmen. Das Katasteramt soll das nachprüfen und ... Sind Sie sicher, dass die ganz genau ...«

Der verächtliche Gesichtsausdruck des Captains ließ sie verstummen. Er sah sie an, als wollte er sagen: Wenn hier Dilettanten am Werk sind, dann sind das ganz bestimmt nicht meine Beamten.

»Gehen wir«, meldete sich Lucas zu Wort.

»Nein. Sie gehen nirgendwohin. Ich bin noch nicht mit Ihnen fertig.«

»Was wollen Sie denn noch?«, schnaubte Anna.

Gacey warf Ramirez einen vielsagenden Blick zu, der immer noch unbeweglich auf seinem Stuhl saß, als wollte er ihm sagen: »Sehen Sie, deshalb wollte ich Sie hier dabeihaben.« Dann fing er an, die, wie er meinte, Fakten an den Fingern abzuzählen.

»Erstens: Der Fall ist abgeschlossen. Ich möchte keine neuen Geschichten mehr hören. Es gibt keine ›andere Frau‹. Alle Indizien weisen auf eine spezifische Person als Täter hin, und dank der Aussage von Scott Andrews haben wir sie identifiziert und wissen, dass sie tot ist. Und jetzt werden wir auch herausfinden, wo er sie eingeschlossen hatte. Mit der Zeit. Es besteht kein Grund zur Eile. Haven und seine Bürger sind sicher. Der Fall ist *abgeschlossen*, Wayne.«

»Wir haben noch nicht einmal …«

»Ich habe gesagt, der Fall ist abgeschlossen!« Um seiner Feststellung mehr Nachdruck zu verleihen, klatschte Gacey die flache Hand so heftig auf den Schreibtisch, dass das Telefon einen Satz machte. »Wie Sie sehen, habe nicht ich Ihnen den Fall entzogen. Er hat sich selbst entzogen. Zweitens: Ich weiß, dass es einer von Ihnen beiden war, der der Presse das Foto von Geztu zugespielt hat. Ich kann es noch nicht beweisen, aber dazu fehlt nicht mehr viel. Und irgendetwas sagt mir, dass Sie es waren, Wayne, mit Grass als Komplizin. Ich weiß noch nicht, wer es als Erster ins Netz gestellt hat, aber ich würde wetten, dass es Ihr Kumpel war, dieser Schreiberling, McCoy.«

»Lassen Sie Stephen und Sasha da raus«, wehrte sich Anna.

»Sie geben mir keine Befehle, Wayne, ganz im Gegenteil. Von jetzt an sind Sie nicht mehr autorisiert, mit der Presse zu sprechen, und ebenso wenig mit den Eltern oder Verwandten der Opfer. Sie sind überhaupt nicht mehr autorisiert, mit irgendwem zu sprechen, ist das klar? Der hier anwesende Lieutenant Ramirez wird dafür sorgen, dass Sie sich in keinster Weise mehr einmischen. Der Fall gehört jetzt ihm«, schloss er.

Ramirez sagte nichts dazu, sondern nahm das Gesagte mit einem Nicken und ungerührter Miene zur Kenntnis, ohne sie anzusehen.

Anna schloss die Augen und verstummte.

»Können wir jetzt gehen?«, fragte Lucas noch einmal.

»Nein. Mit Ihnen habe ich noch nicht einmal angefangen, Lucas. Sie halten sich von diesem Fall und von allen, die daran arbeiten, fern. Vor allem halten Sie sich von Ramirez fern: Die Ermittlungen zu der Schießerei auf den Bus führt er, Sie werden als Zeuge aufgerufen, wenn es so weit ist. Und jetzt will ich, dass Sie mir Ihre Waffe und Ihre Dienstmarke aushändigen.«

Anna sprang auf. »Das können Sie nicht machen!«

»Das kann ich sehr wohl, Wayne. Setzen Sie sich wieder hin, bevor ich Sie hier rausschleifen lasse und auch Ihnen die Dienstmarke abnehme.«

»Er hat recht, rein rechtlich darf er das«, sagte Lucas mit beherrschter Stimme. Er hatte sich nicht einen Millimeter auf dem Stuhl bewegt. Er wirkte außergewöhnlich ruhig.

»Was soll das?«, fragte Anna ihn und ließ sich wieder auf den Stuhl zurückfallen.

»Nur zu. Sagen Sie's ihr, Captain.«

»Die Dienstaufsicht ermittelt, was Martin Kracev zugestoßen ist. Ganz besonders, welche Rolle Lucas dabei gespielt hat.«

»Sie haben die Ermittlung beantragt, stimmt's?«, sagte Anna.

»James Croydon – der Verhandlungsführer, falls Sie sich erinnern, Lucas?«, antwortete Gacey.

»Sprechen Sie weiter, Captain.«

»Er hat berichtet, der Attentäter hätte explizit nach Ihnen gefragt, aber Sie hätten darauf bestanden, ihn nicht zu kennen. Diese Tatsache allein sollte schon reichen, um mehr als nur einen Verdacht zu wecken, finden Sie nicht? Aber das ist noch nicht alles. Croydon hat auch erklärt, dass Sie sich geweigert hätten, die Dienstwaffe mitzunehmen, als sie in das Haus reingegangen sind. Ein Verhalten, das man bestenfalls unverantwortlich nennen kann. Sie hätten die schwere Verletzung Ihres Kollegen verhindern können und haben es nicht getan. Wenn Martin immer noch zwischen Leben und Tod schwebt, dann ist das Ihre Schuld, Lucas. Ihre Fahrlässigkeit und Unprofessionalität sind schuld daran.« Gacey machte eine Pause und wartete, dass seine Worte sich wie Messer in Lucas' Gewissen bohrten. »Ich bin immer noch Polizist, Lucas, und ich habe ein gutes Auge. Deshalb weiß ich, dass Sie mir jetzt erst einmal nur die Dienstmarke aushändigen werden. Weil Sie die Pistole nicht mal bei sich haben.«

Lucas griff in die Innentasche seiner Jacke und holte ein blaues Mäppchen mit dem eingeprägten Wappen der Polizei darauf hervor und legte es langsam, mit der Vorderseite nach unten, auf den Schreibtisch des Captains. Dann rührte er sich nicht mehr.

»Sie sind offiziell suspendiert, Lucas. Und das bleiben Sie auch bis auf Weiteres. Halten Sie sich fern, lassen Sie sich hier nicht blicken. Sie werden von der Dienstaufsicht einbestellt.«

Mit einem triumphierenden Leuchten im Blick und ohne Lucas auch nur eine Sekunde aus den Augen zu lassen, als wollte er jede Sekunde seines Sieges auskosten, nahm Gacey Lucas' Dienstausweis an sich, zog eine Schreibtischschublade auf, ließ ihn mit großer Geste hineinfallen und stieß die Schublade wieder zu.

»Ich habe in weniger als einer halben Stunde eine Pressekonferenz. Und jetzt verschwinden Sie.«

43

Der Pub lag etwa hundert Meter vom Dezernat entfernt, gehörte aber nicht zu denen, die viel von Polizisten besucht wurden. Wahrscheinlich lag es daran, dass man aus dem großen Fenster des Lokals das Polizeigebäude in all seiner trostlosen, grauen Monumentalität aus Beton und Stahl sehen konnte. Niemand, der dort arbeitete, wollte mit dieser Aussicht essen und trinken.

»Deshalb bin ich hierhergekommen«, erklärte Anna, während sie eintraten. »Um ehrlich zu sein, komme ich jedes Mal hierher, wenn ich nicht zum hundertsten Mal eine Mahlzeit auslassen kann.«

Lucas sagte nichts dazu, sondern folgte ihr zu einem Tisch am Fenster.

Sie setzten sich einander gegenüber.

»Ich weiß nicht mehr, was ich denken soll, Lucas«, begann Anna nach einer Weile, stützte die Ellbogen auf den Tisch und legte das Kinn auf die verschränkten Hände.

»Ich auch nicht.«

Von ihrem Tisch aus hatten sie einen guten Überblick über den Straßenabschnitt, der zum Präsidium und in der entgegengesetzten Richtung ins Stadtzentrum führte. Auf den Bürgersteigen wirbelten weggeworfene Papierstücke um die Knöchel der raren Passanten. Es war Samstag, Mittagszeit, und diese Straße war alles andere als eine Geschäftsstraße. Wer sich hierhin wagte, hatte Gründe, die ganz sicher nichts mit einer Shoppingtour zu tun hatten. Hätte man den Pub verlassen, hätte es allerdings gereicht, nach links bis zur nächsten Kreuzung zu gehen, um sich in der Menge der Touristen zu verlieren, die trotz des grauen Himmels Sonnenbrillen trugen und unter den Armen dicke Papiertüten voller Kleidungsstücke der aktuellsten Mode, die gerade zu Sonderpreisen zu erstehen war.

Eine junge Kellnerin, etwas unbeholfen und mit verschüchterter Miene, kam, um ihre Bestellungen aufzunehmen, und verschwand schnell wieder, als strahlten die beiden unerwarteten Gäste etwas aus, das ihr Unwohlsein bereitete.

»Und was, wenn Gacey recht hat? Wenn der Fall tatsächlich abgeschlossen ist? Wenn es keine weitere Gefangene gibt?«, fragte Anna leise.

Lucas atmete durch, bevor er antwortete.

»Das wäre möglich. Vielleicht sind die Zeichen, die wir in Robins Nacken gefunden haben, tatsächlich zufällige Schrammen, vielleicht haben sie nichts mit dem Fall zu tun.«

»Aber Sie glauben das nicht wirklich, stimmt's?«

»Nein. Nein, ich habe die verschiedenen anderen Möglichkeiten überprüft, aber dies bleibt die wahrscheinlichste Hypothese.«

Anna dachte konzentriert nach.

Ihre Bestellungen kamen, ein einfaches Sandwich und ein Getränk für jeden. Die Kellnerin respektierte ihr Schweigen und stellte die Sachen wortlos auf den Tisch. Sie bewegte sich übertrieben vorsichtig, als hätte sie Angst vor einer Bestrafung, falls sie ein Glas umstieß. Sie verschwand regelrecht auf Zehenspitzen und ließ sie wieder allein. Sie waren die einzigen Gäste, vielleicht weil es noch früh war, so kurz nach Mittag.

»Sie haben das Foto an die Presse gegeben, oder?«, fragte Lucas.

»Wer auch immer es war …«, Anna lächelte verschwörerisch und begleitete ihre Worte mit einer wegwerfenden Geste ihrer verbundenen Hand, »muss erkannt haben, dass dies unsere einzige Möglichkeit war, Geztu zu identifizieren und mit den Ermittlungen voranzukommen. War doch eine gute Hilfe, oder?«

Lucas trank einen Schluck aus seinem Glas, dann nickte er kaum wahrnehmbar.

»Hannibal Furlong. Warum haben Sie mich nach ihm gefragt?«, wollte Anna wissen.

Lucas holte die Dokumente aus der Tasche, die er im Büro ausgedruckt hatte, bevor Gacey sie mit seinem Wutanfall unterbrochen hatte.

»Sie hatten recht, Ihre Zugangsberechtigung zu den militärischen Datenbanken ist nichts Besonderes«, fing er an. Anna zog eine Grimasse. »Aber sie hat mir gereicht. Aus dem Stationierungsprotokoll geht hervor, dass Hannibal Furlong sich nach dem Tod seiner Frau die meiste Zeit im Ausland aufgehalten hat. Aber hier steht, dass er sofort nach dem Verschwinden seiner Tochter den Abschied bewilligt bekommen hat. Und da muss noch etwas anderes dahinterstecken. Etwas, das in den Berichten, auf die wir Zugriff haben, nur angedeutet wird. Klar ist, dass Furlong wohl Anzeichen von emotionaler Labilität zeigte und dass seinem Antrag auf Entlassung ohne große Nachfragen stattgegeben wurde.«

»Folglich?«

»Das ist noch nicht alles. Es gibt auch einen Zifferncode, eine Nummer, die ich kenne. Furlong gehörte einer Spezialeinheit an.«

»Ich weiß nicht, worauf Sie hinauswollen.«

»Er war ein Heckenschütze. Ein ausgebildeter Scharfschütze. Ein *Sniper.*«

Anna starrte ihn bestürzt an.

»Wollen Sie sagen, dass …«

»Ja. Der Mann, der auf den Bus geschossen hat, der Mann, der Geztu mit einem Präzisionsschuss ermordet hat, ist – oder war – Hannibal Furlong.«

Ein seltsamer Ausdruck trat auf Annas Gesicht, etwas zwischen Verblüffung und dem Wunsch zu glauben, zu sehen, dass sie vorankamen. Lucas beschloss, ihr noch ein paar Erklärungen zu liefern.

»Nicht zu vergessen, dass ich der Einzige bin, der ihn von

Angesicht zu Angesicht gesehen hat.« Er schlug die ausgedruckte Akte auf und zeigte auf ein Foto, das einen wesentlich jüngeren Furlong zeigte, eine Nahaufnahme in Uniform. »Er ist es.«

»Glauben Sie, er wollte seine Tochter rächen?«

»Das ist eine Hypothese, ja. Die anderen Opfer … Nur Kollateralschäden für ihn. Ich kann mir vorstellen, dass er es vorgezogen hätte, sie zu vermeiden, ja. Wahrscheinlich hat es ihm nicht gefallen, aber er war blind vor Wut. Und er war ein Militär, das darf man nicht außer Acht lassen. An Kollateralschäden gewöhnt.«

Lucas erzählte Anna, wie Furlong ihn am Telefon danach gefragt hatte, wie es dem Sondereinsatzkommando ginge, nachdem die Autobombe explodiert war. Er hatte sich Sorgen um die Männer gemacht, die er gewissermaßen als Kollegen betrachtete. Mehr als um die Zivilisten.

»Die Entwicklung der Fakten zeigt einen eindeutig militärischen Ansatz für das Rachekonzept«, schloss er. »Aber die Frage, die sich stellt, ist eine andere …«

»Woher wusste er von Geztu? Und woher konnte er wissen, dass er ausgerechnet um diese Uhrzeit in diesem Bus sitzen würde?«, führte Anna seinen Gedanken zu Ende.

»Genau.«

Lucas schwieg einen Augenblick nachdenklich, dann fing er an, langsam sein Sandwich zu essen. Er biss ab und kaute mechanisch, dann wischte er sich den Mund mit der Serviette ab.

»Vielleicht wegen Happy End«, sagte Anna nach einer Weile.

Lucas wollte gerade den zweiten Bissen nehmen, hielt aber inne.

»Was meinen Sie damit?«

»Die Droge war die einzige Spur, die Furlong zur Verfügung hatte. Wenn ich an seiner Stelle gewesen wäre und hätte herausfinden wollen, was meiner Tochter zugestoßen ist …«

»Er wusste nicht, dass die Fälle miteinander zusammenhingen.«

»Er wusste nicht einmal, dass es die anderen Fälle überhaupt gab. Für ihn gab es nur seine Tochter und den Bastard, der sie gefangen genommen hatte.«

»Er hat gemerkt, dass die Polizei ihm nicht die ganze Wahrheit sagte. Dass ihr etwas vor ihm verborgen habt …«, fuhr Lucas fort.

»Und hat beschlossen, die Sache selbst in die Hand zu nehmen. Er hatte nichts mehr zu verlieren. Also ist er, nachdem seine Tochter verschwunden ist, in die Stadt gezogen und hat angefangen, auf eigene Faust zu ermitteln, hat sich in die Happy-End-Szene eingeschlichen und ist schließlich auf Geztu gekommen. Und als Angelica tot aufgefunden wurde, hat er den Kopf verloren. Er war überzeugt, dass es Geztu gewesen sein musste. Er hat ihn beschattet. Vielleicht hat er ihn öfter oder sogar regelmäßig diesen Bus nehmen sehen.«

»Möglich. Nur dass es nicht seine eigene Gewohnheit war, sondern die seines nächsten Opfers. Nachdem er Robin losgeworden war, hat Geztu das Mädchen beobachtet, das er als nächstes entführen wollte.«

»Aber das konnte Furlong nicht wissen … Es hätte auch nichts geändert. Ihn hat nur interessiert, wann und wo genau Geztu was tat. Und eines Tages – gestern, um genau zu sein – hat er sich in Stellung gebracht und ihn getötet.«

Lucas aß den letzten Bissen von seinem Sandwich und trank den letzten Schluck seines Getränkes aus, dann wischte er sich wieder die Lippen mit der Serviette ab.

»Sie müssen Ramirez anrufen«, sagte er.

»Ich?«, fragte Anna. »Warum?«

»Ich muss in diese Wohnung zurück, die, in der Furlong gestorben ist. Vielleicht haben wir etwas übersehen, vielleicht findet sich da irgendeine Spur, die wir noch nicht entdeckt haben. Und dafür muss Ramirez mal eine Weile abgelenkt werden.«

»Was soll ich ihm sagen?«

»Sagen Sie ihm, dass Sie ihn nach der Pressekonferenz im Dezernat sehen wollen, sagen Sie, Sie müssten ihm etwas zeigen. Und dann sind Sie einfach nicht dort.«

»Das ist ziemlich viel verlangt. Sie haben doch gehört, was Gacey gesagt hat. Wir sollen uns im Dezernat eine Weile nicht blicken lassen. Und außerdem werden vor der Wohnung doch Wachen stehen. Wie wollen Sie an denen vorbeikommen? Sie haben ja nicht einmal mehr Ihre Dienstmarke.«

Lucas holte etwas aus der Innentasche seiner Jacke und hielt es ihr hin.

»Doch, die habe ich noch. Nur ohne die Hülle, denn die liegt jetzt in Gaceys Schreibtischschublade.«

Anna lachte auf, fasste sich aber schnell wieder.

»Was wollen Sie denn da finden, Lucas?«

»Ich weiß es nicht. Noch nicht. Aber eins passt noch nicht.«

»Was denn?«

»In einem hat Gacey recht. Woher kannte Furlong meinen Namen und meine Rolle? Wieso hat er nach mir verlangt?«

44

Ich rief die Kellnerin und bat sie, den Fernseher über dem Tresen einzuschalten, den Nachrichtenkanal. Der Bildschirm brauchte einen Moment, aber dann war nach und nach Gaceys Stentorstimme zu hören, und schließlich kam auch sein Gesicht ins Bild.

» … haben wir einen der wichtigsten Fälle der letzten Monate abgeschlossen und können endlich dem Schuldigen für den Mord an vier jungen Frauen einen Namen geben. Constantin Geztu ist als der Mann identifiziert worden, der …«

Ramirez saß mit am Tisch, rechts vom Captain, aber es war nicht zu übersehen, wie unwohl er sich fühlte. Er war Polizist, ein Mann der Straße, kein Politiker. Ich kannte ihn gut genug, um zu wissen, dass er lieber handelte als redete. Aber offensichtlich brauchte Gacey einen Fahnenträger, verspürte das Bedürfnis, sich der Treue eines seiner Leute zu versichern, damit der für ihn den Brückenkopf spielte. Und – warum nicht? – auch den Spion.

»Warum haben Sie die Verbindung zwischen den Fällen nicht schon früher bekannt gegeben?«, fragte ein Reporter.

»Weil die für die Ermittlungen verantwortliche Beamtin, oder besser gesagt, die Beamtin, die bis vor ein paar Minuten noch verantwortlich war, es für angebracht hielt, volle Geheimhaltung zu wahren. Wie Sie wissen, habe ich erst vor Kurzem meine Stelle angetreten, um genau zu sein, erst vor vierundzwanzig Stunden, und es steht mir nicht zu, die Entscheidungen meiner Vorgänger zu verurteilen.«

Mistkerl, dachte ich. Damit schob er mir den schwarzen Peter zu, um sich selbst im Ruhm zu sonnen.

»Könnten Sie den Namen dieser Beamtin nennen?«, fragte eine andere Stimme. Eine Stimme, die ich kannte, und der Mann, dem sie gehörte, kannte die Antwort bereits. Er wusste, dass ich die verantwortliche Beamtin war, weil ich es ihm gesagt hatte.

Ich sah auf dem Bildschirm in das wohlbekannte Gesicht, um zu sehen, ob vielleicht eine weitere Falte hinzugekommen war. Um zu sehen, ob in seinen Augen ein anderer Schatten stand als sonst oder ob sein Mund zumindest leise Anzeichen des Leidens zeigte, so wie meiner. Mir fiel nichts auf, was anders gewesen wäre als beim letzten Mal, als ich ihn gesehen hatte – das Mal, bei dem ich ihm mit all meiner Wut alles gesagt hatte –, aber das mochte auch nur am Fernsehbildschirm liegen. Und dann war die Einstellung auch viel zu kurz gewesen. Und ich selbst war vielleicht auch nicht aufmerksam genug, ich war zu müde …

Ich hielt inne. Der Geist konstruiert unzählige Entschuldigungen, um die Wahrheit zu maskieren, die das Herz nur fühlen kann.

Stephen McCoy war einer der bekanntesten Reporter der Stadt, und wir hatten uns bei einem Fall kennengelernt, an dem ich gearbeitet hatte.

Er wusste mich zu erobern. Er wusste, wie er meine Verteidigung zum Einsturz bringen konnte.

Jetzt wusste ich, dass er in mir etwas ganz Besonderes gesehen hatte, ja. Eine Geschichte. Eine Geschichte, die er exklusiv erzählen konnte.

Vor zwei Wochen hatte ich es per Zufall herausgefunden. Stephen, der normalerweise sehr auf Datenschutz und den Schutz seiner Quellen achtete, hatte eines Abends, als ich bei ihm übernachtete, den Computer eingeschaltet gelassen. Als ich mitten in der Nacht aufwachte, nach einem der üblichen Albträume, hatte mich das Stand-by-Lämpchen am Monitor angezogen, und ich dachte, ich könnte die Schlaflosigkeit bekämpfen, indem ich ein bisschen durchs Internet surfte.

Ich hatte die Maus bewegt, und der Monitor hatte sich eingeschaltet.

Nenn mich nicht Opfer.

Das war der Titel des Manuskripts. Ich wusste, dass er an einem Buch arbeitete, aber ich hatte immer die professionellen Grenzen respektiert.

Nenn mich nicht Opfer.

Das war ein Satz, den ich selbst gesagt hatte. Nachdem ich mich entschieden hatte, ihm alles zu erzählen, hatte ich ihm gesagt, ihn gebeten, ja ihm verboten, mich jemals als Opfer zu definieren.

Ich hatte den Cursor auf die erste Seite geschickt. Auf der ersten Seite unter dem Titel stand das Logo eines bekannten Verlages: Stephen hatte bereits einen Publikationsvertrag und hatte mir nichts davon gesagt.

Ich hatte angefangen zu lesen, was in der Theorie ein »Roman« sein sollte.

Er erzählte von den Ängsten, den Manien und den kleinen täglichen Obsessionen einer Frau, die Jahre nach dem Trauma, das sie gezeichnet hatte, immer noch versuchte, sich so etwas wie Normalität zurückzuerobern. Die versuchte, sich an alles zu klammern, was auch immer es sein mochte, um sich im realen Leben zu verankern. An *wen* auch immer, der sie liebte, der die Frau in ihr sah und nicht das Mädchen. Die Kämpferin, nicht das Opfer.

Die Hauptfigur des Romans hatte mit etwa zwanzig Jahren ein traumatisches Erlebnis gehabt: Sie war von einem Geisteskranken entführt und gefangen gehalten worden. Wahrscheinlich auch vergewaltigt, aber das wusste das Mädchen nicht mit Sicherheit. Sie erinnerte sich nur an die Arme, die ihre Schultern festhielten, die Hand, die ihr ins Gesicht fasste, das Tuch, das ihr auf Mund und Nase gedrückt wurde, das mit irgendeiner Substanz getränkt war, vielleicht Chloroform, die sie in einen Zustand vollkommener Bewusstlosigkeit fallen ließ. Das Mädchen erinnerte sich nur daran, dass sie immer nackt gewesen war und dass es überall wehtat, aber sie hätte nicht sagen können, wovon.

Am Ende war es ihr mit einem waghalsigen Manöver gelungen, sich zu befreien, und ihr Entführer war gestorben.

Stephen McCoys Roman würde mit Sicherheit ein Erfolg werden, das musste ich zugeben. Es war ihm gelungen, vollkommen in der Stimme der Protagonistin aufzugehen, und er hatte sie mit außerordentlicher Authentizität rekonstruiert.

Ich war die Einzige, die wusste, warum es in Wirklichkeit überhaupt nicht schwer für ihn gewesen war, so geschickt und genau zu sein.

Alles, was Stephen in dieses Buch gepackt hatte, war wahr.

Alles, was Stephen erzählt hatte, war tatsächlich geschehen. Mir.

Stephen hatte das eine oder andere Detail verändert, die Namen und das Alter der Beteiligten, angefangen bei mir, aber die Substanz war dieselbe geblieben.

Stephen war der erste Mensch, demgegenüber ich den Mut gefunden hatte, mich ganz zu öffnen und ihm die Wahrheit über meine Vergangenheit zu offenbaren.

Und er hatte es für sein Buch benutzt, ohne mich auch nur um Erlaubnis zu fragen.

Eine weiß glühende Wut, alt und gefährlich, hatte von mir Besitz ergriffen, und in genau dem Augenblick hatte ich Schritte hinter mir gehört.

Stephen war aufgestanden und kam, sich die Augen reibend und ein Gähnen unterdrückend, zu mir.

»Was ist denn los …?«, hatte er zum Sprechen angesetzt, aber was er noch hatte sagen wollen, war ihm im Halse stecken geblieben.

Ich hatte ihm wie mit einem Schraubstock mit der rechten Hand die Kehle zugedrückt und ihn bis zur nächsten Wand geschoben. Hatte ihn unsanft mit dem Rücken gegen die Wand geworfen, ohne den Griff zu lockern.

»An… Anna …«, hatte er hervorgewürgt.

Im Nebel der Wut sah ich nichts außer seinen aufgerissenen Augen und dem dunkelrot anlaufenden Gesicht.

Dann hatte ich eine innere Kraft mobilisiert, von der ich nicht geglaubt hätte, sie überhaupt zu besitzen, und ihn losgelassen.

Und hatte der Wand, wenige Zentimeter neben seinem Gesicht, mit der linken Hand einen mächtigen Hieb versetzt.

Die verbundene Hand erinnerte mich immer noch an diesen Augenblick des Schmerzes, der alle Wut, die ich noch in mir trug, auslöschte und mich vollkommen erschöpft zurückließ.

Ich hatte die Beziehung beendet, natürlich.

Ich hatte mir geschworen, nie wieder denselben Fehler zu machen. Deshalb hatte mich das Telefonat der vergangenen Nacht so unglaublich viel gekostet, auch wenn ich nichts anderes getan hatte, als zu warten, bis er sagte: »Anna?«, und dann die Worte, die ich mir zurechtgelegt hatte, herunterzurattern.

»Ich schicke dir gleich via E-Mail ein Foto. Es ist von dem einzigen unbekannten Opfer des Attentats im Zentrum. Wir wissen nicht, wer es ist, und du musst es für mich veröffentlichen und die Öffentlichkeit bitten, der Polizei dabei zu helfen, ihn zu identifizieren. Du hast die Exklusivstory, aber du musst sofort handeln. Alles klar?«

»Anna, warte, ich muss …«

»Nein, nein, ich warte nicht. Sag mir, dass alles klar ist.«

»Ja, in Ordnung. Es ist alles klar. Aber …«

Ich hatte das Gespräch beendet und ihm direkt danach das Foto gemailt, das Sasha mir gegeben hatte, und so die Ereigniskette ausgelöst, die zu Geztus Identifizierung geführt hatte, ja, aber auch dazu, dass ich von dem Fall abgezogen worden war, und zu der gerade stattfindenden Pressekonferenz, bei der Gacey neben Ramirez im Licht der Scheinwerfer badete.

Ich beobachtete sie. Gacey strahlte Genugtuung aus, Ramirez hingegen sah aus wie versteinert, sein maskenhaftes Gesicht zeigte keinerlei Regung. Vielleicht mochte er keine Journalisten.

Oder ihm war nicht wohl bei dem Verlauf, den die Ereignisse genommen hatten.

Ich zog das Handy heraus und schrieb Ramirez eine Nachricht, in der ich ihn fragte, ob wir uns nach dem Ende dieser Farce im Dezernat treffen wollten. Ich schrieb, dass ich noch Informationen für ihn hätte und dass, wenn er diesen Fall wirklich für abgeschlossen halten wollte, er besser auf mich hätte hören sollen. Ich drückte auf Senden, und ein paar Sekunden später hörte ich aus dem Fernsehen das Piepen, das das Eintreffen der SMS ankündigte.

Ich sah, wie Ramirez erschrak und hochrot anlief.

»Entschuldigung«, murmelte er, während er hektisch mit dem Handy herumhantierte, das er offensichtlich vergessen hatte, stumm zu stellen, während Gacey alles in seiner Macht Stehende tat, um ihn mit seinen Blicken in Asche zu verwandeln.

Ramirez senkte die Augen, aber aus seinem verblüfften Gesichtsausdruck schloss ich, dass er unter dem Tisch meine

Nachricht las. Ich gab der Kellnerin ein Zeichen, dass sie den Fernseher ausschalten sollte, ich hatte genug gesehen.

Als ich zu Lucas schaute, um zu sehen, ob er das Schauspiel genauso genossen hatte wie ich, sah ich, dass er telefonierte. Er stand mit dem Rücken zu mir, allerdings so nah, dass ich nicht anders konnte, als seine Hälfte des Gesprächs mitzuhören.

»Ich kann nicht, Kathryn, es tut mir leid.«

Pause.

»Vielleicht später. Ich weiß, es ist Samstag, aber wenn …«

Pause.

»Gut. Dann bis später.«

Er legte auf.

Ich schloss daraus, dass die Frau, von der er mir erzählt hatte, Kathryn, ihn später erwartete (vielleicht war sie verärgert, weil er auch am Samstag arbeiten musste, dachte ich – und sofort musste ich daran denken, dass es in meinem Leben niemanden gab, der sich über meine Arbeitszeiten beschwerte), und versuchte, mit einem Hüsteln seine Aufmerksamkeit wieder auf mich zu ziehen.

»Sie haben freie Hand, aber ich weiß nicht, wie lange«, sagte ich. »Sie sollten gleich gehen.«

Lucas schaute mich mit anerkennender Miene an, zumindest sah es danach aus, aber da konnte ich mich auch täuschen.

»Danke«, antwortete er. Dann, als wäre es ihm erst jetzt wieder eingefallen, berührte er mich an der Schulter und ging nach draußen, um ein Taxi zu rufen.

Ich blieb allein am Tisch sitzen und sah zum Fenster hinaus.

Ich bestellte einen heißen Filterkaffee und sah auf die Uhr. Nach eins.

Ich fühlte mich wie nach einem langen Lauf: Mein Geist

sagte mir, dass ich stehen bleiben sollte, aber der Körper schien noch im Laufen gefangen.

Ich zwang mich dazu, mich zu entspannen.

Gaceys Worte gingen mir im Kopf herum. *Der Fall ist abgeschlossen. Der Mörder ist tot.*

Vielleicht stimmte es. Vielleicht war es wirklich so.

Vielleicht musste man nur noch die Details an ihren Platz verschieben, die letzten fehlenden Teilchen eines Mosaiks. Wie das, um das sich Lucas jetzt kümmerte. Aber das Gesamtbild war schon fertig.

Und wenn dem so war, dann hatten wir es Lucas zu verdanken. Seiner Intuition.

Der Gedanke traf mich.

Lucas.

Seit Wochen hatte ich ermittelt, ohne irgendeinen nennenswerten Fortschritt zu erzielen. Es war das erste Mal in meiner Karriere, dass mir so etwas passiert war. Mit einundzwanzig war mein Leben plötzlich brutal zum Stillstand gebracht worden. Aber ich war stolz darauf, wie ich es geschafft hatte, es wieder in die richtigen Gleise zu bringen, dieselben, auf denen es vor der Unterbrechung gelaufen war. Als wäre der Horror nie passiert. Mein Kriminologiestudium hatte ich nach der Entführung und meiner Befreiung mit noch größerer Zielstrebigkeit verfolgt. Und ich hatte es geschafft. Ich hatte eine ganze Reihe von Fällen brillant gelöst …

Und dann *das*.

Ein erneuter Stillstand. Die Leben von vier jungen Frauen, jede von ihnen hätte ich zu einer bestimmten Zeit meines Lebens selbst sein können, waren zerbrochen. Sosehr ich mich auch darauf konzentrierte, sosehr ich im Fluss der Arbeit, der Beweisaufnahme, der Vernehmungen, der Erhebungen steckte, dass es für mich nicht mehr von Bedeutung war, ob es Tag oder Nacht war, war es mir doch nicht gelungen, auch nur einen Blick über den Tellerrand zu werfen.

Lucas hingegen hatten eine einzige Nacht und eine einzige Leiche gereicht, um den richtigen Weg einzuschlagen. Um den Eisberg zu sehen, von dem ich nur die sichtbare, aber unerreichbare Spitze gesehen hatte.

Aber war das tatsächlich möglich?

Seine Schlussfolgerungen waren plausibel. Und wenn er sie erklärte, schien alles auf der Hand zu liegen. Dennoch, mit kühlem Kopf betrachtet, konnte ich nicht anders, als mich zu fragen, wie er darauf kam.

Sicher, ich war es gewesen, die ihn unter allen Umständen hatte miteinbeziehen wollen. Zum Teil aus Verzweiflung, zum Teil, weil sein Ruf mich dazu verleitet hatte, ihn für unverzichtbar zu halten.

Allerdings … Es machte fast den Eindruck, als kenne er die Antworten schon, bevor die Fragen überhaupt gestellt wurden.

Seufzend schüttelte ich den Kopf.

Die Wahrheit war, dass es mir nicht gelingen wollte, ein Profil von ihm zu erstellen, und das beunruhigte mich, beruflich gesehen.

Nicht nur das, es ärgerte mich.

Und vielleicht nicht nur in beruflicher Hinsicht. Ich steckte bis über die Haarspitzen in dieser Geschichte.

Ich nippte am Kaffee. Er war lauwarm und schmeckte nach Spülwasser, aber eine großzügige Zugabe von Zucker machte ihn trinkbar. Es war eine lange Nacht gewesen, und ich hatte nur ein paar Stunden unruhigen Schlaf bekommen.

Meine Gedanken kehrten zu dem Albtraum zurück, den ich vor wenigen Stunden im Büro gehabt hatte. Die Flucht durch das Tulpenfeld. Das Gefühl, dass jemand hinter mir her war.

Dass ich beobachtet wurde.

Ich war plötzlich aus dem Schlaf hochgeschreckt und hatte einen Namen gemurmelt. Lucas.

Wollte mein Unterbewusstsein mir etwas sagen?

Vielleicht war der Albtraum nicht nur eine Verarbeitung meiner schlimmsten Erinnerungen gewesen, dieses ständige Arbeiten im Hintergrund, das seit langer Zeit meine Nächte heimsuchte und das hin und wieder an die Oberfläche gelangte, wie verseuchter Abwasserschaum, der sich nie ganz auflöst und immer weiter auf dem Wasser treibt.

Dennoch, irgendetwas brachte mich immer wieder auf den Gedanken zurück, dass es nicht das Unterbewusstsein gewesen war, sondern der Instinkt.

Was, wenn Lucas wirklich mitten in der Nacht in meinem Büro gewesen war?

Aber warum?

Ich verlor schon wieder die Orientierung.

»Ich bin zu müde«, sagte ich laut, ohne es zu merken. Aus dem Augenwinkel sah ich, wie die Kellnerin mich verstohlen beobachtete, besorgt.

Dann jedoch schien sie Mut zu fassen und kam an meinen Tisch.

»Entschuldigen Sie, wenn ich störe …«, setzte sie an und knetete verschüchtert die Hände im Schoß.

»Machen Sie sich keine Sorgen, ich zahle jetzt und gehe«, antwortete ich vielleicht ein bisschen zu brüsk.

Die Kellnerin, verunsichert durch meinen unerwartet harschen Tonfall, fuhr zögerlich fort: »Nein, darum geht es nicht.« Sie hob die Hand und zeigte durch das Fenster auf die Straße. »Er steht schon eine ganze Weile da. Ich glaube, er möchte Sie sprechen.«

45

Ich folgte mit dem Blick dem Finger der Kellnerin, und was ich sah, überraschte mich. Draußen stand ein Mann reglos auf dem Bürgersteig vor dem Fenster. Das schmale und blasse Gesicht kam kaum unter dem Rand der Kapuze seines Pullovers hervor, die Augen waren umschattet, glänzten aber. Er hatte etwas … Bedrohliches vielleicht? … Eine alte Bedrohung, die mich schaudern ließ.

Einen Augenblick lang rechnete ich fast damit, dass er eine Pistole ziehen und auf mich schießen würde, so, wie er da mitten auf dem Bürgersteig stand, breitbeinig und beide Arme vorgestreckt, wie im Film. Unwillkürlich rutschte ich mit dem Stuhl zurück.

Er hob die Hand, aber nur, um die Kapuze zurückzuschlagen, und in dem Moment erkannte ich ihn.

Erleichterung durchströmte mich und verjagte dieses seltsame Déjà-vu-Gefühl. Ich gab ihm mit der Hand ein Zeichen hereinzukommen.

Die Eingangstür ging auf und ließ einen Stoß Luft herein, dann schloss sie sich sofort wieder.

Ich lud ihn ein, sich mir gegenüber hinzusetzen, auf denselben Platz, auf dem eben noch Lucas gesessen hatte.

Er setzte sich, und mir fiel auf, wie er mit den Fingern der linken Hand den Ärmel über die Handfläche gezogen hielt, als wollte er verdecken, wofür er sich so schämte. Das Tulpentattoo.

Ich suchte seinen Blick und lächelte ihn an. Er war nervös, das sah man an den ängstlichen Blicken, die er um sich warf, und daran, wie er meinem Blick auswich.

»Was machen Sie denn hier, haben Sie auf mich gewartet?«, fragte ich.

»Ja.«

»Warum?«

»Ich wollte mit Ihnen sprechen. Ohne …«

Ich verstand sofort, wen er meinte: Ich sah wieder vor mir, wie Scott erblasst war, als Lucas plötzlich in den Vernehmungsraum gekommen war. Als hätte er sich zu Tode erschreckt.

In der Situation hatte ich seine Reaktion auf die einfache Tatsache zurückgeführt, dass Lucas mit seiner strengen, unbeweglichen Miene in die Vernehmung eines Zeugen geplatzt war, der gerade gestanden hatte, in gewisser Weise mit Drogenhandel zu tun zu haben.

Aber es war nicht zu übersehen, dass etwas anderes dahintersteckte.

»Er ist nur ein Kollege von mir, er hilft mir bei dem Fall. Warum haben Sie sich so erschreckt?«

Zum ersten Mal, seit er hereingekommen war, hob der junge Mann das Kinn und sah mir direkt in die Augen.

»Weil ich ihn schon mal gesehen habe.«

»Wo denn, im Dezernat?«

»Nein.«

»Wo dann?«

»Er war öfter in Constantins Gegend, und einmal bin ich ihm begegnet, als er aus seinem Haus kam.«

46

Die Straßensperren an der Zufahrt des Boulevards waren aufgehoben worden. Auch die Streifenwagen und die Krankenwagen waren nicht mehr da. Die Glassplitter des Schaufensters waren weggefegt worden, und da, wo der Tank des Busses

Treibstoff verloren hatte, war nur noch ein etwas dunklerer Fleck zu sehen.

Es war kaum noch eine Spur von dem Inferno zu sehen, das hier vor weniger als vierundzwanzig Stunden losgebrochen war, doch für Lucas war es, als würde er durch glühendes Magma waten. Die Luft war wie Benzin, das seine Gedanken entflammte. Lavaströme liefen über seine Wangen, rauchende Splitter verletzten seine Pupillen, als er sich der Eingangstür des Mietshauses näherte.

Als er über die Schwelle trat, fand er sich in demselben düsteren Eingangsbereich wieder. Niemand hatte die Lampen ersetzt.

Dieses Mal wollte er nicht die Treppe nehmen. Es gab keinen Grund dafür. Er nahm den Aufzug und drückte den Knopf für das fünfte Stockwerk.

Anna hatte recht gehabt: Vor der mit gelbem Absperrband versehenen Tür stand ein Polizist Wache, ein junger Kerl mit arrogantem Gesichtsausdruck. Lucas hielt ihm flüchtig den Dienstausweis hin, ohne ihm Zeit zu lassen, den Namen zu lesen. Der junge Mann trat beiseite.

Lucas konnte nicht umhin, den Blick auf die Türschwelle zu richten: Ein großer schwarzer Fleck mit auslaufenden Rändern zog sich bis zur Mitte des linken Türrahmens hoch, und die Tür selbst trug die Schmauchspuren der Geschosse. Jetzt, bei Tageslicht betrachtet, war die Abfolge der Ereignisse klar. Das Gespenst hatte das Gewehr nur mit einer Hand gehalten. Zwei Schüsse, einer unten und einer, vom Rückstoß verrissen, ein paar Zentimeter weiter oben. Die Geschosse waren in die Wand eingeschlagen, was zu Martins Position passte, der mit dem Oberkörper hinter der Schwelle gelegen hatte. Splitter waren umhergeflogen, von denen sich einige in Martins Augen und in sein Gehirn gebohrt hatten. Ein Geschoss hatte die Mauersteine durchschlagen und ihn in die Seite getroffen. Wenn das Gespenst ein paar Zentimeter weiter seitlich gezielt hätte, wäre Martin sauber geköpft worden.

Lucas meinte, einen schwachen Geruch nach verbranntem Fleisch wahrzunehmen, aber das musste Einbildung sein, befand er und zwang sich, die letzten Bilder von Martin zu verdrängen, wie er mit der gezückten Pistole am Boden gelegen und versucht hatte, ihn zu retten.

Ihn zu retten … Stattdessen war Martin selbst fast dabei draufgegangen. Und würde am Ende vielleicht tatsächlich noch sterben.

Er machte einen tiefen Atemzug, der sich in seinen Bronchien rau wie Schleifpapier anfühlte, stieg mit einem großen Schritt über die Schwelle und schloss die Tür hinter sich.

Er tastete an der Wand nach einem Lichtschalter. Die Drähtchen einer einzelnen Glühbirne, die nackt von der Decke hing, erleuchteten sich und gaben einen schwachen Lichtkegel von sich.

Die Wände im Eingang waren komplett schwarz gestrichen, ebenso die Wände im Wohnzimmer.

Ihm wurde klar, dass der Scharfschütze – nein, er hatte jetzt einen Namen, er hieß Hannibal Furlong – das absichtlich getan hatte, um die Lichtbrechung auf ein Minimum zu reduzieren. Dieses Schwarz schluckte Licht wie ein Schwamm, saugte es in den Bauch dieser Wohnung ein und annullierte es.

Lucas hatte das Gefühl, als würde es auch ihn verschlingen.

Aber er musste präsent bleiben.

Er musste die Kontrolle behalten.

Im Geist wiederholte er immer wieder, wo er sich befand und warum.

Er wiederholte den Namen des Heckenschützen.

Hannibal Furlong.

Der Vater von Angelica Furlong hatte ihn hier haben wollen.

Es gab Tonaufnahmen, die das bewiesen.

Lucas hatte geglaubt, hier einen Hinweis zu finden, eine Spur, ein übersehenes Detail. In dieser Wohnung, schwarz wie die Nacht und erstickend wie eine Gaskammer. Aber war es tatsächlich so? Oder war es nur eine Möglichkeit gewesen, sich der Aufmerksamkeit der Profilerin, Anna Wayne, zu entziehen, deren Gegenwart ihn wesentlich stärker beunruhigte, als er es sich eingestehen wollte?

Er fragte sich, was ihm Kathryn raten würde.

Kathryn.

Er hatte eine Verabredung mit ihr, er würde sie bald sehen, noch am heutigen Tag, und sie würde wissen, wie sie seine Qualen lindern konnte, wie immer.

Aber nicht jetzt.

Nicht hier.

Er schaute sich um. Der Stuhl, auf dem das Gespenst Hannibal Furlong gesessen hatte, als er hereingekommen war, stand noch an seinem Platz. Es war ein billiger Plastikstuhl.

Aber er schien auch der einzige Einrichtungsgegenstand in der ganzen Wohnung zu sein.

Lucas ging langsam durch alle Räume. Alles war leer.

In einer Ecke des Raumes, der die Küche sein musste, standen Konservendosen und Wasserflaschen. Im Bad eine beinahe aufgebrauchte Rolle Toilettenpapier und ein auf dem Rand des Waschbeckens vergessenes Handtuch unter einem schmutzigen, eingestaubten Spiegel.

Die Spurensicherung hatte die Wohnung noch nicht untersucht. Wahrscheinlich hatten sie sich erst einmal um die Leiche gekümmert und die Untersuchung der Umgebung auf später verschoben.

Nicht, dass es viele Spuren zu sichern gegeben hätte. Genau genommen so gut wie nichts.

Das Nichts, das diesen Ort hier dominierte, war beinahe überwältigend.

Lucas ignorierte die Vorboten einer neuerlichen Attacke und zwang sich, mit seiner Erforschung weiterzumachen. In dem einzigen, kleinen Schlafzimmer, das sich neben dem Wohnzimmer befand, lag ein Schlafsack auf dem nackten Boden. Neben dem Lager stand ein grüner Seesack. Lucas leerte ihn aus: Er enthielt Wechselkleidung. Zwei Wollpullover, eine Regenjacke, zwei dunkle Hosen aus grobem, widerstandsfähigem Stoff, ein paar T-Shirts und etwas Unterwäsche. Sonst nichts.

Offensichtlich brauchte ein Angehöriger der kämpfenden Spezialtruppen nicht viel Komfort.

Seine Schritte hallten in den leeren Räumen wider. Während er sich vorsichtig durch die Wohnung bewegte, ging Lucas in Gedanken das Gespräch durch, das er zuvor mit Anna Wayne geführt hatte.

Angelicas Vater war auf der Suche nach Rache, und dies hier war sein Nest gewesen.

Ein Nest nur mit dem Allernötigsten zum Überleben. Ein Vorposten.

Eine Basis, von der aus er auf Jagd nach seiner Beute hatte gehen können.

Das Wohnhaus befand sich drei U-Bahn-Haltestellen von dem Viertel entfernt, in dem, Andrews zufolge, Geztu wohnte.

Aber es befand sich mitten in dem Gebiet, in dem der Konsum von Happy End am höchsten war.

Lucas sah wieder das Gesicht des Gespenstes vor sich. Er stellte sich vor, wie es durch diese Straßen streifte, den Happy-

End-Konsumenten auflauerte, Käufer und Verkäufer beobachtete. Er sah es vor sich, wie es, um einen direkten Kontakt zu bekommen, selbst eine Dosis erwarb und versuchte, den kleinen Fischen beiläufig Informationen zu entlocken. Aber was es interessierte, war der Hai.

Er sah, wie das Gespenst sich an die Fersen des örtlichen Dealers heftete, um dessen Bewegungen zu überwachen. Wenn er die Ware beschaffte. Von *wem* er sie beschaffte. Und dann die Nahrungskette immer weiter hinauf.

Es kämpfte gegen die Zeit: Seine Tochter war entführt worden, und es war überzeugt davon, dass sich alles um den Vertrieb von Happy End drehte. Doch die Zeit hatte es besiegt: Angelica Furlong war gefunden worden. Tot.

An dem Punkt hatte Hannibal Furlong jeglichen Kontakt zur Realität verloren: Jetzt, wo er seine Tochter nicht mehr retten konnte, war er von etwas anderem besessen: sie zu rächen.

Lucas stellte sich vor, wie er am Ende, nach Tagen und Nächten der Beobachtung, den Hai hatte identifizieren können. Constantin Geztu.

Wahrscheinlich hatte Furlong danach auch aufgehört, das Viertel zu durchstreifen, in dem er gewohnt hatte. Es interessierte ihn nicht mehr, er hatte gefunden, was er suchte. Lucas sah ihn vor sich, wie er sich in den Hauseingängen verbarg, geschützt vor dem Regen, während er Geztus Bewegungen beschattete. Die Wasserpfützen, die Dämpfe, die aus den Kanaldeckeln aufstiegen, die Feuchtigkeit. Die Einsätze konnten Stunden dauern, ohne irgendetwas zu ergeben, aber die Entschlossenheit dieses Mannes war absolut: Er hatte nichts mehr, wofür er sonst lebte.

Dann ein schwarzes Loch, das Lucas nicht füllen konnte.

Etwas musste Hannibal Furlong zu der Überzeugung gebracht haben, dass Geztu der Mann war, der seine Tochter entführt und getötet hatte. Lucas versuchte sich vorzustellen, was Furlong gesehen haben konnte, erhielt aber nur unscharfe Filmschnipsel.

Straßenecken. Straßenlaternen, die gelbliches Licht auf schwarzen, regenglänzenden Asphalt erbrachen. Menschen – Männer, Frauen, Drogenhändler, Prostituierte und Kunden –, die wie Geister durch die Straßen zogen. Eine volle U-Bahn. Ein Bus. Immer derselbe.

Ein Mädchen.

Immer dasselbe.

Er kannte sie so gut, dass er sogar wusste, wie sie roch.

Geztu hatte sie verfolgt, und Furlong war ihm gefolgt.

Vielleicht hatte das schon gereicht, damit er verstand. Vielleicht hatte es schon gereicht, um in Geztu das zu sehen, was er war: ein Raubtier, das sein Opfer beobachtete, in sein Leben eindrang und sich darin breitmachte wie ein Parasit.

Vielleicht jedoch hatte Furlong sich auch als Drogenabhängiger ausgegeben und Geztu eine Dosis abgekauft, und der kurze Wortwechsel hatte gereicht, um in den Augen des anderen ein Fragment des Todes wahrzunehmen, einen Hauch von Grausamkeit, der ihn überzeugt hatte.

Er war ein Vater in Trauer, ein Soldat, der nur eine Sprache kannte, die des Krieges, ein Mann auf der Suche nach Rache und nicht nur Gerechtigkeit. Ein Monsterjäger.

Und Lucas sah es plötzlich vor sich. Das Monster.

Im Spiegel, im Badezimmer.

Es war sein Spiegelbild, aber er erkannte es nicht.

Er fing an zu zittern. Er beugte sich vor und übergab sich ins Waschbecken.

Das Gesicht im Spiegel wurde immer blasser und furchteinflößender.

Lucas versuchte, mit einem Fausthieb dieses Bild zu zerschmettern, das er nicht erkannte, aber ihm fehlte die Kraft dazu. Er fegte nur den Spiegel von der Wand.

Während ein Teil seines Verstandes sich fragte, wer dieses Monster, dieses Gespenst war, und ein anderer, winzig kleiner Teil ungehört antwortete: »Das bist du«, fühlte Lucas, wie er langsam in einen schwarzen Abgrund hineinglitt.

Wie sich verflüssigendes Wachs gaben die Beinmuskeln nach. Lucas brach zusammen und verlor das Bewusstsein.

47

Ich fühlte mich leer, aufgelöst, ausgebrannt wie eine Kerze.

Scott Andrews war gegangen und hatte mich vor einem Abgrund aus Ungewissheiten zurückgelassen.

Lucas.

Was hatte er in Geztus Haus zu suchen gehabt? Wie war es möglich, dass er so oft in dieser Gegend unterwegs gewesen war? Warum?

Ich dachte an sein Verhalten, daran, wie er sich bewegte. An seine Augen, die immer tief und distanziert waren wie eine Lichtjahre von der Erde entfernte Sternenkonstellation.

Ich konnte ihn mir nicht als Happy-End-Konsumenten vorstellen. Es war nicht die Droge, die ihm diese entrückte Aura verlieh. Nein, da musste etwas anderes sein.

Aber was?

Wie benommen blieb ich, ich weiß nicht wie lange, sitzen.

Ich dachte an meinen Fall, an all das, was ich über diese Mädchen und die Art und Weise, wie sie gestorben waren, zu wissen glaubte. Ich dachte an das *Profil* zurück. Mein Mantra, mein Beruf, meine verdammte Mission: ein Profil zu erarbeiten.

Ich dachte darüber nach, wie nach Lucas' Eingreifen jedes Puzzleteil wie selbstverständlich an seinen Platz gerutscht zu sein schien.

Allzu selbstverständlich.

Allzu selbstverständlich in der Tat. Als hätte Lucas alles im Voraus gewusst, als …

Und mit einem Mal erschien mir alles sehr viel klarer.

Gütiger Himmel.

Die einzige Antwort, die ich sah, war Lucas. Aber es war eine Antwort, die mehr Fragen aufwarf.

Zum x-ten Mal kamen mir Gaceys Worte in den Sinn. *Der Fall ist abgeschlossen.*

Doch zum ersten Mal gaben diese Worte mir Gewissheit.

Dieser Fall war abgeschlossen, ja. Von *diesem* Fall musste ich mich fernhalten, wie befohlen.

Aber niemand konnte mich daran hindern, mich mit einem *anderen* Fall zu beschäftigen.

Lucas.

48

Ich eilte ins Dezernat zurück und rannte zum Parkplatz, um mein Auto zu holen.

Ich stieg ein, ließ den Motor an und fuhr los. Aus Gewohnheit blickte ich in den Rückspiegel und sah Ramirez, der mir wie ein Besessener nachwinkte.

Ich beschleunigte.

Sofort begann das Handy, wütend zu klingeln: Natürlich war er es. Ich ignorierte es ein paar Kilometer, dann nutzte ich die erste rote Ampel, um ihm eine kurze SMS zu schicken.

Sorry, überraschender Notfall. Melde mich so bald wie möglich.

Ich warf das Handy auf den Sitz, nachdem ich die Nachricht abgeschickt und es ausgeschaltet hatte.

Mir reichte es. Gacey hatte mich ausgeschlossen, und jetzt schloss ich eben alle anderen aus, zumindest vorerst.

Ich fuhr nach Norden Richtung Peripherie, auf demselben Weg, der mich in der Nacht zuvor an den Ort gebracht hatte, an dem Robin Moores Leiche gefunden worden war.

Nachdem ich die letzten bewohnten Viertel hinter mir gelassen hatte, führte die Schnellstraße geradewegs in die mit Tulpenfeldern bedeckten Hügel. Es begann zu regnen, und der Asphalt wurde zu einem langen, schwarz glänzenden Band, das mitten zwischen den roten und grünen Kissen hindurchpflügte.

Nach etwa zehn Kilometern fuhr ich nach rechts ab und wendete mich nach Osten. Es war nicht mehr weit.

Während der kurzen Fahrt jedoch hatten sich meine Sorgen verdichtet wie die Wolken am Himmel.

Lucas hatte mich angelogen.

Oder vielleicht auch nur die Wahrheit verschwiegen. Aber über Informationen zu verfügen und sie nicht zu teilen, war bei einem Fall wie diesem genauso schlimm wie zu lügen. Andererseits hatte sich nichts von dem, was er mir bis jetzt gesagt hatte, als falsche Fährte erwiesen.

Was also hatte Lucas mit Geztu zu tun? Was hatte er vor? Was für ein Spiel spielte er?

Um das herauszufinden, musste ich sein Profil vervollständigen. Zum Ausgangspunkt zurückkehren.

Mehr noch, ich musste es von Anfang an neu schreiben: weil ich in Wirklichkeit überhaupt nichts über ihn wusste.

Wenn ich vorankommen wollte, musste ich erst einmal zurückgehen. An den Ausgangspunkt zurück.

Ich parkte den Wagen vor dem niedrigen Gartenzaun einer weißen Villa, klein, aber elegant und sehr gepflegt.

Im Regen stieg ich aus und ging zur Sprechanlage. Ich bekam keine Antwort, aber als ich am Tor rüttelte, merkte ich, dass es offen war. Ich drückte, und es schwang mit Leichtigkeit auf, sodass ich auf den kleinen, mit niedrigen Buchsbaumhecken eingefassten Pfad treten konnte. Der Regen hatte ihn aufgeweicht und matschig gemacht. Überall standen Pfützen. Am Eingang versuchte ich wieder zu klingeln und stellte mich dazu unter den Dachvorsprung.

Immer noch keine Reaktion. Vielleicht hätte ich vorher anrufen sollen.

Ich schaute mich um, verzweifelt und unentschlossen, wie ich weitermachen sollte. Dann fiel mir auf, dass der kleine Zugangsweg sich teilte und dass der eine Abzweig zum hinteren Teil des Hauses führte.

Ich machte mich wieder auf den Weg. Ich bog um eine Ecke, dann um noch eine.

Hinter dem Haus ging das Grundstück weiter. Eine Rasenfläche und hinten, zum Zaun hin, ein Gemüsegarten und ein Gewächshaus.

Erst sah ich ihn nicht, weil er dunkel gekleidet war und eine große Schürze im selben Grün trug wie das Gras. Dann schien der Mann, der auf dem Boden kniete, mich entdeckt zu haben. Er stand auf und kam mit raschen Schritten auf mich zu.

»Hallo«, sagte ich, als er nahe genug war, um mich zu hören.

»Anna. Haben Sie an der Sprechanlage geklingelt?«

»Ja, um ehrlich zu sein. Und auch an der Tür.«

»Sie müssen mich entschuldigen, aber wie Sie sehen, war ich hier draußen. Ich musste die Tomaten abdecken, dieser Regen hätte sie sonst innerhalb kürzester Zeit ruiniert.«

Er trat auf mich zu, und wir schüttelten uns die Hände, sein Händedruck war so fest und herzlich wie sein Lächeln. In seinem Blick jedoch lag eindeutig eine Spur von Misstrauen, und ich konnte nicht sagen, ob es sich dabei um eine Nachwirkung seines Berufslebens oder etwas anderes handelte.

»Entschuldigen Sie die Störung, aber … Ich bin hier, um …«

»Es ist ziemlich frisch hier draußen, finden Sie nicht? Vielleicht das Alter. Gehen wir rein, ich koche Ihnen einen Tee, und dann sprechen wir über Lucas.«

49

Die Küche in Zanniers kleiner Villa war warm und gemütlich, ließ allerdings das Fehlen einer weiblichen Hand erkennen, wie man in solchen Fällen so sagte.

Nein, das war nicht richtig.

Es hatte eine weibliche Hand gegeben: Das sah ich an der Sorgfalt, mit der Kupfertöpfe und Schmuckkacheln an den Wänden arrangiert waren. Drei Borde, eines über dem anderen, gleich neben der Glastür, waren mit Schüsseln, Karaffen und mit Serviettentechnik verzierten Gläsern gefüllt. Neben der Dunstabzugshaube über dem Herd hing eine runde Wanduhr, deren Holzrahmen eine Sonne darstellte, und auf der Anrichte stand eine flache und breite ovale Silberschale mit einem eingearbeiteten Blattmuster, die voller vermutlich eher alter Postkarten war, mit Ansichten derselben Städte wie die, die auf den Magneten zu sehen waren, die ordentlich an die Kühlschranktür geheftet waren.

Aber die Topflappen, die an den Saugnapfhaken neben dem Spülbecken hingen, passten nicht zueinander, im Spülbecken standen drei leere Bierflaschen, und nachdem er den Wasserkessel aufgesetzt hatte, wusch Zannier lieber zwei schmutzige Tassen ab, als zwei saubere zu nehmen, als wüsste er nicht, wo sie sich befanden.

»Seit wann sind Sie Witwer, wenn ich fragen darf, Captain Zannier?«

»Seit zwei Jahren. Aber es kommt mir vor, als wäre es erst seit gestern. Sie sind Profilerin, Anna … Eine der besten, lassen Sie sich das gesagt sein.«

»Danke, aber …«

»Was sagt also Ihr Profil über mich?«

»Ich weiß nicht …«

»Na los, spannen Sie mich nicht auf die Folter. Schießen Sie los, um der alten Zeiten willen.«

Ich schaute ihn neugierig an. Dann entschloss ich mich.

»Seit zwei Jahren, sagten Sie? Offiziell haben Sie sich erst vor ein paar Tagen zurückgezogen. Die Gegenwart Ihrer Frau ist hier immer noch spürbar, aber ihr Einfluss verblasst. Alles ist in den letzten Jahren verblasst, nicht wahr? Ich sehe, dass Sie immer noch Ihren Ring tragen, aber jetzt, wo Sie niemand mehr zwingt, ihn zu reinigen, wird er blind. Aber die Arbeit fehlt Ihnen. Die Reflexe sind immer noch die gleichen, der Instinkt auch – als Sie mich im Garten gesehen haben, ging Ihre Hand instinktiv zur Pistolentasche, nur dass die Pistole nicht mehr da ist. Erst als Sie mich erkannt haben, haben Sie sich entspannt. Wie mache ich mich bis jetzt?«

Zannier lächelte vergnügt. Meine Beobachtungen schienen ins Schwarze getroffen zu haben, hatten ihn aber weder irritiert noch verärgert. Er forderte mich mit einer Handbewegung auf weiterzumachen.

»Ich habe nicht mehr viel hinzuzufügen, Captain Zannier …«

»Ich bin nicht mehr Captain. Und nennen Sie mich Gustav, um Himmels willen. Schießen Sie los, ich sehe doch, dass Sie etwas sagen wollen.«

»Okay, Gustav. Es ist nur, dass … Ich frage mich nur, was der Auslöser war, was Sie dazu gebracht hat, so plötzlich zurückzutreten. Ich kann mir vorstellen, dass es private Gründe waren, folglich müssen Sie es mir nicht sagen.«

»Nein, in der Tat, ich muss es nicht. Aber ich könnte es Ihnen auch sagen, hinterher.«

»Hinterher?«

»Ja. Nachdem Sie mich das gefragt haben, weswegen Sie hergekommen sind. Sie wollen mit mir über Lucas sprechen, nicht wahr?«

Der Kessel pfiff. Er stand auf und hob ihn vom Feuer, dann nahm er zwei Teebeutel und goss zwei Tassen bis zum Rand voll auf. Keine Milch, keine Zitrone, kein Zucker. Ich traute mich nicht, danach zu fragen, es reichte mir, etwas Warmes zu bekommen. Meine Haare waren noch nass, der Knoten, den ich mir heute Morgen mehr schlecht als recht vor dem Spiegel im Untergeschoss des Dezernats gemacht hatte, ließ Regenwasser in den Nacken tropfen. Ich legte eine Hand in den Nacken, um ihn zurechtzurücken.

Zannier sah mich an, dann zog er eine Schublade auf und gab mir ein sauberes, weiches Handtuch.

»Nehmen Sie das, und trocknen Sie sich wenigstens ein bisschen ab, sonst holen Sie sich noch eine Erkältung. Und wie wollen Sie Ihren Fall voranbringen, wenn Sie alle paar Minuten niesen müssen?« Er lächelte wieder.

»Woher wissen Sie, dass ich hergekommen bin, um über Lucas zu sprechen?«, fragte ich ihn.

»Ich lasse nicht gern Sachen unvollendet, Anna. Aber bei ihm musste ich das tun. Seit wann arbeiten Sie mit ihm?«

»Seit einem Tag. Nur einen Tag, aber es kommt mir vor wie eine Ewigkeit. Das von Martin haben Sie gehört, nehme ich an.«

»Ja, davon habe ich gehört.« Er seufzte, und sein Blick verdüsterte sich. »Ich hoffe immer noch, dass er nicht noch vor mir durchs Ziel geht.«

»Wie bitte?«

Anstatt sich besser zu erklären, nahm sich Zannier Zeit, um seinen Tee zu schlürfen. Er war kochend heiß, wie ich hatte feststellen können, als ich mir nur die Lippen benetzte, aber er trank ihn wie Leitungswasser.

»Nichts. Nichts, es ist nur, dass … Sie wissen doch, was man über Väter sagt, die ihre Söhne sterben sehen …«

»Ich verstehe. Aber Martin ist nicht tot.«

Zannier zeigte auf das Telefon, das auf der Arbeitsfläche der Küche lag.

»Ich habe gerade mit seiner Frau gesprochen. Sie ist verzweifelt, aber tapfer: Sie gibt nicht auf. Martin geht es allerdings nicht gut, ganz und gar nicht gut. Er hat ein Auge verloren. Es ist ihnen gelungen, den Splitter aus dem Gehirn zu entfernen, aber sie wissen noch nicht, ob er sich wieder erholt oder ob …«

Die Worte schienen ihm auf den Lippen zu ersterben. Er seufzte, dann wendete er den Blick ab und schaute eine Weile in den Regen hinaus, der wie in Bindfäden vor dem Küchenfenster herabfiel.

»Erzählen Sie von dem Fall, an dem Sie arbeiten«, forderte er mich dann auf, ohne mich anzusehen.

Ich antwortete nicht gleich.

Er drehte sich zu mir und sah mich scharf an. Die Falten in seinem Gesicht schienen sich zu vertiefen.

»Wenn Sie wollen, dass ich Ihnen etwas über Lucas sage,

müssen Sie mir schon einen Grund dafür geben. Sprechen Sie mit mir über den Fall, und sagen Sie mir, wie es wirklich steht. Nicht den Unsinn, den Gacey gerade bei der Pressekonferenz von sich gegeben hat«, sagte er.

Das überzeugte mich, und ich erzählte ihm alles.

Von den Mädchen. Ihrem Verschwinden. Den Leichen.

Von Robin Moore, den Entwicklungen, die sich dank seines Schützlings, Lucas, ergeben hatten.

Von Constantin Geztu.

Die Enthüllung von Scott Andrews hob ich mir bis zum Schluss auf: Er hatte Lucas in der Umgebung von Geztus Wohnung gesehen. Lucas und Geztu kannten sich.

Ich redete beinahe eine halbe Stunde, unterbrach mich nur, um seine Fragen zu beantworten, die immer zielgerichtet und klärend waren, nie interpretierend. Er wollte meine Schlussfolgerungen nicht vorwegnehmen, er wollte nur die Fakten eindeutig kennenlernen. Während ich sie ihm darlegte, konnte ich nicht umhin, mich zu fragen, wie es wohl gewesen sein mochte, mit ihm zusammenzuarbeiten. Ohne Zweifel wesentlich besser als mit diesem Egomanen Gacey. Zannier konnte zuhören und aus seinen Gesprächspartnern das Beste herausholen. Gacey konnte nur einem Menschen zuhören: sich selbst.

Am Ende meines Berichtes schien Zannier sich ein paar Minuten in eigenen Gedanken zu verlieren. Er drehte die inzwischen leere, kalte Tasse zwischen den Händen. Dann schien er zu einer Entscheidung gekommen zu sein und fing an zu sprechen. Sein erster Satz erwischte mich eiskalt.

»Lucas war nicht immer so, müssen Sie wissen.«

50

Als ich die kleine Villa verließ, herrschte in meinem Kopf ein fürchterliches Chaos.

Zannier hatte mich hinausbegleitet, sich an den Türrahmen gelehnt und sein gerötetes Gesicht zum immer noch regenschweren Himmel gewandt.

»Was werden Sie jetzt tun?«, hatte er mich gefragt.

»Sie wissen, was ich tun werde. Ich muss dieser Sache auf den Grund gehen, bevor sie mich auf die Bretter schickt.«

Zannier dachte einen Augenblick nach. »Gut. Und tun Sie, was Sie tun müssen«, sagte er, während er mir eine Visitenkarte in die Hand drückte. Er krempelte die Ärmel hoch und verschränkte die Arme vor der Brust.

Aber es gab noch etwas Ungeklärtes zwischen uns, noch konnte ich nicht gehen.

»Wie lange noch?«, fragte ich.

Er lächelte mich an, zugleich warm und melancholisch.

»Ich wusste, dass Sie es durchschaut haben. Niemand im Dezernat ist darauf gekommen, nicht einmal Lucas; der allerdings nur deshalb nicht, weil ich gegangen bin, bevor es so offensichtlich war.«

»Zwei Tage haben gereicht, um es so offensichtlich werden zu lassen?«

»Zwei Tage sind eine Ewigkeit, Anna. Besonders, wenn man in den zwei Jahren davor nichts als die Arbeit hatte, die einen bei der Stange gehalten hat, und man dann mit einem Mal darauf verzichten muss.«

»Der Auslöser …«, murmelte ich. »Es tut mir leid.«

»Das muss es nicht. Ich habe Esther schon lange genug überlebt. Jetzt säe ich und pflege Pflanzen, die mich überleben werden. Es ist alles, wie es sein soll.«

Ich warf einen letzten Blick auf die ödematösen Flecken auf seinen Unterarmen, das Netz aus rötlichen Äderchen, die gelblichen und dunkel umrandeten Augen. Die weißen Haare, die einst dicht gewesen waren, jetzt aber anfingen, kahle Stellen aufzuweisen. Ich stellte ihn mir vor, wie er seinen Kollegen, seinen Untergebenen, Lucas sagte, dass er älter wurde. Einfach nur älter wurde, wie alle anderen.

Stattdessen starb er.

Ich verabschiedete mich mit einem stummen Winken und stieg in mein Auto, zitternd und bis ins Mark erschüttert.

Ich hatte die Anzeichen der Krankheit nicht erkannt, weil ich Profiler war. Und auch nicht, weil sie so offensichtlich waren, wie Zannier jetzt glauben wollte, der inzwischen nicht mehr die Kraft hatte, sie zu verbergen. Ich hatte sie erkannt, weil ich eine Tochter war und weil ich diese Zeichen schon einmal gesehen hatte: vor zwei Jahren, bei meinem Vater.

Ich gab die Adresse, die auf der Visitenkarte stand – Dr. Philip Richter, Psychiater –, ins Navigationsgerät ein.

Der Mann, bei dem Lucas in Behandlung war, wegen *seiner* Krankheit.

51

Dr. Richter hatte seine Praxis im Erdgeschoss eines großen Gründerzeithauses im Herzen von Kunstwick, Havens ältestem und elegantestem Viertel. Hätte Zannier es mir nicht gerade erklärt, hätte ich mich gefragt, wie ein einfacher Polizeiinspektor wie Lucas sich einen Psychiater dieses Kalibers leisten konnte. Dr. Richter war über einen seiner ehemaligen Schüler, den Psychiater des Dezernats, auf Lucas' Fall aufmerksam geworden und behandelte ihn gratis, weil er seiner Aussage nach ein »extrem interessanter Fall« war, der »möglicherweise sogar von wissenschaftlicher Bedeutung« sei. Diese Formulierung machte mich neugierig, weil sie mir zu versprechen schien, den Schlüssel zu Lucas' Persönlichkeit zu finden.

Und den immer beängstigender werdenden Verdacht zu entkräften.

Oder zu bestätigen.

Mir schmerzlich meiner schlammbespritzten Stiefel und meiner zerzausten Erscheinung bewusst, die ich mit einem Blick in den Rückspiegel vergebens zu glätten versucht hatte, klingelte ich und wartete, bis die Tür zur Praxis mit einem Summen aufsprang.

Im Wartezimmer war niemand, also ging ich davon aus, dass sich im Behandlungszimmer ein Patient befand und ich warten musste.

Ich machte es mir in einem mit flaschengrünem Samt bezogenen Sessel vor einem matten Glastisch voller Zeitschriften bequem. Kaum hatte mein Rücken die gepolsterte Lehne berührt, die mich wie eine Umarmung umfing, spürte ich, wie sich die Last der jüngsten Ereignisse mit schmerzlicher Intensität bemerkbar machte.

»Sie sind keine meiner Patientinnen«, erschreckte mich eine etwas schrill klingende Stimme, und mir wurde klar, dass ich kurz vor dem Einnicken gewesen sein musste.

»Nein, in der Tat nicht. Noch nicht, zumindest«, antwortete ich und stand auf.

Ein kleiner Mann mit eher kurzen Beinen und sich vorwölbendem Bauch kam lächelnd auf mich zu.

Er streckte mir die Hand hin und musterte mich rasch von Kopf bis Fuß.

»Philip Richter.«

»Freut mich. Ich bin Anna Wayne und …«

»Oh, ich weiß, wer Sie sind, ich habe einige Ihrer Fälle verfolgt. Sie sind Profilerin, nicht wahr? Sehr interessant.«

»Ich weiß nicht, ob ›interessant‹ das richtige Wort ist.«

Er sah mich durch die Brillengläser freundlich an und lächelte.

»Ich gehe davon aus, dass Sie nicht zu einem Vorgespräch gekommen sind. Sie sind aus beruflichen Gründen hier, richtig?«, sagte er dann und forderte mich mit einer Handbewegung auf, ihm in sein Büro zu folgen. Mit einer gewissen Mühe löste ich mich widerstrebend aus der Umarmung des Sessels.

»Ich fürchte, ja. Ich bin aus beruflichen Gründen hier. Es tut mir leid, Sie zu stören.«

»Keine Sorge. So wie es aussieht, bin ich sowieso gerade von einem Patienten versetzt worden. Hin und wieder kommt das vor.«

»Lässt Lucas öfter mal eine Sitzung ausfallen?«, kam ich direkt zum Punkt. Sollten sich meine Befürchtungen als begründet erweisen, hatten wir keine Zeit für Höflichkeiten.

Dr. Richter sah mich prüfend an, für einen Augenblick aus dem Konzept gebracht. Ich nahm deutlich wahr, dass er bei aller Leutseligkeit bereits dabei war, Barrieren zu errichten und Strategien zu entwickeln, um seinen Patienten zu schützen.

Ich beschloss, seiner Frage zuvorzukommen.

»Ja, ich bin wegen Lucas hier. Captain Zannier hat mich zu Ihnen geschickt.«

»Zannier? Ich verstehe. Also nehme ich an, es handelt sich um etwas Ernstes.«

»Ja. Das ist es.«

Der Psychiater seufzte.

»Anna … Ich darf Sie doch Anna nennen, oder?«

»Sicher.« *Alles, was du willst,* dachte ich, *wenn du mir nur antwortest.*

»Anna, wie Sie sich sicher vorstellen können, sind diesem Gespräch Grenzen gesetzt. Zum einen ist die Beziehung zwischen Psychiater und Patient vertraulich und unterliegt der Schweigepflicht …«

»Sehr gut. Das ist mir alles klar. Aber ich bin nicht hergekommen, um mit Ihnen ein Gespräch über Tatsachen zu führen.«

»Nein? Wozu denn dann?«

»Ich möchte ein hypothetisches Gespräch führen.«

Er lächelte maliziös.

»Sie sind mir schon eine. Aber interessant. Fahren Sie fort.«

Ich setzte mich, schlug die Beine übereinander und stützte die Arme auf die Lehnen.

»Ich verlange nicht von Ihnen, mit mir über einen konkreten Patienten zu sprechen. Ja, am besten vergessen Sie den Namen, den ich Ihnen gerade genannt habe, und wir fangen noch einmal von vorne an. Was halten Sie davon?«

»In Ordnung.« Hinter dem imposanten Mahagonischreibtisch, glänzend und leer, schien Dr. Richter beinahe zu verschwinden, und es war, als hätte ich es nur mit seiner Stimme zu tun.

»Ich möchte Sie um eine generelle Einschätzung zu einem hypothetischen Fall bitten, folglich verstoßen wir nicht gegen die Schweigepflicht oder verletzen die Vertraulichkeitsvereinbarung. Wäre das für Sie machbar?«

»Ich behalte mir vor, das während des Gesprächs zu entscheiden, Anna. Fahren Sie fort.«

»Großartig. Ich werde Ihnen nicht viel Zeit rauben. Ich werde Ihnen eine Geschichte erzählen, die mir Zannier vor Kurzem erzählt hat, und dann um Ihre professionelle Einschätzung bitten.«

»Ich kann es kaum erwarten.«

52

Das Auto fährt schnell. Vielleicht zu schnell.

»Hat dir die Party gefallen, Schatz?« Die Frau dreht sich zum Rücksitz um, auf der Suche nach einer Antwort oder einem Lächeln oder auch nur einer genervten Grimasse, aber das Mädchen schläft schon. Es war ein langer Tag.

Die Straße windet sich durch die sanften, in Rot getauchten Hügel. Schon bald, nach den letzten Kurven, wird sie sich geradestrecken, um ins Herz der Stadt zu führen. Aber für den Augenblick wiegen die Kurven das Fahrzeug nach rechts und nach links, wie eine Kinderwiege. Kein Wunder, dass das Mädchen eingeschlafen ist: Schon immer hatten Autofahrten diese Wirkung auf sie, auch jetzt, da sie größer ist und ganz sicher keine Wiege und auch keinen Kindersitz mehr braucht.

Währenddessen schießt das Auto schnell durch die Serpentinen. Vielleicht zu schnell.

»Schläft sie?«, fragt der Mann am Steuer und löst dabei kurz den Blick von der Straße, um in den Rückspiegel zu schauen.

Die Frau hält es für überflüssig zu antworten, deshalb schaut sie schweigend zum Fenster hinaus. Unwillkürlich zucken die Pupillen hin und her, während die schlanken Stämme der Birken neben der Straße vorbeisausen.

Die Sonne blendet im Rückspiegel und malt ein Rechteck um die Augen des Mannes, aber er trägt eine sehr dunkle Sonnenbrille. Seit einigen Monaten trägt er sie immer, Tag und Nacht. Die Frau fragt sich, was ihr Mann außer seinen Augen noch zu verbergen hat, aber sie hat diese Frage noch nicht laut ausgesprochen und weiß nicht, ob sie es je tun wird.

Wie dieser Sonntagnachmittag. Es war nur ein Geburtstagsfest, zu dem sie die Tochter begleitet haben, aber es war, als hätte sie ihn um einen Spaziergang durch die Hölle gebeten.

Wie üblich war seine Antwort Schweigen gewesen.

Schweigen, während sie auf die Hügel zufuhren, obwohl das Mädchen versuchte, seine Aufmerksamkeit zu wecken. Am Ende hatte sie, normalerweise ein fröhlicher Mensch, der gerne redete, nach einigen vergeblichen Versuchen, ihm ein Lächeln zu entlocken, entmutigt aufgegeben.

Schweigen im Haus der Eltern des Geburtstagskindes, einer Klassenkameradin ihrer Tochter. Ein Schweigen, das durch das fröhliche Lärmen der Kinder und die Gespräche der Erwachsenen noch dröhnender wurde. Er, schweigsam und düster, hatte mit einem Glas in der Hand an die Wand gelehnt in einer Ecke gestanden und sich nur von dort bewegt, um es wieder aufzufüllen. Dann war er wieder zu seiner Wand zurückgeflüchtet und hatte sich mit dem Rücken daran angeschmiegt, als wollte er sich unsichtbar machen. Stattdessen hatte er nur die Neugier der anderen erregt.

Die Frau hatte die Fragen und die Anspielungen der Freundinnen ertragen. Lächelnd und routiniert hatte sie sie von sich gewiesen, auf den Stress verwiesen, die besondere Arbeit ihres Mannes, die schwierigen Zeiten im Allgemeinen, und am Ende dem schlechten Wetter die Schuld gegeben. Die Worte kamen ihr ganz von allein über die Lippen, Sätze, die sie schon so oft ausgesprochen hatte, dass sie währenddessen über etwas anderes nachdenken konnte.

Sie dachte an die Augen ihres Mannes, von denen sie nicht wusste, wann sie sie zuletzt gesehen hatte; sie wusste nur noch, dass beim letzten Mal fast kein Weiß mehr darin zu sehen gewesen war, nur ein Netz aus Kapillaren, das so dicht war, dass die Pupillen im Rot ertranken und die grüne Iris kaum zu sehen war. Sie dachte an seine Hände, die immer häufiger zitterten, auch wenn er es nicht zu bemerken schien. An die Art und Weise, wie er sich im Schlaf hin und her warf, die seltenen Male, bei denen seine Arbeit es ihm überhaupt gestattete, das Bett mit ihr zu teilen. Sie dachte daran, wie er, der sowieso schon immer eher schweigsam gewesen war, kaum mehr als fünf oder sechs Worte hintereinander herausbrachte, jedenfalls ihr gegenüber, als kostete es ihn zu viel Kraft, bei sich selbst zu sein, im Kontext, in der Situation, bei ihr. Sie dachte daran, wie er in letzter Zeit stillschweigend den körperlichen Kontakt zu seiner Tochter mied, die, obwohl sie zehn Jahre alt war, es immer noch genoss, in den Arm genommen und von ihrem Vater hochgehoben zu werden, aber er tat es nicht mehr, als hätte er Angst, sie fallen zu lassen.

Für sie drei war die Party schon eher zu Ende gewesen als für die anderen. Bei den ersten Anzeichen für das Herannahen der Abenddämmerung hatte die Frau zu ihren Freundinnen gesagt (Freundinnen – als könnte sie sie noch so nennen, als könnte sie die Distanz, die sie wahrnahm, ignorieren, jetzt, wo die Einsamkeit ihr allmählich wie ein Kleid auf den Leib geschneidert zu sein schien), dass, nein, sie nicht noch zum Essen bleiben würden, weil ihr Mann am Abend zu Hause sein musste. Ja, die Arbeit. Immer seine Arbeit.

Vorsichtig hatte sie ihren Mann von der Wand dieses festlich geschmückten Wohnzimmers geholt, hatte sich mit geübter Geschicklichkeit den aufdringlichen Verabschiedungen der Freundinnen entzogen, falsche Versprechungen über das baldige Wiedersehen gemacht, vielleicht zum Tee nur unter Frauen, hatte die Tochter, die so müde war, dass sie nicht protestierte, bei der Hand genommen und sie auf den Rücksitz gesetzt, und dann hatten sie sich auf den Weg gemacht.

Die Stadt war bereits am Horizont zu sehen, an die Hügel gekauert, das Zentrum unter einer Kuppel aus Smog. Das Auto schoss pfeilschnell durch die letzten Kurven.

Zu schnell.

Zu schnell und dann, mit einem Schlag, zu still.

53

»Sie wissen, wann das geschehen ist, nicht wahr, Dr. Richter?«, fragte ich, nachdem ich zu Ende erzählt hatte.

»Nein, aber ich denke, es muss vor etwa zehn oder elf Jahren passiert sein.«

»Können wir es Ihrer Meinung nach zum auslösenden Faktor erklären?«

Der Psychiater nahm sich Zeit zum Nachdenken. Nicht so sehr über die Antwort an sich, vermutete ich, sondern eher darüber, wie er sie formulieren konnte, um die feine Grenze der Vereinbarung nicht zu überschreiten, die wir getroffen hatten.

»Erst einmal sollten wir uns vielleicht über den Begriff ›auslösender Faktor‹ verständigen. Was hat er ausgelöst? Ich denke, Sie meinen die Folgen eines Traumas, wie das, das sie mir gerade in Bezug auf den Patienten beschrieben haben …«

»Den *hypothetischen* Patienten« berichtigte ich ihn mit einem Augenzwinkern, was ihn zu belustigen schien.

»Richtig. Wenn ein hypothetischer Patient ein hypothetisches Trauma erleidet wie das, was Sie mir gerade geschildert haben, also seine Frau und seine Tochter bei einem Autounfall verliert, bei dem er selbst am Steuer saß, können die psychischen Folgen verschiedener Art sein. Das Schuldgefühl, Agent Wayne, ist ein wandelbarer Reisegefährte. Ein Untier, das jederzeit seine Form verändern kann. Aber, ich wiederhole, Sie sind Profiler und aufgrund dessen wahrscheinlich an pathologischen Verhaltensweisen aus der soziopathischen Matrix interessiert, die in kriminelle Episoden münden können. Sagen wir mal, dass Ihre Position eher am Ende des Spektrums steht, während ich mich mit den Vorstufen beschäftige, die dem vorausgehen.«

»Einverstanden. Aber sehen Sie, wenn ich mit Ihnen über diesen Fall spreche, dann nur, weil ich verstehen möchte, ob das fragliche Subjekt sich noch auf einer Vorstufe oder bereits in dem Extrem befindet, von dem Sie sprechen.«

»Das Trauma an sich reicht dafür nicht: Statistisch gesehen, führen die Reaktionen von Subjekten, die solchen Ereignissen ausgesetzt sind, normalerweise zu depressiven Zuständen, deren Intensität und Dauer von verschiedenen vorbestehenden Variablen abhängen. Um das zu bestimmen, braucht man noch weitere Anamnese-Elemente, muss aber auch die konkreten Umstände präziser kennen.«

Der Psychiater machte eine Pause. Er griff in eine Schublade, zog mit einem komplizenhaften Grinsen eine Schachtel Zigaretten und ein Feuerzeug heraus und fragte mich damit wortlos, ob er rauchen dürfe. Ich nickte, während ich darüber nachdachte, wie ich weitermachen sollte, aber er kam mir zu Hilfe.

»Wenn Sie dem hypothetischen Bild, das Sie skizziert haben, noch das eine oder andere Detail hinzufügen würden …«

»Was für ein Detail?«

»Sie werden keine Anamnesedaten haben. Aber vielleicht könnten Sie das ursprüngliche Trauma etwas genauer schildern. Zum Beispiel, was nach dem Unfall passiert ist.«

54

Der Mann schlägt die Augen auf, und sein erster Gedanke ist: »Wo ist meine Sonnenbrille?«

Er braucht ein paar Sekunden, um zu erkennen, dass die Welt auf dem Kopf steht.

Während er durch das zerbrochene Fenster hinauskriecht und sich mit den Fingern an den mit Glasscherben übersäten Asphalt klammert, versucht er, sich ein Bild der Lage zu machen.

Die stechenden Schmerzen bei jedem Atemzug legen den Verdacht nahe, dass er sich wohl ein paar Rippen gebrochen hat, aber abgesehen davon scheinen seine restlichen Knochen alle heil zu sein.

Hals, Schultern und Rücken scheinen ein einziger Block aus Feuer zu sein, aber das ist ein Schmerz, den er kennt, er weiß, dass er sich auf Muskeln und Sehnen beschränkt und auf nichts Irreparables hindeutet.

Es ist der Kopf, der ihm Sorgen macht.

Er spürt eine leichte Schwellung im Nacken, und eine leichte Berührung reicht schon, um Myriaden von Nervenenden gleichzeitig verrücktspielen zu lassen. Dies ist ein Schmerz, wie er ihn noch nie empfunden hat. Den er nicht kennt, und was er nicht kennt, macht ihm normalerweise Angst.

Und dennoch fängt er an, eine seltsame Losgelöstheit von allem zu spüren.

Als wäre nichts mehr wichtig. Als wären alle Oberflächen der Welt glatt geworden.

Er schreibt es dem Schock zu.

Er weiß genau, was er tun muss.

Wen er anrufen muss.

Und in welcher Reihenfolge.

Als Letztes kommen die Krankenwagen, mit heulenden Sirenen, aber der Mann denkt nur, dass es ohnehin nichts mehr nützt, weil sie tot sind.

Der Mann hebt den Blick zu den Wipfeln der Bäume, zu den Sternen und dem Mond, die durch das Laubwerk scheinen. Er atmet, und der Schmerz der gebrochenen Rippen bringt ihn irgendwie wieder in die Gegenwart zurück.

Dann lässt er sich von seinem Kollegen wegführen.

55

»Immer noch hypothetisch gesprochen: Die Person, von der ich spreche, hat sich nach dem Unfall und nach einer gewissen Erholungszeit wieder ins Arbeitsumfeld eingefügt. Aber ihr Verhalten hat sich verändert.«

»Können Sie mir sagen, in welcher Weise? In welchem Maße die Person anders war als früher?«, fragte er mich.

Dr. Richter drückte die Zigarette in einem verschließbaren, silbernen Aschenbecher aus. Ein feiner bläulicher Rauchschleier blieb in der Luft hängen.

»So, wie es aussieht, würde ich eine emotionale Entfremdung vermuten. Die intellektuellen Fähigkeiten sind nicht beeinträchtigt, wir sprechen hier von einem Menschen, der in dieser Hinsicht überdurchschnittlich funktionstüchtig ist. Wie vor dem Unfall schon, schlussfolgere ich. Wenn nicht sogar besser.«

»Als hätte das emotionale Substrat eine Art Hemmschwelle, eine Art Filter für die intellektuellen Wahrnehmungen gebildet, und jetzt, wo es diesen Filter nicht mehr gibt, ist er in gewissem Maße freier, sind die deduktiven und induktiven Prozesse schneller und effizienter. Ähm … die Symptome sind sofort nach dem Unfall aufgetreten, richtig?«

»Sagen Sie's mir«, forderte ich ihn heraus.

Er lächelte. »Ich könnte mir vorstellen, dass sie graduell aufgetreten sind, aber ja, ich würde sagen, seit dem Unfall. Und bei dem Unfall hat er auch körperliche Schäden davongetragen, sagten Sie? Am Schädel?« Als wollte er seine Argumentation unterstützen, führte Dr. Richter unwillkürlich die Hand an den Kopf und strich über die Stelle, von der wir sprachen.

»So scheint es, auch wenn die körperlichen Symptome im normalen Zeitverlauf der Erholung wieder verschwunden sind. Scheinbar ohne Spätfolgen. Wobei es die vielleicht gibt, aber sie sind nicht manifest.«

Ich dachte daran, wie häufig Lucas sich an den Nacken griff und darüber strich. Eine unwillkürliche, gewohnheitsmäßige Geste, die er ganz sicher nicht mehr bemerkte.

Und was, wenn das kein Ritual, sondern ein Symptom war?

»Ich verstehe«, meinte Dr. Richter. »Das scheint ein interessanter Fall zu sein. Die physischen Schäden allerdings, besonders, wenn es sich um Kopfverletzungen handelt, eröffnen eine ganze Palette vollkommen anderer Möglichkeiten. Und möglicherweise sogar interessantere. Es gibt einige Krankheitsbilder, die meiner Meinung nach noch nicht ausreichend erforscht sind, die …«

Dr. Richter fing an zu reden, und mir wurde klar, dass wir

am entscheidenden Punkt unseres Gesprächs angekommen waren.

Ich musste entscheiden, wie weit es gehen sollte. Wir befanden uns auf brüchigem Eis, wie auf einem zugefrorenen See. Das Risiko, unsere Karriere zu gefährden, indem wir Informationen preisgaben, die der Schweigepflicht unterlagen, war hoch.

Ich beschloss, ihm nur einen Schubs in die richtige Richtung zu geben.

»Eines gibt es noch, was ich Ihnen bisher noch nicht gesagt habe: Die fragliche Person ist vermutlich in eine Mordserie verwickelt.«

Rasch umriss ich ihm in groben Zügen den Fall, mit dem ich betraut war – betraut gewesen war, bis Gacey ihn für abgeschlossen erklärt hatte.

Dr. Richter hörte mir aufmerksam zu, aber nach und nach verlor sein Gesicht den jovialen Ausdruck, um einer besorgteren, bestürzteren Miene Platz zu machen. Seinen wenigen, aber präzisen Fragen entnahm ich, dass er die volle Tragweite des *Quidproquo,* das ich ihm anbot, erfasst hatte.

Vertrauliche Informationen über eine laufende Ermittlung im Tausch gegen vertrauliche Informationen über einen seiner Patienten, der in dieselbe Ermittlung verstrickt war.

Als ich mit dem Bericht fertig war, nahm er sich Zeit zum Nachdenken. Er wiederholte die Zeremonie von vorhin, zog eine Schublade auf, holte den Inhalt heraus und zündete sich eine zweite Zigarette an. Beim ersten Zug inhalierte er tief, hielt den Rauch in der Lunge und ließ ihn dann langsam wieder heraus, während er mich beobachtete. Er machte den Eindruck, als habe er sich immer noch nicht entschieden, aber ich hatte das Gefühl, dass die Waagschale sich allmählich zu meinen Gunsten senkte.

»Wie alt sind die Opfer?«, fragte er dann.

Er hatte auf den Gebrauch des Konjunktivs verzichtet und auch darauf, die Opfer »hypothetisch« zu nennen. Das Rollenspiel war vorüber.

»Zwischen zwanzig und vierundzwanzig. Etwa dasselbe Alter, das heute die Tochter von …«

»Des Patienten.«

»Von Lucas«, sagte ich. »Wir können aufhören, so zu tun, als ob.«

Mein Job als Profiler hatte mich mit den kompliziertesten Köpfen in Kontakt gebracht, die ich mir vorstellen konnte – kriminellen natürlich –, aber in einem waren sie alle gleich gewesen: Einfachheit war der Schlüssel zu allem. Und eine der Regeln der Einfachheit bestand darin, dass es keinen besseren Ort gibt, um eine Lüge zu verstecken, als unter einem Berg verschiedener Wahrheiten.

Er versucht, sich eine Familie zu konstruieren. Eine perfekte Familie.

Lucas selbst hatte das gesagt.

Ohne näher darauf einzugehen, dass der Killer nicht versuchte, sich eine perfekte Familie zu »konstruieren«, sondern die Familie zu *rekonstruieren*, die er verloren hatte.

Lucas sprach von *seiner* Familie.

56

Ich war wieder unterwegs.

An diesem Nachmittag sammelte ich Adressen im Navi und Visitenkarten in der Tasche.

»Ich werde so tun, als hätte ich den Namen, den Sie gerade genannt haben, nicht gehört, Agent Wayne.«

»Wie Sie wollen. Aber Sie helfen mir trotzdem, oder?«, hatte ich geantwortet, allerdings ohne meiner Frage einen fragenden Ton zu geben.

»Nein.«

Ich war kurz davor, wütend aufzuspringen. Ich wollte ihn anbrüllen, ihn an der Krawatte zerren, notfalls bis er keine Luft mehr bekam. Aber er hob beschwichtigend die Hand und setzte ein neues Lächeln auf, unsicherer als die vorherigen, als wollte er um eine Atempause bitten.

»Nein, ich wollte nur sagen, dass ich Ihnen nicht weiterhelfen kann. Aber warten Sie. In einem Fall wie dem *hypothetischen,* von dem Sie sprechen, wäre ich nicht der erste Ansprechpartner für eine Therapie gewesen. Ich bin Universitätsdozent, wie Sie wissen, und hätte den Fall einer meiner angehenden Fachärztinnen überlassen – der besten, muss ich sagen. Also wenn, hypothetisch gesprochen, ein solcher Fall wie der, von dem Sie sprechen, mir vor etwa zehn Jahren untergekommen wäre. Jetzt ist sie natürlich keine angehende Fachärztin mehr, sondern eine der angesehensten Psychiaterinnen der Stadt. Und, falls es Sie interessiert, war sie es, die ich erwartet hatte, als Sie hierherkamen, Agent Wayne.«

Er hatte das alles in einem Atemzug gesagt, und als er fertig war, hatte er mir eine Visitenkarte in die Hand gedrückt.

Ich hatte einen flüchtigen Blick darauf geworfen. Dann hatte ich noch einmal aufmerksamer gelesen.

Dieser Name …

Es konnte keine andere Erklärung geben.

Der kleine Mann hatte mir forschend ins Gesicht geschaut und dann, ohne seine Intentionen zu verbergen, den Blick auf meine verbundene Hand gerichtet. Schließlich hatte er noch etwas aus der Tasche gezogen und es mir ebenfalls gegeben: Es war eine weitere Visitenkarte: seine.

»Wenn das hier alles zu Ende ist, kommen Sie zu mir, und wir sprechen über Ihre Probleme, Agent Wayne«, hatte er gesagt und mich mit einem aufrichtigen, warmherzigen Lächeln verabschiedet.

Nachdem ich die Adresse von Dr. Immonen ins Navi eingegeben und festgestellt hatte, dass die Fahrt zu ihrer Praxis nur zehn Minuten dauern würde, hatte ich mich sofort auf den Weg gemacht.

Dr. Richter hatte mir erklärt, dass sie ihre Praxis und ihre Wohnung im selben Gebäude hatte, in zwei verschiedenen Stockwerken. Und dass sie auch am Samstag Patienten empfing, ich also gute Chancen hätte, sie anzutreffen.

Als ich ankam, parkte ich den Wagen und stieg aus.

Ich ging zum Eingang und fand an der Sprechanlage schnell das Klingelschild mit der Aufschrift:

Dr. Kathryn Immonen.

57

An diesem Tag hatte ich offensichtlich kein Glück: Auch dieses Mal meldete sich niemand an der Sprechanlage.

Ich beschloss, es dennoch zu probieren, und drückte gegen die Eingangstür. Sie war offen. In der großen Eingangshalle mit dem Marmorboden und den cremefarbenen Wänden wies ein poliertes Messingschild den Weg zur Praxis von Dr. Immonen.

Ich ging durch einen langen Flur, bis ich schließlich vor der vorletzten Tür auf der rechten Seite stand, an der ein Schild hing, das dem von eben glich wie ein Ei dem anderen.

Wieder drückte ich gegen die Tür, und ein leises Klingeln verkündete der Leere dahinter, dass ich hereinkam.

Ich wartete ein paar Sekunden, lauschte der Stille, dann rief ich: »Dr. Immonen? Kathryn?«

Meine Worte hallten nach und fielen leblos zu Boden, ohne eine Antwort zu bekommen.

Ich schaute mich um. Es brannte kein Licht, aber aus den hohen Fenstern, die auf den Hof hinausgingen, drang das Licht des späten Nachmittags herein, und das reichte, um die Räume zu erhellen.

Das Wartezimmer war schlicht, elegant und gleichzeitig vertrauenerweckend, im Gegensatz zu dem eher pompösen Charakter des Gebäudes, in dem sich die Praxis befand. Ein bunter Teppich auf dem Boden sorgte für Wärme, an den Wänden hingen abstrakte Gemälde mit zarten Farben und scheinbar naiven Formen, außerdem ein paar gerahmte Urkunden und Zertifikate. Die obligatorischen Zeitschriften auf dem obligatorischen Couchtisch vor den obligatorischen Sesseln.

Nichts, was mir genützt hätte.

Ich hatte nicht vor, hier mit leeren Händen wieder rauszugehen.

Ich ging zur Tür des Arbeitszimmers und öffnete sie.

58

Das Arbeitszimmer von Dr. Immonen war ein sehr weitläufiger, rechteckiger Raum. Die Tür, durch die ich eingetreten war, öffnete sich auf einer der kurzen Seiten. Die Wände, mindestens vier Meter hoch, wie häufig in älteren Häusern der Fall, waren hinter bis zur Decke reichenden Mahagoni-Regalen versteckt, die voll waren mit sorgsam eingestellten Büchern. Auf Rollen laufende Leitern ermöglichten, auch die höheren Fächer zu erreichen.

Der Schreibtisch stand am hinteren Ende des Raumes. Dahinter befand sich ein großes Fenster, das von einem hohen Baum beschattet wurde, der in der Mitte des kleinen Innenhofes stand.

Aber sie war nicht da. Es war überhaupt niemand da.

Dr. Richter hatte mir gesagt, dass Dr. Immonen über ihrer Praxis wohnte. Vielleicht war sie ja in ihrer Wohnung.

Ich ging weiter, und als ich am Schreibtisch angekommen war, fiel mir zur Linken eine Tür auf, die zwischen den Regalen versteckt lag. Ich öffnete sie und entdeckte eine innen liegende Treppe, die zu der Wohnung im oberen Stockwerk führen musste.

Ich ging mehrere Treppenabschnitte hinauf und erreichte den letzten Treppenabsatz, von dem nur eine Tür abging.

Ich drückte die Klinke herunter, und die Tür schwang sanft auf, ohne einen Laut von sich zu geben.

»Dr. Immonen?«, fragte ich. Ich wiederholte den Namen noch einmal lauter.

Nichts.

Ich zögerte auf der Schwelle, unsicher, wie ich mich verhalten sollte.

Ich hatte keinen offiziellen Auftrag. Ich hatte kein Mandat.

In diesem Moment war ich nur eine private Bürgerin, die ohne Autorisation ins Haus einer anderen privaten Bürgerin eindrang.

Ich fragte mich, ob ich vielleicht alles verdarb: Vielleicht hätte ich Gacey sofort einbeziehen oder zumindest Ramirez benachrichtigen, eine Jagd auf den Mann auslösen sollen.

Aber das wäre falsch gewesen. Auch wenn wir Lucas gefangen hätten, hätte der nur dichtgemacht. Was ihm, angesichts seines Zustands, überhaupt nicht schwergefallen wäre, und damit wäre jede Hoffnung, die Frau zu finden, die er noch an einem unbekannten Ort gefangen hielt, zunichtegemacht worden.

Denn daran hatte ich keinerlei Zweifel: Irgendwo gab es noch eine eingeschlossene Frau. Die Frau, die das Profil komplettierte. Die Frau, die Lucas die Frau ersetzte, die bei dem Unfall gestorben war.

Lucas hatte seine Lügen tatsächlich unter einer Reihe von Wahrheiten versteckt. Die wenigen Unwahrheiten, die er konstruiert hatte, sollten dazu dienen, die Aufmerksamkeit von ihm abzulenken, aber die Wahrheiten, mit denen er sie ummantelt hatte, hatten ein Profil konstruiert.

Meine Schuld war es, dass ich das zu spät gemerkt hatte. Zu spät, um Lucas noch zum Reden bringen zu können.

Nein, die einzige Hoffnung lag darin, die Akte über ihn zu finden, zu hoffen, darin etwas Nützliches zu finden, das mir helfen könnte, sein Profil zu vervollständigen und herauszubekommen, wie man ihn so unter Druck setzen konnte, dass er aufgab.

Ich ging hinein.

Ein kleiner Vorraum empfing mich, mit einem Tischchen und daneben einem Stuhl, der Fußboden mit einem flauschigen, dunkelroten Teppich bedeckt. Ein paar Drucke hingen an den Wänden, Schwarz-Weiß-Fotografien von mondähnlichen Landschaften, aber das mussten Canyons sein, die bei Sonnenaufgang fotografiert worden waren.

Ich wollte schon in den dunklen Flur hineingehen, der vor mir lag, als ein Lichtreflex unter dem Tisch meine Aufmerksamkeit auf sich zog. Es war ein Handy, das mit dem Display nach unten auf dem Teppich lag, und die silberne Hülle hatte einen Lichtstrahl reflektiert.

Ich nahm es und drehte es um.

Schnell scrollte ich durch die Kontaktliste, dann durch die Nachrichten. Ich brauchte nicht lange, um eine zu finden, die klärte, wem das Telefon gehörte: Die SMS begann mit den Worten: »Dr. Immonen, ich wollte Sie darüber informieren, dass …«

Wieso war sie ohne Handy weggegangen?

Ich schaute mich nachdenklich um. Alles schien in Ordnung zu sein, aber es war auch ein ziemlich leerer Raum, in dem nichts in Unordnung geraten konnte.

Ich streckte die Hand zum Lichtschalter zu meiner Linken aus, drückte darauf, und drei Deckenspots leuchteten auf.

Unweit der Schwelle, auf dem Boden, an einer Wand, lag eine Damenhandtasche aus braunem Leder. Der Inhalt lag auf dem Boden verteilt. Immer noch ohne mich vom Fleck zu rühren, machte ich einen Kalender aus, der mit dem Gesicht nach unten auf dem Boden lag, einen Schlüsselbund und ein Brillenetui.

Ich war schon zu lange in meinem Job, um nicht sofort auf den Gedanken zu kommen, dass ich meine Bewegungen auf ein Minimum reduzieren musste. Ich hatte den Tatort bereits kompromittiert. Aber das konnte noch das geringste der Probleme sein.

Ich drehte mich um, um die Innenseite der Tür zu kontrollieren, durch die ich hereingekommen war.

Es gab ein Schloss, das von einem Metallbeschlag umgeben war und eine messingfarbene Klinke hatte. Ich bückte mich, um es mir näher anzusehen.

Beschlag und Schloss wiesen Kratzer auf, aber sie schienen mir nicht anders auszusehen als die, die zwangsläufig entstehen, wenn man unachtsam den Schlüssel ins Schloss steckt.

Die Kratzer auf der Klinke waren anders. Einige sahen neu aus, sie waren heller.

Ich griff in die Tasche, nahm ein Stofftaschentuch heraus und wickelte es mir um die Finger.

Ich ging in die Knie und durchstöberte vorsichtig den Teppich vor der Tür.

Nach einigen Sekunden fand ich, was ich lieber nicht gefunden hätte.

Ein Stück Fingernagel, blau lackiert.

59

Lucas erwachte in einem schwarz-weißen Nichts. Ein beißender Geruch drang ihm in die Nase, reizte die Tränendrüsen und stieg schließlich hoch, um sich ins Gehirn zu rammen. In seinem Kopf pochte es, ein unablässiges, schnelles Hämmern.

Instinktiv versuchte er, seine Umgebung zu erkennen, aber es war, als könnte er die Details nicht greifen, wie in einem sich drehenden Karussell, das er nicht anhalten konnte, bei dem er kein festes Bild einfrieren konnte, das ihm genügend Zeit ließ, um Einzelheiten zu erkennen.

Er schloss die Augen, kniff sie zusammen, und hinter seinen Augenlidern schossen runde weiße und rote Blitze über einen purpurfarbenen Himmel.

Er versuchte, die Ursache des Schmerzes auszumachen.

Er musste gestürzt und mit dem Kopf auf dem Boden aufgeschlagen sein.

Und da lag er immer noch: ausgestreckt auf den Fliesen eines engen Badezimmers.

Nach und nach hörten die Umrisse der Wände auf zu zittern wie Flammen im Wind. Er streckte einen Arm nach oben und versuchte, den Rand des Waschbeckens zu fassen zu bekommen, um sich hochzuziehen, aber seine Hand traf auf eine glitschige, rutschige Patina und fand keinen Halt.

Er wartete noch, lauschte dem eigenen Atem, wie er zunächst noch keuchend ging und dann, je mehr die Depersonalisationskrise abflaute und ein vages räumliches und zeitliches Bewusstsein erwachte, immer regelmäßiger und kontrollierter wurde.

Als er allmählich bereit war, richtete er sich zuerst zum Sitzen auf, um dann, ganz langsam und vorsichtig, auf die Füße zu kommen.

Er bemerkte einen Kotzfleck im Waschbecken, die Quelle des inzwischen unerträglichen Geruchs.

Ohne genau zu wissen, warum, zwang er sich, nicht in den auf die Erde gefallenen Spiegel zu blicken.

Aber alles drehte sich.

Scherbe um Scherbe.

Lucas erinnerte sich daran, wer er war. Wo er war. Und warum.

Hier ist nichts.

Er musste gehen.

Es war sinnlos gewesen, hierher zurückzukehren. Dumm und riskant.

Während er den Wasserhahn aufdrehte, um das Waschbecken zu säubern, rieb er sich die Augen.

Er ließ das Wasser laufen, bis es eiskalt war, dann spritzte er sich reichlich davon ins Gesicht.

Er drehte den Wasserhahn wieder zu und schaute sich suchend nach etwas um, womit er sich abtrocknen konnte.

Ein Handtuch war auf den Boden gefallen, neben einen Kosmetikeimer. Lucas beugte sich vor, um es aufzuheben, und in dem Augenblick war es ihm unmöglich, den Spiegel zu ignorieren. Er war zerbrochen, als er heruntergefallen war, und jetzt spiegelte sich Lucas' Gesicht in den Bruchstücken, was ein irreales Bild ergab.

Aber etwas war seltsam. Dort, wo sich ein größeres Segment gelöst hatte, das jetzt in Krümel zerbröckelt war, konnte man die hintere Schicht sehen.

Lucas drehte den Spiegel auf dem Boden um, wobei er darauf achtete, sich nicht zu schneiden. Auf die Rückseite des Spiegels war ein weißes Blatt Papier geklebt.

Vorsichtig, um das Papier nicht zu zerreißen, löste Lucas es ab.

Er richtete sich auf und faltete es auseinander.

Er betrachtete es aufmerksam.

Wenn es die von der Spurensicherung hier gefunden hätten, hätten sie vermutet, es handele sich um das nächste Ziel des Scharfschützen.

Ein Plan vom Zentrum der Stadt, aus dem Netz heruntergeladen und wahrscheinlich in irgendeinem Internetcafé ausgedruckt. Ein roter Kreis um eine Adresse herum.

Eine Adresse, die Lucas gut kannte.

Kathryn.

Lucas steckte das Papier ein und verließ die Wohnung.

60

»Wayne, darf man mal erfahren, wo zum Teufel Sie stecken? Captain Gacey dreht am Rad und …«

»Ich hab keine Zeit, Ramirez.«

Seit ich nach Stunden aus meiner Versenkung aufgetaucht war und das Handy wieder eingeschaltet hatte, klingelte es fast ununterbrochen. Anrufe, Nachrichten auf dem AB, SMS. Einige Anrufe unter der Nummer der Zentrale, außerdem unter einer, die wahrscheinlich zu Gaceys Apparat gehörte – ich hatte sie noch nicht in meine Kontakte aufgenommen, wusste auch nicht, ob ich es je tun würde. Eine kleine rebellische Geste, unbedeutend, aber doch ausreichend, um mir Genugtuung zu verschaffen.

Ich hatte eine SMS von Sasha gefunden. Die Tulpen, die in dem Beutel in Geztus Gefrierschrank gefunden worden waren, passten zu denen, die man an den Tatorten gefunden hatte, in den Mündern der Mädchen. Sasha beendete ihre Nachricht mit den Worten: »Wo bist du?«

Offenbar wollten das alle wissen.

Ich war schnell die Liste durchgegangen: kein Kontaktversuch von Lucas.

Als er und ich uns nach dem Mittagessen getrennt hatten, war er auf dem Weg zu der Wohnung gewesen, aus der heraus Hannibal Furlong auf Constantin Geztu geschossen hatte.

Geztu, den Lucas zum Sündenbock auserkoren hatte. Es gibt nichts Besseres, als die Schuld für die eigenen Verbrechen einem Toten anzulasten.

»Sie haben keine Zeit? Dann nehmen Sie sich welche«, drängte Ramirez am Telefon.

»Wo sind Sie denn?«, brüllte ich fast zurück. Ramirez musste die Dringlichkeit in meiner Stimme gehört haben. Oder vielleicht auch die Panik.

»Ganz ruhig, Wayne. Ich bin im Transporter des Einsatzteams, zusammen mit einem Techniker. Wir sind noch unten am Boulevard, auch wenn die Straßensperren abgeräumt sind. Wir schauen uns die Aufnahmen der Miniaturkamera an, die Lucas getragen hat, als er in das Haus mit dem unbekannten Schützen gegangen ist.«

»Der Schütze hat inzwischen einen Namen, Ramirez. Er ist kein Unbekannter mehr: Ich habe seinen Namen.«

Schweigen.

»Was wollen Sie, Wayne?«

»Haben Sie in den Aufnahmen etwas Verdächtiges gefunden?«

»Definieren Sie ›verdächtig‹.«

»Lucas' Verhalten. Kam es Ihnen seltsam vor? Wie hat er mit dem Schützen interagiert?«

»Er kommt hoch. Tritt ein. Man merkt, dass er mit dem Unbekannten ein paar Worte wechselt, aber der Mann hat zu leise gesprochen, man kann nicht verstehen, was er sagt. Der Techniker hier versucht noch, das Signal zu isolieren und zu verstärken. Dann muss Lucas die Kamera ausgeschaltet haben, mit einem Mal wird es dunkel, und die Aufzeichnung ist unterbrochen. Was wollen Sie noch, Wayne? Sagen Sie mir jetzt den Namen? Oder ist das wieder nur eins von Ihren ... Warten Sie mal kurz.«

Ich hörte eine gedämpfte Stimme, als hätte Ramirez die Hand über die Sprechmuschel gelegt. Er sprach mit jemand anderem.

Ein paar Sekunden später meldete er sich wieder.

»Okay, hören Sie, der Techniker konnte ein paar Worte herausfiltern.«

»Welche?«

»Geben Sie mir erst den Namen, Wayne.«

Ich seufzte.

»Hannibal Furlong. Sie finden ihn in der Datenbank des Militärs. Er steht auch in meinem Dossier zu dem Fall mit den entführten Mädchen.«

»Was? Wollen Sie etwa sagen, dass es da eine Verb...«

»Sagen Sie mir, was Sie haben!«, unterbrach ich ihn.

»Okay, okay, ich lasse Sie das mithören. Fahren Sie die Aufnahme ab«, sagte er zu dem Techniker.

Ich hörte ein Knistern, dann ein paar mit Hintergrundgeräuschen vermischte Worte. Fünf Worte, um genau zu sein.

»Haben Sie's gehört, Wayne?«

»Ich rufe Sie zurück«, antwortete ich und beendete das Gespräch, ohne ihm Zeit für eine Antwort zu lassen.

Ich hatte gehört.

Wir hatten eine Abmachung, Lucas.

Trotz der Störungen waren die Worte klar genug. Hannibal Furlong hatte mit Lucas eine Abmachung getroffen. Was für eine Abmachung?

Ich war mir ziemlich sicher zu wissen, worum es darin gegangen war. Lucas hatte ihm den Namen des Mannes versprochen, der seine Tochter Angelica getötet hatte. Wahrscheinlich hatte er irgendwelche überzeugenden Beweise gefälscht, obwohl der Ex-Soldat ohnehin blind war vor Zorn. Innerhalb kurzer Zeit hatte Hannibal Furlong erst seine Frau und dann seine Tochter verloren. Und in beiden Fällen war er nicht vor Ort gewesen: Das Schuldgefühl musste ihn aufgefressen, die Wut, die ihn erfüllte, blind gemacht haben. Lucas hatte ihm auf einem Silbertablett serviert, wonach er verlangte: einen Namen, ein Ziel. Unter einer Bedingung: Furlong sollte Constantin Geztu töten. Und so war es gekommen: Furlong hatte Geztu mitten in die Brust geschossen, ihn vom Antlitz der Erde getilgt. Überzeugt, dass er der Verantwortliche war. Nicht ahnend, dass er nur ein Strohmann, eine Tarnung war.

Lucas hatte es so arrangiert, dass er zum Tatort gerufen wurde. Und dort war dann auch Furlong gestorben, während die einzige Person, die vielleicht noch darüber hätte aussagen können, was tatsächlich in dieser Wohnung geschehen war, also Martin Kracev, wahrscheinlich nie wieder in der Lage sein würde zu sprechen. Furlong hatte zu viel gewusst. Er hatte über Lucas Bescheid gewusst, und deshalb musste er verschwinden.

An dem Punkt hatte Lucas sich in die Ermittlungen eingemischt und sie in die Richtung gelenkt, die ihm ins Konzept passte. Indem er die Informationen manipuliert hatte. Mich manipuliert hatte.

Fall abgeschlossen.

Aber warum hatte er dann meine Aufmerksamkeit auf die Schrammen in Robin Moores Nacken gerichtet? Ich dachte fieberhaft nach, und das Einzige, was mir einfiel, war: um das Unvorhergesehene zu lenken. Die Frau, die er noch gefangen hielt, die irgendwo eingeschlossen war, die Frau, die ich retten musste, hatte mit diesen Kratzern einen überraschenden Zug gemacht. Lucas wusste, dass wir sie früher oder später bemerkt hätten: Also konnte er sie auch gleich zu seinem Vorteil nutzen. Die Kontrolle über die Ermittlungen zu behalten, bedeutete, sie jederzeit in die falsche Richtung lenken zu können.

Auch Kathryn musste gewissermaßen einen unvorhersehbaren Faktor darstellen. Vielleicht hatte auch sie die Wahrheit über Lucas herausgefunden, und er hatte sie deshalb fortgeschafft. Ich hatte sie am Telefon miteinander sprechen hören, sie hatten eine Verabredung. Offensichtlich war Lucas nicht auf direktem Weg zu Furlongs Wohnung gefahren: Vorher war er hier vorbeikommen, wo ich mich in diesem Moment befand, bei Dr. Immonen.

Das Bild war einleuchtend, doch …

Doch es reichte nicht. Da war noch etwas anderes, da war ich mir sicher. Das Profil war nicht vollständig.

Ich rief Ramirez zurück.

»Wayne, Sie müssen damit aufhören.«

»Sie sagten, sie hatten eine Abmachung? Vielleicht habe ich eine Idee, was das heißen soll.«

»Was das heißen soll, weiß ich selbst: dass Lucas und dieser Typ eine Vereinbarung getroffen haben. Aber worüber?«

Jetzt war der Augenblick gekommen, ich konnte es nicht länger aufschieben. Ich musste alles auf eine Karte setzen.

»Ramirez, hören Sie gut zu: Die Fingerabdrücke auf Kracevs Pistole, die, mit der Furlong erschossen worden ist …«

»Sind von Lucas. Er hat ausgesagt, dass Furlong sie ihm in die Hand gedrückt und ihn gezwungen hat …«

»Ich weiß, was er gesagt hat. Aber das ist seine Version. Die einzige Version, die wir davon haben, wie die ganze Geschichte abgelaufen ist.«

»Was wollen Sie damit andeuten?«

»Denken Sie mal nach. Wie sind wir auf Geztu gekommen? Wer hat uns Indiz um Indiz geliefert, bis wir schließlich auf ihn gestoßen sind? Wer hat den einzigen Zeugen eliminiert, der ihn mit den Ereignissen hätte in Verbindung bringen können?«

Schweigen.

»Scheiße.«

»Er ist es, Ramirez. Lucas ist der Mann, den wir suchen, der wahre Mörder dieser Mädchen.«

»Scheiße, ist er …«

Dafür hatte ich jetzt keine Zeit.

»Er hat noch eine Geisel, Ramirez. Darüber hat er uns die Wahrheit gesagt, weil er nicht anders konnte«, sagte ich, und meine Stimme hallte von den Wänden wider, die Abwesenheit von Kathryn Immonen begann spürbar zu werden. »Wir müssen ihn finden. Sie müssen ihn schnappen. Lebend. Maximal verletzt, aber lebend. Rufen Sie den Wachposten in Furlongs Mietshaus an, sofort. Lucas wollte vor Kurzem dorthin, ich muss wissen, ob er noch dort ist. Rufen Sie ihn per Funk an, und bleiben Sie in der Leitung.«

»Ich stehe nicht unter Ihrem Befehl, wissen Sie das?«

Mein Gott. Ramirez' Ego war das Letzte, was ich im Augenblick brauchen konnte.

»Jetzt hören Sie mir mal gut zu. Ich bin aus Ihrem Fall raus, und das wissen Sie genau. Sie hingegen haben noch einen Fall aufzuklären. Und ohne mich kommen Sie keinen Schritt weiter, und das wissen Sie auch.«

»Was glauben Sie eigentlich, was …«

»Es reicht! Ramirez, wollen Sie Erfolg haben oder nicht? Wenn ja, dann tun Sie jetzt, was ich Ihnen sage. Ansonsten mach ich's selbst und lasse Ihnen nicht mal die Krümel übrig. Ich gebe Ihnen fünf Sekunden. Eins, zwei, drei, v….«

»Ist ja schon gut, meinetwegen.«

»Kontaktieren Sie den Wachposten, und bleiben Sie in der Leitung.«

Ramirez rief an. Ich hörte, was er sagte, aber nicht die Antworten des Wachmanns. In der Zwischenzeit arbeitete mein Verstand wie im Fieber die Zeiten, die Bewegungen, die Intrigen durch, die Lucas spann. Warum war er in Furlongs Wohnung zurückgekehrt? Es gab nur eine mögliche Erklärung: Er wollte Beweise vernichten.

Und ich hatte es ihm ermöglicht.

»Sie haben recht, er war da«, sagte Ramirez.

»Seit wann ist er weg?«

»So wie es aussieht, keine fünf Minuten.«

61

Lucas ging an dem Wachmann vorbei, und ohne ihm Zeit zu geben zu reagieren, stürmte er die Treppe hinunter.

Kaum war er aus dem Haus, eilte er den Boulevard hinauf, auf der Suche nach einem Taxistand.

Es herrschte dichtes Gedränge. Lucas rempelte gegen Schultern, achtete nicht auf die Passanten, die ihm den Weg versperrten und ihm im letzten Moment auswichen, sondern hastete weiter, als ihm kurz der Gedanke kam, dass viele dieser Menschen seltsam waren. Eine seltsame Spezies von Nekrophilen, die nicht den Mut hatte, dem Tod ins Auge zu sehen, aber danach lechzte, am Schauplatz eines Verbrechens ein Foto von sich zu machen, um es anschließend im Internet zu teilen.

Bin ich denn so anders als sie?, fragte er sich.

Ja. Ja, er war anders als sie. Aber das Erschreckende war, dass er nicht mehr wusste, *worin* er anders war.

Die Beine bewegten sich automatisch: Sie waren es, die dem Gehirn die Botschaft schickten, dass der Körper sich bewegen sollte, nicht umgekehrt.

Er zwängte sich durch die Menschenmenge, stieß mit den Knien gegen Einkaufstaschen, mit den Armen gegen teure Jacken und Markenmäntel. Er hörte die Stimmen, aber empfand es, als würde er sie einatmen, als würden sie durch seine Nasenlöcher eindringen und von da hinter seinen Augäpfeln aufsteigen, um sich schließlich im Frontallappen auszubreiten und sein Gehirn in tausend verschiedene Persönlichkeiten aufzuspalten.

Einen Augenblick lang verschwamm vor ihm alles.

Schnell rieb er sich die Augen, fasste sich unvermittelt mit derselben Hand in den Nacken.

Als er noch etwa hundert Meter vom Ende des Boulevards entfernt war, sah er, wie die Hecktüren eines weißen Transporters aufsprangen. Ein Mann stieg aus, groß und massig, mit dem Körperbau eines Bodybuilders – breite Brust, zwei Bizeps, die sich dank des eng anliegenden Hemdes deutlich abzeichneten, schmale Taille, glänzender Schädel.

Der Mann schaute sich um, und während Lucas auf ihn zuging, wurde ihm klar, dass er ihn hätte erkennen müssen. Aber der Kopfschmerz füllte seine Augen mit glühenden Glasscherben.

Ihre Blicke trafen sich, und der Mann fing an, sich in seine Richtung zu bewegen. Er führte eine der mächtigen Pranken ans Ohr. Lucas sah, wie sich seine Lippen bewegten.

Der Mann beschleunigte seinen Schritt.

Seine wuchtigen Schultern rempelten einen Kerl in elegantem Anzug um und schickten dann auch die Frau, die neben ihm ging, zu Boden. Einkaufstüten aus Recyclingpapier voll eingepackter Waren verteilten ihren Inhalt auf den Bürgersteig. Protestschreie wurden laut.

Lucas blieb stehen. Die Beine sagten, dass dies nicht mehr die richtige Richtung war.

Die Beine sagten, dass er sich umdrehen musste.

Die Beine sagten, dass er rennen musste.

62

»Er hat mich gesehen. Scheiße. Er läuft weg!«

Ramirez' Stimme klang aufgeregt und noch schriller als gewöhnlich. Ich fragte mich, ob diese besonders hohe Frequenz, die er erreichen konnte, wenn er aufgeregt war, vielleicht auf die Steroide zurückzuführen war, von denen ich annahm, dass er sie in beträchtlichen Mengen zu sich nahm.

»Folgen Sie ihm.«

»Scheiße … Wayne … Bis da vorne hätte ich es noch geschafft … Hören Sie, ich lege jetzt auf, ich rufe Verstärkung, okay?«

Die Verbindung brach ab.

Ich steckte das Handy in die Tasche.

Ich musste versuchen, alles unter Kontrolle zu halten. Ich musste einen klaren Kopf behalten.

Zu dieser Verfolgungsjagd konnte ich nichts beitragen, dachte ich. Ramirez würde ihn sicher kriegen. Aber selbst wenn es Lucas gelänge zu entkommen, waren seine Stunden gezählt.

Was ich hingegen tun konnte, war, sein Profil zu vervollständigen.

Und ich wusste, dass die Informationen, die mir fehlten, irgendwo hier sein mussten.

Ich verließ die Wohnung auf demselben Weg, auf dem ich gekommen war, ging die beiden Treppen hinunter und betrat das Arbeitszimmer. Zwei vollständig mit Büchern bedeckte Wände erwarteten mich. Irgendwo hier musste die Akte über Lucas sein.

Rechts von mir fing ich an. Während ich den Blick systematisch über die Reihen aus Büchern und Karteikästen wandern ließ, hin und wieder welche herauszog, die mir vielversprechend erschienen, dachte ich über die Daten nach, die ich bis jetzt gesammelt hatte.

Kathryn Immonen war erst in der Facharztausbildung gewesen, als sie Lucas kennengelernt hatte. Sie hatte seinen Fall betreut: Folglich hatte Lucas sich nach dem Unfall als psychiatrischer Fall erwiesen. Ein Fall, der ganz offensichtlich einige gravierende Besonderheiten aufwies, und zwar in dem Maße, dass sich die beste Schülerin von Dr. Richter unter Aufsicht ihres Professors persönlich des Falles annahm.

Lucas musste irgendein besonderes Krankheitsbild aufgewiesen haben, und die Tatsache, dass er sich nach all den Jahren, die seit dem Unfall vergangen waren, immer noch von Dr. Immonen beraten ließ, legte den Schluss nahe, dass seine Beschwerden noch nicht abgeklungen waren.

Vielleicht handelte es sich aber auch um etwas, das gar nicht endgültig geheilt werden konnte. Dr. Richter hatte mir zu verstehen gegeben, dass möglicherweise durch den Unfall verursachte Kopfverletzungen eine nicht unbedeutende Rolle bei dem spielten, was mit Lucas geschehen war. Vielleicht war eine vollständige Heilung gar nicht möglich und die größtmögliche Besserung nur durch ständige therapeutische Begleitung erreichbar. Sein Leben lang.

Und vielleicht reichte diese Behandlung nicht aus.

Ich war bis ans Ende der zweiten Regalwand gekommen, ohne den Abschnitt zu finden, in dem Dr. Immonen ihre Patientenakten aufbewahrte.

Ich sah aufs Handy: Es waren bereits dreizehn Minuten vergangen, seit Ramirez das Telefongespräch abgebrochen hatte. Und er hatte mich noch nicht wieder zurückgerufen, um die Verhaftung zu bestätigen.

Im Arbeitszimmer war nichts. Wo bewahrte sie die Daten ihrer Patienten auf, verdammt noch mal?

Vielleicht hatte sie sie nur digital abgelegt? Ich trat an den Schreibtisch. Der Computermonitor war von mittlerer Größe. Ich sah keine Maus, keine Tastatur, kein Mauspad. Ich ging auf die andere Seite und schob den Stuhl zurück. Da war kein Computer.

Ich sah mir noch einmal den Schreibtisch an und bemerkte ein Kabel, das aus dem Monitor kam. Das andere Ende lag neben dem Telefon.

Kathryn Immonen nutzte einen tragbaren Computer, und der befand sich nicht in ihrem Arbeitszimmer.

Ich musste wieder nach oben zurück.

63

Er wusste nicht mehr, warum er auf der Flucht war.

Dass er auf der Flucht war, wusste er hingegen schon.

Er floh, weil ihn jemand verfolgte.

Er konnte sich weder daran erinnern, wer ihn verfolgte, noch warum. Der Wind rauschte in seinen Ohren. Nein, es war nicht der Wind, es war die Luft, die er selbst peitschte, indem er rannte und rannte, während seine Beine irgendeinem Befehl gehorchten, den gegeben zu haben er sich nicht mehr erinnern konnte.

Er wusste nicht mehr, wer er war.

In einem lichten Moment teilte ihm sein Überlebensinstinkt mit, dass die einzige Form der Erinnerung, die ihn retten konnte, die körperliche Erinnerung war. Und sein Körper erinnerte alles. Er war nur noch Körper. Jede seiner Zellen erinnerte sich an diese Stadt, ihre Formen, ihre Höhen und Tiefen, die Kanten und Rundungen, die Freiflächen und das Häusergewirr.

Als er beinahe am Ende des Boulevards angekommen war, stürzte er in ein großes Bekleidungsgeschäft und übersprang die Drehkreuze am Eingang. Über ihm lief eine Leuchtreklame. Aus dem Augenwinkel sah er, wie der Wachmann am Eingang sich von seiner Überraschung erholte und die Verfolgung aufnahm. Aber er hatte einen Augenblick zu spät reagiert, Lucas war schon zu weit weg. Er registrierte die verblüfften Blicke der Kunden, ignorierte sie jedoch. Er stürmte eine Rolltreppe hinauf und befand sich Sekunden später im zweiten Stock.

Seine Beine zögerten nicht ein einziges Mal. Er tauchte ein in das Labyrinth aus Kleiderständern, Jeans, Jacken, Hemden und Schuhen in erleuchteten Glasvitrinen. Ohne den Schritt zu verlangsamen, bog er in einen Personalkorridor ein, der hinter einer Regalreihe verborgen war.

Jemand brüllte ihm nach.

Zwei Männer – wer waren sie? Für den Bruchteil einer Sekunde drehte er sich im Laufen um.

Bei einem wusste er, wer es war: der Wachmann. Aber der wich zur Seite aus, weil der andere Mann, der hinter ihm lief – ihn kannte er, *er*kannte ihn aber nicht –, eine Pistole gezogen und den Wachmann beiseitegestoßen hatte, während er irgendetwas brüllte, das Lucas nicht verstand.

Am Ende des Korridors war ein Fenster.

Lucas hoffte, dass sein Körper wusste, was er tat, weil er andernfalls auf dem Asphalt einer Seitengasse zwischen Müllcontainern und im Halteverbot parkenden Autos zerschmettert würde.

Einen Fuß vorgestreckt und die Arme schützend vor dem Gesicht gekreuzt, sprang er. In einer Wolke aus splitterndem Glas flog Lucas durch die Luft.

64

Dieses Mal blieb ich nicht im Vorraum von Kathryn Immonens Wohnung stehen. Entschlossen betrat ich den Flur, an dessen Ende ich mich in einem eleganten, kleinen Wohnraum wiederfand. Auch hier gab es Bücherregale, allerdings weniger überfüllt als im Arbeitszimmer unten. In einigen Fächern standen nur gerahmte Fotos. Ich sah das Lächeln einer schönen blonden Frau, die ungefähr mein Alter haben musste. Wie Ausschnitte eines Films, den man wieder zusammensetzt, setzte sich ihr Leben vor meinem raschen Blick aus einzelnen Fragmenten zusammen. Der ältere Herr mit dem silberfarbenen Haar und den metallisch-grauen Augen musste ihr Vater sein, denn sie hatten die gleichen Augen, und auch in den Gesichtszügen ließ sich eine gewisse Ähnlichkeit ausmachen. Ein Strand, eine Freundin. Ein anderer Strand, eine andere Freundin – nein, ihre Schwester, die Ähnlichkeit war unübersehbar. Kathryn Immonen vermittelte das Bild einer Frau, die mit ihrem Leben zufrieden war. Ich sah keine Kinderbilder, kein Foto eines anderen Mannes als ihrem Vater.

In einer Ecke des Zimmers stand ein Sofa mit cremeweißem Stoffbezug, daneben ein Deckenfluter: eine Halogenlampe unter einer Mattglasscheibe in einer hochglänzenden, verchromten Halbschale. An der Wand gegenüber dem Bücherregal standen zwei Stühle und ein Esstisch, der mit Papieren und Briefumschlägen übersät war, dazu zwei Silbertabletts mit Süßigkeiten und eine ausladende Dekoschale voller Stifte und noch mehr Briefumschläge, noch mehr Papiere. Daneben eine dunkelgrüne, rechteckige Laptop-Hülle.

Ich sah hinein: Der Computer steckte darin.

Ich zog ihn heraus, klappte den Deckel auf und drückte den Einschalter.

Während ich darauf wartete, dass das System hochfuhr, fing ich an, mich umzusehen. Wenn ich irgendetwas von Lucas gelernt hatte, dann war dies der Moment, es zu beweisen. Ich rechnete damit, dass ich ein Passwort erraten musste, wie er es in meinem Büro getan hatte, aber ich fand kein Foto eines Haustiers, das mir geholfen hätte.

Tatsächlich aber musste ich mich gar nicht besonders anstrengen: Der Computer war nicht passwortgeschützt. Kathryn hatte offensichtlich keine Sorge, dass jemand in ihre Daten, in ihr Leben, in ihr Heim eindringen könnte. Und das spiegelte sich in ihrer Wohnung: Oftmals sind Menschen, die in Angst leben, an ihrer Wohnung zu erkennen. Die Schlüssel zu Zimmer- und Schranktüren sind in der Regel versteckt, die Fenster geschlossen, nirgends liegt etwas Persönliches herum.

Mit der Hand auf der Maus blätterte ich rasch durch die Ordner, die in kunterbuntem Durcheinander auf dem Desktop verteilt waren, klickte hektisch, öffnete Fenster und schloss sie nach einem kurzen Blick wieder.

Nichts.

Ich schaute mich wieder um: Es *musste* irgendetwas hier sein.

Ich trat ans Bücherregal. Die oberen Fächer waren mit Glastüren geschützt. Ich musste mich auf die Zehenspitzen stellen, um den Inhalt zu sehen.

Ich fand weitere Bücher, den einen oder anderen Staubfänger, CDs, eine Sammlung wissenschaftlicher Zeitschriften in drei verschiedenen Sprachen, noch mehr gerahmte Fotos.

Die CDs.

Ich holte mir einen Stuhl und stieg darauf. Öffnete die Glastüren und zog eine CD heraus, dann eine andere und dann die nächste.

Sie waren nicht alphabetisch geordnet – es sah fast aus, als spiegelte, im Gegensatz zu ihrem Arbeitszimmer, die Wohnung der Ärztin die Unordnung wider, die in ihrem Inneren herrschte. Ich ertappte mich bereits bei dem Versuch, ein Profil von ihr zu erstellen – eine ambivalente Persönlichkeit, die sauber zwischen Arbeit und Privatleben trennte, ein inneres Chaos, das sie in Schach hielt, indem sie sich um andere kümmerte, als wäre sie nicht in der Lage, sich um sich selbst zu kümmern, eine leichte Tendenz, Dinge anzusammeln, um die Leere in ihrem eigenen Leben zu füllen oder, vielleicht auch einem Impuls des Bewahrens gehorchend, um einer Existenz, die sie als unstet und daher bedrohlich empfand, Stabilität zu geben: typische Verhaltensweisen, die …

Schluss damit.

Ich zog alle CDs auf einmal heraus und ließ immer die zu Boden fallen, die ich verwarf. Die Sorge, den Tatort zu verunreinigen, war dem Jagdfieber gewichen.

Namen über Namen, eine Datumsangabe nach der anderen.

Irgendwann stieß ich auf einen Namen, den ich kannte, obwohl es nicht der war, den ich suchte. Scott Andrews: Auch er war ein Patient von Dr. Immonen. In seiner Vernehmung hatte er gesagt, dass die Beziehung zu Geztu ihn derart aufgewühlt hatte, dass er sich an eine Psychotherapeutin wenden musste. Konnte das ein Zufall sein? Vielleicht hatten sich genau hier die Wege von ihm und Lucas gekreuzt. Vielleicht hatte Andrews in dieser Hinsicht die Wahrheit korrigiert, um besser dazustehen. Vielleicht war er es gewesen, der Lucas, ohne es zu wissen, mit Geztu in Kontakt gebracht hatte, als dieser ihn vielleicht zu einer Sitzung begleitet hatte …

Zu viele Fragen. Ich hatte jetzt keine Zeit, diese Spur zu verfolgen.

Ich speicherte die Informationen zu Scott Andrews und ging weiter die CDs durch, bis ich den Namen fand, den ich suchte.

Die Plastikhülle fest umklammert, stieg ich vom Stuhl. Ich ging zum Computer, legte die CD in das Laufwerk und wartete. Sie fing an, sich zu drehen, der Lüfter des Rechners sprang an.

Ich bekam kaum noch Luft vor Ungeduld und starrte angespannt auf den Bildschirm.

Endlich öffnete sich darauf ein neues Fenster. Die Menge der Dokumente war beeindruckend. Dutzende von verschiedenen Ordnern, jeder nach dem Datum benannt, an dem er zusammengestellt worden war.

Ich hatte keine Zeit, aber auch keine Wahl.

Ich ordnete die Ordner chronologisch, öffnete den ersten und drang in Lucas' Kopf ein.

65

Er fiel ins Leere, eine Ewigkeit lang, dieselbe, aus der die Sterne und die schwarzen Löcher geboren worden waren.

Und während er fiel, starb er ein weiteres Mal. Und wurde wiedergeboren.

Lucas fiel weniger als eine halbe Sekunde ins Leere. Sein Körper rollte sich über ein Wellblechdach ab, das sich über einem alten Wartungshäuschen für den Aufzug befand, bis er am Rand zum Halten kam. Er streckte die Beine nach vorn, ließ sich schnell nach unten gleiten, um sich im letzten Moment, bevor er abstürzen würde, noch festzuklammern. Seine Füße baumelten drei Meter über der Erde.

Er ließ los und fiel, federte den Aufprall mit Ober- und Unterschenkel ab, ohne sich dem Fall zu widersetzen, und nahm so den Druck von den Knöcheln.

Sein Körpergedächtnis erlaubte es ihm, das Manöver beinahe perfekt auszuführen: ein paar Schrammen an den Knien und an der Seite, auf die er gefallen war, bevor er über das Dach gerollt war, sonst nichts.

Er sprang auf die Füße und rannte weiter.

Um ihn herum schrillten die Sirenen, hallten in der schmalen Gasse wider, aber in dieser Stadt verging sowieso keine

Minute, ohne dass irgendwo eine Sirene ertönte. Krankenwagen, Polizei, Alarmanlagen.

Er hatte fast das Ende der Gasse erreicht, als er hinter sich ein neues Geräusch hörte, ein neues Echo. Ein schwerer Körper schlug mit Wucht auf dem Wellblechdach auf, eine Pause, ein Grunzen und dann das Klatschen von Füßen und Rücken auf dem Asphalt, ein Klagelaut, dann Schritte.

Lucas bog nach rechts ab und setzte seinen Lauf fort.

Sein Körper begann Signale der Ermüdung auszusenden. Die Milz stand in Flammen, die Lungen brannten wie mit Napalm erfüllt.

Ein Stechen an der Schädelbasis überrumpelte ihn. Er stolperte, konnte sich aber wieder fangen.

Der Kopfschmerz nahm zu. Alles Wasser aus seinen Körperzellen schien sich in Fluorwasserstoffsäure zu verwandeln. Der Kopfschmerz erreichte einen paroxysmalen Gipfel.

Es waren die Anzeichen. Es war die Aura.

Dann explodierte der Kopf.

Die Wucht der Explosion warf ihn nach hinten, als wäre er frontal von einer Gewehrkugel getroffen worden. Die Beine gaben unter ihm nach. Er taumelte auf die Seite und lehnte sich mit dem Rücken an eine rote, unverputzte Mauer.

Nur dank dieser rauen Wand gelang es ihm, sich auf den Beinen zu halten.

Er atmete tief, versuchte die Kontrolle zurückzuerlangen. Er wühlte in seinen Taschen, fand das Notizbuch, öffnete es mit zitternden Händen. Forschend betrachtete er die Schrift auf den Seiten. Die Aura verwandelte sich in einen stechenden Schmerz, der ihm das Gehirn zersprengte. Der Kopf explodierte aufs Neue, und dann schwieg alles.

Aber dieser blendende Schmerzblitz war nützlich gewesen. Jetzt wusste er wieder, wer er war. Er wusste, vor wem er auf der Flucht war – und er wusste auch, dass, wenn er sich nicht gleich einen Ruck gab, Ramirez ihn erwischen würde.

Vor allem wusste er, wo er sich befand: neben dem Seiteneingang eines verlassenen Theaters.

66

»Erinnern Sie sich an den Unfall, Agent Lucas?«

»Ja.«

»An alles?«

»Ja.«

»Seit wann sind Sie nicht mehr im Dienst gewesen, Agent Lucas?«

»Das ist nicht wichtig.«

»Ich sage es Ihnen: seit Sie den Unfall hatten. Es sind fast drei Monate vergangen. Wollen Sie wieder arbeiten?«

»Das ist nicht wichtig.«

»Seit wann haben Sie nichts mehr gegessen?«

»Das ist nicht wichtig.«

»Schlafen Sie?«

»Das weiß ich nicht.«

»Seit wann haben Sie keinen Hunger mehr oder das Bedürfnis, sich zu waschen oder mit anderen Menschen zu kommunizieren, Agent Lucas?«

»Ich weiß es nicht. Es ist nicht wichtig.«

»Können Sie mir sagen, was für Sie wichtig ist?«

»Nein.«

»Ich habe mit Ihrem Kollegen gesprochen, Agent Kracev. Er hat mir gesagt, er habe Sie vor einigen Tagen praktisch vom Grab Ihrer Frau zerren müssen. Er hat sie quasi weggetragen, und dann sind Sie ein Bier trinken gegangen. Agent Kracev hat mir gesagt, dass er es Ihnen regelrecht hätte einflößen müssen. Erinnern Sie sich an diese Episode?«

»Ja.«

»So wie Agent Kracev es geschildert hat, hatte ich den Eindruck, dass Sie ziemlich viel getrunken haben. Haben Sie viel getrunken, Agent Lucas?«

»Das kann ich Ihnen nicht sagen.«

»Erinnern Sie sich an irgendetwas anderes von dem Abend?«

»Ich glaube, dass er mich nach Hause und zu Bett gebracht hat.«

»Glauben Sie es, oder erinnern Sie sich?«

»Ich glaube es. Ich habe mich im Bett wiedergefunden.«

»Sagen Sie mir nur, woran Sie sich erinnern.«

»Ich erinnere mich an die Nacht. Ich erinnere mich, dass ich mich allein fühlte.«

»Was haben Sie am Tag danach gemacht?«

»Sie wissen, was ich gemacht habe.«

»Können Sie es mir trotzdem erzählen?«

»Ich bin dahin zurückgegangen.«

»Wohin?«

»Auf den Friedhof. Zu meiner Frau. Zu meiner Tochter.«

»Warum haben Sie das getan?«

»Um ihnen nah zu sein. Sagt man das nicht so?«

»Mich interessiert nicht, was man so sagt, sondern wie Sie es sagen, Lucas. Warum sind Sie am nächsten Tag zum Friedhof zurückgekehrt und dann an allen anderen Tagen dieser Woche auch?«

»Weil es mir dort besser geht. Es geht mir besser, wenn ich mit ihnen zusammen bin.«

»Weil Ihre Frau und Ihre Tochter Ihnen fehlen. Das ist

nachvollziehbar. Und menschlich. Aber helfen Sie mir, es besser zu verstehen. Wollen Sie sagen, dass Sie sie vermissen?«

»Nein.«

»Was bedeutet es also, dass es Ihnen besser geht, wenn Sie bei ihnen sind? Ich sag es noch mal, helfen Sie mir, es zu verstehen.«

»Ich bin genauso. Ich bin nicht wie Sie. Ich bin nicht wie Sie alle.«

»In welcher Hinsicht sind Sie genauso?«

»Sehen Sie das nicht? Verstehen Sie das nicht? Ich bin tot. Sie sind tot. Auch Sie, Dr. Immonen, sind tot. Nur, dass Sie es noch nicht wissen, Sie alle wissen es noch nicht, und das ist es, was uns voneinander unterscheidet.«

»Ich bin nicht tot, Lucas. Und Sie auch nicht.«

»Sie irren sich. Wir alle sind es.«

»Erkennen Sie die Person auf dem Foto, Lucas?«

»Das war ich.«

»War? Sind Sie es nicht mehr?«

»Ich war. Ich bin. Ich werde sein. Da gibt es sowieso keinen Unterschied.«

»Einen gewissen Unterschied gibt es schon, Lucas. Sehen Sie es sich mal genau an. Als diese Aufnahme gemacht wurde, wogen Sie fünf Kilo mehr. Ihre Zähne waren weiß. Ihre Haare waren gepflegt und dicht. Können Sie mir sagen, warum?«

»Ja.«

»Warum?«

»Weil ich da noch am Leben war.«

»Sie glauben, dass Sie bei dem Unfall gestorben sind, zusammen mit Ihrer Familie, ist das richtig?«

»Nein, ich glaube es nicht. Ich weiß es.«

»Wann waren Sie zum letzten Mal am Grab Ihrer Frau und haben sich daraufgelegt, Lucas?«

»Gestern. Kathryn … Ich …«

»Keine Sorge, Sie müssen sich nicht entschuldigen. Wir arbeiten inzwischen zwei Monate miteinander, und Sie wissen: Ich bin nicht hier, um Sie zu verurteilen. Wie haben Sie sich gefühlt?«

»Echt. Ich habe mich echt gefühlt. Authentisch. Real. Sie wollen mir sagen, dass ich keine Fortschritte mache, stimmt's?«

»Oh nein. Allein die Tatsache, dass Sie mir diese Frage stellen, zeigt doch, dass Sie Fortschritte machen, Lucas. Wir sehen uns morgen wieder.«

»Müssen Sie wirklich alles aufnehmen?«

»Ja, das wissen Sie. Keine Sorge, es ist für meine …«

»Ihre Dissertation, ich weiß.«

»Wie fühlen Sie sich heute?«

»Weiß ich noch nicht, ist noch zu früh.«

»Es ist sieben Uhr morgens, Samstag. Das ist nicht zu früh. Wenn Sie wieder im Dienst sind, stehen Sie um diese Uhrzeit auf, wenn nicht sogar früher. Auch samstags, falls nötig.«

»Ich erinnere mich gar nicht mehr, dass das so mühsam war.«

»Haben Sie etwas gegessen?«

»Nein.«

»Tun Sie das. Machen Sie sich ein Frühstück.«

»Und Sie sehen zu, während ich das tue?«

»Ja. Lucas, Inappetenz gehört zu den Symptomen …«

»Ich weiß, ich weiß. Wollen Sie auch etwas?«

»Werde ich wieder gesund werden?«

»Ihre Medikation muss noch besser eingestellt werden, Lucas. Es braucht ein bisschen Zeit, bis die Dosierung stimmt, Toleranz und Absorption variieren von Mensch zu Mensch, abhängig vom Stoffwechsel und …«

»Das habe ich nicht gefragt, Kathryn. Ich will wissen, ob ich gesund werde.«

»Es wird Ihnen besser gehen. Sie werden … unter Kontrolle sein. Aber nein, Lucas, gesund werden Sie nie.«

»Ich verstehe.«

»Verstehen Sie das wirklich? Ich kann Ihnen garantieren, dass ich mir jedenfalls nicht sicher bin, ob ich es ganz verstehe.«

»Wenn ich es kontrollieren kann, dieses Syndrom …«

»Sie können es in den Griff bekommen. Sie können verhindern, dass es Sie auffrisst. Das können Sie tun, mithilfe der Medikamente, die ich Ihnen gebe, und indem Sie sich bestimmte Verhaltensweisen angewöhnen.«

»Aber ein Teil von mir wird sich nie wieder lebendig fühlen.«

»Ein Teil ist nicht das Ganze, Lucas. Es ist nicht das Ganze.«

»Ich lese viel.«

»Das ist gut, Lucas.«

»Die Autoren sind alle tot.«

»Die, die Sie lesen? Lesen Sie Klassiker?«

»Nein. Ich lese, Punkt. Ich will verstehen.«

»Was wollen Sie verstehen?«

»Wie ich gesund werden kann.«

»Lucas, wir haben ja schon darüber gesprochen, aber ich würde gern noch einmal zu dem Thema zurückkehren. Sie haben gesagt, dass Sie viel lesen …«

»Ja.«

»Also, dann haben Sie bestimmt schon erfahren, dass es einen Weg gäbe. Elektrokonvulsive Therapie.«

»Elektroschocks. Ja, ich habe gelesen, dass sie in einigen Fällen dazu beigetragen haben, Fälle wie meinen zu heilen.«

»Und was halten Sie davon?«

»Nein.«

»Wenn Sie darüber noch mehr wissen möchten, könnte ich Sie in Kontakt mit …«

»Nein. Nein, ich möchte es nicht machen. Ich bin nicht bereit dazu, ich habe …«

»Was haben Sie, Lucas? Haben Sie Pläne? Ist es das, was Sie sagen wollten? Wenn dem so sein sollte, bin ich froh. Ich würde mich freuen, wenn Sie mir darüber berichten. Aber die elektrokonvulsive Therapie wird Sie nicht daran hindern …«

»Nein. Ich will es nicht, noch nicht. Vielleicht auch nie.«

»Hallo, hallo!«

»W… was?«

»Oh, scheiße. Was haben Sie gemacht? Hoch mit Ihnen, ich schaff es nicht, Sie allein hochzuziehen. Helfen Sie mir, na los.«

»Mmmh …«

»Oh Gott. Woher kommt denn das ganze Blut? Haben Sie sich geschnitten? Die Haare sind ja ganz feucht … Ich muss einen Krankenwagen rufen.«

»Nein.«

»Doch. Doch, ich muss den Notruf anrufen. Und ich nehme sogar auf, ich dachte …«

»Wer sind Sie?«

»Kathryn Immonen. Ich bin Ihre Psychotherapeutin.«

»Sie sind nicht real.«

»Doch, bin ich. Ich bin Kathryn, Ihre Therapeutin, ich bin real. Und das Blut da ist es auch, deshalb nehmen Sie jetzt die Hand hoch und drücken das Handtuch hier an den Kopf. Feste. Sie müssen die Blutung stoppen. Und ich muss den Notdienst anrufen.«

»Sie sind nicht einmal lebendig. Sie sind nicht lebendig.«

»Sie machen eine Depersonalisierungsepisode durch. Das wird vergehen, aber ich muss jetzt den Krankenwagen rufen. Allein kriege ich das nicht …«

»Sagen Sie mir etwas.«

»Was?«

»Wer bin ich? Wissen Sie, wer ich bin?«

»Das kann trotz der Medikamente passieren, Lucas.«

»Ja. Das habe ich gemerkt.«

»Lassen Sie die Finger von der Wunde, sie wird heilen. Obwohl Sie so viel Blut verloren haben, sind es nur drei Stiche. Und die Haare wachsen auch wieder.«

»Es heißt, sie würden auch bei den Toten weiterwachsen.«

»Das heißt es, aber es stimmt nicht.«

»Ich weiß. Es liegt an der Haut über dem Schädelknochen, die austrocknet und Haarwurzeln freilegt.«

»Wir müssen reden. Sie müssen verstehen, dass es Ihnen wieder passieren kann.«

»Warum? Wovon hängt es ab, von meiner …?«

»Stress kann ein Auslöser sein. Es war Ihr erster Arbeitstag. Aber wir müssen Gegenmittel ausarbeiten.«

»Andere Medikamente?«

»Nein. Die Dosierung ist fürs Erste gut eingestellt. Sie müssen neue Gewohnheiten annehmen, Lucas.«

»Welche?«

»Tragen Sie immer einen Notizblock und einen Kugelschreiber bei sich. Vor dem Einschlafen, nach dem Aufwachen und jedes Mal, wenn Sie die Vorboten einer Krise spüren …«

»Ich erinnere mich nicht, irgendwelche Vorboten gespürt zu haben.«

»Sie werden Sie erkennen. Sie werden es lernen. Es gibt immer etwas, das sich Aura nennt, Sie müssen nur lernen zu merken, wann es kommt.«

»Was soll ich also machen?«

»Sie müssen Notizen machen. Und sie irgendwo gut sichtbar hinlegen. Oder in Reichweite aufbewahren, wenn die Situation nichts anderes erlaubt. Sie können sie auf den Nachttisch legen, neben den Wecker. Oder in die Tasche stecken.«

»Was soll ich schreiben?«

»Ihren Namen, Lucas. Den Ort, an dem Sie sich befinden. Und dann wieder Ihren Namen. Sie müssen sich selbst daran erinnern, wer Sie sind. Sie müssen sich selbst daran erinnern, dass Sie am Leben sind.«

67

Ich bin noch am Leben, sagte sich Lucas.

Mit ein paar kräftigen Stößen mit der Schulter hatte er den Sperrmüll beiseitegeräumt, der den Nebeneingang des ehemaligen Theaters versperrte. Als er drin war, schob er unter großem Kraftaufwand einen Kanister mit einer öligen Flüssigkeit vor die Holztür, um sich zu verbarrikadieren.

In der Gasse draußen hörte er Schritte. Es war nicht mehr nur Ramirez, offenbar rückte jetzt auch Verstärkung an.

Lucas drehte sich um und suchte sich tastend einen Weg durchs Dunkel. Seine Sohlen knirschten auf dem Bodenbelag, Putz, der von der Decke gebröckelt sein musste, und Glasscherben einer zerbrochenen Flasche, die er mit der Schuhspitze beiseitekickte.

Als er ein paar Meter hinter sich gebracht hatte, holte er das Handy aus der Tasche und nutzte das Licht des Displays, um seine Umgebung zu erleuchten.

Er befand sich in einem engen Flur hinter den Kulissen des Theaters, von dem wahrscheinlich die Garderoben abgingen. Er ging vorsichtig, aber zügig weiter.

Eine Metalltür mit Anti-Panik-Verriegelung versperrte ihm den Weg. Er drückte den Griff herunter, der ein kurzes Quietschen von sich gab, stieß mit einiger Schwierigkeit die Tür auf und fand sich an einer Treppe wieder, die in den Zuschauerraum hinunterführte.

Ein Friedhof aus gepolsterten Stühlen, wie ein Meer aus roten Grabsteinen, erstreckte sich bis ins Dunkel hinter dem Schein des Handy-Displays. Er ging ein paar Schritte vor, bis er sich in der Mitte des Saals befand, vor der Bühne.

Der Boden des Mittelgangs, zwischen den beiden Flügeln der Sitzplätze, war mit zerschlissenen, schmutzigen Matratzen bedeckt, die zum Teil übereinandergestapelt lagen.

Vermutlich hatten sich im Winter Obdachlose hier einquartiert.

Er kletterte über die Matratzenberge und arbeitete sich weiter nach hinten durch. Die Dunkelheit um ihn herum murmelte und raschelte leise, als hallten die Stimmen der Schauspieler nach, die diese Bühne einst betreten hatten. Vielleicht war es aber auch nur die blinde Betriebsamkeit von Mäusen und Insekten.

»Da hinten ist er!«

Die Stimme hinter ihm nagelte ihn auf der Stelle fest. Er durfte kein Geräusch verursachen.

»Bleiben Sie, wo Sie sind, Lucas!«, rief ihm Ramirez zu.

Lucas reagierte instinktiv: Er steckte das Handy in die Tasche, verzichtete auf das Licht, das ihn sichtbar gemacht hatte, und duckte sich.

Sie waren zu zweit. Ramirez und, wahrscheinlich, der Wachmann aus Furlongs Wohnung, den Ramirez zur Unterstützung hinzugebeten haben musste.

»Stehen bleiben, hab ich gesagt!«

Lucas bewegte sich.

Er huschte gebückt auf den Haupteingang des Theaters zu, sprang über die aufgetürmten Matratzen. Die Stühle zu seinen Seiten standen Spalier wie Krokodilszähne. Er musste es bis ans Ende des Gangs schaffen, bevor seine Verfolger ihn einholten.

Vor sich sah er einen schwachen Lichtschein. Wahrscheinlich fiel Licht durch die Verglasung der Eingangshalle, in der früher die Eintrittskarten verkauft worden waren. Nach ein paar Schritten konnte er die Umrisse der Saaltür ausmachen. Einer der beiden Flügel der großen Holztür mit den Bullaugen in der oberen Hälfte hatte sich aus der Angel gelöst und lag auf der Erde, hing aber noch in der unteren Angel fest, die vollkommen verbogen und halb aus dem Türrahmen gerissen war.

Er umrundete das Relikt und fand sich im Atrium wieder, in das ein breiter Lichtstreifen fiel, der durch die großen Fenster direkt unter der Gewölbedecke sickerte.

»Da ist er!«, ertönte die Stimme des Wachmanns.

Lucas hörte Ramirez' Antwort nicht mehr, falls überhaupt eine erfolgt war. Er hielt weiter auf die Eingangstür zu. Erreichte sie. Rüttelte an ihr, um sie zu öffnen.

Nichts zu machen.

Sie war von außen verriegelt.

Hier würde er nicht herauskommen. Aber er konnte auch nicht dahin zurückkehren, wo er hergekommen war.

Die beiden Polizisten kamen schnell näher. Er hörte jemanden fluchen: Ramirez musste über etwas gestolpert sein. Der Strahl seiner Mag-Lite tanzte drei Meter vor ihm über den Boden und schoss dann plötzlich zur Decke hoch.

Lucas nutzte die Gunst des Augenblicks und floh nach links und eine Treppe hinauf, die zur Galerie führte.

»Vertrödeln Sie keine Zeit mit mir, verfolgen Sie ihn, na los!«, hörte er Ramirez brüllen.

Immer zwei Stufen auf einmal, stürmte Lucas die Treppe hinauf, die in weitem Bogen nach rechts herumführte, und hielt sich dabei immer dicht an der Wand zu seiner Linken, um im Schatten zu bleiben.

Am Ende der Treppe schlüpfte er hinter den doppelten Vorhang, der den Zugang zur Galerie verdeckte.

Dort oben war die Dunkelheit noch dichter, er kam sich vor wie im Inneren eines Gewirrs aus Tausenden ineinander verwobenen Spinnennetzen.

Lucas folgte dem nach unten leicht abfallenden Mittelgang, der zur Balustrade führte.

Sein Verstand arbeitete auf Hochtouren daran, einen Ausweg zu finden. Vergeblich.

Er stützte sich auf die Balustrade und schaute nach unten. Seine Augen hatten sich inzwischen an die Dunkelheit gewöhnt, aber er konnte dennoch lediglich schemenhafte Umrisse ausmachen. Die Stühle, der überall verstreute Sperrmüll, die alten Matratzen und die Lumpen auf dem Boden.

Was er jedoch perfekt wahrnahm, war die Stille.

Die Stimmen seiner Verfolger waren verschwunden.

Ihm blieb nichts anderes übrig, als zu hoffen, dass sie ihn nicht finden und irgendwann wieder gehen würden.

Aber plötzlich spürte er kaltes Metall in seinem Nacken, genau an der Stelle, die er so häufig mit der Hand berührte.

»Keine Bewegung.«

Ramirez' Stimme war ebenso kalt wie der Lauf seiner Pistole, die er ihm in die Haut drückte.

»Drehen Sie sich ganz langsam um. Lassen Sie mich Ihre Hände sehen … Aber was sag ich Ihnen, Sie kennen die Prozedur ja.«

Lucas drehte sich zu ihm um und nahm langsam die Arme hoch.

Noch in der Bewegung traf ihn ein Schlag in die Magengrube. Mit einem erstickten Schrei klappte er vornüber. Wenn er noch etwas im Magen gehabt hätte, hätte er sich auf Ramirez' makelloses Hemd übergeben.

»Das ist für Martin, du Schweinehund. Das wollte ich schon seit gestern machen. Ich hab nie verstanden, was er in dir gesehen hat.«

Lucas versuchte mühsam, wieder zu Atem zu kommen.

»Stell dich gerade hin.« Ramirez trat einen Schritt zurück und musterte ihn.

Lucas holte tief Luft und versuchte, sich aufzurichten. Der Schmerz strahlte wie eine pulsierende Sonne bis in die Rippen aus.

Ein Lichtstrahl blendete ihn für einen Augenblick.

»Chef, haben Sie ihn?«

»Was denken Sie denn? Nehmen Sie die Lampe runter, und bleiben Sie, wo Sie sind«, blaffte Ramirez. Dann fuhr er mit leiserer Stimme fort: »Keine Dummheiten jetzt. Leisten Sie keinen Widerstand. Keine Ausreden, verstanden?«

Lucas schwieg, versuchte, seine Atmung zu normalisieren und den Schmerz unter Kontrolle zu bringen.

»Sie kommen jetzt mit, ohne Scherereien zu machen. Wir haben ein paar Fragen an Sie.«

Lucas spürte hinter sich das Geländer der Balustrade, das gegen seine Oberschenkel drückte.

Unter ihm die Bühne und die Leere.

Etwa vier Meter, schätzte er.

Er holte Luft. Drückte sich mit den Füßen ab. Die Oberschenkel glitten über die Balustrade, und wie ein Hochspringer warf sich Lucas nach hinten, und mit nach oben gewandtem Gesicht füllte er sich die Augen mit Finsternis, während er dem Boden entgegenstürzte.

68

So schnell ich konnte, überflog ich die Transskripte der Therapiesitzungen von Lucas. Dr. Immonen schien sich dem Fall dieses Mannes verschrieben zu haben, getrieben von professioneller Neugier, die sich bald in echtes Mitgefühl gewandelt hatte. Offensichtlich hatte sie ihm gegenüber schon bald denselben Beschützerinstinkt empfunden wie ich.

Er hatte uns beide reingelegt.

Aber nach dem zu urteilen, was ich bis jetzt gelesen hatte, hatte Lucas es vielleicht nicht absichtlich getan, zumindest nicht nur.

Während ich Kathryns Aufzeichnungen durchging, erkannte ich, dass sie sich den Fall dermaßen zu Herzen genommen hatte, dass sie Lucas sogar regelmäßig zu Hause besucht hatte, anfangs fast täglich, später – nach und nach schien die Therapie Früchte zu tragen – hatte sie die Termine weiter auseinandergelegt, bis nur noch das Treffen samstagmorgens übrig geblieben war. Ein quasi rituelles Frühstück. Das erklärte das Gespräch mit Kathryn, das ich mitgehört hatte, als wir im Pub gewesen waren: Lucas hatte die Verabredung verschoben.

Anfangs hatte Kathryn ihn sehr regelmäßig besucht, um sicherzugehen, dass er aß, dass er sich wusch, dass er sich bewegte, dass er sich um sich selbst kümmerte. Es war eine Art verhaltenstherapeutischer Ansatz: Kathryn war überzeugt davon, dass die Einführung einer gewissen Routine ihm helfen konnte, die pathologischen Muster seiner Krankheit unter Kontrolle zu halten. Regelmäßige Gewohnheiten zu etablieren, war, wie einem Muskel durch Wiederholungen ein bestimmtes Bewegungsmuster anzutrainieren. Nach einer Weile kann der Muskel die Bewegung automatisch ausführen. Auch der Geist lässt sich wie ein Muskel trainieren, und mithilfe von Wiederholungen und positiver Verstärkung lassen sich sowohl mittel- als auch langfristig Verbesserungen erzielen.

Vielleicht hätte sich Lucas am Ende doch durch die schlichte Tatsache, dass sein Körper arbeitete, immer mehr davon überzeugen lassen, dass er am Leben war.

Ich klickte immer wieder durch die Dateien, bis ich diejenige fand, in der Kathryn die vollständigste Diagnose formuliert hatte.

Ihrer Meinung nach litt Lucas unter einer Sonderform des Cotard-Syndroms. Eine Krankheit, von der ich schon während des Studiums ein paarmal gehört hatte.

Es wurde auch das Syndrom des »wandelnden Toten« genannt. Kathryn hatte andere Formulierungen verwendet.

»Menschen, die vom Cotard-Syndrom betroffen sind, weisen nihilistische Wahnvorstellungen auf, die sich in der Überzeugung äußern, tot zu sein. In fortgeschrittenem Stadium wird diese Überzeugung plausibel in einem Gedankenkontrukt rationalisiert, das von einer starken logischen Kohärenz geprägt und durch objektive Einwände oder kontrafaktische Beweise nicht angreifbar ist. Das geht so weit, dass rational nicht abzustreitende Fakten in die Wahnvorstellungen integriert werden, bis sich eine Erklärung findet, die mit dem inneren Weltbild des Kranken übereinstimmt.«

Das stimmte, die Aufzeichnungen wimmelten von Vorfällen, in denen Kathryn verbale oder körperliche Beweise heranzog, um Lucas davon zu überzeugen, dass er am Leben war. Aber immer gelang es ihm, diese Beweise umzudeuten und sie in seine halluzinatorische Konstruktion einzubinden.

»Besonders in Phasen des Deliriums ist der Patient L. davon überzeugt, dass der Tod ein auf ewig unveränderlicher Zustand ist, in dem alles, was geschieht, vorherbestimmt sei: ›Wie ein Drehbuch, wie Schauspieler auf einer Bühne. Und deswegen ist nichts wirklich von Bedeutung‹, hat er bei mehreren Gelegenheiten erklärt. L. beharrt darauf, dass das Besondere an ihm sei, dass er sich als Einziger der Tatsache bewusst sei, dass er tot ist, während alle anderen davon überzeugt sind, noch am Leben zu sein.«

Nach der initialen Diagnose hatte Kathryn Immonen angefangen, ihn nach einem selbst ausgearbeiteten Plan medikamentös zu behandeln.

»Nach der ersten Phase der Behandlung mit Antidepressiva und Antipsychotika zeigte L. zunächst einen Rückgang des nihilistischen Wahns. Eine tiefreichendere Analyse jedoch hat bei L. eine weitere Dekonstruktion und Rekonstruktion der Realität im Einklang mit einer neuen Form des Wahns zutage gebracht. In diesem erklärte L., dass er sich sicher sei, bei dem Unfall, bei dem seine Frau und Tochter ums Leben gekommen waren, ebenfalls gestorben zu sein. Was alle anderen als Leben definierten, sei folglich nichts anderes als Vorspiegelungen der letzten Restimpulse seines Gehirns. In diesen Impulsen habe sich L. zufolge die Zeit beinahe unendlich ausgedehnt, während der tatsächliche Tod nur eine Frage von Sekundenbruchteilen sei. Dieser neuen Variante seines nihilistischen Wahns scheint L. ein Konzept der objektiven Verantwortlichkeit zugrunde zu legen, auf die eine Strafe folgt. Bei einer Gelegenheit ging er so weit zu behaupten: »Ich verdiene es ja auch nicht anders«, womit er sich auf seinen Zustand bezog. Ich halte es für wahrscheinlich, dass diese neue Form der Bewältigung dem kausalen Attributionsstil folgt, die häufig dem Auftreten des Cotard-Syndroms bei Patienten wie L. zugrunde liegt.«

Das Konzept des »kausalen Attributionsstils« war interessant, es klang für mich wie etwas Wichtiges, wie eine Wahrheit über die Welt und die Menschen. Denn so grob die Einteilung auch erscheinen mochte, war es im Grunde wohl so, dass der Mensch als denkendes Wesen sich zwei Gruppen zuordnen ließ, von denen die eine Schuld und Verantwortlichkeit immer den anderen oder dem Schicksal zuweist, während die andere Gruppe eher dazu neigt, sie unter allen Umständen bei sich selbst zu suchen, sich für alles selbst verantwortlich zu sehen. Lucas musste zur letzteren Gruppe zählen, was – angesichts des erlittenen Traumas – in der Tat das Auftreten des Cotard-Syndroms begünstigt haben mochte. Aber das allein reichte als Erklärung nicht aus.

»Bei Patienten, die unter dem Cotard-Syndrom leiden, wurde in einigen Fällen entdeckt, dass ein physiologisches Trauma zugrunde lag: und zwar speziell ein Hirntrauma in einigen Regionen, die das Erkennen von Emotionen und/oder Gesichtsausdrücken steuern. Ein Schädel-CT bei L. ergab Läsionen in der Amygdala, allerdings nur wenige, die sich in nachfolgenden Untersuchungen auch in Remission zeigten. Wenn also ein physisches Trauma als ursächlich für das Auftreten des Syndroms angesehen werden kann, dann ist seine Persistenz nur innerhalb eines komplexeren psychiatrischen Bildes erklärbar, zu dem Episoden der Depersonalisation und der Derealisation gehören.«

Die persistente Manifestation des Syndroms, dachte ich, schien sich in der fehlenden emotionalen Assoziation zu bekannten Gesichtern zu äußern. Lucas war kognitiv in der Lage, Gesichter zu erkennen, konnte ihnen jedoch keine Emotionen zuordnen, weder vergangene noch gegenwärtige.

Bei Martin zum Beispiel wusste Lucas, dass er sein Freund war, empfand aber keinerlei Gefühl, nichts, was sich als Freundschaft definieren ließe. Und da er nichts empfand und es vollkommen undenkbar war, angesichts eines Freundes nichts zu empfinden, hatte sein Verstand die einzig logische Schlussfolgerung gezogen: dass er in Wirklichkeit tot und alles nur eine Illusion war. Und dass er deswegen absolut nichts empfand.

Kathryns Aufzeichnungen hatte ich entnommen, dass dies auch manchmal geschehen war, wenn Lucas sich im Spiegel gesehen hatte. Er erkannte sich nicht. Manchmal wusste er nicht einmal, wer er war, wo er sich befand und warum. Das waren die Episoden, die sie als Depersonalisation beschrieb.

Die einzige Erklärung, die er sich geben konnte, war, dass er tot war und dass alle, die ihn umgaben, es ebenfalls sein mussten.

Doch Lucas' Fall wies noch eine andere Besonderheit auf, und sie war es, die mich zutiefst erschütterte und mir gleichzeitig die Gewissheit gab, auf dem richtigen Weg zu sein. Dr. Immonen hatte das Phänomen erst vor Kurzem entdeckt, sie beschrieb es in einem der letzten Protokolle.

»Es ist, als lebten zwei verschiedene Persönlichkeiten in L.: eine, die am Cotard-Syndrom erkrankt und davon überzeugt ist, tot zu sein. Diese Persönlichkeit wird durch die Medikamente weitgehend unter Kontrolle gehalten, aber nicht ganz ausgelöscht. Die andere, latente, verborgene Persönlichkeit lebt in einer Blase der Sehnsucht nach der Vergangenheit, also dem Zustand vor dem Unfall. In der aktuellsten Version der wahnhaften Konstruktion glaubt Lucas, sich in den ewig andauernden letzten Sekunden seines Lebens, ja, im *Tod* zu befinden, was der Patient sich selbst nicht eingestehen kann, aus der Analyse aber eindeutig hervorgeht. Die logische Konsequenz einer solchen Fantasie ist in der Tat, dass, wenn es einen Moment des Todes gibt, es auch ein *Leben* davor gegeben haben muss. Das Leben, nach dem der Patient L. weiterhin unbewusst sucht. Als wollte er es zurückholen, es wieder auferstehen lassen, es rekonstruieren. So kann er nur dann eine Zukunft haben, indem er eine perfekte Simulation der Vergangenheit erschafft.«

Er will sich eine Familie konstruieren. Die perfekte Familie.

Der Tod dieser Mädchen bedeutete Lucas nichts. Für ihn waren sowieso alle schon tot. Auch die Mädchen waren schon tot, bevor er sie ermordete. Das Einzige, was zählte, war, diesen Funken von Leben wiederzufinden, der jenem ewigen Moment seines Todes vorausgegangen war. Und in jenem Leben hatte Lucas eine Frau und ein Kind.

»Die beiden Persönlichkeiten, die Persönlichkeit an der Oberfläche und die andere, verborgene, sind beinahe vollkommen voneinander getrennt. Dazu kommen die Depersonalisations-Episoden, in denen der Patient L. Handlungen ausführt, an die er sich später nicht mehr erinnert.«

Mich schauderte.

Lucas war ein wandelnder Toter, und er trug den Tod mit sich, wohin er auch ging.

Allerdings entdeckte ich in den letzten Dokumenten, die Kathryn Immonen geschrieben hatte, auch, dass die Psychotherapeutin der Meinung war, die richtige Medikation für ihren Patienten L. gefunden zu haben.

Es passte zum neuen Profil, wenn man es recht bedachte.

Es ist, als ob in L. zwei Persönlichkeiten lebten.

Und deshalb schickte er uns die Fotos von den Mädchen per E-Mail. Nicht, um damit anzugeben, nicht, um uns herauszufordern, sondern um uns dazu aufzufordern, ihn zu fangen.

Um *mich* dazu aufzufordern, ihn zu fangen.

Während ich las, wie zufrieden Kathryn damit war, wie Lucas sich wieder ins Arbeitsumfeld integriert hatte und wie neugierig sie auf das war, von dem sie sich nicht sicher war, ob sie es als ein neues Symptom definieren sollte, als die neue Schärfe seiner deduktiven Fähigkeiten, mit denen Lucas die Fälle anzugehen schien, an denen er arbeitete, klingelte mein Telefon.

Ich drückte auf den Knopf, um den Anruf anzunehmen, und Ramirez ließ mir nicht mal die Zeit, Luft zu holen, sondern überschüttete mich mit einem erregten Wortschwall.

»Wann?«, fragte ich, sobald er mir eine Pause gestattete, etwas zu sagen.

»Vor zwanzig Minuten.«

69

Lucas flog.

Er löste sich von der Balustrade und fiel rückwärts, das Gesicht nach oben, die Arme ausgestreckt.

Er landete auf dem Berg aus aufgetürmten Matratzen, der den Aufprall abfing. Sein Körper erinnerte sich daran, die Bewegung durchzulassen, sie nicht zu behindern, die Muskulatur nicht anzuspannen und den Kopf mit den Armen zu schützen, sich zusammenzurollen, um die Aufprallfläche zu verringern und Schäden an der Wirbelsäule zu vermeiden.

Vier Meter Fall genügten, um die alten Rippenfrakturen wieder zu öffnen.

Aber nicht, um ihn bewegungsunfähig zu machen.

Er rollte sich zur Seite und prallte gegen eine Stuhlreihe. Eine Staubwolke stieg in die Dunkelheit auf.

Über ihm Stimmen. Schreie. Bewegungen. Wut.

Er ignorierte den Schmerz. Ignorierte die staubgesättigte Luft, die jedes Mal seine Kehle reizte, wenn er den Mund zum Atmen öffnete.

Er stand auf und rannte gebückt Richtung Bühne, bog davor nach rechts ab, lief durch die Brandschutztür in den Flur, der zu den Garderoben führte. Er fand den Nebeneingang, durch den er hereingekommen war, und stürzte hinaus in die Gasse.

70

»Was soll das heißen, Sie haben ihn verloren?«

»Was soll ich Ihnen sagen, Wayne? Wir haben ihn verloren. Im verlassenen Theater, dem …«

»Ich weiß, wo das ist«, fiel ich ihm ins Wort. Das Theater lag drei Blocks von Kathryns Wohnung entfernt, wo ich mich gerade befand.

»Ihr müsst ihn finden.«

»Und wie? Diese Stadt ist ein Labyrinth, und er kennt es wie seine Westentasche.«

Eine endlose Flut aus Gemeinplätzen, dachte ich. Ramirez' Wortwahl war so banal und vorhersehbar wie seine Hemden.

»Ist Ihnen eigentlich klar, dass Sie mir noch nicht einmal gesagt haben, was er gemacht hat?«, fuhr er mich an.

»Er hat all diese Mädchen ermordet, Ramirez. Haben Sie das nicht kapiert? Er war es. Er hat uns die ganze Zeit manipuliert.«

»Was … Können Sie das beweisen?«

»Ja. Aber nicht jetzt. Sie müssen ihn finden, aber Sie dürfen ihn auf keinen Fall töten, verstanden? Er hat noch eine Frau entführt, wir müssen herausfinden, wo er sie versteckt hält.«

»Mein Gott, ich muss Gacey benachrichtigen …«

»Machen Sie, was Sie wollen, aber machen Sie's schnell.«

»Und was machen Sie in der Zwischenzeit, wenn man das erfahren darf?«

Was ich am besten kann, dachte ich: *ein Profil erstellen, um einen Mörder festzunageln.* Aber das sprach ich nicht aus.

»Ich rufe Sie an«, sagte ich stattdessen und beendete das Gespräch.

Wo bist du, Lucas? Wo willst du hin?

Wo hast du Kathryn Immonen versteckt?

71

Erst als er inmitten der Menschenmenge war, verlangsamte er seinen Schritt. Diesmal bemühte er sich, Körperkontakt zu vermeiden, wand sich zwischen den Schultern und Hüften der anderen hindurch, als fürchtete er irgendeine Art von Ansteckung.

Einige Male drehte er sich um, um einen raschen Blick über die Schulter zu werfen. Niemand schien ihm zu folgen, er sah nur einen Ozean aus unbekannten Gesichtern. Niemand sah ihm in die Augen. Wenn überhaupt, versuchte man, seinem Blick auszuweichen.

Er hatte keine Alternativen, er musste weitermachen. Er musste alles regeln.

Das Atmen fiel ihm schwer. Der Schmerz in den Rippen erschwerte jede Bewegung.

Aber wieder einmal schienen seine Beine den Weg zu kennen.

Lucas ließ sie gewähren.

Es war sowieso nicht mehr weit.

72

»Gibt es etwas, das Gefühle in Ihnen weckt, Agent Lucas?«

»Ich weiß nicht, was ich darauf antworten soll, Doktor.«

»Versuchen Sie's.«

»Gefühle … Ich erinnere mich daran, an Gefühle. Ich habe Erinnerungen, ich weiß, dass ich sie empfunden habe, verstehen Sie?«

»Wann? Woran erinnern Sie sich?«

»Meine Frau. Meine Tochter. Sie hat oft gelächelt, wissen Sie. Sie liebte Blumen.«

»Welche?«

»Tulpen ganz besonders. Als sie noch klein war, bat sie mich oft, mit ihr in die Tulpenfelder zu fahren. Sie hat sich gern hineingelegt und in den Himmel geschaut. Es gibt so viele Tulpenfelder, die Stadt ist umgeben davon. Sie hat sich auf den Rücken gelegt und versucht, die Formen der Wolken zu erraten.«

»Warum wollten Sie keine Bilder von ihnen auf den Grabsteinen?«

»Weil ich sie schon habe. In mir. Ich halte das für eine Art … Strafe.«

Ich schloss alle Dateien, und nachdem ich die CD ausgeworfen hatte, schaltete ich den Computer aus. Als ich die CD gerade in die Tasche steckte, hörte ich das Telefon klingeln.

Aber es war nicht meins. Es war Kathryns.

Ich hatte es auf dem Tischchen im Eingang liegen lassen. Ich lief hin, um es zu holen, und sah auf das Display.

Lucas' Name stand darauf.

Während ich noch unentschieden war, ob ich drangehen sollte oder nicht, gab Lucas auf. Das Klingeln verstummte.

Ich musste schnell denken.

Ich musste einen Weg finden, die Situation zu meinem Vorteil zu nutzen.

Ich hörte ein Geräusch, nein, einen Ton, eine Tonfolge, die durch die Entfernung und die Wände gedämpft war. Jemand war in Kathryns Praxis unten gekommen.

Vorsichtig schloss ich die Tür, lautlos.

Ich nahm mein Handy, tippte schnell und schickte Lucas eine Nachricht.

Lucas, wo sind Sie?

Dann starrte ich auf das Display, als reichte das allein schon, um es dazu zu bringen, mit einer Nachricht von Lucas aufzuleuchten. Ein Rest kindlichen, magischen Denkens vielleicht.

Es geschah nichts.

Von unten hörte ich keinen Laut mehr. Ich wartete eine Minute. Zwei. Als die dritte ablief, atmete ich tief durch und rief ihn an.

Ich hörte es in meinem Gerät klingeln.

Aber nicht nur dort. Unten klingelte ebenfalls ein Handy.

Es dauerte ein paar Sekunden, dann erklang eine bekannte Stimme an meinem Ohr, leicht verzerrt durch das Knistern in der Leitung.

»Anna?«, fragte Lucas mit seiner monotonen Stimme, die ich schon seit ein paar Stunden nicht mehr gehört hatte.

Er war es, der unten war. Ich musste schnell denken, schnell handeln.

»Lucas, wo sind Sie?«, fragte ich leise. »Ich höre Sie nicht, ich …«, sagte ich und beendete schnell das Gespräch und überlegte, warum er hierher zurückgekommen war. Was konnte es sein? Was hatte er vor? Aber es genügte, mich umzusehen, um darauf zu kommen.

Die Spuren. Er war gekommen, um die Spuren von Kathryns Entführung zu beseitigen. Er suchte Kathryns Handy, deshalb hatte er es angerufen.

Ich hörte seine Schritte auf der Treppe.

Ich hatte nur noch wenige Sekunden.

Ich machte das Licht aus und eilte durch den dunklen Flur ins Wohnzimmer.

Ich schaffte es gerade noch um die Ecke, als ich die Wohnungstür aufgehen hörte.

Erst da wurde mir bewusst, dass ich Kathryns Handy noch in der verbundenen Hand hielt. Die ausgeleerte Handtasche mit ihren persönlichen Sachen war im Flur geblieben, aber das Handy hatte ich. Wenn er es nicht fand, würde Lucas wissen, dass jemand die Entführung bemerkt hatte, und müsste die Spuren verwischen, die zu ihm führten.

Ich zwang mich zur Ruhe und tastete auf Kathryns Handy herum, bis es mir gelang, es stumm zu schalten. Ich wollte nicht, dass er wieder anrief und mich entdeckte. Um mich selbst hatte ich keine Angst: Ich wusste, dass er nicht bewaffnet war, und in einem Zweikampf würde ich es mit ihm aufnehmen können, wenn ich ihm nicht sogar überlegen war. Lucas war erschöpft, und selbst mit einer verletzten Hand glaubte ich, ihn überwältigen zu können. Darüber hinaus hatte Ramirez mir gesagt, dass er diesen Sturz im Theater unmöglich unverletzt hatte überstehen können.

Aber wenn er mich in diesem Moment erwischen würde, würde er sich vielleicht weigern zu verraten, wo er Kathryn gefangen hielt, vielleicht würde er sich so lange widersetzen, bis es zu spät war, um sie noch zu retten.

Unwillkürlich hielt ich den Atem an. Langsam ging ich etwas in die Knie und lugte kurz um den Türrahmen herum.

Am Ende des Flurs sah ich einen Schatten, reglos, direkt hinter der Tür des kleinen Vorraums, neben dem Tischchen.

Ein Gespenst.

Ich dachte nicht, dass er mich gesehen hatte, bereitete mich aber auf das Schlimmste vor. Ich spannte die Muskulatur an, richtete mich auf, hielt mich aber weiterhin versteckt und zählte bis drei.

Dann beugte ich mich wieder vor.

73

Das Gespenst war verschwunden. Ich sah gerade noch, wie sich die Tür sanft schloss, dann hörte ich Schritte auf der Treppe: Er ging hinunter, zum Arbeitszimmer.

Ich senkte den Blick: Kathryns Tasche lag noch da, auf dem Boden, die Sachen genauso verstreut wie vorhin. Lucas hatte sie nicht einmal angerührt.

Das Handy. Er musste gemerkt haben, dass das Handy weg war.

Schaudernd wurde mir bewusst, dass ich an seiner Stelle nur eine Möglichkeit sehen würde: Kathryn so schnell wie möglich loszuwerden.

Wenn ich das verhindern wollte, wenn ich herausfinden wollte, wo er sie versteckt hielt, wenn ich sie befreien wollte, hatte auch ich nur eine Möglichkeit. Ich musste ihm folgen.

Ohne noch länger zu zögern, setzte ich mich in Bewegung.

Leise schlich ich die Treppe hinunter. Lucas hatte schon

einige Sekunden Vorsprung, aber er konnte noch im Arbeitszimmer sein.

Als ich die letzte Stufe erreichte, blieb ich stehen und lauschte. Da hörte ich die Eingangstür zuschlagen. Er war weg.

Ich eilte ihm nach.

74

Der Regen, der schon seit Stunden in der Luft gehangen hatte, brach nun, da die Sonne untergegangen war, endlich aus den Wolken hervor. Lucas reckte das Gesicht in die eiskalten Tropfen, die der Wind beinahe waagerecht durch die Luft peitschte.

Im Lichtschein einer Straßenlaterne blieb er stehen und sah auf die Straße. Die Scheinwerfer der Autos blendeten ihn, aber nach und nach gewöhnten sich seine Augen an das unangenehme auf- und abblendende Licht.

Er drehte sich kurz um und warf einen Blick auf das Haus zurück, aus dem er gerade gekommen war.

Kathryn.

Ihm war, als hätte er einen Schatten in den Hauseingang zurückweichen sehen, vielleicht eine weibliche Silhouette. Aber eine Sekunde darauf, einen Wimpernschlag später, war sie nicht mehr da. Er atmete aus, und eine kleine Atemwolke löste sich vor seinen müden Augen auf.

Er wandte sich wieder zur Straße um.

Ich muss hier weg, dachte er.

Er sah ein weißes Auto mit einem leuchtenden Schild auf dem Dach vorbeifahren, hob den Arm und winkte.

Der Taxifahrer fuhr heran, Lucas zog die Tür auf und stieg ein.

»Wo möchten Sie hin?«, fragte der Mann, ein Sikh mit Turban und schwarzem Vollbart, der ein freundliches Lächeln umrahmte.

Bringen Sie mich von mir selbst weg, dachte Lucas.

Aber als er den Mund aufmachte, kam eine Adresse heraus.

75

Von dem Hauseingang der Praxis aus sah ich Lucas am Straßenrand stehen. Er stand reglos im Lichtkegel einer Straßenlaterne, wie vom Blitz getroffen. Vielleicht hatte er eine seiner »Episoden«, seiner Depersonalisationskrisen, über die Kathryn in ihren Aufzeichnungen berichtet hatte.

Dann jedoch bewegte er sich, drehte sich um, und ich zuckte in den Schatten zurück.

Er konnte mich nicht gesehen haben. Ich zitterte, aber mehr vor Wut auf mich selbst. Ich war unvorsichtig gewesen.

Ich wartete ein paar Sekunden, dann beugte ich mich wieder so weit wie nötig vor, um einen Blick auf die Straße zu werfen.

Lucas stieg in ein Taxi.

Ich ließ ihn wegfahren und lief dann zu meinem Wagen, sprang hinein, ließ den Motor an und machte mich an die Verfolgung.

Ich versuchte, den richtigen Abstand zu halten und immer zumindest ein paar Autos zwischen mich und das Taxi zu bringen. Der strömende Regen half mir dabei, behinderte mich aber auch gleichzeitig.

Nach ein paar Minuten merkte ich, dass wir Richtung Süden unterwegs waren.

Ohne den Blick von der Straße zu nehmen, tastete ich nach

dem Handy in meiner Tasche. Stattdessen fand ich Kathryns. Ich wühlte weiter und bekam meines in die Finger.

Für den Bruchteil einer Sekunde senkte ich den Blick: Der Akku war so gut wie leer, ich würde keinen Anruf mehr schaffen. Ich musste eine SMS schreiben.

Ich wartete auf die erste rote Ampel. Lucas' Taxi war immer noch zwei Autos weiter vorne, ich hatte eine graue Limousine und einen blauen SUV vor mir, der mich zum Teil verbarg.

Hastig begann ich zu tippen.

Ich schrieb an Ramirez, sagte ihm, dass ich Lucas auf den Fersen war, der an Bord eines Taxis saß, und sagte ihm, wo wir uns gegenwärtig befanden. Ich schickte die Nachricht ab und sah wieder auf: Die Ampel war grün geworden und die Autos vor mir bereits losgefahren.

Voller Schrecken sah ich, dass sich zwei weitere Taxis in meine Spur eingefädelt hatten, die dem, in dem Lucas saß, zum Verwechseln ähnlich sahen.

Welches war seines?

Wir kamen an eine Kreuzung, und ich wusste nicht, welchem ich folgen sollte.

Ich verrenkte mir den Hals, um um den blauen SUV herumzusehen, konnte aber nichts erkennen.

Ich hatte ihn verloren.

76

Mir blieb nur der Bruchteil einer Sekunde, um mich zu entscheiden.

Zwei Taxis fuhren geradeaus weiter, während das dritte links in eine Allee abbog.

Denk nach! Wo kommt man hin, wenn man geradeaus

weiterfährt? Ich stellte mir den Weg vor. Ein paar Kreuzungen hintereinander. Dann verbreiterte sich die Straße. Der Tunnel unter dem Fluss hindurch und dann der Verkehrsknoten zur Auffahrt auf die Autobahn. Nach Süden.

Aus der Stadt hinaus.

Nein.

Ich setzte den Blinker und folgte dem Taxi, das nach links abgebogen war.

Ein paar Fahrzeuge vor mir versperrten mir die Sicht, und es gelang mir nicht, einen Blick auf das Heckfenster des Taxis zu werfen, um zu kontrollieren, ob Lucas' Hinterkopf zu sehen war.

Die Straße wurde allmählich enger, während sie sich in den alten Teil Havens hineinwand, das ehemalige Industriegebiet. Die Hochhäuser machten Wohngebäuden Platz, dann Lagerhäusern und schließlich den sanierten ehemaligen Fabrikgebäuden am Flussufer.

Und plötzlich verstand ich.

Wenn wirklich Lucas in diesem Taxi saß, wenn ich mich nicht falsch entschieden hatte, dann konnte das Ziel nur eines sein: das Loft von Constantin Geztu.

Ich blickte noch einmal auf das Handy herunter: Es war dunkel. Es hatte sich ausgeschaltet.

Mühsam fummelte ich mit einer Hand herum, um das Ladekabel an den Zigarettenanzünder des Wagens anzuschließen, ohne den Blick von der Straße zu nehmen: Ich konnte es mir nicht erlauben, den Fehler von eben noch einmal zu wiederholen.

Ich musste eine Möglichkeit finden, Ramirez mitzuteilen, wo Lucas hinwollte. Ich wusste, dass ich Verstärkung brauchen würde. Natürlich hätte ich Kathryns Telefon nehmen können, aber ich wusste Ramirez' Nummer ebenso wenig auswendig wie Gaceys. Nicht einmal der hatte es durchschaut, trotz seiner Feindseligkeit und seines Misstrauens gegenüber Zanniers Schützling.

Ich fragte mich, wie Lucas es geschafft hatte, seine wahre Natur so gründlich vor allen zu verbergen: vor Zannier, der ihn so lange beschützt und mitgezogen hatte. Vor Martin Kracev, der bis zum Schluss an seiner Seite gewesen war und diese Nähe so teuer bezahlt hatte. Vor Sasha Grass, Ramirez, Dr. Immonen … Und vor mir.

Wenn ich nur nicht so blind gewesen wäre! Die Wahrheit war, dass dieser Fall mich auf eine Art und Weise beschäftigte, die ich mir gar nicht eingestehen wollte, und das alles wegen meiner Vergangenheit. Hatte ich vielleicht zugelassen, dass das, was mir passiert war, meine Ermittlungen bestimmt hatte? Hatte ich deshalb das Bedürfnis verspürt, Lucas einzubeziehen, ihn um Hilfe zu bitten? Weil ich das Gefühl hatte, dass zum ersten Mal in meinem Berufsleben meine Vergangenheit mich blockierte?

Hatte ich tatsächlich den Verantwortlichen für all diese Entführungen, all diese Toten in meinen Fall eingeweiht?

Ich zwang mich, meine Zweifel mit derselben Kraft wegzuschieben, mit der die Scheibenwischer den Regen von der Windschutzscheibe schoben. Aber wie der Regen auf die Windschutzscheibe prasselte, so prasselten auch die Zweifel immer wieder auf mich ein.

Das Taxi vor mir fuhr weiter in das Viertel hinein. Die Richtung änderte sich nicht, bis zu diesem Moment.

Das letzte Abbiegen nahm mir alle Zweifel: Es bog in die Seitenstraße ein, die zu Geztus Rückzugsort führte.

Ich ging vom Gas. Hinter mir hupte jemand, aber das ignorierte ich. Ich verlangsamte weiter, bis ich Schrittgeschwindigkeit fuhr.

Ich entschied mich dagegen, ebenfalls abzubiegen, um nicht das Risiko einzugehen, dass Lucas mich bemerkte. Er kannte mein Auto. Ich fuhr an der Einmündung vorbei und warf nur einen raschen Blick in die Straße: Das Taxi hatte ein paar hundert Meter von der Straßenecke angehalten, und die Tür stand offen. Jemand stieg aus.

Ich hatte keine Zeit, um zu verifizieren, dass es wirklich Lucas war. Ich fuhr etwa zweihundert Meter geradeaus weiter, bis ich einen freien Parkplatz fand.

Ich nahm das Handy – ein winziger Strich zeigte mir, dass es vielleicht gerade weit genug aufgeladen war, um sich wieder einzuschalten – und stieg in den Regen aus.

Zu Fuß kehrte ich an die Stelle zurück, an der das Taxi abgebogen war, und lugte um die Ecke.

Das Taxi war weg.

Es war niemand zu sehen.

77

Die ehemalige Fabrik, in der Geztu sich ein Loft ausgebaut hatte, war ein imposantes Gebäude aus rotem Backstein, sieben, acht Meter hoch und rechteckig, mit großen, durch den Schmutz blinden Fenstern, die im Regen glänzten. Schimmelgeruch mischte sich mit dem Geruch nach Industrieabfällen, der wahrscheinlich bis in alle Ewigkeit aus dem Kanalsystem ausströmen würde, ein scharfer Geruch, der durch den Regen, der den Fluss anschwellen ließ, noch verstärkt wurde.

Ich war ohne jegliche Deckung. Vor mir und auch hinter mir war niemand zu sehen. Es fuhren keine Autos vorbei. Die paar Straßenlampen, die noch funktionierten, spendeten nur ein fahles, gespenstisches Licht, das es fast nicht schaffte, die dichte Dunkelheit des Wassers zu durchdringen. Zwischen zwei weit voneinander entfernten Lichtkegeln erahnte man den Eingang: Ich näherte mich und sah, dass es eine Stahltür in anonymem Grau war. Sie war nur angelehnt, das gelbe Absperrband der Polizei reichte ganz sicher nicht, um den Zutritt zu verwehren.

Ich zog sie langsam auf und lugte ins Innere, aber es war alles in Dunkelheit versunken. Nur ein Lichtstrahl drang durch die Fenster herein und beleuchtete den Eingang und eine Metalltreppe zur Rechten, die ins Obergeschoss führte. Ganz oben auf der Treppe konnte ich den Umriss eines Mannes ausmachen. Es war Lucas, daran bestand kein Zweifel.

Ich zog mich zurück und wartete, maß die Zeit im Rhythmus meines Herzschlags. Zwei Schläge pro Sekunde, rechnete ich. Ich nutzte die Zeit, um eine schnelle Nachricht an Ramirez zu schreiben, in der ich ihm die Adresse des Ortes mitteilte, an dem ich mich befand. Das Handy gestand mir gerade noch genug Akku zu, um sie wegschicken zu können, dann ging es endgültig aus.

Ich ging hinein und stieg die Treppe hoch.

Mir fiel ein, was Gacey gesagt hatte. Die Polizei hatte die Räumlichkeiten hier durchsucht, ohne etwas Relevantes zu finden, nichts, was auf das Gefängnis der Mädchen hindeutete, in dem mit aller Wahrscheinlichkeit derzeit auch Kathryn Immonen eingesperrt war.

Aber den Polizisten, die sich hier umgesehen hatten, musste etwas entgangen sein. Warum sonst sollte Lucas hergekommen sein?

Wenige Stufen vor dem Treppenabsatz blieb ich stehen, stellte mich auf die Zehenspitzen und reckte den Hals gerade weit genug, um über das Geländer zu spähen. Meine Augen waren auf Höhe des Fußbodens, so konnte ich den Kopf hinter der Lehne eines kleinen Sofas verstecken, das am Geländer stand.

Ich sah ihn. Lucas stand in der Mitte des riesigen, offenen Raumes. Es sah aus, als schaute er sich um, als ob …

Als ob er etwas suchte.

Vielleicht witterte er etwas in der Luft. Vielleicht hatte er einen sechsten Sinn, der durch seine Krankheit irgendwie verstärkt war, und konnte die Gegenwart eines Fremden wahrnehmen. Eines Feindes. Mir fiel auf, dass er sich im Nacken kratzte, diese Geste, die so typisch für ihn war.

Ich verspürte das Bedürfnis, mich ins Dunkel zurückzuziehen. Mehr noch, ich verspürte den beinahe nicht zu unterdrückenden Impuls, die Flucht zu ergreifen.

Zu entfliehen, diese ganze Geschichte zu vergessen oder irgendeinen weit entfernten, geschützten Winkel zu finden, um auf Verstärkung zu warten. Hoffen, dass Ramirez ihn stellte, ihn fing, ihn zwingen konnte zu verraten, wo Kathryn Immonen war, in welchem dunklen Winkel seines verdrehten Geistes er sie versteckt hatte.

Aber unmittelbar danach überkam mich die Wut. Eine Wut, die so heftig war, dass ich mich nicht erinnern konnte, jemals so wütend gewesen zu sein.

Nein. Nein, das stimmte nicht. Ich *wollte* mich nicht erinnern, aber es war dieselbe Wut, die mich vor Jahren gepackt hatte, als …

Lucas bewegte sich.

Er verschwand im hinteren Teil des Raumes, wurde von den Schatten verschluckt. Noch einmal zählte ich, bevor ich mich bewegte, und es kam mir vor, als hätte mein Herz seinen Takt weiter beschleunigt, ich spürte es in der Kehle und im Kiefer, weil ich vor Anspannung die Zähne aufeinanderpresste. Und vor Wut.

Ich beschloss, auf die Wut zu hören.

Ich beschloss, nicht zu warten, sondern es allein durchzuziehen. Weil ich Lucas nicht die Zeit geben durfte, etwas nicht Wiedergutzumachendes zu tun, und vor allem, weil ich es diesen armen Mädchen schuldig war – ich maß die Zeit, indem ich ihre Namen wie ein Mantra wiederholte: Eleanor, Angelica, Rachel, Robin … Kathryn. Und mir selbst war ich es auch schuldig.

Ich beschloss, mich in Bewegung zu setzen, ihm zu folgen und die Konsequenzen auf mich zu nehmen.

Ich glaubte, ich sei vorbereitet.

Ich irrte mich.

78

Der Fluss unter ihm rauschte wütend dahin und verströmte seine Ausdünstungen. Lucas betrachtete ihn, als wollte er daraus Inspiration für seinen nächsten Zug gewinnen. Kathryn hatte ihm einmal erklärt, dass das Selbstbild, also das, was jeder Mensch für seine individuelle Essenz hält, nichts Statisches und Unveränderliches sei.

»Dein Ich, deine Identität ist nicht in Stein gemeißelt, Lucas, sondern ist fließend wie Wasser. Wie das Wasser eines dahinfließenden Flusses.«

Niemand kann die Form des Wassers bestimmen. Aber man kann die Ufer eines Flusses kennen und ihrem Verlauf bis zur Mündung folgen.

Ihrem Verlauf folgen.

Lucas senkte den Blick. Er befand sich auf einer kleinen Terrasse aus Beton, die etwa sieben, acht Meter über dem Wasser zu hängen schien. Von hier aus sahen die Wirbel und

Strudel des Wassers, die vom Licht der wenigen Straßenlaternen angeleuchtet wurden, wie ineinander verkeilte Krebsscheren aus, in ewigem Kampf, fortwährend ausgestreckt, um nach etwas zu greifen, was fortwährend entfloh.

Folge dem Fluss.

Im Geländer am kurzen Ende der Terrasse befand sich ein kleines Törchen. Lucas erkannte es, als er die Angeln entdeckte. Er ging darauf zu.

Hinter dem Törchen führte eine kleine Treppe aus rohem Beton bis ans Flussufer hinunter, zu einem langen betonierten Streifen.

Lucas trat durch das Törchen und stieg die Treppe hinunter.

79

Es war nicht leicht, den richtigen Abstand zu ihm zu wahren, aber das Dunkel der Nacht half mir dabei. Ich drückte mich gegen die Fundamente des Uferdamms und versuchte, mit den Schatten zu verschmelzen. Zum Glück kleidete ich mich sowieso immer schwarz. Sasha hatte mir gesagt, Frauen in Schwarz seien immer eleganter, aber das war nur ein Teil der Wahrheit. Der andere ist, dass Frauen, die Schwarz tragen, sich unsichtbar machen können, wenn es nötig ist. Das Rauschen des Flusses überdeckte das Geräusch meiner Schritte und das Keuchen meines Atems.

Ich konnte nur hoffen, dass Lucas nicht verschwand.

Er bewegte sich unsicher vorwärts, wie jemand, der etwas erforscht, nicht wie einer, der den Weg gut kennt. Anfangs wunderte mich das, dann fiel mir wieder ein, was ihm alles passiert war. Sein Plan war außer Kontrolle geraten, er war von Ramirez verfolgt worden, hatte sich von der Galerie eines Theaters gestürzt und war atemlos zu Fuß durch die halbe Stadt gerannt. Er musste Verletzungen davongetragen, Schmerzen haben. Er musste verwirrt sein, seinen kühlen Kopf verloren haben. Er bewegte sich nicht wie ein Mann, der etwas suchte, sondern wie einer, der kurz davor war, alles zu verlieren.

Und ich würde diejenige sein, die dafür sorgte, dass er alles verlor. Das war es, was ich vorhatte, das war es, was ich mir selbst versprochen hatte, und ich war bereit, es bis zum Ende durchzuziehen.

Lucas war etwa dreißig Meter vor mir. Er ging auf dem Betonstreifen, den Fluss zur Rechten, unter ihm, und die Wand, die das Ufer abstützte, zur Linken. Weiter oben, hinter der Uferwand, war die Straße.

Auf einmal blieb er stehen, begutachtete etwas zu seiner Linken und verschwand dann in der Wand. Dort musste ein Tunnel sein oder irgendein Zugang.

Oder es war eine Falle. Vielleicht hatte er mich gesehen und sich in einem Spalt versteckt, um mir aufzulauern.

Es spielte keine Rolle: Ich würde sowieso mit aller Kraft, die mir noch geblieben war, gegen ihn vorgehen.

Ich ging noch langsamer, versuchte, das Rauschen des Flusses auszublenden. Ich versuchte, mich auf die Umgebung einzustellen, das Schattenspiel einzuschätzen, ungewöhnliche Geräusche herauszufiltern. Atmen im Dunkeln.

Zehn Meter, fünf, drei. Einer.

Ich duckte mich und machte einen Satz nach vorne, sprintete an der Stelle vorbei, an der ich Lucas hatte verschwinden sehen. Rechts von mir brüllte der Fluss. Hier war das Ufer flacher, fiel sanfter ab, und mit einem Mal war das Wasser gefährlich nah an der Uferkante.

In meinem Sprint sah ich zu meiner Linken einen Tunneleingang aufblitzen: Lucas war nicht zu sehen, aber in der Ferne hatte ich einen bläulichen Schein bemerkt. Offensichtlich nutzte Lucas sein Handy als Taschenlampe, um voranzukommen.

Ich machte kehrt, trat in den Tunnel und nahm die Verfolgung auf.

Je weiter ich vordrang, desto gedämpfter wurde das Rauschen des Flusses, bis nur noch ein leises Murmeln übrig blieb. Ich achtete genau darauf, wo ich meine Füße hinsetzte. Der Tunnel war eine Art Stollen mit halbrundem Schnitt, etwa drei Meter hoch und doppelt so breit. Auf dem Boden hatte sich ein schmieriger Matsch abgelagert: *Überreste von Dingen, die das Wasser hereingetragen hatte, gemischt mit den Exkrementen von Tieren,* dachte ich. Jedes Mal, wenn ich den Fuß hob, folgte ein schmatzendes Geräusch. Wenn das hier zu Ende war, würde ich die Stiefel wegwerfen müssen – ein Jammer, ich hing sehr an ihnen.

Ich ging etwa fünfzig Meter weiter, dann verschwand der bläuliche Schein links um eine Ecke.

Als ich an die Ecke kam, sah ich Lucas' Umriss, der sich vor dem Schein des Handys abzeichnete, etwa zehn Meter vor mir. Er war stehen geblieben, aber nur für einen kurzen Augenblick. Dann bog er rechts ab, und kurz darauf verschwand auch das Licht.

Ich folgte ihm weiter.

Ich gelangte in einen langen Gang mit niedrigerer Decke, der sich am Ende zu einem breiteren Raum erweiterte.

Im Geist rekonstruierte ich den Weg, den wir unter der Erde gegangen waren, und rechnete aus, dass wir uns ungefähr auf Höhe von Geztus Bau befinden mussten, allerdings um etwa achtzig, hundert Meter in Richtung des ehemaligen Industrieviertels versetzt.

Ich hörte, wie Lucas an etwas herumfummelte, vielleicht war er aber auch nur gestolpert oder gegen etwas gestoßen, was hier unten abgestellt worden war. Der schwache, bläuliche Lichtschein beschrieb einen Kreis, dann hielt er inne.

Ich sah, wie Lucas' Silhouette sich nach links bewegte und verschwand. Da hinten musste ein noch größerer Raum sein.

Mit einem Mal wurde der hintere Abschnitt des Ganges, in dem ich mich befand, von gelblichem Licht geflutet.

Ich ging noch ein Stückchen weiter bis zu der Stelle, an der Lucas abgebogen war.

Dann kauerte ich mich auf den Boden und lugte um die Ecke, wieder einmal in der Hoffnung, dass er sich nicht ausgerechnet in diesem Moment umdrehte.

Es war eine Art Höhle unter einer gewölbten Decke, die Wände allerdings waren gekachelt. In den wenigen Sekunden, die ich mir für diesen ersten Blick zugestanden hatte, konnte ich nur ein paar Details erkennen. Ein Plakat an der Wand, ein Schreibtisch mit abnehmbarer Tischplatte, ein morsches, vergammeltes Regal, in einer Ecke ein Feuerlöscher und am Ende des Raumes eine Reihe von Holztüren.

Es musste ein ehemaliges öffentliches Bad sein, das vor Jahrzehnten von den Arbeitern der umliegenden Fabriken genutzt worden war, die sich hier nach Schichtende waschen oder duschen konnten, bevor sie nach Hause zu ihren Familien zurückkehrten. Hier konnten sie den Gestank der Flüssigkeiten loswerden, mit denen sie den ganzen Tag hantierten, den Geruch der Gerbereien oder der Fischverarbeitung, der Produktion von Chemikalien, Waschmitteln, Kosmetika … Wahrscheinlich blieb der Gestank sowieso in jeder Pore hängen, aber zumindest konnten sie hier versuchen, ihn zu mindern. Auf einem Plakat wurden die Dienstleistungen eines Barbiers angepriesen, daneben hing ein Schild eines ehemaligen Kiosks. Durch einen Seitengang war man vermutlich direkt zur U-Bahn-Station und von dort zu den Zügen oder den Bussen gelangt, die oberirdisch fuhren.

Als die Fabriken schlossen und die mit ihnen verbundenen Geschäftstätigkeiten verlagert wurden, war auch die U-Bahn-Station aufgegeben, zugesperrt und von den im Lauf der Jahre aufeinanderfolgenden Stadtverwaltungen vergessen worden. Bis es schließlich günstiger war, eine Straßenbahn an der Oberfläche zu bauen, statt diese unterirdische Station zu sanieren und wieder nutzbar zu machen. Das öffentliche Bad und die umgebenden Geschäfte waren zusammen mit der U-Bahn gestorben und zum Verrotten hier zurückgelassen worden.

Ich hatte weder Tags oder Graffiti noch irgendwelche Spuren von Obdachlosen gesehen. Dieser Ort hier war im wahrsten Sinne des Wortes dem Vergessen anheimgegeben.

Nur Lucas hatte sich hier sein Nest gebaut.

Lucas war wieder verschwunden, hinter einer der Holztüren, die, so vermutete ich, zu den Duschen führen mussten.

Ich war am Ziel.

Es war der Moment gekommen, die Jagd zu beenden.

80

Es ist jemand in diesem Zimmer, dachte Lucas. Zumindest war jemand dort gewesen.

In diesem Gefängnis, dieser Art Werkstatt … Nein, das war keine passende Definition.

Die Beleuchtung kam von einer Baulampe, die an einem Haken an einer Wand hing. Das dazugehörige Stromkabel war sehr lang und lief über den gesamten Boden, um dann unter der Tür zu verschwinden und wohl irgendeine externe Steckdose zu erreichen.

Der Raum musste irgendwann einmal der Vorraum einer Gemeinschaftsdusche gewesen sein. Eine Umkleidekabine mit Kachelmosaik an den Wänden, an denen auf etwa eineinhalb Metern Höhe eine Reihe Kleiderhaken angebracht war, die inzwischen längst verrostet waren. Die Decke war weiß gestrichen, aber nun waren in den Ecken große Schimmelflecken zu sehen, und ganze Teile des Putzes waren heruntergefallen. Dennoch war der Boden sauber, und es herrschte eine gewisse Ordnung.

Die Umkleide war nicht mit einem angemessenen Lüftungssystem ausgestattet, vielleicht aber hatte sich auch die dürftige vorhandene Lüftung über die Jahre verstopft. Jedenfalls war die Luft feucht, abgestanden und drückend. An der Wand gegenüber derjenigen, an der die Lampe hing, stand ein niedriger Tisch aus dunklem Holz, dessen Lack völlig verkratzt war. Vor dem Tisch ein schlichter, ebenfalls verkratzter Holzstuhl mit geschwungener Lehne und Metallbeinen.

Auf dem Tisch stand ein Kasten aus dickwandigem Glas und mit Beschlägen aus glänzendem Metall. Er sah aus wie ein Terrarium, aber den Dimensionen nach zu urteilen, hätte man etwas wesentlich Größeres als eine Schlange darin halten können.

Der Glaskasten war groß genug, um einen menschlichen Körper zu beherbergen. Einen liegenden Menschen. Gefangen.

Die vordere Scheibe war mit Scharnieren an der oberen befestigt und wies unten mittig einen Griff auf. Das war die Seite, an der man den Kasten öffnen konnte, um zu kontrollieren – um zu *berühren* –, was darin lag. Um den Griff herum verlief eine Kette mit einem Vorhängeschloss. In das Glas waren Löcher gebohrt worden, um die Luftzufuhr sicherzustellen.

Es war noch jemand in diesem Zimmer, aber nicht da drin. Der Kasten war leer.

Die Luft hinter seinem Rücken schien zu vibrieren.

Lucas wirbelte herum, gerade noch rechtzeitig, um dem Schlag auszuweichen.

»Wo ist sie? Was hast du ihr angetan? Wo ist sie?«

81

Das ist alles nicht wahr. Das kann nicht wahr sein. Es ist nur ein Albtraum.

Vielleicht bin ich tot.

Vielleicht war Lucas' nihilistisches Delirium in Wirklichkeit meines, und ich war diejenige, die gerade starb, und das, was ich in diesem Moment erlebte, war nur die unendliche Ausdehnung der Zeit, während ein letzter elektrischer Impuls in meinem Gehirn auslief. Der Bruchteil eines Augenblicks, der die Erzählung eines Lebens geworden war.

Vielleicht war der Glaskasten gar nicht leer, vielleicht lag *ich* darin.

Jeder Gegenstand hier war eine Lüge meines Geistes, eine Infektion, und Lucas war der Antikörper, der versucht hatte, mich zu warnen. Vergebens, weil alles wieder dorthin zurückgekehrt war, wo es angefangen hatte.

Ein Anhaltspunkt. Es musste irgendetwas geben, woran ich mich klammern konnte, um den Albtraum zu vertreiben, um mich der Illusion zu entziehen, um aus diesem Abgrund herauszukommen und wieder in die Realität zurückzukehren. Ein einziger Anhaltspunkt: *Eleanor. Angelica. Rachel. Robin … Kathryn.*

Ich stürzte mich auf ihn, die erhobenen Hände zum Hammer zusammengenommen, bereit, ihm einen wuchtigen Schlag in den Nacken zu verpassen, genau auf die Stelle, die er sich mit seinem Tick immer kratzte. Die Stelle, an der alles angefangen hatte.

Er jedoch musste mich gehört haben, er fuhr herum und wich zur Seite aus. Ich erwischte ihn am Hals, streifte ihn jedoch nur, traf ihn nicht mit aller Kraft, wie ich gewollt hatte; stattdessen schrie ich wie eine Irre: »Wo ist sie? Was hast du mit ihr gemacht? Wo ist sie?«

Mein eigener Schwung riss mich weiter. Ich stolperte. Ein Anfängerfehler, und ich begann mich schon zu verwünschen, während ich noch fiel.

Doch der Schlag hatte auch ihn aus dem Gleichgewicht gebracht. Er stürzte auf mich, und für einen Moment fanden wir uns in einer seltsamen Umarmung wieder, er lag mit seinem ganzen Gewicht auf meinem, sein Gesicht direkt an meinem. Seine Haut an meiner Wange war eiskalt. Ich spürte seine kratzenden Bartstoppeln.

Weder er noch ich hatten in den letzten Tagen viel gegessen und noch weniger geschlafen. In den letzten Stunden war Lucas ein Mann auf der Flucht gewesen und ich eine Frau auf der Jagd. In dem Augenblick, in dem ich diesen Raum gesehen hatte, diesen Glaskasten, war jegliche mentale Energiereserve aufgebraucht worden. Und ich wusste nicht, wie viel Energie er noch hatte. Aber Lucas war, nach eigener Aussage, innerlich tot.

Es war also kein Kräftemessen, denn Kraft hatten wir beide nicht mehr.

Es würde die Entschlossenheit siegen.

Es würde die Wut siegen.

»Anna, Anna, was …«, sagte er in mein Ohr.

Ich breitete die Arme aus und ließ sie wie ein Schnappmesser zuschnappen, sodass ich ihm mit den Handkanten einen Schlag in die Rippen versetzte. Sofort ließ mich ein unerträglicher Schmerz in der linken Hand die Zähne zusammenbeißen. Ich wusste, dass er verletzt war, ich wusste, dass er Schmerzen hatte. Bei einem Sturz, wie er ihn erlitten hatte, zollten normalerweise als Erstes die Rippen den Tribut.

Lucas stieß einen kurzen Schrei aus, dann verschlug es ihm den Atem.

Ich schob ihn von mir herunter, robbte weg, versuchte, wieder aufzustehen. Die Sohlen meiner Stiefel, immer noch glitschig von dem Schlamm, rutschten immer wieder weg und hinderten mich daran, das Gleichgewicht zu finden.

»Anna, warte!«

Seine schmerzverzerrte Stimme klang flehentlich. Es war das erste Mal, dass ich von ihm etwas hörte, das nicht kalt und emotionslos klang.

Ungeschickt kroch ich rückwärts, Richtung Tisch.

Meine rechte Hand fand ein Stuhlbein.

Lucas rappelte sich hoch.

Ich umklammerte den Stuhl und zog mich mühsam daran hoch. Meine Oberschenkel zitterten, die Knie knirschten.

Lucas kam auf mich zu.

»Anna, warten Sie. Lassen Sie mich reden.«

Ich rührte mich nicht.

»Lassen Sie mich erklären.«

Lucas war jetzt weniger als einen Meter von mir entfernt.

»Sie müssen mir helfen, Anna. Ich brauche Ihre Hilfe. Kathryn …«

»Wo ist sie, Lucas? Wo haben Sie sie eingeschlossen?«

Ein halber Meter.

Er simulierte einen perfekten Ausdruck der Überraschung und Verwunderung.

»Ich? Ich habe sie nicht …«

»Wie haben Sie herausgefunden, was mir passiert ist, Lucas? Warum das hier?«, sagte ich und zeigte auf den Glaskasten hinter mir. »Warum?«, schrie ich ihn an.

Lucas war weniger als einen Schritt entfernt.

Ich hob die Arme, als wollte ich mich ergeben.

Lucas streckte eine Hand nach mir aus.

»Sie weinen«, sagte er. Es stimmte. Ich hatte es nicht einmal bemerkt.

Seine Finger strichen mir über die Wange.

Mit einem Tritt vors Schienbein brachte ich ihn aus dem Gleichgewicht, gleichzeitig packte ich seinen ausgestreckten Arm und nutzte ihn als Hebel. Ich riss ihn auf mich zu.

An mir vorbei.

Lucas krachte unsanft gegen den Tisch. Sein Kopf schlug gegen den Glaskasten und hinterließ ein sichtbares Zeichen. Ein rotes Blütenblatt im Zentrum eines Spinnennetzes.

Er stürzte zu Boden und begann heftig zu zittern, als erlitte er Krämpfe. Er wand sich, der Kopf warf sich ruckartig hin und her, schlug auf den Boden. Die Beine zuckten, und die Arme ruderten hektisch, als versuche er verzweifelt, sich über Wasser zu halten.

Ich beobachtete ihn von oben, während ich versuchte, wieder zu Atem zu kommen. Ich beobachtete, wie er sich wand, wie unkontrollierbare elektrische Impulse seines Nervensystems über sein Gesicht huschten und es verzerrten. Ich weidete mich an seinem Leiden, und je heftiger er litt, desto mehr legte sich meine Wut.

Dann endete alles, wie es angefangen hatte, und er blieb reglos liegen.

SONNTAG

82

Ich stand im Regen neben der Trage und schaute auf den Mann, der darauf lag. Sie hatten sich nicht einmal die Mühe gemacht, ihn richtig zuzudecken, sodass ihm das Wasser über Gesicht und Schädel lief und in den Mondkratern, zu denen seine Augenhöhlen geworden waren, kleine, schwarzblau umrandete Pfützen bildete.

Zwei Rettungssanitäter luden die Trage in den Laderaum eines Krankenwagens und knallten lautstark die Türen zu. Ich hörte ein Klopfen aus dem Inneren: das Zeichen, das dem Fahrer sagte, dass er losfahren konnte.

In der Kälte schienen mir alle Geräusche durchdringender, die Lichter blendender. Reglos im Regen stehend, sah ich den Rücklichtern des Krankenwagens nach, während sie am Ende der Straße verschwanden. Das Echo der roten, strahlenden Lichter blieb noch auf meiner Netzhaut hängen, als ich für einen kurzen Moment die Lider senkte.

Ich hob den Blick zu einer Uhr, die am Pfahl einer Straßenlaterne hing. Es war kurz nach Mitternacht.

Es waren erst achtundvierzig Stunden vergangen, seit Lucas zu Robin Moores Leiche gekommen war. Mir kam es vor wie eine Ewigkeit.

Als ich wieder oben auf dem Damm stand, hatte ich mit Kathryns Handy die Zentrale angerufen, meinen Namen genannt und den Anruf an Ramirez weiterleiten lassen. Er war bereits in der Gegend, weil ich ihm die Adresse geschickt hatte, bevor ich mich in Lucas' Höhle gewagt hatte, aber jetzt musste ich ja noch etwas Weiteres anfordern: einen Krankenwagen.

Lucas' regloser Körper war von zwei Sanitätern auf die Trage gehoben worden, auf der sie ihn dann auf die Straße gegenüber von Geztus Loft transportiert hatten. Ich war ihnen schweigend gefolgt, auf dem Weg, den ich kurz zuvor erst gekommen war.

Der Regen störte mich nicht. Im Gegenteil, ich hoffte, dass er mir half, wieder einen klaren Gedanken zu fassen.

Aber nichts schien einen Sinn zu ergeben. Die Luft um mich herum war angefüllt mit der unsichtbaren Tinte, mit der man Albträume schreibt.

Ein blau-rotes Blinklicht schmerzte in meinen Augen.

Captain Gacey stieg aus einem Streifenwagen und kam auf mich zu. Schweigend blieb er neben mir stehen. Mit einer Geste ungewohnter Fürsorglichkeit bot er mir einen Platz unter seinem Regenschirm an.

»Sasha?«, fragte ich.

»Ist unterwegs«, antwortete er. Auch seine Stimme klang anders als sonst: Das Misstrauen, das sonst immer mitschwang, war zwar nicht ganz verschwunden, aber durch eine seltsame Freundlichkeit gemildert. Vielleicht sogar Anteilnahme.

»Gehen wir rein?«, fragte er nach einer Weile. »Dieser Regenschirm taugt nicht gerade viel«, setzte er als Vorwand hinzu.

Ich folgte ihm in die ehemalige Fabrik. Wir stiegen die Treppe hinauf, und ich ließ mich auf das kleine Sofa fallen, das direkt am Geländer stand. Ich nahm ein Kissen und drückte es an die Brust, um ein bisschen Wärme zu finden und etwas im Arm zu haben. Es war eine verräterische Geste, die Schwäche zeigte, und ich war mir dessen bewusst. Aber ich baute darauf, dass der Captain sie angesichts der Umstände nicht ausnutzen würde.

»Wayne, ich habe Ihre Akte gelesen. Ich kenne Ihre Geschichte.«

Vielleicht hatte ich mich geirrt, denn das, was er gerade gesagt hatte, klang ganz danach, als würde er meine Schwäche doch ausnutzen.

»Und?«

»Und es gibt da eine Verbindung, das wissen Sie genauso gut wie ich. Ich habe den Glaskasten gesehen. Aber ich will nicht ….« Er schnaubte und fuhr sich mit der Hand übers Gesicht. Er schien sich unwohl zu fühlen. »Hören Sie«, fuhr er fort, »ich glaube, ich habe einen Fehler gemacht, mit Ihnen. Ramirez hat mir alles berichtet, und … ich bin auf Lucas hereingefallen wie …«

»Wir sind alle auf ihn hereingefallen.«

»Ja, das mag stimmen. Aber es ist noch nicht zu spät.« Er machte eine Pause, als suchte er nach den richtigen Worten. »Hören Sie, Wayne. Ich möchte nicht noch mehr Fehler machen, aber ich muss etwas wissen.«

»Was?«

»Kann ich Ihnen vertrauen? Können Sie mir garantieren, dass Sie geistesgegenwärtig genug bleiben, um diese Ermittlung weiterzuführen?«

Mein rebellischer Instinkt, befeuert vor allem von Stolz und genährt durch die ganze Mühe, die es mich gekostet hatte, mir mein Leben wieder aufzubauen, drängte mich zur Auflehnung. Dazu, ihm die Tatsache unter die Nase zu reiben, dass seine Borniertheit und seine Machtspielchen daran schuld waren, dass ich die Ermittlungen inoffiziell, ohne Unterstützung und sogar ohne Waffe und Dienstausweis, hatte fortführen müssen. Die Frage war doch eher, ob ich *ihm* vertrauen konnte, und nicht umgekehrt.

Aber ich tat nichts dergleichen. Stattdessen nahm ich mir

die Zeit, um seine Frage und meine Antwort in Ruhe zu durchdenken.

Konnte ich angesichts dessen, was ich da unten gesehen hatte, weitermachen? War ich in der Lage, eine Ermittlung voranzutreiben, die mit einem Mal auch mich selbst betraf, nicht nur als äußerer Faktor, sondern als integraler Bestandteil?

War ich wirklich bereit, das Risiko einzugehen, noch einmal zum Opfer zu werden?

Doch dann kam mir das Gesicht eines wirklichen Opfers in den Sinn: Kathryn Immonen. Ein Opfer, das ich vielleicht noch retten konnte.

Ich spürte, dass ich, wenn ich sie wieder ins Leben zurückholen konnte, vielleicht auch mich selbst wirklich und endgültig ins Leben zurückholen konnte. Wenn Kathryn wieder aus dem Abgrund herauskommen würde, würde mich vielleicht auch der Abgrund freigeben, in den ich mich in den letzten Jahren selbst verbannt hatte. Die Beziehung zu Stephen hatte nicht gereicht, um mich da herauszuholen, aber vielleicht würde es mir helfen, wenn ich diese Frau rettete.

In dem Augenblick ging Sasha an uns vorbei. Sie trug den Koffer mit der Ausrüstung für die erste Spurensicherung und grüßte mich mit einem Kopfnicken, während sie Gacey nicht einmal eines Blickes würdigte. Ramirez folgte ihr auf dem Fuß.

Ich dachte an den Sonntag zurück, den ich bei Sasha und ihren Töchtern verbracht hatte. Ich dachte an ihr Lächeln zurück, und daran, wie die kleine Emily mich gefragt hatte, ob ich die Tante sei, die ihre Mama immer von zu Hause fernhielt.

Dabei hatte ich mich selbst von *mir* ferngehalten. Ich hatte mich Hals über Kopf in die Arbeit gestürzt, in dem Glauben, mich so von dem Albtraum befreien zu können. Stattdessen hatte ich eine unüberwindbare Mauer um mich herum errichtet, finstere Nacht um mich herum geschaffen. Ein Gefängnis. Einen dunklen Keller.

Einen gläsernen Sarg. Und neben mir lag, in jedem meiner Gedanken, in jedem Winkel, in jeder geheimen Windung meiner Gedanken, der Albtraum versteckt. Tatsächlich hatte ich mich nicht von ihm befreit: Ich hatte ihn zu einem Teil von mir gemacht, der mich von innen heraus verzehrte, ohne dass ich es überhaupt gemerkt hatte.

Für Kathryn hingegen war noch Zeit.

Und vielleicht auch für mich.

»Ich werde tun, was getan werden muss«, sagte ich.

83

Gacey ging und ließ mich allein auf dem kleinen Sofa zurück.

Die Energie rann aus meinen Gliedern wie Regenwasser in einen Brunnen. Ich begrüßte dieses Gefühl und ließ mich leerlaufen.

Kathryn.

Sie wurde nicht in diesem Keller am Fluss gefangen gehalten. Lucas hatte ihr also nicht dasselbe Schicksal zugedacht wie den anderen Mädchen. Aber es gab einen Plan in seiner Besessenheit. Kathryn hatte das richtige Alter, die richtige Rolle, um in seinen Wahn zu passen, wenn man bedachte, wie lange sie schon an seiner Seite gewesen war, wenn auch nur in ihrer Funktion als Psychotherapeutin. Aber in seiner Vorstellung, in seiner Fantasie, war sie nach und nach zur Gefährtin geworden und, als der Schleier der Realität sich vollständig aufgelöst hatte, eine potenzielle Mutter für seine eingebildete Tochter.

Vielleicht hatte es die unbekannte Frau nie gegeben, vielleicht hatte diese Rolle immer schon auf Kathryn gewartet.

Aber was hatte Lucas dann mit ihr gemacht? Welches Schicksal hatte er für sie ausersehen?

Ich stand auf, trat auf die Terrasse und ging die Treppe zum Ufer hinunter. Kurz darauf tauchte ich erneut in den Tunnel ein, der nun allerdings nicht mehr dunkel war: Ramirez und Sasha hatten Leuchtstäbe auf dem Boden ausgelegt, um den Weg zu kennzeichnen.

»Habt ihr was gefunden?«, fragte ich.

Sasha fuhr herum, mein plötzliches Auftauchen hatte sie erschreckt.

»Anna! Mein Gott … Willst du, dass ich einen Herzinfarkt kriege? Nein, ich habe noch nichts gefunden.«

»Das war also sein Versteck?«, fragte mich Ramirez.

»Wonach sieht's denn aus, nach einem Hotel?«, gab ich zurück. »Entschuldigung«, setzte ich gleich hinzu, als mir klar wurde, wie aggressiv ich reagiert hatte.

Ramirez sah mich einen Moment lang schweigend an und musterte mich aufmerksam.

»Schon in Ordnung«, sagte er dann mit seiner erstickten Stimme.

Ich wechselte einen Blick mit Sasha und fragte mich, wie viel Zeit sie in den letzten Wochen wohl für ihre Kinder gehabt hatte. Wahrscheinlich ziemlich wenig.

»In der Zentrale nehmen sie Lucas' Leben unter die Lupe«, sagte Ramirez. »Bald werden wir wissen, ob er noch andere Liegenschaften hat, ob es etwas gibt, das uns Schlüsse darauf erlaubt, wo er Dr. Immonen gefangen hält. Wir haben eine Streife zu seiner Wohnung geschickt, aber die haben gerade gemeldet, dass sie leer ist.«

»Die Mädchen, zumindest einige von ihnen, hat er hier gehalten«, warf Sasha ein. »Das ist zumindest, was ich im Augenblick als Hypothese aufstellen würde, aber wir sollten noch die Ergebnisse der DNA-Analysen abwarten. In dem Glaskasten habe ich organische Spuren gefunden. Haut, abgebrochene Fingernägel. Die Umgebung ist gesäubert und desinfiziert, in den Ecken und an den Wänden ist sogar Rattengift verteilt worden.«

»Aber ich sehe den Rest nicht«, sagte ich, während ich mich in diesem kahlen, verfallenen Raum umsah.

»Welchen Rest?«

»Die Leichensäcke. Die Arzneimittel. Die Lebensmittel. Das Waschmittel, mit dem er die Mädchen gewaschen hat. So was in der Art.«

»Sie hat recht«, sagte Ramirez zu Sasha. »Irgendetwas davon müsste hier zu finden sein.«

»Gut, ich sammle hier noch die letzten Proben, ihr könnt euch schon mal in den anderen Räumen umsehen.«

Sasha holte Überschuhe aus dem Koffer und warf sie uns zu. »Ich habe weder Overalls noch Hauben, also behaltet eure Haare bei euch, okay? Ganz besonders Sie, Ramirez.«

Ramirez strich sich mit der Hand über den rasierten Schädel und lächelte.

Ich öffnete eine der vier Türen am Ende des Raumes, während Ramirez sich eine andere vornahm. Ich blieb in der Tür stehen und blickte in eine Art Dampfbad, dessen Boden mit Schutt und Staub bedeckt war. Von den verschimmelten Wänden fiel der Putz. Hier war seit wer weiß wie vielen Jahren niemand mehr gewesen.

»Hier ist nichts«, hörte ich Ramirez' Stimme hinter einer der Wände.

Ich trat einen Meter zur Seite und öffnete die Tür zum anliegenden Bad. Derselbe Anblick.

»Wayne«, sagte Ramirez. Ich drehte mich zu ihm um: Er stand neben mir vor der letzten Tür, die er gerade geöffnet hatte. »Kommen Sie mal her, sehen Sie sich das an«, setzte er hinzu. Seine Stimme klang ernst, und ich hoffte nur, dass in dem Bad keine Leiche lag.

Ich trat neben ihn.

Keine Leiche, aber etwas anderes: eine Eisenkette, die an der Mauer befestigt war, etwa vier, fünf Meter lang und mit einem großen Ring am Ende, der auf dem Boden lag. Im Gegensatz zu den anderen Bädern war dieses hier sauber. Kein Staub, kein Schutt, und obwohl der Putz von den Wänden blätterte, sah es aus, als hätte jemand den Schimmel mit einem Lappen abgewischt. Sowohl der Ring als auch die Kette glänzten wie neu, und der Ring war gepolstert. Das war der Grund, weshalb er keine Male an den Opfern hinterlassen hatte.

»Grass, wir haben hier was für Sie«, rief Ramirez. Sasha kam zu uns, und ich trat beiseite, damit sie einen Blick hineinwerfen konnte.

»Gütiger Gott«, sagte sie. »Also gab es doch noch etwas anderes außer dem Glaskasten.«

»Sieht so aus«, murmelte ich.

Aber etwas passte nicht. Wenn tatsächlich noch eine Frau dort eingesperrt gewesen war, was war dann aus ihr geworden? Kathryn konnte es nicht sein, das würde nicht zum zeitlichen Ablauf passen. Kathryn musste woanders sein.

Mir wurde speiübel bei dem Gedanken, dass irgendwo in der Stadt vielleicht noch eine weitere Leiche darauf wartete, einen Namen zu bekommen. Eine Leiche, die noch nicht gefunden worden war. Vielleicht Lucas' erstes Opfer.

Und vielleicht waren sowohl diese Leiche als auch Kathryn nicht weit von hier. Ich konnte mir nicht vorstellen, dass Lucas sich noch einen weiteren Unterschlupf hatte organisieren können, es musste alles räumlich konzentriert sein. Alles schnell erreichbar. Seine Welt war eine Welt, die in einem Glaskasten eingeschlossen war.

Ich schauderte bei dem Gedanken an das, woran mich dieses Glasgefängnis erinnerte.

Im Jargon nannte man so etwas »Copycat«: Verbrecher, die den Modus Operandi anderer Verbrecher kopierten. Um Verwirrung zu stiften oder weil sie echte Fans des Werks ihrer Vorgänger waren … Oder weil sie einem präzisen Plan folgten. Lucas wusste alles über mich, er hatte meinen Fall studiert und gestaltete ihn nach.

»Ich habe auch etwas gefunden. Kommt mal her«, rief uns Sasha zu sich.

Als wir zu ihr traten, hielt sie einen Stapel Papier in der Hand. Fotos.

»Wo hast du die gefunden?«, fragte ich sie.

»In einer Plastiktüte auf dem Boden, neben dem Glaskasten. Ein wiederverschließbarer, durchsichtiger Beutel, wie wir ihn für die Proben nehmen.«

Sasha reichte mir ein Paar Latexhandschuhe. Ich streifte sie über und ließ mir die Fotos geben. Ich blätterte sie eins nach dem anderen durch und sah sie mir gründlich an. Es waren keine Originale, sondern farbige Reproduktionen auf Fotopapier, die sorgfältig ausgeschnitten waren.

Es waren nicht viele, vielleicht zehn Stück. Es handelte sich nicht um gestellte Fotos, sondern um Schnappschüsse, Momentaufnahmen, und oft war die Schärfe nicht richtig eingestellt, oder das abgebildete Objekt befand sich mitten in der Bewegung.

»Wer ist das?«, fragte Ramirez, der mir über die Schulter lugte.

Ich wusste, wer das war.

Gespenster.

»Eine perfekte Familie«, antwortete ich.

Ein kleines Mädchen, das allein spielte, bäuchlings auf dem Wohnzimmerteppich. Dasselbe Mädchen, wie es den Finger hob, um etwas zu unterstreichen, mit einem halb ernsten, halb belustigten Gesichtsausdruck. Das Mädchen, etwas älter, wie es unter dem liebevollen Blick der Mutter mit Buntstiften etwas auf ein Blatt Papier malte.

Die Mutter, allein, jünger, vermutlich kurz bevor sie Mutter wurde, auf dem Sofa ausgestreckt, wo sie in einer Zeitschrift blätterte, die von Schwangerschaft und den ersten Lebensmonaten handelte.

Die Frau und die Tochter, größer geworden, in einer exotisch wirkenden Bar, vielleicht während eines Urlaubs. Das junge Mädchen schaute gedankenverloren irgendwo anders hin, während seine Mutter offen lächelnd ins Objektiv blickte. Vollkommen sorglos.

Die Tochter, mit etwa neun oder zehn Jahren, auf einem Felsen an einem Flussufer sitzend. Hinter ihr ein Tulpenfeld.

Die Tochter, mit sieben, acht Jahren, in einem Tulpenfeld ausgestreckt, während sie in die Wolken schaute.

Jedes der Bilder erzählte eine Geschichte.

Und Lucas hatte diese Geschichten den Mädchen erzählt.

Während sie eingeschlossen in dem Glaskasten lagen, vielleicht schliefen – vielleicht auch nicht, vielleicht nicht ganz –, hatte er sich auf diesen zerkratzten Stuhl gesetzt, ihn an den Glaskasten herangerückt, und seine Lippen hatten sich bewegt. Seine monotone Stimme war vielleicht von einem Zittern begleitet, während er die Geschichte hinter jedem dieser Fotos erzählte. Die Geschichte seiner Familie. Der perfekten Familie, die er verloren hatte, der perfekten Familie, die er zerstört hatte und die er jetzt rekonstruieren wollte.

Und Robin, Angelica, Eleanor, Rachel hatten nichts anderes tun können, als ihm zuzuhören, von ihrem Kerkermeister durch eine Glasscheibe getrennt, mit Schlafmitteln vollgepumpt, sediert, gebändigt. Sie hatten nichts anderes tun können, als sich an diese Stimme zu klammern, die ihnen sagte, dass sie ihren Namen und alles andere vergessen sollten, um eine Geschichte in sich aufzunehmen, die nicht ihre war, ein Leben, das nicht ihres war.

Eine geduldige, methodische Gehirnwäsche. Eine Illusion, die als unausweichliches Schicksal getarnt war, als absolute Überzeugtheit vom Unmöglichen.

Ich gab Sasha die Fotos zurück, die sie wieder in den Plastikbeutel zurücksteckte.

Ich atmete tief durch und ließ den Blick umherschweifen, wobei ich krampfhaft darauf achtete, nicht zum Glaskasten zu sehen. Ich ertrug den Anblick nicht. Ich durfte nicht zulassen, dass meine persönlichen Albträume mich schwächten.

»Was machen wir jetzt?«, fragte mich Ramirez.

»Wir schauen uns mal etwas genauer um.«

84

Das unterirdische öffentliche Bad erreichte man nicht nur über den Betriebstunnel, der in der Uferbefestigung des Flusses mündete. Wie ich mir schon überlegt hatte, musste der Raum auch von der inzwischen stillgelegten U-Bahn-Station aus erreichbar gewesen sein. Folglich musste es einen weiteren Zugang geben.

»Hier lang«, sagte ich und zeigte auf einen dunklen Fleck, wo ich schon vorhin meinte, eine Öffnung gesehen zu haben.

Ich setzte mich in Bewegung, Ramirez folgte mir und reichte mir eine der beiden Maglite-Taschenlampen, die er mitgebracht hatte.

Ich richtete den Strahl direkt vor mich: Ich hatte richtig gesehen, da war ein Türbogen und dahinter etwas, das aussah wie ein langer Gang, der teilweise mit Müll zugeschüttet war.

Auf dem zersplitterten Boden lagen Granitblöcke, türmten sich Haufen aus Sperrmüll und Schrott. Wie beim Slalom wanden wir uns darum herum und hielten auf die Dunkelheit im Hintergrund zu.

Die Luft vibrierte, als wäre sie von einer unsichtbaren Elektrizität erfüllt, und aus allen Richtungen kam ein leises Brummen. Ich hob den Blick und richtete die Taschenlampe kurz zur Decke. Feiner Staub rieselte wie radioaktiver Fallout auf uns herunter.

»Wir sind unter der Straße«, sagte Ramirez, der meine Ängste richtig deutete. »Das sind Autos.«

»Gehen wir weiter.«

Während ich die Taschenlampe im Halbkreis vor mir herschwenkte, leuchtete Ramirez hinter mir abwechselnd nach links und rechts, um sicherzugehen, dass uns keine möglicherweise im Schatten verborgenen Höhlen entgingen.

»Ich hätte es wissen müssen«, sagte Ramirez nach einer Weile.

»Was wissen müssen?«

»Lucas.«

»Ich habe schon zu Gacey gesagt: Er hat uns alle hinters Licht geführt.«

»Ja, aber …« Er blieb stehen.

Ich kehrte zu ihm zurück und sah, dass seine Gesichtszüge vor Anspannung und vor aufkeimender Wut hart geworden waren.

»Was wollen Sie mir sagen, Ramirez? Dass wir die Wahrheit ständig vor Augen hatten, ohne sie zu sehen? So ist das nun mal. Wir können jetzt nichts mehr daran ändern.«

»Aber Sie kannten ihn vorher nicht. Ich schon. Gewissermaßen. Als ich in die Polizei eingetreten bin, kursierten Gerüchte über einen Agenten, der als verdeckter Ermittler arbeitete … Es hieß, er sei wie ein Phantom. Ein schwarzes Gespenst. Es hieß, er sei gnadenlos. Es gab Gerüchte, dass er korrupt sei, und dann wieder andere, die besagten, dass gerade diese Gerüchte zu seiner Tarnung gehörten.«

»Lucas hat undercover gearbeitet?« Das hatte ich noch nicht gewusst.

»Ja. Martin war sein Führungsoffizier, das wussten wir. Aber was ich damit sagen will, ist …«

»Nur zu.«

»Wir wussten, dass ihm irgendwann etwas zugestoßen war. Ich hatte schon ein bisschen Karriere gemacht und war in einer anderen Abteilung, aber ich wusste, dass er nicht länger verdeckt arbeitete. Und ich wusste, dass er in der letzten Phase, bevor er aufgehört hatte, außer Kontrolle geraten war. So hieß es zumindest.«

Ich dachte über diese Informationen nach. Wenn Lucas sich tatsächlich hatte korrumpieren lassen und den Sinn für Richtig und Falsch verloren hatte, konnte das zur Erklärung der enormen Schuldgefühle beitragen, die nach dem Unfall, den er selbst verursacht hatte und bei dem seine Frau und seine Tochter ums Leben gekommen waren, sein Leben bestimmt hatten.

»Ramirez … wir müssen jetzt weitermachen. Wir reden später noch einmal darüber, okay?«

»Gut, machen wir weiter.«

»Okay.«

Er seufzte, dann nahm er mich beim Arm. »Aber passen Sie auf. Seien Sie vorsichtig, Wayne.«

Ich sah auf seine Hand, und nach einer Sekunde der Verlegenheit nahm er sie weg. Wenn es nicht fast vollkommen dunkel gewesen wäre, hätte ich schwören können, dass er rot geworden war.

»Versprochen. Jetzt aber weiter.«

Wir setzten unsere Erkundung dieser unterirdischen Welt fort. Nach etwa fünfzig Metern erweiterte sich der Gang und bildete eine Art kleinen Platz. Vor mir erhob sich etwas, das früher ein Kartenverkaufshäuschen gewesen sein musste, und eine Reihe altmodisch aussehender Drehkreuze. Nichts war elektronisch hier, alles war mechanisch.

Ich machte mit der Lampe eine Bewegung in Richtung des Häuschens. Ramirez verstand sofort, zog die Pistole und hielt sie vor sich, wobei er die Hand, in der er sie hielt, mit der anderen, in der er die Taschenlampe hatte, am Handgelenk stützte. Raschen Schrittes, aber fast lautlos eilte er auf das Häuschen zu und warf einen schnellen Blick hinein. Dann zog er den Kopf wieder zurück und schien sich zu entspannen, schob den Kopf dann noch einmal vor und spähte durch das zersprungene Glas.

»Nichts«, sagte er.

»Okay, gehen wir.«

»Wohin?«

»Die U-Bahn nehmen«, antwortete ich und kletterte über eines der Drehkreuze.

An den Seiten des kleinen Platzes befanden sich zwei Treppen, die nach unten zu zwei Reihen Gleisen führten.

»Sie gehen nach rechts«, sagte ich.

»Sicher, dass wir uns trennen sollten?«

»Haben Sie eine bessere Lösung? So sind wir schneller.«

»Natürlich, ich dachte nur …«

»Es geht mir gut, Ramirez. Gehen Sie.«

»Wenn Sie etwas sehen oder hören, rufen Sie, dann komme ich sofort.«

»Klar, mache ich.«

»Ich mein's ernst.«

Ich sah ihn an und stellte fest, dass tatsächlich ein Schatten von Besorgnis auf seinem Gesicht lag.

»Danke, aber wir haben keine Zeit. Machen wir weiter«, sagte ich und ging zu der Treppe zu meiner Linken.

Langsam stieg ich die Stufen hinunter, die durch eine feuchte und matschige Schmutzschicht glitschig geworden waren. Hier unten war es spürbar feuchter. Ich kam auf dem Bahnsteig direkt an den Gleisen heraus und leuchtete in den Bereich vor mir. Der Lichtstrahl verlor sich in der Ferne, ohne das Ende des Bahnsteigs und den Anfang des Tunnels wirklich zu erreichen. Zu meiner Linken machte ich eine Reihe Marmorbänke aus. Behutsam tastete ich mich weiter vor, in sicherem Abstand zum Gleisbett, das sich rechts von mir wie ein Abgrund auftat. Meine Schritte hallten knirschend in der Leere.

Plötzlich nahm ich aus dem Augenwinkel einen Lichtschein wahr. Ich drehte mich um.

»Hallo, alles in Ordnung?«, rief ich mit lauter Stimme. Auf der anderen Seite, auf dem gegenüberliegenden Bahnsteig, rückte Ramirez parallel zu mir vor. Zwischen uns gähnte der Abgrund, der in regelmäßigen Abständen von den Stützpfeilern unterbrochen war.

»Alles gut. Hier ist nichts, Wayne.«

»Suchen Sie weiter.«

»Hier ist nichts, wenn ich es Ihnen doch sage.«

»Sie werden doch wohl keine Angst haben?«

»Zum Teufel, Wayne. Ich geh noch bis zum Ende, dann mach ich kehrt und hau ab, klar? Und Sie kommen mit.«

»Schon gut, schon gut.«

Mir fiel auf, dass er seinen Schritt beschleunigte, als könne er es gar nicht erwarten, endlich von hier wegzukommen.

Ich drehte mich um, um den Blick wieder nach vorn zu richten, und ging weiter.

Etwa auf der Hälfte des Bahnsteigs fand ich links eine Öffnung, die in einen weiteren Gang führte. Er musste zu den Treppen führen, über die man auf die über uns liegende Ebene der U-Bahn gelangte.

Ich bog ab und stieg hinauf.

Mein Atem ging kurz, und mein Herz schlug ein bisschen zu schnell. Ich ging langsamer. Während ich mich dem Kopf der Treppe näherte, schien mir die Luft dicker zu werden, als schlösse sich ein Panzerhemd um meine Brust.

Am Ende kam ich endlich auf einem kleinen Platz heraus, der ganz genauso aussah wie der, den ich gerade hinter mir gelassen hatte.

Das Brummen und die Vibrationen waren hier stärker, lauter zu hören. Nur mit Mühe konnte ich meinen eigenen Atem hören, außer in den Momenten, in denen oben auf der Straße kein Auto fuhr: Dann schien das Atemgeräusch durch den hallenden Raum verstärkt zu werden, und es kam mir vor, als wäre ich von unsichtbaren Verfolgern umgeben, von keuchenden Gespenstern, die sich an meine Fersen geheftet hatten.

Ich schaute mich um. Es gab wieder Drehkreuze und ein Kassenhäuschen, genau wie das andere. Allerdings schienen hier die Scheiben intakt zu sein.

Vorsichtig ging ich näher heran, dachte, dass ich mich in diesem Reich der Schatten und des Flüsterns wesentlich weniger fürchten würde, wenn ich eine Waffe dabeihätte. Das Gefühl, nicht allein zu sein, verstärkte sich noch, aber ich wusste, dass es zum ursprünglichen, animalischen Teil meines Gehirns gehörte, der erwachte.

Als ich weniger als einen Meter von dem Häuschen entfernt war, richtete ich den Lichtstrahl der Taschenlampe auf das Glas.

Ich schrak zurück und unterdrückte einen Schreckensschrei.

Hinter der Scheibe war ein Gesicht.

85

Mein Herz gab es nicht mehr, ich hatte nicht einmal mehr Lungen. Alles war nach innen gesaugt und dann zusammen mit dem erstickten Schrei, den ich ausgestoßen hatte, aus dem Mund herausgeschleudert worden.

Ich nahm meinen ganzen Mut zusammen, ignorierte die Leere, die sich in mir auftat, und hob erneut die Taschenlampe.

Der Lichtstrahl wurde von den Scheiben des Kassenhäuschens zurückgeworfen.

Das Gesicht war weg.

Wer weiß, was ich da gesehen hatte. *Wahrscheinlich nur mein eigenes Spiegelbild,* sagte ich mir, verzerrt von den Schatten und der Müdigkeit und dem Schock, die mein Gesicht dermaßen entstellt hatten, dass ich es selbst nicht mehr erkannte.

Ein tosender Sturm aus Geräuschen brach über mich herein: Schritte, das Hämmern meines Herzens, mein abgehackter Atem, das Echo meines Schreis, das noch nachhallte, ein leises Pfeifen, wie eine Nadel, die mir das Trommelfell zerlöcherte.

Ich legte das Gesicht an die Scheibe und spähte hinein.

Nichts. Nur ein verlassener Stuhl mit zerschlissenem Ledersitz, aus dem das Polster quoll wie Eiter aus einer Schnittwunde.

Die angestaute Spannung floss wie ein Wasserfall aus meinem Körper und ließ mich erschöpft und leer zurück. Ich machte ein paar Schritte zurück, dann blieb ich stehen und beugte mich vor, die Hände auf die Knie gestützt, um wieder zu Atem zu kommen. Der Schein der Taschenlampe formte einen Teich aus Licht um meine Füße, sodass mich die Schatten einhüllten.

Und als ein Gespenst aus den Schatten trat, hörte ich es nicht kommen.

86

Es war, als wäre da eine Barriere, die ihn von der Welt trennte, eine durchsichtige, aber undurchdringliche Grenze.

Kein Gliedmaß gehorchte den Signalen. Die Lider hoben sich nicht. Dem Mund gelang es nicht, ein Wort zu formen, nicht mal einen Klagelaut, nicht mal ein Stöhnen.

Es blieben nur noch die Geräusche. Ein klopfendes Geräusch, ein beharrliches Schlagen. Und ein Atemzug, vielleicht ein Atemzug, ja.

Wenn das der Tod war, endlich der wahre Tod, dann war er sehr enttäuschend. Es gab keinen Frieden in diesem Zustand, nicht einmal Stille. Die Luft war geruchlos, kalt, aber nicht eisig, nicht kalt genug, um Nase oder Lungen zu reizen.

Seltsame Lichtstreifen bahnten sich jenseits des Schleiers der gesenkten Lider ihren Weg, aber sie hatten keine definierte Form, ähnelten eher im Nichts wallendem Ektoplasma.

Wenn das der Tod war, dann war es ein Tod ohne Identität, ein Gesang aus wie Blumen abgeschnittenen Kehlen.

Wenn das der Tod war, dann reichte der Tod nicht.

Mit einem Schlag erwachten die Sinne alle auf einmal, in einer Monsterwelle. Die Neonlichter über seinem Kopf verletzten seine Augen, die Rauheit des Lakens, auf dem er ausgestreckt war, verbrannte die Haut, der scharfe Geschmack der Medikamente löste einen Brechreiz aus, genauso wie der Geruch nach Desinfektionsmitteln und Krankheit, der seine Nase angriff, und das Brüllen des Herzmonitors zerriss ihm Trommelfell und Hirn.

Lucas fuhr vom Bett hoch, setzte sich auf und sog die Luft in einem einzigen Atemzug durch den offenen Mund ein, der ihn zum Husten brachte, und die stechenden Schmerzen in den Rippen machten seinen Geist klar.

Er war in einem Krankenhauszimmer, und er war nicht allein.

Aber der Mann neben ihm war mit Sicherheit kein Arzt.

»Schön, dass Sie wieder unter den Lebenden sind, Lucas.«

Lucas' rechte Hand war an das Bettgitter gefesselt. Er nahm die Linke, um sich im Nacken zu kratzen.

Nach und nach kam alles zurück. Angefangen mit seinem Namen: Lucas, hatte der Mann gesagt.

Nein, nicht nur *der Mann*: Captain Gacey.

Lucas hustete noch einmal, dann antwortete er mit kaum hörbarer Stimme: »Willkommen in der Hölle, Captain.«

»Wenn das hier die Hölle ist, Lucas, dann ist es Ihre, nicht meine. Und Ihre Höllenqual fängt jetzt erst an.«

»Wo bin ich?«

»Nicht, wo Sie hingehören, aber da kommen Sie noch früh genug hin. Sie sind im Krankenhaus.«

»Seit wann?«

»Ich stelle hier die Fragen. *Die* Frage, um genau zu sein. Wo ist sie?«

Wo ist wer?, fragte sich Lucas. Aber schon während er sich beeilte, die Frage laut zu formulieren, kam ihm die Antwort wie ein eingeblendeter Untertitel.

Kathryn.

»Seit wann bin ich hier, Gacey?«

»Wo ist sie, du Mistkerl, was hast du ihr angetan?«

Lucas schaute sich um. Er musste die Situation mit klarem Kopf beurteilen, jeden Faktor einbeziehen.

Eine Uhr an der Wand vor ihm gab ihm einen Teil der Antwort: Es war ein Uhr siebenunddreißig, und aus der Tatsache, dass es draußen dunkel war, schloss er, dass es Nacht war. Die Nacht von Samstag auf Sonntag, dem Tag, der im Datumsfeld der Uhr angegeben war. Was noch? Was noch? Es blieb keine Zeit.

Ein Sensor, der den Puls maß, an ein Kabel angeschlossen, das zu einem Monitor führte. Rechts ein Infusionsbeutel, der an einem Ständer hing, die Nadel steckte in seinem Unterarm. Er schaute hinauf zu dem Beutel mit Flüssigkeit: Kochsalzlösung. Dann zum Nachttisch, darauf eine Aluminiumschale mit Medikamentenschachteln darin, eine Rolle Verbandmull, eine Flasche mit Kochsalzlösung in Reserve. Ein Stuhl. Auf dem Stuhl Gacey, der sich zu ihm vorbeugte, seine Miene die eines müden Hundes, ausgehungert, wütend. Lucas drehte den Kopf. Links etwas Platz und dann ein weiteres Bett, leer. Die Tür des Zimmers, geschlossen. Noch ein Stuhl. Ein schmaler, hoher Schrank in einer Ecke. Der Umriss eines Menschen, wahrscheinlich eines Polizisten, der als

Wache postiert war, der durch das Mattglasfenster in der Tür zu sehen war.

Lucas fiel ins Kissen zurück. Seine Augen verdrehten sich, in einem Gewirr aus Äderchen war das Weiße zu sehen. Der Kopf begann hysterisch von einer Seite zur anderen zu zucken und schlug auf das Kissen. Der Mund klappte auf und zu, Lucas biss sich auf die Zunge. Ein kleines Rinnsal aus Blut und Speichel rann ihm aus dem Mundwinkel. Die Arme zuckten, die Muskeln verkrampften, die Sehnen traten hervor. Das rechte Handgelenk verletzte sich fast sofort am Rand der Handschellen, und das Blut lief über den Unterarm. Er drückte das Becken hoch in einem weiteren Krampf.

»Das wird nichts bringen«, rief Gacey und verpasste ihm eine Ohrfeige. »Ich rufe niemanden, hast du verstanden? Ich lass dich hier krepieren, wenn du mir nicht sagst, wo sie ist.«

Der Herzmonitor piepte wie verrückt. Der Captain stand auf, ging ums Bett herum und beugte sich vor, um den Sensor vom linken Arm zu lösen.

Lucas ließ ihn gewähren. Er ließ ihn näher an seine freie Hand herankommen.

Als er nah genug war, schoss seine linke Hand zu Gacey hoch, seine Finger krallten sich in seine Haare, und Lucas riss ihm den Kopf herunter und schlug ihn gegen das Metallgeländer des Bettes.

Der Captain sackte bewusstlos zu Boden.

Lucas verlor keine Zeit. Er beugte sich vor und drehte die Lautstärke des Herzmonitors herunter. Wahrscheinlich hatte Gacey den Wachmann angewiesen, nicht zu reagieren, egal welche Geräusche er aus dem Krankenzimmer hörte.

Aber er wollte nicht unnötig Aufmerksamkeit erregen. Jedenfalls nicht gleich.

Er streckte den linken Arm so weit aus wie möglich, beugte sich über das Geländer und wühlte in Gaceys Taschen, der immer noch reglos neben dem Bett lag. Nach einigen mühevollen Versuchen fand er die Schlüssel zu den Handschellen. Er angelte sie mit den Fingerspitzen heraus und befreite sich.

Er richtete sich auf. Ihm drehte sich der Kopf. Er wartete ein paar Sekunden, dann hakte er das rechte Geländer aus, klappte es herunter und stellte die Füße auf den Boden. Er versuchte aufzustehen, aber ein stechender Schmerz in den Rippen zwang ihn, sich wieder hinzusetzen und erst einmal zu Atem zu kommen.

Er wartete, dass sein Geist sich klärte. Auf der anderen Seite des Bettes regte sich nichts, Gacey war immer noch ohnmächtig.

Er versuchte noch einmal aufzustehen, und diesmal gelang es.

Er ging zum Schrank, öffnete ihn und holte seine persönlichen Sachen heraus, legte den Krankenhauskittel ab und zog sich eilig an.

Er wuchtete den Captain hoch. Sein Brustkorb schien vor Schmerz zu bersten, der Rücken war ein einziges Bündel schmerzender Muskeln und Sehnen, aber er schaffte es, ihn aufs Bett zu legen. Er legte ihm die Handschellen an, nahm die Mullbinde und band ihm damit Hände und Füße am Bettgeländer fest.

Dann zog er sein Handy aus der Innentasche der Jacke, weil er vorhatte, jemanden anzurufen. Er wollte die offenen Fragen klären, es blieb ihm nichts anderes übrig.

Aber die offenen Fragen waren ihm zuvorgekommen. Er fand eine Nachricht.

Es war ein Foto.

Diesmal begleitet von einem kurzen Text.

Er steckte das Handy wieder ein und ging zur Tür. Der Wachmann stand noch immer davor.

Lucas riss die Tür auf, packte den Mann, presste ihm die Hände auf Mund und Augen und schleifte ihn ins Zimmer.

Der Mann, überrascht, versuchte zu reagieren, sich zur Wehr zu setzen, indem er die Beine steif machte und versuchte, sich am Türrahmen festzuklammern, aber Lucas ließ ihm keine Zeit. Er rammte ihm das Knie in die Nieren, ließ ihn zu Boden fallen und war sofort über ihm. Mit einem Handkantenschlag gegen die Kehle raubte er ihm den Atem, dann schlug er seinen Schädel so oft auf den Boden, bis der Mann das Bewusstsein verlor.

Wieder nahm Lucas eine Rolle Mull, fesselte ihm erst die Handgelenke hinter dem Rücken und dann die Hände an die Füße. Aus einer weiteren Rolle Verbandsmaterial formte er einen Knebel, den er ihm in den Mund steckte, nachdem er sich davon überzeugt hatte, dass der Mann regelmäßig durch die Nase atmete. Ein paar Runden Gaze über die Lippen reichten, um sie zu versiegeln.

Lucas rang nach Luft, seine Sicht verschwamm, er sah schwarze Punkte.

Er suchte in den Taschen des Captains, bis er sein Handy fand. Er zog es heraus und schaute darauf: Es war geladen und eingeschaltet.

Dann gab er Gacey die Ohrfeige zurück.

»Wachen Sie auf«, sagte er. Das Sprechen reizte seine Stimmbänder.

Er gab ihm noch eine Ohrfeige, fester diesmal. Die Lider des Captains flatterten ein paarmal, er drehte den Kopf und murmelte etwas. Dann trat etwas Licht in seine Augen.

»Was …«

Eilig presste Lucas ihm die Hand auf den Mund. Gacey versuchte, sich seinem Griff zu entwinden, aber Lucas hielt ihm mit der anderen Hand den Kopf fest. Der Captain kämpfte gegen die Fesseln an, die ihn festhielten.

»Seien Sie still und hören Sie zu, Gacey. Ich muss etwas wissen, und ich muss es sofort wissen. Dann lasse ich Sie in Ruhe. Okay?«

Gaceys Augen waren voller Misstrauen.

Ohne die Hand vom Mund zu nehmen, zog Lucas die andere Hand hervor und kniff ihm die Nase zu.

Innerhalb weniger Sekunden lief das Gesicht des Mannes rot an. Lucas wartete und kniff die Finger kräftig zusammen. Als der Widerstand allmählich schwächer wurde, löste er die Finger von den Nasenflügeln. Gacey holte keuchend Luft.

Vorsichtig löste Lucas die andere Hand vom Mund.

»Wollen Sie es noch einmal probieren?«

Gacey beschränkte sich auf ein Kopfschütteln, aber in seinem Blick lag immer noch ein herausforderndes Funkeln, das nicht einmal die Tatsache, dass er beinahe erstickt wäre, auslöschen konnte.

»Gut«, fuhr Lucas fort und hielt Gaceys Handy hoch, um es ihm zu zeigen. »Komme ich damit in das digitale Archiv des Dezernats?«

»Was haben Sie vor?«

»Komme ich damit rein, ja oder nein?«

»Ja. Sie sind ein toter Mann, das wissen Sie, oder?«

»Ich brauche Ihr Passwort.«

»Das vergessen Sie sowieso wieder. Ich weiß ja nicht, was Sie im Kopf haben, aber …«

Lucas stopfte ihm den Mund mit Mull zu. Er stand auf, ging ins Badezimmer und kehrte mit einem Handtuch und einem Krug Wasser zurück.

Der Captain stöhnte.

»Sie wissen, was Waterboarding ist, Gacey?«, fragte Lucas leise.

Sechs Minuten später gelang es Lucas, mit Gaceys Handy ins digitale Archiv des Dezernats zu kommen.

Er brauchte nicht lange, um Anna Waynes Akte zu finden.

87

»Hallo, entschuldige, kannst du mir vielleicht mal kurz helfen? Ich krieg die Kette nicht wieder drauf …«, sagt der Junge. Er ist ungefähr vierzehn oder fünfzehn Jahre alt, ein Basecap überschattet sein Gesicht.

Es ist ein schöner sonniger Tag, und die Tulpen leuchten taubenetzt im klaren Morgenlicht. Der Sommer hat gerade angefangen, die Schule hingegen gerade aufgehört, und die Hügel sind fröhlich grün, rot und golden. Die Wolken am Himmel über Haven und über den Hügeln tummeln sich in tausend Formen, in einigen kann man etwas erkennen, in anderen nicht.

Das Mädchen ist auf dem Heimweg. Sie sieht diesen Jungen zum ersten Mal, mager, aber muskulös, noch mitten in der Entwicklung. Zwei verschiedene Lebensabschnitte sind in jenem Sommer zu Ende gegangen. Sie ist kurz davor, die Highschool zu verlassen und auf die Universität zu gehen, während er kurz davor ist, ein Mann zu werden.

Der Junge lächelt unter dem Schirm des Caps hervor, als wollte er sich dafür entschuldigen, dass er ein Mädchen um Hilfe gebeten hat. Vielleicht, weil er gerade in dem Alter ist, in dem für Jungen weibliche Wesen gleichermaßen anziehend wie abstoßend sind, diese ganz spezielle Form von Anziehungskraft, vor der es kein Entrinnen gibt.

Und das Mädchen lächelt zur Antwort.

Sie kommt näher.

»Was soll ich denn machen? Ich bin nicht besonders gut in …«

»Es reicht, wenn du hier mal kurz hochhältst«, antwortet der Junge und zeigt auf das Hinterrad. »Dann kann ich die Kette wieder draufmachen.«

»Ah, okay.«

Das Mädchen stellt seine Umhängetasche auf den Boden, beugt sich vor und hebt das Hinterrad an.

Sie sieht den dunklen Transporter nicht, der am Rand der Landstraße verborgen steht, hinter einem Gebüsch. Sie hört die Schritte nicht hinter sich. Sie nimmt den Geruch des Jungen nach Schweiß und Angst nicht wahr.

Es ist ein wunderschöner Sommertag, und sie merkt so gut wie gar nichts.

Das Mädchen erwacht, benommen, einen schlechten Geschmack im Mund und einen ekligen Geruch in der Nase, der ihr Übelkeit bereitet, und versucht, sich aufzusetzen. Sie stößt mit der Stirn gegen etwas und fällt zurück. Um sie herum ist alles dunkel. Es muss Nacht sein, und sie ist Gefangene dieser Nacht.

Verwirrt versucht sie, die Arme zu bewegen, aber die Hände werden von einer starren, kalten Wand aufgehalten.

Das Mädchen merkt, dass sie nichts anhat.

Das Mädchen versucht zu schreien, aber ihr fehlt die Stimme, ihr fehlt der Atem, ihr fehlt die Energie, und nicht einmal die Panik kann sie wach halten.

Das Mädchen erwacht. Der schlechte Geschmack in Nase und Kehle bereitet ihr Übelkeit, und sie hat Angst, sich zu übergeben. Sie weiß nicht, wie viel Zeit vergangen ist, seit sie das letzte Mal das Bewusstsein erlangt hat. Sie liegt immer noch ausgestreckt da und denkt, dass, wenn das, was um sie herum ist, ein Holzkasten wäre – oder ein Sarg –, sie nichts sehen würde außer dem Dunkel dieser unendlichen Nacht. Aber in diesem Dunkel hier ist etwas. Ein feiner, zarter Lichtfaden rechts von ihr: Sie sieht ihn, wenn sie den Kopf dreht. Die Umrisse eines Pfeilers, dann noch einer. Vielleicht eine Treppe. Eine Tür. Regale? Das Mädchen sieht sonst nichts. Aber *etwas* hat sie gesehen, folglich liegt sie nicht in einem Holzkasten.

Nein, das, was sie umgibt und sie gefangen hält, hat durchsichtige Wände. Sie hat so etwas schon gesehen, im Labor in der Schule, aber die Kästen dort waren viel kleiner. Und es waren Tiere darin gewesen, nicht Menschen.

Das Mädchen liegt in einem Glaskasten.

Das Mädchen erwacht. Sie weiß nicht, wie viel Zeit vergangen ist seit dem letzten Mal. Der üble Geruch in der Nase und der Kehle bringt sie sofort zum Würgen, sie unterdrückt es, aus Angst zu ersticken. Mit einem Mal ist alles hell, das Mädchen blinzelt, schließt die Augen, kneift sie zu. Sie würde gern sehen, sie spürt das Fehlen des Lichts, der frischen Luft, aber es ist alles zu stark. Sie möchte aufstehen. Sie möchte fliehen.

Sie öffnet die Augen einen winzigen Spaltbreit und sieht eine Hand, da unten, wo ihre Oberschenkel und Knie und Füße verschwinden. Die Hand ist durch ein kleines Loch im Glas gekommen.

Und dann, ein oder zwei Sekunden später, ist da noch eine Hand. Oder vielleicht auch wieder dieselbe.

Aber sie kommt durch ein anderes Loch.

Näher an ihrem Gesicht.

Die Hand hält einen Lappen, der mit der übelkeiterregenden, stinkenden Substanz getränkt ist, die sie zum Würgen bringt.

Das Gefühl, zu ersticken, ist kurz und flüchtig.

Der Schlaf hingegen überfällt sie mit der Wucht eines heranrasenden Zuges.

Das Mädchen erwacht. Sie weiß nicht, wie viel Zeit seit dem letzten Mal vergangen ist. Der Kasten ist offen. Es sind Hände auf ihr. Aber es fällt ihr schwer, die Augen offen zu halten, ihr kommt alles irreal vor, und die Übelkeit und dieser Geruch in Nase und Kehle sind stärker als je zuvor, und sie denkt nicht daran, was die Hände mit ihr machen, sie denkt daran, dass die Luft, die an der offenen Seite des Glaskastens hereinströmt, frisch und sauber ist. Ihr Verstand weiß, dass diese Luft schimmelig und abgestanden ist, aber ihr Herz kann das nicht akzeptieren. Und innerhalb von ein paar Schlägen dieses Herzens verlischt die Welt.

Das Mädchen erwacht. Sie weiß nicht, wie viel Zeit seit dem letzten Mal vergangen ist, sie weiß nur, dass sie sich weniger schwer fühlt. Der Geruch ist weg. Die Übelkeit ist weg. Die Nase ist frei. Die Kehle ist nicht zugeschnürt. Das Denken fällt nicht mehr so schwer, als würde sie durch eine zähe Flüssigkeit waten.

Etwas hat sich verändert in diesem Kellergewölbe. Die Luft, die Luft hat sich verändert. Es gibt mehr Luft.

Der Kasten ist offen.

Aber es sind keine Hände auf ihr.

Ist das eine Falle? Ein grausamer Scherz?

Das Mädchen versucht, die Beine zu bewegen, dann die

Arme. Die Glaswände sind da, wo sie hingehören, außer einer, der zur Linken.

Das Mädchen streckt das linke Bein aus, dann den linken Arm. Millimeter für Millimeter. Dieses Mal ist es ihre eigene Angst, die ihr Übelkeit bereitet und sie zum Würgen bringt. Aber sie widersteht. Sie ist beharrlich.

Ihr Fuß findet die Leere, ihre Hand auch. Das Mädchen rutscht mit dem Becken nach links. Das Bein fällt herunter. Die Spitze des großen Zehs berührt den Boden.

Der Keller liegt im Dunkeln. Der Lichtstreifen reicht gerade, um einen Fleck auf einen der Pfeiler zu malen.

Das Mädchen holt tief Luft und lässt sich fallen.

Ihr nackter Körper schlägt auf dem staubigen Boden auf, ihre Nase füllt sich mit Schimmelgeruch.

Das Mädchen wartet. Sie wartet, dass etwas passiert, etwas Schlimmes. Sie wartet darauf, dass diese Hände zurückkehren, sie würgen, ihre Arme verbiegen, an ihren Haaren ziehen, sie ohrfeigen, bis sie Blut spuckt.

Das Mädchen wartet, und es geschieht nichts.

Sie steht auf. Ihre Beine tragen sie nur mit Mühe, aber es reichen ein paar Schritte, damit sie Kraft schöpfen. Die Benommenheit wird durch Adrenalin in Schach gehalten, genauso wie die Angst durch die Hoffnung in Schach gehalten wird.

Die Treppe. Sie sieht die Treppe.

Sie geht, steigt die Stufen hinauf, geht weg, rennt.

Das Mädchen entkommt.

88

Lucas las den Bericht zu Ende.

Anita Walberg war mit fast achtzehn Jahren entführt und eingeschlossen worden. Drei Tage lang war sie Gefangene der Nacht gewesen. Begraben in einem dunklen Kellergewölbe, eingeschlossen in einen Glaskasten, der auf einem Tisch stand.

Am Abend des dritten Tages war ihr die Flucht gelungen.

Derjenige, den die Medien damals als Monster bezeichneten, war Albert Phish, ein Arzt von zweiundsechzig Jahren, Witwer mit einem Sohn, Marius, von vierzehn Jahren.

Albert war ein kleiner, harmlos aussehender Mann. Klein und schmächtig, ein Hänfling mit Glatze und schlohweißem Haarkranz. Er sah nicht mehr so gut wie früher, weshalb seine schwarzen, wässrigen Augen hinter dicken Brillengläsern mit Goldrand blinzelten. Seine Hände waren klobig und knotig.

Albert hatte seinen Sohn benutzt, um Anita in die Falle zu locken.

»Mein Vater hatte sie schon eine ganze Weile im Auge. Er sagte immer, dass er noch nie eine so weiße Haut gesehen hätte.«

Marius hatte bei seiner Vernehmung ausgesagt, von seinem Vater terrorisiert worden zu sein. Seit dem Tod seiner Mutter wurde Marius von Albert schikaniert, erniedrigt und geschlagen. Mit Beginn der Adoleszenz war Marius größer und muskulöser geworden als der Vater, aber die nackte Angst, die ihn fest im Griff hatte, hatte ihn stets daran gehindert, sich gegen die Schikanen, denen er ausgesetzt war, zur Wehr zu setzen.

»Er hat mich im Keller angekettet, wenn ich seiner Meinung nach unartig gewesen war. Dabei wollte ich doch nur zur Schule gehen.«

Albert hatte aufgehört, Marius da unten in dem engen, dunklen Raum einzusperren, nachdem er andere gefunden hatte, denen er dieses Schicksal angedeihen lassen konnte.

Anita wies nach ihrer Flucht keinerlei Anzeichen für sexuelle Gewalt auf.

»Aber ich erinnere mich an Hände, die mich … er hat mich berührt.«

Albert hatte sie mit Chloroform gefügig gemacht. Er hatte ihr einen mit Chloroform getränkten Lappen aufs Gesicht gedrückt, indem er die Hände durch ein kreisförmiges Loch im Deckel des Glaskastens steckte. Er war ein Experte und hatte dafür gesorgt, dass seine Handlungen keine Spuren hinterließen. Ansonsten war er ein hervorragender Arzt, und seine Patienten schätzten ihn für seine einfühlsame Art. Und auch, weil er ein freundlicher, ausgeglichener Mensch war, ruhig und höflich. Wie alle Menschen, so schrieb ein Zeitungsartikel, hatte auch Albert eine dunkle Seite. Je mitfühlender er sich nach außen gab, desto gieriger und gnadenloser war das Monster, das in ihm lauerte.

Aber was konnte ein Mann wie er, zerbrechlich und klein, tun, um seine Fantasien von Besitz und Dominanz auszuleben?

Er brauchte eine Beute. Und diese Beute durfte sich nicht wehren.

Er brauchte ein Exemplar, das er in einem Glaskasten einsperren konnte, um es in Ruhe studieren zu können. Ein eigenes Versuchskaninchen, mit dem er experimentieren konnte.

Das Chloroform zu besorgen, war dank seines Berufes nicht schwierig.

»Dann muss er sich irgendwann mit der Dosis vertan haben, er hat mir weniger gegeben.«

Anita war aufgewacht, vielleicht früher als erwartet, und hatte gemerkt, dass der Glaskasten offen stand. Und dass ihr Geist klarer war und sich mit jeder verstreichenden Minute weiter klärte.

Sie war aus dem Kasten gestiegen. Sie war zur Treppe gegangen.

»Da stand er und hat mich erwartet.«

Vielleicht hatte Albert das Spiel nicht mehr gereicht. Vielleicht war er zu dem Schluss gekommen, dass das Fleisch ihm nicht genügte, dass er auch das Blut wollte. Vielleicht war der Jagdinstinkt in ihm vollständig erwacht und hatte ihn zum Tier gemacht.

»Er hatte ein Messer.«

Anita hatte sich nicht ergeben. Sie hatte sich mit aller Kraft zur Wehr gesetzt. Die Freiheit war nur wenige Schritte entfernt, sie wartete oben an dieser Treppe auf sie, und zwischen Anita und den Stufen war nur ein Hindernis: Albert Phish. Ein kleiner Mann, leicht wie eine Rauchwolke. Anita war fest entschlossen, ihn aus dem Weg zu räumen.

»Er hat sich auf mich geworfen, aber ich konnte ihm ausweichen.«

Albert war gestürzt und hatte sie mit sich zu Boden gerissen. Sie hatten gerungen. Das Messer zwischen ihnen. Anita hatte all ihre Kraft zusammengenommen, sich gezwungen, klar zu denken, hin- und hergerissen zwischen Todesangst und den Nachwirkungen des Chloroforms.

Am Ende war Albert verletzt worden. Und es war Albert gewesen, der verblutet war, mit einem Messer im Bauch. Anita war in die Tulpenfelder geflohen und hatte ihn sterbend liegen gelassen.

Marius hatte ausgesagt, dass er nichts gehört habe.

»Ich wusste, dass mein Vater da unten war. Ich wusste, dass das, was er mit dem Mädchen machte, falsch war. Aber wenigstens … wenigstens hat er mich dann nicht mehr angerührt.«

Die Ermittler hatten die Sache nicht weiter vertiefen wollen. Der Junge hatte schon genug durchgemacht. Aber in dem Blut, das aus der tödlichen Wunde geflossen war, waren Fußabdrücke gefunden worden. Fußabdrücke, die nicht zu Anitas passten.

Vielleicht war Marius dort gewesen, um seinem Vater beim Sterben zuzusehen, hatte auf jenen letzten Atemzug gewartet, der sie beide befreien würde.

Und währenddessen war Anita gerannt. Sie war aus diesem abgelegenen Haus in den Hügeln geflohen.

»Ich erinnere mich nur noch an die Tulpen. Dieses rote Meer, das aussah wie Blut. Aber es waren nur Blumen. Nur Tulpen, und ich konnte mir nicht vorstellen, dass sie am Leben waren, dass ich am Leben war. Es waren nur Tulpen.«

Irgendwann hatte sie jemand gefunden und war ihr zu Hilfe gekommen. Man hatte ihr Kleidung gegeben, aber es war schwierig gewesen, sie anzuziehen, denn Anna hatte gezittert wie ein Blatt im Sturm. Man hatte sie in ein Auto gesetzt und die Polizei gerufen.

Sie hatte nur von Tulpen gesprochen.

Marius war der Fürsorge des Jugendamtes übergeben worden. Vielleicht hatte ihn eine Familie in ihre Obhut genommen. Aber wahrscheinlicher war, dass er sich irgendwann allein hatte durchschlagen müssen.

Anita hatte sich innerhalb von einigen Wochen erholt.

Sie hatte schon immer einen starken Charakter und viel

Willenskraft gehabt. Es war ihr, auch dank der Standhaftigkeit ihrer Eltern, gelungen, sich von den Medien fernzuhalten. Und auch wenn Albert Phish getötet worden war, wurde keine Anklage gegen Anita erhoben: Es lag auf der Hand, dass es sich um Notwehr gehandelt hatte, weshalb es keinen medienwirksamen Prozess gegeben hatte. Es hatte keine Journalisten gegeben.

Sie war in jeder Hinsicht nur das Opfer gewesen. Die Hauptattraktion war das Monster gewesen, und auch die verlor rasch ihren Reiz.

Am ersten Tag des Studiums war Anita anwesend. Weil sie sich von dem, was ihr zugestoßen war, nicht daran hindern lassen wollte, ihr Leben so zu leben, wie sie es leben wollte. Sie hatte sich entschieden, ihre Träume weiterzuverfolgen.

Sie hatte entschieden, dass sich nichts ändern würde.

Doch obwohl sie das, was ihr passiert war, hinter sich lassen wollte, gab es doch eines, was sie hatte ändern müssen.

Und so kam es, dass Anita Walberg, als sie sich für Kriminologie einschrieb, das Fach, das sie schon immer hatte studieren wollen, einen anderen Namen benutzte.

Anna Wayne.

89

Der Innenraum von Gaceys Wagen war nicht so makellos sauber wie der von Annas Auto, aber es fehlte nicht viel. Die Minzeduftperlen im Aschenbecher bereiteten ihm leichte Übelkeit, aber Lucas versuchte, nicht darauf zu achten. Er öffnete das Fenster einen Spaltbreit, gerade so weit, dass etwas frische Luft hereinkam, aber nicht zu viel Regen.

Die Adresse, die er der Akte über Anna Wayne entnommen hatte – oder besser, dem Teil der Akte, der Anita Walberg betraf –, war nicht im Navi zu finden gewesen. Als wäre der Ort absichtlich vergessen worden, aus der kollektiven Erinnerung gelöscht.

Lucas kannte die Gegend jedoch ein wenig: Er hatte die Koordinaten des nächsten Ortes ins GPS eingegeben und war losgefahren. Er hoffte, die genaue Stelle identifizieren zu können, wenn er erst einmal vor Ort war.

Ihm blieb nicht allzu viel Zeit. Früher oder später würden Gacey oder der Wachmann freikommen. Spätestens wenn die Ärzte oder das Pflegepersonal merkten, dass es in diesem Zimmer zu ruhig war. Lucas hatte Gacey an die Sensoren des Herzmonitors angeschlossen, damit der Alarm nicht ausgelöst wurde, und das Zimmer mit dem Schlüssel abgeschlossen. Und natürlich hatte er die Rolle Mull aufgebraucht, um ihn festzubinden.

Während er fuhr, öffnete er noch einmal die Nachricht, die er kurz zuvor auf dem Handy empfangen hatte.

Das Foto glich in allem den anderen, die die Polizei bisher bekommen hatte.

Aber dieses hier war an ihn geschickt worden, nicht an die Zentrale. Es war ein Handyfoto, und das Telefon, von dem aus es ihm geschickt worden war, war Annas.

Auch das Gesicht auf dem Foto, diese von unsagbarem Schrecken gezeichnete Miene, der aufgerissene Mund, in dem eine Tulpenblüte auf der Zunge zu sehen war, war Annas.

Die Nachricht hatte ihn anfangs verwirrt.

Anita ist nach Hause zurückgekehrt.

Wieso nannte er sie Anita?

Lucas war klar geworden, dass er nicht genug wusste, um das Rätsel zu lösen.

Was wusste er über Anna? So gut wie nichts. Aber er musste alles erfahren, was es zu erfahren gab.

Deshalb hatte er Gacey gezwungen, ihm den Zugang zu ihrer Akte zu liefern.

Er war sich nicht sicher gewesen zu wissen, wie man fachgerecht mit Waterboarding arbeitet, aber das war zum Glück auch nicht nötig gewesen. Gacey hatte sich quasi sofort ergeben, nachdem er an Lucas' entschlossenem Blick erkannt hatte, dass es nichts bringen würde, Widerstand zu leisten und auf Zeit zu spielen.

Auf dem Flur war er niemandem begegnet, aber er hatte es vorgezogen, keine unnötigen Risiken einzugehen. Ohne Probleme hatte er die Hintertreppe gefunden und war zum Parkplatz gegangen. Dank der Fernbedienung war es leicht gewesen, Gaceys Wagen zu finden.

Lucas trat das Gaspedal durch. Das Display des Navigationsgerätes kündigte mit einer roten Serpentine auf graublauem Grund eine Serie von Kurven an.

Er hatte gerade die Umgehungsstraße verlassen, um in die Hügel zu fahren. Nach dem Verkehrsknoten war er in eine Straße eingebogen, die in eine der höher gelegenen Gebiete der Gegend emporkletterte. Lucas durchfuhr die Serpentinen mit der höchstmöglichen Geschwindigkeit, immer auf der Hut, nicht die Kontrolle zu verlieren. Nach einigen Kurven löste er den Sicherheitsgurt, weil jedes Mal, wenn er abrupt lenkte, seine Rippen gegen den Gurt gedrückt wurden und ihm vor Schmerz der Atem stockte.

Er erreichte den Ort, den er ins Navi eingegeben hatte.

Um ihn herum war nur Finsternis.

Von nun an würde er sich auf seinen Instinkt und das Glück verlassen müssen.

90

Er zwang mich zu telefonieren und drückte mir das Telefon ans Ohr.

»Und sehen Sie zu, dass Sie überzeugend rüberkommen, Agent Wayne.«

Ich gab mein Bestes.

»Ramirez, ich bin's.«

»Anna, wohin sind Sie denn verschwunden?«

»Ich bin rausgegangen, ich habe eine Spur gefunden … Aber darüber kann ich jetzt nicht reden. Ich rufe später nochmal an, okay?«

»Aber …«

Das Gerät wurde mir aus der Hand gerissen.

»Sehr gut. Sehr gut, Anna. Oder sollte ich dich vielleicht Anita nennen?«

»Wo bringen Sie mich hin?«

Er lächelte.

Dann entspannte sich sein Gesicht zu einem beinahe kindlichen Ausdruck, und da erkannte ich ihn. Erkannte ihn wirklich als denjenigen, der er *gewesen* war, und nicht nur als den, der er heute war.

Eine Welle der Panik schlug über mir zusammen, erstickte mich beinahe.

»Stell dich in Positur. Mach den Mund auf.«

Aus einer Tasche zog er eine Tulpenblüte hervor und drückte sie mir zwischen die Lippen, legte sie mir auf die Zunge. Sie war eiskalt.

Er machte ein Foto mit meinem Handy. Dann fingerte er ein wenig daran herum, steckte es mit zufriedener Miene ein und lächelte mich an, nahm mir die Tulpenblüte aus dem Mund und steckte sie sich wieder in die Tasche.

»Du kannst dir gar nicht vorstellen, wie oft ich von diesem Moment geträumt habe.«

»Was wollen Sie von mir?«

»Nur wieder da weitermachen, wo wir unterbrochen worden sind.«

»Das ist Jahre her …«

»Oh, aber ich habe es nie vergessen. Und ich habe nie aufgehört. Aber … kein Mädchen war wie du.«

Erst verstand ich nicht, aber dann kam mir ein Gedanke, bei dem mir eiskalt wurde.

Die anderen Mädchen.

Es hatte noch mehr gegeben. Nicht nur die vier, von denen wir wussten. Andere Mädchen, vielleicht in anderen Städten.

Er sah an meinem Gesichtsausdruck, dass ich es endlich begriffen hatte, und sein Lächeln wurde breiter.

»Gehen wir, Anita.«

»Wohin?«

»Nach Hause. Du kehrst nach Hause zurück.«

91

Die Wolken am Himmel hatten sich teilweise aufgelöst, und in den Hügeln hatte es aufgehört zu regnen.

Lucas erkannte das Haus von den Fotos, die er in Annas Akte gesehen hatte. Es war unverändert, niemand hatte sich in den vergangenen Jahren darum gekümmert.

Das rote Ziegeldach glänzte noch vom Regen und warf den Schein des Mondes zurück. Die Fenster waren alle dunkel, aber unter dem großen Eingangstor brannte ein Licht, neben der Tür hing eine Lampe.

Er parkte dicht an der Treppe, stieg aus und ging ins Haus.

Ein dunkler, bedrückender Hausflur empfing ihn. Die Bodendielen quietschten unter seinen Schritten.

Er ging bis zu dem kurzen Korridor, der in die Küche führte, die im hinteren Bereich des Hauses lag. Er wusste, dass es nutzlos wäre, das gesamte Haus zu durchsuchen: Es gab einen ganz bestimmten Ort, an dem er erwartet wurde.

Auf der Hälfte des Korridors fand er eine offene Tür, die zu einer Treppe führte. Die Stufen verschwanden im Dunkeln.

Lucas begann hinunterzusteigen und achtete darauf, wohin er seine Füße setzte. Nach den ersten sechs Stufen erblickte er vor sich eine Art Stollen, niedrig und eng, etwa sechs oder sieben Meter lang. Am Ende war eine weitere Treppe zu sehen und ein gedämpfter, gelblicher Lichtschein. Das Kellergewölbe, in dem Anita Walberg vor achtzehn Jahren eingesperrt gewesen war, erwartete ihn.

Er musste den Kopf einziehen, um durch den Stollen zu kommen. Nachdem er noch die letzten Stufen hinabgestiegen war, blieb er am Fuß der Treppe stehen.

Von der Decke des Kellers hing eine nackte Glühbirne, die mit Schmutz verkrustet war, der durch die Hitze der Glühfäden verbrannte. Schwärzliche Rauchfäden stiegen zur nackten Betondecke auf.

In der Mitte des Raumes, etwas hinter dem Platz, über dem die Lampe befestigt war, stand ein großer Holztisch mit kantigen Beinen und vier Stühlen, von denen zwei besetzt waren. Zur Rechten sah Lucas einen weiteren solchen Tisch. Darauf stand ein gläserner Sarg.

Und darin war Kathryn.

Sie lag auf dem Rücken, die Hände auf der Brust. Sie sah aus, als schliefe sie.

Lucas wünschte inständig, dass sie schlief.

»Willkommen«, sagte eine Stimme.

Lucas starrte wieder zu dem Tisch mit den Stühlen. Auf dem Stuhl rechts saß Anna. Sie war geknebelt, und ihre Arme waren auf den Rücken gedreht. Wahrscheinlich waren ihre Handgelenke hinter der Stuhllehne zusammengefesselt. Er sah ihre Beine nicht unter dem Tisch, konnte sich aber vorstellen, dass auch die Knöchel an den Stuhlbeinen fixiert waren.

Anna war wach: Ihre Augen waren weit aufgerissen und voller Angst, genau wie auf dem Foto, das Lucas kurz zuvor auf sein Handy geschickt bekommen hatte.

»Nur zu, setzen Sie sich. Wir haben nicht viel Zeit«, sagte die Stimme.

Lucas trat vor und setzte sich. Seine Augen befanden sich auf derselben Höhe wie die des Mannes, der ihm den Befehl gegeben hatte.

Die Augen waren das Einzige, was man von ihm sah. Er trug einen weißen Overall, der genauso aussah wie die, die die Spurensicherung verwendete, eine Maske, die seine Nase und seinen Mund verhüllte, eine durchsichtige Schutzbrille aus Plastik, auf dem Kopf eine Haube und Latexhandschuhe an den Händen.

Der Mann hatte eine Pistole, die auf Annas Rücken gerichtet war. Lucas betrachtete die Hand, die sie hielt, und bemerkte, dass sie nicht zitterte, nicht im Geringsten. Dann schaute er sich die Pistole genauer an. Und erkannte sie.

Es war seine.

Er richtete den Blick auf die Augen des weißen Gespenstes.

»Was wollen Sie von mir, Scott?«, fragte er.

»Ach, fangen wir nicht mit diesen dummen Spielchen an. Sie sind alles andere als dumm, Lucas. Und deshalb habe ich Sie ausgewählt. Sicher, auch weil Sie … bis zum Hals in der Scheiße stecken, sogar tiefer als ich.« Er lachte kurz auf. »Sie wissen ganz genau, dass ich nicht Scott Andrews heiße. Sie können meinen richtigen Namen benutzen.«

»Was wollen Sie von mir, Marius?«

92

Marius.

Allein den Namen zu hören, ließ mich schaudern.

Ich hasste seinen Klang. Ich hasste die Erinnerungen, die er in mir auslöste.

Ich hasste die Tatsache, dass ich geknebelt war, weil ich am liebsten geschrien hätte, vor Angst und vor Wut.

Ich fixierte Lucas, flehte ihn still an.

Ich wollte, dass er ihn tötet.

Trotz der Kälte im Keller war meine Haut mit Schweiß bedeckt, der mir in die Augen rann und sie zum Tränen brachte.

Verzweifelt drehte ich den Kopf und blickte zu dem gläsernen Sarg hinüber, in dem Kathryn eingeschlossen lag. Ohne es zu merken, hielt ich den Atem an, während ich auf ein Zeichen wartete.

Meine Augen brannten, die Tränen rannen mir über die Wangen. Ich blinzelte hektisch und sah weiter hin. Und am Ende wurde ich belohnt: Ich sah, wie sich Kathryns Brust ein paar Millimeter hob und wieder senkte. Sie atmete, also atmete ich ebenfalls.

Sie war am Leben.

Auf dem Tisch vor mir stand ein Glasfläschchen, sauber, als käme es direkt aus der Fabrik. Darin lag, auf dem Boden, eine einzige Tablette.

Wenn Kathryn noch atmete, hieß das, dass Marius ihr ein Schlafmittel gegeben hatte. Für sie war, im Unterschied zu den anderen Mädchen, die tödliche Pille noch nicht gekommen.

Sie musste hier lebend herauskommen. Sie *musste* überleben.

Die Wut, eine alte Wut, die lange in mir geruht hatte, entzündete sich erneut in einer kleinen Flamme.

Bereit, einem zerstörerischen Feuer Leben zu geben.

93

»Leeren Sie Ihre Taschen. Legen Sie alles auf den Tisch, was Sie bei sich tragen. Langsam«, forderte ihn der Mann auf, den er als Scott Andrews kennengelernt hatte.

Lucas folgte der Aufforderung ruhig und systematisch. Er legte sein Handy auf den Tisch, das von Gacey, die Autoschlüssel und den Dienstausweis.

»Gut. Jetzt ziehen Sie die Jacke aus.«

»Wollen Sie mich nicht fragen, ob ich eine Waffe habe?«

»Ich *weiß*, dass Sie keine haben. Ich habe Ihre Pistole.«

Lucas zog die Jacke aus und legte sie auf den Tisch neben seine persönlichen Sachen.

»Woher wissen Sie so viel über mich?«

»Ich weiß nicht nur *viel* über Sie. Ich weiß *alles*. Ich bin in Ihrer Wohnung gewesen, mehrmals. Es war kinderleicht, eine Kopie von Kathryns Schlüssel machen zu lassen.«

Lucas erinnerte sich an das Gefühl, das er gehabt hatte, als er wieder nach Hause gekommen war, das Gefühl, dass jemand Fremdes dort gewesen war. Ein Gefühl, dass er immer als eines der unzähligen Symptome seiner Krankheit abgetan hatte.

Stattdessen hatte sein Gefühl recht gehabt.

Marius machte mit dem Kinn eine Bewegung in Richtung des Sarges. »Sie können sich bei ihr bedanken, sie war mir wirklich sehr nützlich.«

»Was haben Sie mit ihr gemacht?«

»Noch nichts. Ich habe ihr nur eine Tablette gegeben.«

Lucas bemerkte das Fläschchen mit der übrig gebliebenen Tablette auf dem Tisch.

»Welche? Die, die müde macht … oder die, die tötet?«

»Ach, wer weiß das schon. Ich weiß nicht mehr, welche nur müde machen und welche … nun ja, Sie wissen schon.«

»Warum sie? Warum haben Sie sie genommen?«

Hinter der Maske erklang ein ungeduldiger Seufzer.

»Um Sie hierherzulocken. Allein dafür war sie schon nützlich. Ich hatte mich absichtlich für sie entschieden, wissen Sie? Ich wusste, dass sie sich mit besonderen Fällen beschäftigt. Extremen Fällen. Und ich brauchte etwas in der Art. Jemanden … wie Sie. Cotard-Syndrom … Faszinierend, nicht wahr?«

»Sie haben sich als Patient ausgegeben. Sie haben nicht nur die Schlüssel meiner Wohnung nachmachen lassen, sondern auch ihre Hausschlüssel. Und Sie haben in ihrem Archiv gestöbert.«

»Oh ja. Und wie. Und ich habe Sie gefunden. Sie waren *perfekt*. Ein Polizist war die ideale Lösung, besser noch, als ich es mir je erhofft hatte. Der perfekte Sündenbock.«

»Sie wussten, dass man früher oder später mich verdächtigen würde.«

»Ja, sicher. Aber es ist nicht nur so, dass ich es *wusste*. Unterschätzen Sie mich nicht so. Ich habe dafür *gesorgt*, dass der Verdacht auf Sie fiel. Ich wette, dass irgendwann sogar Sie selbst sich verdächtigt haben. Ich sagte doch, Sie sind einfach perfekt! Aber ich musste die Dinge ein bisschen in die richtige Richtung zwingen …«

»Geztus Schuld, nicht wahr? Er hat nicht mehr mitgespielt.«

»Nun, Constantin war eine Weile ganz nützlich, aber dann hat diese Geschichte mit den toten Mädchen angefangen, ihm Angst zu machen. Der arme Idiot. So unterwürfig, so weich … Aber er war immer fertiger, von morgens bis abends bis unters Dach voll mit Happy End. Ich konnte mich nicht mehr auf ihn verlassen, ich wusste, dass er früher oder später geredet hätte. Ich musste ihn loswerden.«

»Und Sie haben Hannibal Furlong dafür benutzt.«

»Dieser blutrünstige Irre. Ich habe ihm Filme gezeigt. Von Constantin, wie er mit seiner Tochter herumgemacht hat. Habe ihm gesagt, ich hätte die Filmchen auf dem Handy meines Freundes gefunden und dass Constantin mir Angst macht. Dass ich nicht zur Polizei gehen könnte, weil Constantin mich dafür umbringen würde. Dass ich mich deshalb an ihn wenden würde, den Vater dieses armen, armen Mädchens. Also im Grunde war die Geschichte nicht viel anders als die, die ich euch erzählt habe, als ihr mich vernommen habt. Gute Idee, das mit dem Tattoo, oder? Ich wusste, dass Ihnen das auffallen würde.«

»Sie haben Hannibal Furlong gesagt, wo und wie er Geztu erledigen konnte.«

»Ich habe ihm gesagt, dass er kurz davor wäre, noch ein Mädchen zu entführen, und dass nur er ihn aufhalten könnte. Aber ich hatte eine Abmachung mit ihm, und er hat sich daran gehalten. Und wie. Es blieb ihm aber auch nichts anderes übrig.«

»So sind Sie Ihren ersten Sündenbock losgeworden, aber Sie brauchten einen zweiten. Deshalb haben Sie Furlong gesagt, dass er nach mir verlangen soll.«

»Sehen Sie? Ich wusste, dass Sie der Richtige sind.«

»Vielleicht aber auch nicht. Denn eines verstehe ich immer noch nicht. Warum haben Sie diese Zeichen in Robin Moores Hinterkopf geritzt?«

Marius schnaubte, und die Maske vor seinem Mund blähte sich kurz. »Na los, Lucas. Sie kommen noch darauf. Enttäuschen Sie mich nicht, ich will, dass alles perfekt ist.«

»Sagen Sie's mir.«

Marius fuchtelte mit der Pistole in Annas Rücken herum, die erschauerte. Ihre Augen füllten sich mit Tränen.

»Wegen ihr.«

»Wegen Anna?«

»Wenn ich nicht diese Schrammen hinterlassen und Sie nicht einbezogen hätte, Lucas, hätten Sie aufgehört. Sie hatten Geztu, mehr brauchten Sie nicht. Aber …« Marius sog den Geruch der Angst von Annas Haut tief ein. »Aber ich wollte dich, Anita«, sagte er ihr ins Ohr. »Alles, was ich getan habe, habe ich für dich getan. Weil wir noch eine Rechnung offen haben, du und ich.«

»Was für eine Rechnung?«

»Sie wissen, dass sie meinen Vater ermordet hat?«

»Das war Notwehr. Sie hat sich nur verteidigt.«

»Oh, aber sicher. Das ist es, was sie allen erzählt hat.«

Marius nahm Anna den Knebel aus dem Mund.

»Na los, sag ihm die Wahrheit«, forderte er sie auf.

Anna zog die Nase hoch und versuchte, so viel Luft wie möglich einzuatmen.

Sie schaute Lucas an, als wollte sie ihn um Verzeihung bitten oder um Hilfe oder beides zusammen.

Dann fing sie an zu reden.

94

Das Mädchen stellt erst einen nackten Fuß auf den Boden, dann den anderen. Sie steht auf. Und setzt sich in Bewegung.

Sie sieht den Fuß der Treppe, die nach oben führt, aber sie scheint unendlich weit weg zu sein. Zwischen ihr und dem Fluchtweg sind zu viele Schritte, zu viele lauernde Schatten.

Aber sie muss es tun. Sie blickt hinter sich: Der gläserne Sarg, in dem sie eingeschlossen war, antwortet leer auf ihren Blick, und das reicht ihr, um sich zu entscheiden. Sie will nicht wieder dorthin zurück.

Und als endlich die Schlaffheit und die Benommenheit durch das ganze Chloroform, das man ihr in den letzten Stunden – oder vielleicht Tagen, das weiß sie nicht – verabreicht hat, anfangen abzuflauen, entdeckt sie etwas weiß Glühendes, das in ihr heranwächst.

Es ist Wut.

Und es ist die Wut, die ihr die ersten Schritte zu dieser Treppe ermöglicht.

Sie kommt an einem Pfeiler vorbei, dann an einem anderen. Der Keller scheint sich vor ihr in die Länge zu strecken, als bewegten sich die Wände, als änderten sie ihre Form und Abmessungen, um sie zu ersticken.

Aber die Wut nimmt zu. Die Kraft in den Beinen ebenfalls.

Die Schatten um sie herum in diesem beengenden Raum scheinen sich zu verdichten, zu wallen, sich aufzulösen und in den Ecken und Winkeln wieder zu sammeln.

Sie stellt einen Fuß auf die erste Stufe. Es ist der erste Schritt Richtung Freiheit, aber er reicht nicht. Es muss einen zweiten geben und einen dritten.

Und doch zwingt sie etwas – sie wird sich nie erklären

können, was es gewesen ist – dazu, sich ein letztes Mal umzudrehen.

An einer Stelle, am letzten Pfeiler, weist die Dunkelheit eine andere Konsistenz auf. Dichter.

Es ist er.

Der zierliche, schmale Mann steht da, still, an einen Pfeiler gelehnt. Er trägt den Kopf hoch, den Rücken durchgedrückt, die langen Hände an den Seiten. Aber sie sieht nur eines: das Weiße in seinen Augen, umgeben von einem winzigen goldenen Reflex. Und sie erkennt, dass er sie ansieht.

Anita bleibt wie versteinert stehen, aber der Mann bewegt nicht einen Muskel. In der Stille, die wie Staub in der Luft hängt, hört sie angestrengtes Atmen.

Anita verliert keine Zeit. Die Wut macht sie blind. Sie steigt die Treppe hinauf.

Sie biegt in den Gang ein. Instinktiv wendet sie sich nach rechts. Sie kommt in eine Küche.

Auf einer Seite, zwischen zwei Hängeregalen, ist die Tür zum Hinterausgang. Rechts das Spülbecken mit schmutzigen Tellern und Besteck.

Das Mädchen macht einen Schritt, nur einen, auf die Tür zu. Zur Flucht, zur Sicherheit. Aber ein Funkeln, das sie nur aus dem Augenwinkel wahrnimmt, hält sie zurück.

In dem Augenblick scheint das Funkeln der schönste Anblick der Welt zu sein, noch viel kostbarer als die Freiheit.

Das Mädchen wendet sich nach rechts, nimmt das Fleischmesser, das im Waschbecken liegt, und wiegt es in der Hand. Rasch streicht sie mit dem Finger über die Klinge. Sie ist zehn, zwölf Zentimeter lang, nicht mehr. Aber das wird reichen. Die Wut sagt es ihr.

Das Mädchen kehrt um, geht die Treppe wieder hinunter, und der Mann aus kleinen Schatten ist noch da, aber er hält den Kopf nicht mehr hoch. Er hat den Kopf gesenkt, die Hände vor den Augen.

Das Mädchen nähert sich ihm, nackt, aber nicht wehrlos. Die Wut ist noch weiter gewachsen und scheint in jeder Zelle, in jeder Faser ihres Nervensystems explodieren zu wollen. Sie hält das Messer vor sich wie einen Speer.

Der Mann hat sie kommen gehört, aber er regt sich nicht. Das Mädchen macht einen weiteren Schritt auf ihn zu.

Der Mann nimmt die Hände von den Augen, nimmt die Brille mit dem zierlichen goldenen Gestell ab und schaut sie mit wässrigen Augen an.

Er geht auf sie zu, und sie geht auf ihn zu, und jetzt sind sie nur noch einen Atemzug voneinander entfernt.

Der Mann streckt die linke Hand aus, seine Finger schließen sich um ihr Handgelenk und den Griff des Messers, langsam.

Aber beharrlich.

Plötzlich reißt der Mann sie in seine Arme, drückt sie an sich, mit Hitze, mit Leidenschaft.

Und murmelt ihr ein einziges Wort ins Ohr.

»Danke.«

Er stürzt zu Boden, reißt sie mit sich.

Sie liegen einander immer noch in den Armen. Der Mann stößt einen kurzen Atemstoß aus, der ihre Stirn liebkost und wiederholt: »Danke. Danke.«

Es sind seine letzten Worte.

Das Mädchen entwindet sich der Umarmung.

Sie steht auf. Um den Körper des Mannes breitet sich bereits eine Blutlache aus.

Das Mädchen schaut auf die Hände des Mannes, dieselben Hände, die sie gestreichelt, die sie geschändet haben in dem künstlichen Schlaf, den er selbst herbeigeführt hat. Die Hände, die jetzt das Messer umklammern, aber nicht versuchen, es aus der Wunde im Bauch zu ziehen.

Die es umklammern, um zu verhindern, dass sie es ihm wegnimmt.

Das Mädchen macht einen Schritt, dann noch einen, und mit jedem Schritt spürt sie, wie die Wut verraucht.

Sie steigt die Treppe hinauf, biegt in den Gang ein, tritt aus der Hintertür und entflieht.

Sie flieht durch die Tulpenfelder.

95

Es war das erste Mal, dass ich es jemandem erzählte. Nicht einmal meinen Eltern hatte ich die Wahrheit gesagt, ich hatte sie noch niemandem enthüllt. Noch nie.

Vielleicht weil ich mich schämte, vielleicht weil ich die Folgen fürchtete. Im Grunde hatte ich mich ja entschieden, mit einem Messer in der Hand noch einmal in dieses Gewölbe zurückzukehren. Aber war es denn wirklich eine freie Entscheidung gewesen?

Vielleicht hatte ich auch nie jemandem etwas davon gesagt, weil ich in Wirklichkeit meine eigene Wut fürchtete.

Ich hatte Angst vor dieser Wut. Ich hatte schreckliche Angst davor, dass sie mich erneut überfallen, so vollkommen Besitz von mir ergreifen, mich beherrschen und meine Handlungen bestimmen könnte.

Aber es war nicht nur das, was mir Angst machte.

Mich quälte die Tatsache, dass es mir *gefallen* hatte.

Es hatte mir gefallen, ihn zu richten.

Es hatte mir gefallen, mich zu rächen.

Die Tränen rollten mir weiter über die Wangen, ich konnte

sie nicht aufhalten, auch wenn ich spürte, wie meine Wangen sich röteten. Ich hasste es, mich so zu fühlen.

»Als ich runtergegangen bin, habe ich ihn am Boden liegend gefunden, in seinem eigenen Blut. Ich hatte noch nie so viel Blut gesehen. Sie hat meinen Vater getötet«, erzählte Marius nun weiter, der Sohn des Mannes, den ich so lange Zeit für meinen Peiniger gehalten hatte.

»Und Sie wollen sich rächen«, sagte Lucas.

»Mich rächen? Oh nein. Nein, nein, nein, das haben Sie nicht richtig verstanden. Wie kann es sein, dass Sie das nicht verstanden haben? Herrgott noch mal!« Marius klatschte die flache Hand auf den Tisch. Die Maske vor seinen Lippen blähte sich hektisch und sog sich wieder ein, zeigte seine Erregung, zeigte, dass er innerlich kochte.

»Dann erklären Sie es mir«, sagte Lucas in ruhigem, versöhnlichem Ton.

»Die Wunde war nur oberflächlich. Sehr viel Blut, aber das war es auch schon. Er wäre nicht daran gestorben. Dafür habe *ich* gesorgt. Verstehen Sie jetzt? Es war sowieso vorbei. Sie war sowieso entkommen. Er hatte sie entkommen lassen. Er hatte es nicht anders verdient, als zu sterben.«

Er drehte sich zu mir um, und unter seinem Blick fühlte ich mich schmutzig. Er sah mir nicht einmal ins Gesicht, jedenfalls nicht als Erstes: Seine Blicke strichen wie Schlangen über meinen ganzen Körper, wanderten von den Füßen zum Schoß und zu den Brüsten und verharrten dann irgendwo auf Höhe des Halses.

»Die Erste vergisst man nie, das habe ich dir gesagt. Oh, wie sehr du mir gefehlt hast.«

In diesem Augenblick verspürte ich dasselbe Gefühl wie vor achtzehn Jahren, nur noch stärker.

Wut.

96

»Wann haben Sie es begriffen?«, fragte Lucas.

»Was begriffen?«

»Dass Ihr Vater, der Mann, der Ihnen seine kranken Fantasien übertragen hat, Angst vor Ihnen bekam. Und dass er Ihnen nicht mehr gehorchte, weil er es nicht mehr ertrug. Dass er es war, der Anita nur die halbe Dosis Chloroform gegeben und den Glaskasten offen gelassen hatte, damit sie entkommen konnte. Dass er sich lieber hat töten lassen, als weiter ein Monster wie Sie heranzuziehen. Wie lange hat es gedauert, bis Sie erkannt haben, dass es kein Zufall war, dass er sich nicht vertan hatte, dass er nicht unkonzentriert gewesen war … Dass er es absichtlich getan hatte?«

»Halten Sie den Mund.«

»Warum antworten Sie nicht?«

»Weil ich weiß, was Sie hier machen. Ihre Methoden sind durchschaubar wie Wasser, Lucas. Und ich finde das allmählich nicht mehr lustig.«

Immer noch die Pistole auf Anna gerichtet, stand Marius auf.

»Ich fand es ganz amüsant, Ihre Fragen zu beantworten, aber machen Sie sich keine Illusionen: Ich weiß, dass Sie das nur getan haben, um Zeit zu gewinnen. Man braucht kein Psychologiestudium, um Sie zu durchschauen, wissen Sie? Sie sind so … vorhersehbar. Sie sollten das mit der Elektroschocktherapie wirklich machen, finden Sie nicht?«

»Vielleicht.«

»Und ich weiß, dass Sie jetzt versuchen, mich zu provozieren, damit ich einen Fehler mache. Aber dafür habe ich das hier schon zu lange vorbereitet.«

»Was vorbereitet?«

»Das alles. Und jetzt sehen wir zu, dass wir die Sache zu Ende bringen. Mit ihr bin ich fertig, von ihr habe ich alles bekommen, was ich wollte«, sagte er. »Du hast ein bisschen lange gebraucht, um draufzukommen.«

Anna gab einen leisen Klagelaut von sich. Doch Lucas hörte noch etwas anderes aus diesem gutturalen Ton heraus. Es war Erniedrigung, ja, und Scham. Aber auch etwas Wildes, Urtümliches.

»Na machen Sie schon, binden Sie sie los«, befahl Marius ihm. »Nehmen Sie das Feuerzeug vom Tisch, um die Fesseln durchzubrennen.«

Lucas nahm das Feuerzeug, stand auf und ging um den Tisch herum, gegenüber der Seite, auf der Marius sich befand.

Der andere stand auf, und einen Sicherheitsabstand wahrend, ging er in die Mitte des Raumes und stellte sich genau unter die Glühbirne. Dabei hielt er weiterhin die Pistole auf sie gerichtet.

Lucas beugte sich vor, ließ die Flamme am Feuerzeug aufflammen und hielt sie gegen die Stuhlbeine. Die Kabelbinder schmolzen, und Anna befreite ihre Knöchel.

Lucas stellte sich hinter sie und schmolz vorsichtig auch die Fesseln an den Handgelenken. Leise murmelte er: »Alles wird gut.«

Dann richtete er sich wieder auf.

»Was wollen Sie jetzt von mir?«

»Jetzt stellen wir plausibel genug den Tatort eines Mordes nach. Na los, stellt euch hier vor mich.«

Lucas nahm Anna am Arm und stützte sie. Die Frau zitterte wie ein Blatt im Wind, ihre Zähne klapperten, aber unter den Fingern spürte Lucas die gespannten, festen Muskeln, die bereit waren loszuschnellen.

Sie stellten sich vor den Mörder.

Marius richtete die Pistole auf Anna.

»Das ist der Moment, in dem Sie sie ermorden, Lucas. Zumindest werden das alle denken. Ich bin nie hier gewesen. Ich existiere gar nicht.«

Marius lachte. Der Lauf der Pistole war genau auf Annas Herz gerichtet.

Lucas stellte sich in die Schusslinie.

»Was glauben Sie, was Sie da machen?«

Lucas machte einen Schritt auf ihn zu.

»Mir ist es egal, wer von euch als Erster stirbt, das ist Ihnen doch klar, oder?«

Lucas machte noch einen Schritt. In seinem Rücken begann Anna sich leicht zu einer Seite zu verschieben.

»Okay, Sie wollen sterben? Soll mir recht sein.«

»Ich bin sowieso schon tot«, sagte Lucas und ging weiter.

Marius schoss.

Lucas warf sich nach rechts, und das Geschoss schlug in seiner Brust ein, oben links, direkt unterhalb des Schlüsselbeins.

Marius schoss noch einmal.

Das zweite Projektil streifte Lucas am Hals, und eine Fontäne aus Blut ergoss sich über seine linke Schulter.

In seinem Rücken war Anna in die Knie gegangen, um sich aus der Schusslinie zu bringen. Lucas sah sie aus dem Augenwinkel, und als er wusste, dass sie in Sicherheit war, machte er den letzten Schritt und schlug mit der geöffneten Hand nach Marius' Handgelenk. Die Pistole flog durch die Luft.

Lucas warf sich auf seinen Gegner und riss ihn zu Boden.

Allmählich verließen ihn die Kräfte.

Mit seinem ganzen Gewicht drückte er ihn weiter zu Boden, hob den Kopf und rammte ihm mit aller Kraft, die er noch aufbringen konnte, die Stirn gegen die Nase. Er spürte, wie das Nasenbein des Mörders brach. Er spürte einen Schlag gegen den Kopf.

Dann schloss er die Augen.

97

Etwas bewegte sich unter ihm, aber in seinem Geist war es nur das Meer. Es waren Meereswellen, die ihn allerdings nicht wiegen wollten. Stattdessen warfen ihn die Meereswellen hoch und rollten ihn auf die Seite.

Lucas fiel auf den Boden, und der Schmerz in den Rippen zwang ihn, die Augen zu öffnen.

Marius war neben ihm und machte Anstalten, sich hochzurappeln, um wieder an die Pistole zu kommen.

Lucas versuchte, sich zu bewegen, aber es gelang ihm nicht. Kein mentaler Befehl wirkte sich auf seine Muskeln aus. Es schien ihm, als sei sein Körper tausend Galaxien weit weg und als gäbe es in diesem eisigen Raum, der Fleisch und Geist voneinander trennte, nichts als unendlichen Schmerz.

Aber es gelang ihm, die Augen offen zu halten.

Und er sah, wie sich die Wut verkörperte.

Anna warf sich auf Marius, der immer noch am Boden lag. Sie versetzte ihm einen Tritt in die Hoden, und der Mann krümmte sich mit einem erschrockenen Schrei, rollte sich zusammen wie ein Embryo. Die mit Blut getränkte Gesichtsmaske rutschte ihm von der zertrümmerten Nase, weitete sich und wurde dann von der riesigen Höhle eingesaugt, in die sein Mund sich verwandelt hatte.

Anna schlug ihm mit der Handkante gegen die Kehle. Dann verschwand sie aus Lucas' Gesichtsfeld, aber nur für einen kurzen Moment.

Als sie wieder darin erschien, hatte sie etwas in der Hand. Lucas erkannte, dass es das Glasfläschchen war, das die letzte Tablette enthielt.

Anna fingerte sie heraus und schleuderte das Fläschchen von sich. Das Geräusch des zerschellenden Glases drang wie ein Donnerschlag in Lucas' Ohren.

Anna beugte sich über den sich vor Schmerz krümmenden Marius. Sie drückte ihm ein Knie auf die Brust und riss ihm die Maske herunter. Um die Lippen des Mannes hatte das Blut etwas gemalt, das einer roten Blume glich.

Bevor er den Mund schließen konnte, zwängte Anna ihm die Tablette zwischen die Lippen. Dann zwang sie ihn, den Mund zu schließen, und hielt ihm die Nase zu.

Lucas sah, wie sich sein Adamsapfel bewegte. Marius hatte geschluckt.

»Jetzt schauen wir zu. Jetzt schauen wir, ob das die ist, die dich zum Schlafen bringt, oder die, die dich sterben lässt.«

Annas Worte verhallten in der Dunkelheit.

Lucas war wieder in dem eiskalten Raum.

Vielleicht war Sterben ja wirklich so.

Epilog

98

»Danke, dass Sie gekommen sind.«

»Kein Problem«, antwortete ich. »Wie geht es Ihnen?«

Ich schaute ihn ruhig an. Die Narbe am Hals würde wohl für immer bleiben und die auf der Brust auch, konnte ich mir vorstellen. Er hatte Glück gehabt, das Projektil hatte kein lebenswichtiges Organ getroffen. Es war etwas unterhalb des Schlüsselbeins eingedrungen und durch das Schulterblatt wieder ausgetreten.

Im Geist erlebte ich diese Augenblicke noch einmal. Noch immer konnte ich es mir nicht verzeihen, vor Schreck so gelähmt gewesen zu sein. Die Wut hatte sich langsam in mir aufgebaut, aber nicht die kritische Masse erreicht, und so hatte ich zugelassen, dass Lucas seinen Körper dieser Waffe schutzlos dargeboten hatte.

Aber wie es aussah, hatte sein Überlebensinstinkt die Oberhand über die Todessehnsucht gewonnen. Lucas war im richtigen Augenblick ausgewichen und noch einmal davongekommen.

»Ich heile, körperlich. Und was den Rest angeht … ich denke, ich bin so weit«, sagte er.

Seine Stimme war immer noch monoton und ausdruckslos, aber in seinen Augen sah ich ein fiebriges Glänzen, einen hungrigen Funken, den ich vorher noch nicht bemerkt hatte.

Lucas nahm die Hand in den Nacken und fing an, sich zu kratzen.

99

Die Krankenwagen hatten uns von diesem gottverlassenen Landhaus weggebracht. Ich, Lucas und Kathryn waren in dasselbe Krankenhaus eingeliefert worden, und nachdem die Ärzte endlich verstanden hatten, dass es mir gut ging, ich nur einen Schock erlitten hatte, hatten sie mich gehen lassen.

Ich hatte nach Kathryn gefragt: Sie schlief noch. Das Blutbild hatte ergeben, dass sie ein starkes Schlafmittel bekommen hatte, aber sie schwebte nicht in Lebensgefahr.

Beruhigt war ich ins Untergeschoss gegangen, zur Intensivstation, und hatte angefangen zu warten.

Lucas würde noch operiert, hatte man mir gesagt. Die Wunde am Hals bereitete den Ärzten Sorge, er hatte viel Blut verloren.

Ich hatte gewartet und mich mit Kaffee aus dem Automaten wach gehalten – schon bald hatte ich den Überblick darüber verloren, wie viele Tassen ich getrunken hatte. Auf diesen unbequemen blauen Plastikstühlen des Wartezimmers, mit Schmerzen und innerlich aufgewühlt, hatte ich zugesehen, wie die Sonne über einem wie mit violetten Blutergüssen bedeckten Himmel aufging.

»Agent Wayne?«

Ich musste eingeschlafen sein. Ein Arzt hatte mich leicht an der Schulter geschüttelt, und ich hatte nur mit Mühe die Augen aufgeschlagen, um ihn anzusehen.

»Agent Wayne, Ihr Kollege …«

»Wie geht es ihm?«

»Er wird wieder gesund werden. Der Eingriff ist gut verlaufen, wir mussten ihm einige Transfusionen geben, und die Wunde am Hals war nicht leicht zu nähen. Aber glücklicherweise war es ein glatter Durchschuss. Wenn das Geschoss noch dringeblieben wäre, hätten wir uns mit einer ganzen Reihe von Komplikationen herumschlagen müssen ... Wie auch immer, es wird ihm bald besser gehen.«

»Danke. Kann ich ihn sehen?«

»Sie sollten nach Hause gehen und sich ausruhen, Agent Wayne.«

»Kann ich ihn sehen?«

»Er liegt noch auf der Intensivstation. Aber ... Kommen Sie mit.«

Der Mann hatte mich durch einen langen Flur und schließlich in ein Vorzimmer mit hellgrünen Wänden und ein paar Metallschränken geführt. Eine Neonröhre an der Decke gab ein milchiges, zittriges Licht von sich. Die Wand gegenüber dem Eingang bestand fast vollständig aus einem rechteckigen Fenster. Dahinter, in einer Art Glaskasten, war Lucas.

Er lag auf einem Bett, und aus seinem Körper ragten unzählige Schläuche und Drähte und führten in Behälter, die an Ständern aus satiniertem Aluminium aufgehängt waren, oder zu im Hintergrund aufgereihten Maschinen, an denen Lichter und Lämpchen in allen Farben blinkten.

Er bewegte sich nicht. Ich hatte eine Weile gebraucht, bis ich erkannte, dass sich seine Brust bewegte: Sie hob und senkte sich rhythmisch, gesteuert von einem Beatmungsgerät.

Ich war etwa zehn Minuten geblieben und hatte ihn schweigend angeschaut. Der Arzt, der neben mir stand, wusste mein Schweigen zu respektieren.

Als ich schließlich den Blick gelöst und mich umgedreht hatte, hatte der Arzt gesagt: »Er ist sediert, aber schon morgen werden wir ihn aufwecken. Er wird sich bald erholen.«

Ich hatte die Nachricht mit einem Kopfnicken zur Kenntnis genommen, aber insgeheim hatte ich denken müssen, dass Lucas so vielleicht besser dran war.

100

In den folgenden Tagen wurde ich mit Papierkram überschüttet und von Gaceys bohrenden Fragen gequält, der meine Aussage aufgenommen und Stunden damit verbracht hatte, sie zu durchforsten, um mich anschließend mit jedem Detail zu foltern.

»Wie kann es sein, dass Sie ihn nicht erkannt haben? Wieso haben Sie nicht gemerkt, dass Scott Andrews Marius Phish ist, als Sie ihn vernommen haben? Was verbergen Sie vor mir?«

»Ich verberge nichts vor Ihnen, Gacey. Menschen verändern sich. Es ist achtzehn Jahre her, und damals war er noch ein Jugendlicher«, hatte ich geantwortet. Aber das war nicht die ganze Wahrheit. Ein Teil von mir hätte ihn vielleicht erkennen können, nur dass dieser Teil zum Schweigen gebracht worden war, unterdrückt durch Jahre der Verdrängung dessen, was geschehen war.

Und ich wusste, warum ich mein Trauma mit aller Macht verdrängt hatte, warum ich mich kopfüber in die Arbeit gestürzt hatte, warum mein Sozialleben sich mit der Zeit, und je mehr die Arbeit mich verschlang, auf ein Minumun reduziert hatte: Ich hatte Angst. Ich hatte Angst vor dem, was ich getan hatte, ich hatte Angst, von Schuldgefühlen überwältigt zu werden, weil ich einen Mann getötet hatte, auch wenn ich ihn in jenem Moment für schuldig gehalten hatte. Ich hatte Angst, dass diese mörderische Wut mich noch einmal überkommen könnte.

Deshalb war jener Teil von mir, der das Gesicht des jungen Marius hinter den Zügen des erwachsenen Scott Andrews hätte erkennen können, stumm geblieben, hatte in einem Winkel geschlummert, war zur Ohnmacht verdammt worden.

Es war dieser Teil von mir, der *wusste*.

Er wusste, dass die Hände, die mich erforscht, mich berührt hatten, in mich eingedrungen waren, während ich in diesem gläsernen Sarg eingeschlossen war, nicht immer die knotigen Hände eines Erwachsenen gewesen waren. Viel häufiger waren es die erregten, neugierigen und lüsternen Hände eines perversen Heranwachsenden gewesen, der von seinen eigenen Fantasien gequält wurde.

Da die Geschichte mit dem Tod des Schuldigen und dem Überleben des Opfers, meinem Überleben, zu Ende gegangen war, war damals niemand der familiären Situation von Albert und Marius Phish auf den Grund gegangen.

Ich hatte beschlossen, diese Wissenslücke zu füllen.

Als ich die Akten zu dem Fall jetzt wieder durchsah, bekam ich eine genauere Vorstellung von der Beziehung zwischen Vater und Sohn. Der Vater arbeitete als Arzt: Es fehlte ihm nicht an Gelegenheiten, seine verbotenen Gelüste nach den Körpern anderer zu stillen. Aber er wollte mehr, er *fantasierte* von mehr. Das zeigten die Zeitschriften und Filme, die nach seinem Tod in seinem Haus aufgefunden worden waren. Szenen expliziter sexueller Gewalt.

Bei der Autopsie waren siebenunddreißig Nadeln verschiedener Größe unter Phishs Haut entdeckt worden. Albert Phishs Profil war eher leicht zu erstellen: Die Gewalt, die er sich selbst zufügte, war eine Strategie der Eindämmung. Sie sollte die eigenen Fantasien daran hindern, Wirklichkeit zu werden.

Aber das hatte nicht gereicht. Und jetzt wusste ich, dass er seinen Sohn, Marius, mit seinen Vorstellungen infiziert hatte. So sehr, dass der Schüler den Meister überflügelt hatte …

Aber etwas fehlte in diesem Familienbild, das damals, als der Fall in der Tat fast ebenso schnell wieder geschlossen wurde, wie er eröffnet worden war, niemand so genau unter die Lupe genommen hatte.

Es fehlte die Mutter.

Alberts Frau und Marius' Mutter war ein paar Jahre, bevor er und sein Vater mich entführten, bei einem Autounfall ums Leben gekommen. So stand es in meiner Akte. Aber niemand hatte sich um die näheren Umstände dieses Unfalls gekümmert.

Ich hatte in den Archiven gewühlt, einige Telefonate geführt und den Vorfall rekonstruiert.

Eine Arbeit, die eher der Tätigkeit eines investigativen Journalisten ähnelte als der eines Profilers.

Stephen wäre stolz auf mich gewesen.

Eines Tages war die Frau zur Schule gefahren, um ihren Sohn Marius abzuholen. Sie wohnten in einer Villa oben auf einem kleinen Hügel. Die Frau hatte wie gewohnt in ihrem großen Jeep das Haupttor passiert, war etwa fünfzehn Meter die Einfahrt hochgefahren, hatte vor der Veranda gehalten, und sie und Marius waren ausgestiegen. Dann war die Frau wie jeden Tag zurückgegangen, um das Tor zu schließen.

Es gab keine Spuren, die eine objektive Rekonstruktion des Geschehens erlaubt hätten. Die Hypothese, die als die wahrscheinlichste galt und die dann auch ins Protokoll aufgenommen wurde, lautete, dass die Frau vergessen hatte, die Handbremse anzuziehen. Der Jeep war zurückgerollt, hatte an Geschwindigkeit gewonnen und sie an der Mauer, die das Anwesen umschloss, zerquetscht.

»Erinnern Sie sich noch an den Jungen?«, hatte ich den inzwischen pensionierten Polizisten gefragt, der den Unfall damals aufgenommen hatte.

»Ja, natürlich. Ich erinnere mich noch an ihn, weil er kein

Wort gesagt hat. Er stand unter Schock, der Arme. Wissen Sie, seine Mutter ist vor seinen Augen gestorben, und er konnte es nicht verhindern. Ich mag mir gar nicht vorstellen, wie man sich da fühlt.«

Ich schon, hätte ich am liebsten gesagt. *Ich kann mir sehr gut vorstellen, wie sich einer wie Marius Phish da gefühlt hat: befriedigt.*

»Aber wenn er unter Schock stand, wer hat dann den Krankenwagen gerufen?«

»Dieser Perverse von einem Vater. Er war außer Haus auf Krankenbesuch, er war Arzt, wissen Sie, und als er heimgekommen ist und gesehen hat, was passiert war, hat er den Notruf angerufen. Als wir kamen, hat er wie gelähmt auf der Veranda gestanden.«

»Und wo war der Junge?«

»Der stand neben dem Jeep. Neben der Leiche seiner Mutter.«

Ich hatte tief Luft geholt, bevor ich die nächste Frage gestellt hatte, die, deren Antwort ich bereits zu kennen fürchtete.

»Wie viel Zeit war zwischen dem Unfall und dem Eintreffen von Albert Phish verstrichen?«

Der Polizist war überrascht von meiner Frage und hatte ein paar Sekunden verstreichen lassen, bevor er mir antwortete.

»Sie denken doch wohl nicht, dass der Junge …«

Nein, ich *dachte* nicht.

Ich *wusste*, dass es Marius gewesen war, der die Handbremse gelöst hatte. Ich wusste, dass er zugesehen hatte, wie seine Mutter verblutete. Genau, wie er zwei Jahre später seinem Vater beim Sterben geholfen hatte.

101

Gacey hatte schnell wieder von mir abgelassen. Rasend vor Zorn, hatte er Lucas verklagen wollen für die Behandlung, die dieser ihm hatte angedeihen lassen. Nur mit Engelsgeduld und einer großen Portion Diplomatie hatte ich ihn überzeugen können, die Klage fallen zu lassen. Wenn man es genau betrachtete, hatte Gacey sich von einem traumatisierten, verwundeten Mann überwältigen lassen, der im wahrsten Sinne des Wortes an ein Krankenhausbett gefesselt war. Und mit ihm war dann auch noch der Wachmann unschädlich gemacht worden. Nicht gerade das, was sich im Lebenslauf gut machte. Der Wachmann hatte als Erster klargestellt, dass sich, wenn es nach ihm ginge, der Vorfall nie ereignet hatte und dass er nicht vorhatte, ihn in seinem Bericht aufzuführen. Am Ende hatte Gacey klein beigegeben. Aber er hatte darauf bestanden, dass Lucas sich einem Disziplinarverfahren unterzog und suspendiert wurde.

Von da an hatte wochenlang niemand im Dezernat mehr von Lucas gesprochen. Es war, als hätte es ihn nie gegeben.

Er war zu dem Geist geworden, der er immer gewesen war.

Als wäre er tot.

102

Ich hingegen hatte mich weiterhin über seinen Gesundheitszustand auf dem Laufenden gehalten, und eines Nachmittags, als er wieder in der Verfassung war, mir antworten zu können, hatte ich mit ihm telefoniert.

Ich hatte eine Nachricht für ihn, eine schlechte Nachricht, aber Lucas nahm sie mit seiner üblichen monotonen, ausdruckslosen Stimme auf und sagte nur das Nötigste. Die Einsilbigkeit der Toten.

Der Tag, an dem er aus dem Krankenhaus entlassen worden war, war auch der Tag von Gustav Zanniers Beerdigung gewesen, aber Lucas war nicht gekommen. Ich war dort gewesen, zusammen mit einer Handvoll Leute.

Am Ende der kurzen Zeremonie, getränkt von Einsamkeit und Melancholie, war ich noch eine Weile zwischen den Grabsteinen umhergeschlendert. Am Ende fand ich, wonach ich gesucht hatte. Die Gräber von Lucas' Frau und Tochter lagen im Schatten einer Weide, etwas abseits von den anderen. Sie waren schlicht, schmucklos, ohne Inschriften, die über die Namen und das Datum hinausgingen.

Jemand hatte auf den Stein der Tochter eine Tulpenblüte gelegt. Sie verrottete.

103

Einige Tage lang hatte ich mich gezwungen, nicht an ihn zu denken. Ich hatte meine Aussage gemacht, wohingegen ich selbst Lucas noch nicht vernommen hatte.

Gacey hatte mir klar und deutlich gesagt, dass er, anders als bei mir, Lucas nicht persönlich vernehmen würde. Er versuchte, diese Entscheidung hinter seinem Zorn zu verbergen, wollte den Eindruck vermitteln, dass er nicht dafür garantieren konnte, seine Hände bei sich zu behalten, wenn er ihm wieder gegenüberstand. Aber ich wusste, dass es vor allem Scham war, die ihn davon abhielt. Und vielleicht auch Angst. Vielleicht hatte Gacey Angst vor Lucas.

Es war unvermeidlich, sogar vernünftig, Angst vor einem Mann zu haben, der nichts zu verlieren hatte.

Eines Morgens verkündete Gacey, dass er Ramirez zu Lucas' Wohnung geschickt hatte. Ich wusste, dass der Moment gekommen war, in dem ich endlich das Telefonat führen musste, das ich unbewusst aufgeschoben und verdrängt hatte.

Ich hatte mich sofort in meinem Büro eingeschlossen und seine Nummer auf meinem Handy gewählt.

»Anna.«

»Wie geht es Ihnen?«

»Weshalb rufen Sie an?«, hatte Lucas geantwortet.

»Ramirez. Er kommt zu Ihnen wegen der Aussage.«

»Ich weiß. Er hat mich gerade angerufen und mir befohlen, mich zur Verfügung zu halten … Als könnte ich irgendwohin fliehen.«

»Lucas, ich … Ich muss Ihnen etwas sagen.«

»Nein.«

»Wie, nein?«

»Nein. Ich werde nichts sagen. Was mich betrifft, sind Sie bis zum Schluss geknebelt gewesen, bis ich ihn überwältigt hatte.«

Ich hatte vor Erleichterung einen tiefen Seufzer ausgestoßen. Mein Geheimnis war sicher.

»Danke«, hatte ich gemurmelt, aber Lucas hatte bereits aufgelegt.

104

Er war es gewesen, der mich schließlich anrief, einige Wochen nach unserem letzten Kontakt.

Er hatte mich um einen Gefallen gebeten. Und ich hatte nicht zweimal nachgedacht und zugesagt.

So fand ich mich wieder in einem Krankenhaus.

Das Wartezimmer war klein, aber gemütlich. Wir sprachen leise, auch wenn nur wir zwei darin saßen.

Lucas senkte die Hand, mit der er sich im Nacken gekratzt hatte, und legte sie in den Schoß.

»Wer weiß, ob ich das hinterher vielleicht gar nicht mehr tue …«

»Was?«

»Mich im Nacken kratzen. Seit dem Unfall mache ich das, wenn ich angespannt bin. Kathryn hat mich mehrmals darauf hingewiesen.«

»Ich dachte nicht, dass Sie es merken.«

»Ich habe es auch nicht gemerkt, aber in letzter Zeit ist es, als … als hätte ich ein anderes Bewusstsein von mir selbst.«

»Und deshalb haben Sie sich für die Operation entschieden?«

Lucas seufzte, und zum ersten Mal, seit ich ihn hier getroffen hatte, sah er mir direkt in die Augen.

»Nein. Nicht deshalb. Es gibt einen anderen Grund.«

Ich wartete ein paar Sekunden, hoffte, dass mein Schweigen ihn dazu brachte weiterzusprechen. Währenddessen lauschte ich meinem Herzschlag: Seltsamerweise war er schneller als gewöhnlich.

»Es ist auch der Grund, warum ich Sie hier dabeihaben wollte.«

»Gut«, sagte ich. »Weil ich mir nämlich schon gedacht habe, dass Sie mich nicht hier haben wollten, um Ihnen die Hand zu halten.«

Ich lächelte. Und ich hätte schwören können, auch auf seinen Lippen den Hauch eines Lächelns gesehen zu haben.

»Anna, was ich Ihnen jetzt sage, habe ich noch nie jemandem gesagt. Der einzige Mensch, der die Wahrheit kennt, ist Martin, und der liegt im Koma. Nicht einmal mit Kathryn habe ich darüber gesprochen. Lange Zeit habe ich nicht einmal mit mir selbst gesprochen.«

Das war etwas, was ich nur zu gut nachvollziehen konnte. Das Böse, vor allem das, was wir uns selbst antun und denjenigen, die uns nahestehen, kann sich überraschend gut verstecken. Das Böse weiß sich zu verkriechen, es lauert im Verborgenen. Und es kann uns davon überzeugen, dass es nie dort gewesen ist, wo wir es gesehen haben.

»Es geht um den Unfall, nicht wahr?«

»Ja.«

»Ich habe … Ich habe die Berichte aufmerksam gelesen, Lucas. Sie müssen mir nicht mehr sagen.«

Er schwieg einen Augenblick, und über seine Augen legte sich ein Schleier der Trauer.

»Also wissen Sie, dass es meine Schuld war?«

»Ja. Ich kenne die Details nicht, aber … Ich weiß, dass Sie den Krankenwagen nicht sofort gerufen haben. Erst haben Sie Martin kommen lassen. Er war Ihr Partner, und im Augenblick des Schocks ist es nur normal, dass man …«

»Aber das passte nicht zum Profil, stimmt's?«

Ich nickte.

»Es war ganz … anders. Ich habe undercover gearbeitet, und dieses Leben im Untergrund hatte angefangen, auf mich abzufärben.«

»Haben Sie getrunken?«

»Nicht nur das. Wenn ich noch der Mann wäre, der ich vorher war, dann wäre ich heute ein Happy-End-User. Ich habe viele Grenzen überschritten, Anna, und sie hinter mir gelassen, ohne auch nur einen Gedanken daran zu verschwenden.«

Er schwieg einen Moment lang, und ich respektierte das.

»Martin hat mich gedeckt. Er hat die Straße blockiert, den Verkehr an der Kreuzung vor dem Unfallort umgeleitet. Niemand konnte uns sehen, niemand kam vorbei. Und er hat gewartet.«

»Er hat gewartet, bis Sie den Alkohol abgebaut hatten.«

»Ja. Er hat ständig den Atemalkohol getestet, bis die Ergebnisse unter den Grenzwert gefallen waren. Erst dann habe ich den Krankenwagen gerufen.«

Ich stellte mir die Szene vor. Vor meinem geistigen Auge sah ich zwei Männer auf einer Straße in den Hügeln stehen. Allein. Und wenige Meter entfernt ein Auto, gegen einen Baum gekracht und auf dem Dach liegend mit zwei Toten an Bord. Zwei Tote, die warteten. Die perfekte Familie, zerschellt. Ich sah Lucas, wie er auf und ab ging, um das Blut in den Adern zirkulieren zu lassen und den Alkoholabbau zu fördern.

Und erst da verstand ich, was tatsächlich geschehen war.

»Als der Rausch verflogen war, waren Sie aber nicht mehr der Alte, stimmt's?«

»Der alte Lucas ist bei diesem Unfall gestorben. Das, was überlebt hat, war … ein wandelnder Toter. Ist es immer noch. Und wird es auch bleiben, wenn das hier nicht funktioniert«, sagte er und nickte dabei mit dem Kopf zu der Tür vor uns. »Ein Teil von mir wusste, dass ich mich hätte schuldig fühlen müssen. Aber so war es nicht. Ich fühlte gar nichts.«

»Und jetzt?«

»Jetzt habe ich entschieden, meinem Schuldgefühl die Chance zu geben, sich Gehör zu verschaffen. Sich Ausdruck zu verleihen.«

Ich nahm seine Antwort mit einem ermutigenden Kopfnicken an, dann warteten wir schweigend weiter.

Lucas wusste etwas über mich, das ich gern vor der ganzen Welt versteckt hätte. Etwas, das, nach dem, was ich über Marius Phish erfahren hatte, die Form eines starken Schuldgefühls angenommen hatte. Ich hatte immer geglaubt, meinen Folterer getötet zu haben. Stattdessen war der Mann gestorben, der versucht hatte, mich vor dem wahren Übeltäter zu schützen.

Und jetzt wusste ich auch etwas über Lucas, von dem sonst niemand Kenntnis hatte.

Ich fragte mich, was das aus uns beiden machte. Ich fragte mich, welcher Natur diese Verbindung zwischen uns war.

Denn es gab eine Verbindung, das stand außer Zweifel.

Aber konnte eine Verbindung überleben, die sich auf den Lügen gründete, die uns verurteilten, und nicht auf den Wahrheiten, die uns definierten?

Die Tür am Ende des Wartezimmers öffnete sich, und eine Frau in grünem Kittel kam heraus.

»Kathryn«, sagte Lucas.

»Wir sind so weit.«

Kathryn sah gut aus. Sie sah aus, als hätte sie sich vollständig erholt. Ich fragte mich, an wen sie sich gewandt hatte, um das Vorgefallene zu verarbeiten. Vielleicht an ihren alten Mentor, Dr. Richter, den Psychoanalytiker, der sie dazu ermutigt hatte, sich Lucas' Fall anzunehmen.

»Wird es ihm wehtun?« Ich hatte die Frage nicht unterdrücken können.

Kathryn lächelte.

»Machen Sie sich keine Sorgen, Anna. Die elektrokonvulsive Therapie ist nicht mehr das, was sie früher einmal war. Wir nennen sie nicht einmal mehr Elektroschocktherapie. Es ist eine gesicherte Therapie, und in Fällen wie dem von Lucas hat sie bisher zu ermutigenden Ergebnissen geführt. Wenn alles gut geht, wird es in ein paar Stunden keinen Grund mehr geben, sich diese Frage zu stellen.« Sie richtete den Blick auf Lucas. »Bist du bereit?«

Lucas stand auf.

»Ja«, sagte er. »Gehen wir.«

Erst in dem Moment ließ Lucas meine Hand los, die er kräftig gedrückt hatte, sobald Kathryn hereingekommen war.

Als die Tür sich öffnete, um sie hindurchzulassen, kam es mir vor, als wäre von der anderen Seite eine Mischung aus Zischen, Klopfen und metallischem Quietschen zu hören. Ich sah ihm nach, bis er die Schwelle überschritt, musterte noch einmal eindringlich sein gespenstisch unbewegtes Gesicht.

Dann schloss sich die Tür, und er verschwand. Hinter sich ließ er eine blinde, träge Stille zurück, die von den hellgrünen Krankenhauswänden widerhallte.

Er war tot, aber bald würde er es nicht mehr sein.

Zumindest hoffte ich das.

Anmerkungen des Autors

Dieser Roman ist die Frucht der Fantasie des Autors. Jeder Bezug auf tatsächlich existierende Umstände oder Personen ist rein zufällig.

Normalerweise schreibt man das so, aber … ich muss ein Geständnis ablegen: Nicht *alles* entspringt meiner Fantasie.

Vieles entstammt meiner Obsession für ein ganz bestimmtes Thema: das Gedächtnis, die Erinnerung. Bei irgendeinem Neurowissenschaftler muss ich den Satz gelesen haben, dass, nachdem die ganze Welt erforscht worden ist, die letzte wahre Grenze näher liegt, als wir denken, und gleichzeitig das, was dahinter liegt, größtenteils unerforscht ist: unser Verstand.

Die Handlung dieses Buches und seine Hauptfiguren sind aus der Faszination geboren, die dieses unerforschte Gebiet auf mich ausübt, mit seinen ungewissen Umrissen, die sich immer in dem Moment dem Zugriff entziehen, in dem man glaubt, sie fassen zu können.

Besonders die Vorstellung, wie unzuverlässig unsere Erinnerung ist, hat mich gereizt.

Aus der Beschäftigung mit diesem Thema habe ich gelernt, dass es unser Gedächtnis ist, was uns zu dem macht, was wir sind. Und in der Tat ist es unser Gedächtnis, das uns daran erinnert, wer wir gestern waren, und nur das erlaubt uns zu wissen, wer wir heute sind, und uns schließlich vorzustellen, wer wir morgen sein könnten. Das Gedächtnis, die Art und Weise, wie es archiviert, deutet und wieder hervorruft, ist das Fundament für die Konstruktion unserer Identität.

Aber ich habe auch entdeckt, dass die Erinnerung keine Aufzeichnung ist: Zu glauben, dass sie es sei, ist illusorisch. Stattdessen handelt es sich um eine fortwährende Erzählung.

Die Erinnerung lässt uns in der Zeit reisen, verändert Dinge und Menschen, transformiert die Ereignisse und verknüpft sie anders, als sie geschehen sind. Die Erinnerung ist ein Roman, den wir selbst ständig neu schreiben.

Aber wenn die Erinnerung das Fundament unserer Identität ist, müssen in der Konsequenz *wir ein Roman sein.*

Als ich aus persönlichem Interesse angefangen habe, dieses Thema zu vertiefen, habe ich mich an eine einfache Regel gehalten: Um die Norm zu erkennen, muss man die Ausnahmen studieren. Um zu verstehen, wie ein normaler Verstand funktioniert, muss man diejenigen studieren, die krankhaft verändert sind – je ausgefallener, desto besser.

Und das ist genau der Punkt, wo nicht jeder Bezug auf wahre Begebenheiten oder tatsächlich existierende Personen rein zufällig ist.

Ich bin auf ein seltenes Syndrom gestoßen, bei dem die Patienten vergessen, dass sie am Leben sind. Und mehr und mehr zu der Überzeugung gelangen, dass sie tot sind. »Nihilistisches Delirium« nannte es der Entdecker dieses Syndroms, der französische Neurologe Jules Cotard, bevor es nach ihm benannt wurde. Im Jahr 1880 stellte er den Fall von Mademoiselle X vor, die irgendwann an den Punkt gelangt war, kein Bedürfnis nach Nahrung mehr zu verspüren, weil sie, wie sie steif und fest behauptete, tot sei.

In einem 2013 im *New Scientist* erschienenen Artikel wurde eines der frühesten Gespräche mit einem Patienten, der am Cotard-Syndrom litt, wiedergegeben. Er hieß Graham und behauptete, er habe neun Jahre zuvor entdeckt, dass er tot sei. »Ich hatte Geruchs- und Geschmackssinn verloren. Ich verspürte kein Bedürfnis mehr zu sprechen, zu essen oder sonst irgendetwas zu tun. Am Ende verbrachte ich meine gesamte Zeit auf dem Friedhof, weil das die einzige Art und Weise war, wie ich mich dem Tod annähern konnte.« In Grahams halluzinatorischer Konstruktion war es nicht sein ganzer Körper, der tot war, sondern nur sein Gehirn. Die Ärzte hatten schon bald herausgefunden, dass es sinnlos war, ihm gegenüber rational zu argumentieren: Er fand immer eine Möglichkeit, ihre Argumente so zu interpretieren, dass sie seine Halluzination stützten. Offensichtlich war sein Gehirn noch am Leben; nur hatte er aus irgendeinem Grund etwas überaus Wichtiges vergessen: wie man Gefühle empfindet. Und da ihm dies nicht mehr möglich war, hatte sein Gehirn den einzig möglichen Schluss gezogen: Nur die Toten empfinden keine Gefühle, also muss ich tot sein.

Die Ursache dieses Syndroms scheint die Unfähigkeit zu sein, optische Wahrnehmungen mit den Gefühlen zu verknüpfen, die sie normalerweise begleiten: Wer unter dem Cotard-Syndrom leidet, erkennt eine ihm vertraute Person zwar, wenn er sie sieht, empfindet aber nichts für sie.

1996 stellte A.W. Young, ein amerikanischer Wissenschaftler, in einer Studie die Hypothese auf, dass es eine Verbindung zwischen dem »kausalen Attributionsstil« eines Individuums und dem Auftreten eines bestimmten Syndroms gibt. Unter »kausalem Attributionsstil« versteht man die Art und Weise, wie jeder von uns auf bestimmte Lebensereignisse reagiert: Es gibt Menschen, die sich tendenziell für alles verantwortlich fühlen, für alles die Schuld auf sich nehmen (interner kausaler Attributionsstil), oder solche, die eher davon ausgehen, dass alles von anderen abhängt (externer Attributionsstil). 2007 berichtete R. McKay über den Test einer 24-jährigen Patientin mit Cotard-Syndrom, der ergab, dass dieses Krankheitsbild sich im Zusammenhang mit einem internen kausalen Attributionsstil entwickelt.

Nach einem traumatischen Erlebnis, manchmal physisch,

manchmal auch nur mental, kann ein Mensch, der ohnehin schon dazu neigt zu denken, dass alles von seinem eigenen Verhalten abhängt, und der vielleicht unter dem Druck einer fordernden, verantwortungsvollen Tätigkeit steht, ein Cotard-Syndrom entwickeln.

Einige Studien stellen dieses Syndrom in Zusammenhang mit einem anderen, dem in manchen Zügen spiegelbildlichen Capgras-Syndrom: der Überzeugung, dass die anderen (Familienangehörige, Freunde) in Wirklichkeit tot und durch Doppelgänger oder Betrüger ersetzt worden sind. Die Phänomenologie der Wahrnehmung ist ähnlich (»Ich sehe einen Menschen, der mir theoretisch lieb und teuer sein müsste, aber ich empfinde nichts dabei«), nur die Schlussfolgerung ist anders. Der kausale Attributionsstil scheint in diesem Fall eher extern zu sein: Es ist die Schuld der anderen, sie sind die Betrüger. Sie sind die Toten.

Zu dem Thema wurden Studien veröffentlicht und Therapien vorbereitet, einschließlich, in einigen Fällen, elektrokonvulsiver Behandlungsmethoden. Aber wie schon erwähnt, ist das eine komplexe Welt, faszinierend und in vielerlei Hinsicht noch nicht erforscht.

Ich kann nicht sagen, ob das Cotard-Syndrom eine Form von »Verrücktheit« ist. Ich weiß nur, was Edgar Allan Poe wusste: »Es ist noch nicht geklärt, ob der Wahnsinn nicht die höchste Entwicklungsstufe des Intellektes ist, ob nicht vieles Glorreiche und alles Tiefe einer Krankheit des Denkens entspringt, Erregungszuständen des Geistes auf Kosten des allgemeinen Verstandes.« Lucas wüsste es ebenso wenig zu sagen wie ich. Und auch Anna nicht.

Immer noch der einfachen Regel von vorhin folgend – die anomalen Formen zu studieren, um die Konturen des Normalen erkennen zu können –, bin ich auf ein weiteres interessantes Krankheitsbild gestoßen: das Korsakow-Syndrom, das in einigen wunderbaren Texten von Oliver Sacks geschildert wird. Es handelt sich um eine degenerative Form, die dazu führt, dass der Patient nicht mehr in der Lage ist, neue Erinnerungen festzuhalten. Daher leiden die Patienten unter Erinnerungslücken.

Was mich besonders beeindruckt hat, war, dass die natürliche Reaktion des Geistes auf diese Erinnerungslücken darin besteht, falsche Erinnerungen zu erschaffen, was man »Konfabulation« nennt. Nicht in der Lage, den durch das Fehlen der Erinnerung ausgelösten *horror vacui* zu ertragen, fängt der Geist spontan an zu erfinden, zu erzählen, um das Gefühl der Leere zu mildern. Er tut es, weil er es braucht, auf einem ebenso ursprünglichen wie universalen Niveau.

Das Bedürfnis, Geschichten zu erzählen, ist folglich fundamental für den Menschen. Mehr noch, es ist das, was uns ausmacht. Es sind die Geschichten, in denen unser Gedächtnis, unsere Identität, seine Fesseln abstreift. Und es sind die Geschichten, in denen es sich befreit – sich von seinen Beschränkungen befreit und ans Licht des Tages findet.

Ohne Geschichten wären wir Gefangene der Nacht.

Danksagung

Ich danke: Stefano. Cecilia. Cristina.
Luisa. Viviana.
Meiner Frau, meiner Familie.

Lucas.
Anna.

**Trügerische Freundschaften.
Gefährliche Wahrheiten. Und eine Stadt,
deren Geheimnisse töten können.**

Franco De Santis ist Polizist von Beruf, Neapolitaner aus Überzeugung und Ex-Ehemann wider Willen. Jeden Sonntag fährt er in das Nobelviertel der Stadt, um seinen Schwiegereltern eine glückliche Ehe vorzuspielen. Doch an diesem schwülen Sommertag wird er in den Arbeiterstadtteil Bagnoli gerufen: Der Gemeindepfarrer hat sich erhängt. Franco kennt ihn seit der Kindheit und weiß, wenn er an eines glaubte, dann an das Leben. Gegen den Willen seines Vorgesetzten beginnt Franco zu ermitteln. Doch in einer Stadt, in der der Schein trügt und der Tod Alltag ist, ist die Suche nach der Wahrheit gefährlich …

PENGUIN VERLAG